读客® 知识小说文库

读小说，学知识

余罪

我的刑侦笔记

一个传奇警察和毒贩、悍匪、黑道大佬的交锋实录

带你窥探这个时代的黑暗角落，
领略触目惊心的真实景象。

常书欣 著

海南出版社
HAINAN PUBLISHING HOUSE

图书在版编目（CIP）数据

余罪：我的刑侦笔记. 1 / 常书欣著. -- 海口：海南出版社, 2015.9

ISBN 978-7-5443-6232-0

Ⅰ. ①余… Ⅱ. ①常… Ⅲ. ①侦探小说－中国－当代 Ⅳ. ①I247.5

中国版本图书馆CIP数据核字（2015）第214023号

余罪：我的刑侦笔记1

作　　者　常书欣
责任编辑　王振德
封面设计　读客图书　021-33608311
印刷装订　北京海石通印刷有限公司
策　　划　读客图书
版　　权　读客图书
出版发行　海南出版社
地　　址　海口市金盘开发区建设三横路2号
邮　　编　570216
编辑电话　0898-66817036
网　　址　http://www.hncbs.cn
开　　本　700毫米 x 990毫米 1/16
印　　张　18.5
字　　数　253千
版　　次　2015年10月第1版
印　　次　2016年8月第5次印刷
书　　号　ISBN 978-7-5443-6232-0
定　　价　32.00元

如有印刷、装订质量问题，请致电010-85866447（免费更换，邮寄到付）

目录

第一章　神秘的选拔 /1

“别跟我嬉皮笑脸，我就问你一句，是不是特殊任务？”王校长阴着脸道，不客气了。这一句，听得江主任脸上一沉，吓着了。看许平秋和史科长，两人脸色也是肃穆，恐怕是猜着了。

“特殊”在这个群体有着大家都知道的含义。穿上了一身警服，荷枪实弹那叫照章办事，不特殊。提到“特殊”的字眼，那意味着是接触贩毒、凶杀、跨境罪犯一类的恶性犯罪，甚至是传说中死亡率最高的一个职业：卧底。

第二章　余罪就是个人渣 /47

哦哟，解财神立时明白了，掏着口袋，把钱夹里的钱全部拿出来，一股脑塞进余罪的手里，足有一两千的样子。余罪一下子脸色难堪了，把卡给了解冰，拿着钱，解释道：“我不是要钱的意思。我的意思是，这事你千万别让安安知道啊，好像显得我很小人似的。你看你又给钱，搞得我多不好意思。要吧，显得我这人很不要脸；不要吧，不给你面子。算了，给你面子，我的脸不要了。你这人怎么老这样，真是的，下回不能这样了啊……我走啦。”

第三章　菜鸟和处长的谈判 /97

余罪看着许平秋不太相信的表情，又补充道：“您这次选拔不就是挑能去一线拼命的人？选的不也就是像我们这号根本没什么出路的人？要有点奈何有点办法，谁给您去干那些苦活累活呀？都有解冰、李正宏家那种条件，还用您忙乎，人家自己爹妈不就把路铺好了？”

许平秋眼睛一愣，瞪着余罪。余罪怕自己说错话了，赶紧告辞，趋步出了局长办。许平秋想起这其中的不对时，已经从楼上看到余罪离开了，坐下来时，他喃喃地自言自语着：

“这小子，怎么知道我是挑去一线拼命的人？”

第四章　让人崩溃的任务 /149

他换着严肃口吻道："大家听清楚了，严德标报出的东西都是你们身上有的，一模一样，衣服、裤子、鞋、皮带、卡片机……这就是我给你们所有的装备。你们的任务就是，用这些装备，在这城市里生存四十天，这就是这次的训练科目！"

学员们一字一顿听着，一下子集体遭雷劈了；敢情是把东西没收，一毛钱也不给你，让你到城里当盲流去！这可比野外生存要难多了。一下子嗡声四起，主要讨论的问题是，经费不能紧张到这种程度吧？

第五章　猫鼠游戏 /198

挂了电话的许平秋不觉得意外，反而心里有点窃喜，因为远在千里之外的那拨秘密队伍，最终还是有人走到了他设计的轨道上，而且走进来的，还是意料中的人。

饥饿是最好的老师，也是最好的试金石，在本能的驱使下能干出什么事来，完全是本性使然。那个奸商的儿子毫无例外会选择一条捷径，而不会像其他人一样在街上捡破烂、熬日子。

第六章　出乎意料的选拔结果 /255

"呵呵，没错，十个消失有难度，可一个没难度。"那人笑了笑，像取笑一样补充着，"忘了告诉你，其他九个人已经乘机回省了，分开实习，真正进监狱的只有您一人，知道您进来的，不超过三位。当然，如果真出了事，你或者你的家里，会得到一份优厚的抚恤的。"

余罪脖子一梗，连气带吓，几欲失声了，步步小心、处处小胆还是被人算计了，他瞬间思索到对方说得不假，分开乘车走的，貌似公平，却是为了掩护只有他被送进去的事实，而进派出所，只不过是为了把"入狱"这事演得更像一点而已。

第一章
神秘的选拔

嘹亮的《警察之歌》回荡在空旷的训练场上，沐浴在明媚的阳光下，只瞧见一队队帅气的警校学员，正排着整齐的队列，迈着标准的正步，伴着歌声的节奏齐刷刷走过。在歌声中、在阳光下，一张张朝气蓬勃的面孔，显得那么可爱……

蓦地，躺在冰凉水泥地上的人一个激灵，惊醒了。

梦里美好的景象瞬间消失……四周照进来亮得瘆人的光线，他使劲地揉揉眼睛，身后是厚重的铁门，以及不知道有多厚的水泥墙，而头顶的牢笼之后，正有一位荷枪实弹的武警走过。这个寂静的清晨，只能听到远处武警操练的声音。

是监狱，我在监狱。这个男子使劲地拍着自己的脑袋，他想起来了，昨夜自己刚刚被投进监狱，光着身子在水泥地上睡了一夜。整个牢房横七竖八地躺着十几个各色的犯人，从那嚣张的鼾声中，仿佛浮现出一张张狰狞的面孔。可阳光明媚的训练场、帅气笔挺的训练服，仿佛就发生在刚才，而梦境的消失，只留下眼前冷酷的真实。他撑着冰凉的水泥地面，看着还在沉睡的同牢犯人，想起在警校那些一起嬉戏打闹的同学，他不禁喃喃自语道："我叫余罪，我是警察，我不是罪犯……我不是罪犯……”

是的，他不是罪犯，可却以一个罪犯的身份被投进了监狱。这一切就像一场梦，两天前他刚穿上刑警的服装，两周前他还在远离家乡千里之外的城市集训，两个月前，他还在警校等着一次省厅的精英选拔……

对了，眼前发生的这一切，都要从两个月前那次莫名其妙的选拔说起……

好事上门

忽如一夜春风来，千树万树梨花开。

雪后初晴，备受雾霾困扰的城市终于迎来了一个抬头见日的好天气。连日降雪，道路两旁的树上积了厚厚的一层，在玉树琼枝的装点下，过往的行人也终于摘下了大口罩，舒一口胸中的浊气。

一辆现代SUV警车在红绿灯前稍停片刻，左转向，驶向路牌上指示的省警校方向。

那里被誉为全省警察的摇篮，每年向各地市县输送的各类警务人员有数百名之多，每年在最后一个学期开始之前，都有各地市的公安部门到应届毕业生里挑选实习人员，不过挂着省厅牌照的警车来此可是第一次。又驶了几公里，已经看到了警校里那座高耸的橄榄色教学楼，在周围楼群中显得格外另类。

车停在教学楼下的时候，学校的训导主任江晓原和校长王岚已在外迎接。数人寒暄的场景，落在了三楼一扇窗户后的视线中。视线的主人是一个其貌不扬的男生，他捅捅身边一个正在玩手机的同学，轻声道：“来了。”

同学是个胖胖的、脸形浑圆、五官往一块凑的男生，因为这长相，他被冠了个“豆包”的绰号。他闻言将手机收了起来，小声对提醒他的男生道：“余儿，这次省厅选拔，教导员让咱们高度重视，你说，这好事会不会落咱们头上？”

被叫作“余罪”的男生虽然长相普通，却眼神清澈。他扫了眼这间大阶梯教室，只见大家乱哄哄地都在讨论着。省厅来本校选拔的消息早传出来了，把学员们刺激得都开始憧憬未来的生活了。可学员间的差别也很明显，一百多名学员中有不少是内部保送，还有不少是本市户口，和他们后排这群偏远地市县来的是两个泾渭分明的群体，平常就是连坐也不坐到一起。

余罪一念及此，便摇摇头道：“不会。有好事轮不着咱们，说不定早内定了。”

“可教导员说，这次是自愿报名，公开选拔，不至于这事儿上面还搞暗箱操作吧？”豆包狐疑问道。

“留省城的机会都给你，你以为活在电视中呀，幸福那么容易？”余罪轻声道。

“可毕竟是选拔嘛，不至于……”豆包仍抱着一线希望。

“就照顾个名额，也轮不着你呀？”余罪笑着道。看豆包不太相信，他凑过去又小声续道，“反正我猜没戏，你是相信兄弟我，还是相信组织呢？”

“得，都不怎么信得过。”豆包一摇头，直接全部否定了。不过他看看后排这群地市县来的兄弟，个个歪瓜裂枣，要长相没长相，要家世没家世，还真有点相信余罪的话了。

此时，教室外传来一阵脚步声，教室内的学员们赶忙正襟危坐。他们知道省厅的人到了，个个脸上洋溢着兴奋的表情，自觉收起了窃窃私语，保持着警容警纪。

训导主任江晓原从窗户外看了眼，对学员的风纪和面貌很满意。他上楼时已经把本系的情况介绍了个七七八八：还有半年就要毕业的本届警校学员一共108名，男生98名，女生10名，分别来自于本届痕迹检验、犯罪心理学、刑事侦查和计算机四个专业。来选拔的是省厅刑侦处处长许平秋和犯罪研究室主任史清淮。这种事本来不需要校长亲自出面的，不过既是省厅来人，恰巧许平秋又是省警校毕业的学员，便把王岚校长也惊动了。

两位来选拔的省厅干部也同样在窗口看了看，学员们个个挺胸抬头，像一个齐刷刷的方阵。这情形让两人的脸上流露出几分笑意，像又一次回忆起了他们自己离开警校的情形。那时候虽然懵懵懂懂，可也像这样踌躇满志，血气方刚。

教室门开了，一行人鱼贯而入，本班教导员热情洋溢地介绍着："同学们，我向大家介绍一下，这位就是省厅刑侦处处长许平秋同志。下面，欢迎许处长给大家讲几句。"

掌声四起，不少学员的眼睛亮了，开始在下面窃窃私语起来。

"他就是许平秋，侦破连环杀人案的那位？我研究过那个案例。"

"应该是吧，那还能有几个许平秋？"

"就是，我看过内部照片，我爸电脑里的。"

"哇，是不是将来咱们在哪儿当刑警都归他领导啊？"

"那当然。这位是刑警里的腕儿，等闲人都见不着面。"

"见面不如闻名啊，长得太忧国忧民了……"

走上讲台的那位中年男子其貌不扬，个头中等，脸膛偏黑，额上皱纹很深，还真是"忧国忧民"的长相，那句话是位女生说的，惹起了一阵笑声。教导员警示了一句，不料许平秋却是很和气地笑笑，拍拍手示意安静，开场道："非常对不起大家，我这个长相让大家失望了。"

下面又是一阵哄堂大笑，不过善意的掌声也响了起来，两方的距离被许平秋的亲和力拉近了不少。

许处长笑了笑，又道："严格地讲，咱们是同行也是校友，我也是本校本系毕业的，你们都是我的学弟学妹。我知道大家最感兴趣的是已经侦破的那些大案、奇案，遗憾的是我们在这儿不能讨论案子。不过，别灰心，我想有一天，你们中间会有很多人要和我坐在一起开案情分析会，也许还会有很多人将走到我这个位置。等走到我这个位置的时候，你们年轻的脸上，就也会有我这么多忧国忧民的褶子了。"

哄声又是四起，掌声也更热烈了。对于传说中不同凡响的人物，这些学员总是有一种仰望的心理，更何况是对这么一位没有架子的同行。

鼓掌最起劲的是坐在第三排的女生，许平秋第一眼就发现了这个长相特别出众的女生，丝毫不怀疑将她放到任何部门都将成为艳光四射的警花。不过，他也自动将这个女生过滤了：这次选拔要找的不是这类人。

和谐的环境里，总会有不和谐的声音。后座那个胖乎乎的豆包，小声和同桌余罪说道："看这人挺和气的。"

"你懂个屁！当警察的都是喜怒不形于色，不能光看表面。"余罪判断道。

"我可真觉得小老头不错。"豆包笑着道。

"拉倒吧，抓杀人犯的，能是和气的人？蠢货！"余罪斥道。这一句倒是让豆包警醒了，一想也是，就这人在学员中备受仰望的身份，平日肯定不会是和气的人。念及此处，他忍不住对这个貌似和气的老头多看了几眼。

许平秋表面确实很和气，而且还一下子把全系的气氛调动起来了。他扫视着兴高采烈的学员，笑着继续道："我这次来的目的啊，是有说道的，我是带着组织交给的任务、肩负着领导的重托来的。我将从你们中间选拔一批精英充实到我们一线刑警队伍中，到最艰苦、最危险的岗位上。告诉我，大家有没有信心？"许平秋惯用的鼓动言辞来了，挥着手喊道。

"有！"

有些人回答了，声音却并不响亮，叫得最响的反倒是那个最漂亮、最惹眼的女生。她喊完才发现自己声音太高了，很多人都翻着白眼看她。

漂亮女生用鼻子哼了哼，似乎嫌弃身边同学们的觉悟太低了。

许平秋可没想到百试不爽的鼓动竟然冷场了。他心思一转，马上换了口吻道："好吧，我把刚才的招聘条件这样解释一下：留在省城工作，实习期后直接转正，解决户口和住房问题，毕竟是精英嘛，所有待遇条件，就高不就低。再告诉我一次，有信心吗？"

“有！”

一干学妹学弟眼睛格外的亮，果真像黑暗中见到了光，迷茫中看到了目标，喊声那是格外的响。

随着警校展开扩招，直接后果就是警察的分配也成问题了。就算你警校毕业的，对于大多数人而言，出去照样得三考五选。想把肩上学员的“一毛杠”换成警员的“两毛一”，那可不是一般的难，怪不得学员们这么高兴了。

“条件不错啊。”豆包兴奋了，就连那一拨像他一样不求上进的也跃跃欲试了。

“你傻呀？”余罪不屑道，“户口就归警察管着，还用解决？住房更扯了，集体宿舍，算不算解决？”

又被浇了盆凉水，豆包气咻咻地瞪了同桌余罪一眼，苦着脸道：“兄弟，差不多了，就咱们这样出去，这两个问题你都解决不了，总不能还指望组织上给发个美女吧？”

这话把余罪听乐了，哪知一扭脸正和王教导员严厉的眼光碰触到一起，他赶紧收敛起来，却被正在扫视的许平秋捕捉到了。他诧异地看了眼自己，余罪赶紧一缩脖子，自动隐藏起来了。

“好，我就喜欢看到这么朝气蓬勃的团队。”

许平秋在讲台上踱了两步，注视着一双双代表着不同心理的眼睛，有渴望的、有兴奋的、有喜悦的，当然，也有困惑和不解的。刚才和老校长王岚谈过了，对于应届毕业生的素质不无担忧，警校和其他院校一样也在扩招，对于招聘方来说，选拔的难度也在加大。他心思在动着，想着该说什么话题，也许该打击一下他们期待留在省城过高的热情了，毕竟大多数人都不会有这样的机会。一念至此，他沉声道：“我们要做的很简单，今天填表，明后天体能测试，选上的学员将在半年实习期里到全国不同的城市办案。”

这话让更多的小伙子大姑娘们眼睛亮了，没出校门就周游全国，穿着醒目的警服走在街头接受别人羡慕的眼光，那滋味肯定是爽歪歪了。

“在报名填表开始之前，我想和大家一起做一个游戏，就当活跃一下气氛啊。也了解一下你们的底子。”许平秋适时地插进话来了，脸上一笑，说不出的和蔼可亲。迎着一干学员不解的眼光，他道出了游戏内容：“推理怎么样？当刑警的基本功。”

一说这话，不少学员正正身子，挺直了胸，准备显摆一下了。这是平时案例课就常有的内容，久而久之，千奇百怪的案例推理已经成了学员们乐此不疲的游戏之一了，要玩这个，大家可都算内行了。

没有异议，敢情是鲁班来考小木匠了，许平秋笑了笑，脸上的皱纹又起，随即便出题道：“请听推理条件：某日我抓到了几个盗窃嫌疑人，在传唤中，A说是B干的，B说是D干的，C说不是我干的，D说B在说谎话。后来证明嫌疑人是单独作案不是团伙，而且这里只有一个人说的是真话……”

阶梯教室里安静得掉根针都能听到，那一双双灵动的眼睛很多像是已经知晓了答案。这个题难易适中，不过那些喜色外露的脸庞都被许平秋过滤了，一眼扫过，又看到了那个在右后排一直小声说话的学员。他记清了那张眉不浓、鼻不高、嘴不大的脸，似乎是张没特色的脸，不过看他的表情，似乎根本没有听进去自己的话。

这也许是个头脑清醒的人，许平秋暗道。不过他也发现，这学员应该属于群体中比较捣蛋的一类。他边说题边思考，踱下讲台，叫了声：“知道答案的请站起来。”

“唰”地一声，教室里一下子站起了十一二个学员，人人喜色外露，跃跃欲试，准备在前辈面前亮亮相。许平秋注意到了，那位漂亮女生周围站起来的最多，有五个人，那五个血气方刚的小伙不无显摆一把的意思，不时地用眼睛余光瞟着那位女生。

整体气氛很好，算是达到预期目的了，许平秋脸上掠过一丝狡黠的笑容。

集体掉坑

“余儿，是C吧。”豆包小声问余罪，他没反应过来，不过听到前排议论答案了。

“不对。”余罪摇摇头。

“装什么装，好像你会似的。那真凶是谁？”豆包挖苦了句。

“我不是说答案。”余罪笑了笑，附耳小声道，“我是说，好歹是组织上派来的人，要让你这智商都能猜到，水平是不是差了点？”

豆包气着了，翻着白多黑少的眼，恶狠狠一指余罪骂着：“你这个贱人！”

“烂货。”余罪笑着还嘴。

两人小声说话时，许平秋已经把这站起来的十一二个学员审视了一遍。他笑着鼓励道：“勇气可嘉。你们可以同时回答我的问题。我要问的问题是……”

他故意卖了个关子，就在众人都觉得答案已经呼之欲出的时候，许平秋笑着话锋一转道：“刚才我给的限定条件是几个？三秒钟，抢答。”

站起来的那些男生呃呃几声，下巴掉了一地，把到嘴边的话咽了下去，憋得一个个谁也没回答上来，惹得下面没站起来的学员们都哧哧笑了起来。

这种推理都是猜凶，谁还会数刚才的条件有几个，明显是坑嘛。

笑声四起时，有个男生脱口而出道：“五个。”

“你确定？为什么不是六个？”许平秋笑眯眯地问道。那位帅帅的男生真不确定了，挠着腮使劲想了想，不过在这种场合乱了心神，思维就跟不上了。男生再要说话时，许平秋一摆手：“太慢了！我宣布，取消你们的抢答权利，请坐。”

这一干出风头的男生尴尬坐下，学员里哄笑声更大了。这么一个简单的问题，谁也没想到是个坑，而且还埋了这么多人，不过气氛却是更融洽了。这位眼光里闪着狡黠的老刑警，比板着脸的教员看上去倒更可爱一些。

讲台前的许平秋保持着脸上微笑的表情没有动。不过下面的学员们可露出了众生相：有人在嗤笑出洋相的几位，有人在讨论刚才限定条件里真正的答案。第三排那个漂亮女生很不中意地看了一眼同桌出丑的那个男生，眼里含着嘲笑之意斥了句："解冰，笨死你呀。"

"不是我太笨，实在是这老警察太阴险，换你你也答不上来呀。"那男生不服气地道。他确实是大意失荆州了。

"我怎么答不上来，六个。"那女生此时才数清了。

"璐璐，不带这么当事后诸葛亮的啊。"解冰笑着道，此时他笑逐颜开，更是帅气逼人。

停顿间，许平秋又看到了后排那个小伙子脸上促狭的笑容，与教室此时热闹的气氛显得格格不入，似乎他根本不准备介入这个氛围。但挖坑埋了十几个学员的许平秋此时无暇顾及其他，再看气氛差不多了，一拍手示意安静，又来一句："再给大家一次机会，就刚才的命题，谁还想试试回答？"

面面相觑间，又有三位站起来了。其实刚才猜凶的问题不难，很多人已经猜到了准确答案，就算他的问题再刁钻，现在也已经有人数清给了几个限定条件，难道还能引申出其他什么难题来不成？

刚一停顿，又站起来三位。那个漂亮的女学员也站起来了。

"好，勇气依然可嘉……哟，有位巾帼英雄站起来了，那我们这问题来个女士优先如何？"许平秋看到了那个女生，笑着道。他发现这个女生个子很高，加上漂亮的长相，再过几年怕是得"祸国殃民"了。他这么一说，下面的女生举着拳头来加油了，小声地嚷着："小安，加油……"

群众基础不错，看来这个女生是众星捧月的对象，站起来的时候脸上也是傲意十足。

“你姓安……那就应该是安嘉璐吧。”许平秋突然问。

“许处您认识我？”姑娘眨着美目，好不奇怪，奇怪间又难免带着点兴奋。

“不认识，看过你们的名单，这一届姓安的就你一个。”许平秋笑道，惹得下面笑声一片。本来美女都有那么点自傲，被许平秋这么打击一下，安嘉璐也颇有点不悦之意了。她有点逆反地回道：“许处应该提问题了。是准备问我真凶是谁？还是谁说的是真话？不会又是几个限定条件吧？”

问题的迷惑性在于A、B、C、D四人中，说真话的和真凶不是一个人，安嘉璐已经捋清其中的思路了。

“你很自信，希望你回答的时候也这样自信。我的问题是……”许平秋又稍稍一卖关子，笑意随着问题出来了，“这个命题难住的人，刚才加上现在，如果你也回答不上来，包括你，一共有几个？”

安嘉璐眼睛一凸，准备好的答案，全咽回去了，差点呛住她。

太变态了，居然又是这么大的一个坑。安嘉璐想好了答案，可没想又是坑问题，傻眼了。

安嘉璐不确定地回忆着刚才到底站起来了几个人，又看看现在站起来几个人。一踌躇，下面又有人喷笑了。憋得安嘉璐面红耳赤，这次糗大了。

“三秒钟，你们谁知道，说出来。”许平秋一指站起来的几个男生。可这灯下黑的事，谁敢妄言？停顿过后许平秋好不失望地一摆手：“都请坐，你们的抢答权利被剥夺了。”

一干人悻悻然地坐下了。那个叫安嘉璐的女生气得胸前起伏，刚才没敢站起来的学员们此时可嗤笑上了。笑声更甚时，女生旁边的那个帅气男生不服气，腾地站起来，吓了许平秋一跳，就见这个男生气呼呼毫不客气道：“许处长，我觉得您是成心为难人。”

一下子全室皆静，这位帅哥解冰，是安嘉璐的追求者之一。不过在这个场合替安美女出头，不得不让人佩服他的勇气了。

“哦，是吗？”许平秋笑了，不以为然道，“那我的问题，你觉得很难吗？”

“不是，不是难的问题，这个……是故意走偏，哪有这样推理的？”解冰不服气地道。

“我说的第一句话就是：请注意限定条件。作为刑警的第一要求就是要细致，你们只注重一个目标而忽略简单的要素，这就是所谓的思维盲点。第二次掉进同样的坑里，那是思维的惯性。克服不了这种盲点和惯性，将来在工作中会走很多弯路的。”许平秋道，不过并没有试图说服这位不服气的男生，而是续道，“你很喜欢看柯南和福尔摩斯吧，现在我当一回福尔摩斯，推理一下你如何？”

“嗯？”解冰一下子抬起头来，奇怪了。

“你家境优越，没有不良嗜好，而且你在追一位女生，现在还没有追到，是吧？”许平秋突然道。

一下子全场鸦雀无声，没想到初次见面的领导来了这么一句，可偏偏还是事实。许平秋笑着又道：“这么急于挺身而出表现一下，明显是还没追到嘛。”

场下立时爆出了一阵哄笑，解冰和安嘉璐齐齐面红耳赤。

全班的哄笑声中，豆包被许平秋的气度折服了，回头凛然对余罪道：“余儿，老爷子好像有两下子？”

“没两下子，怎么忽悠咱们呢？”余罪笑着道。

“什么叫忽悠，人家猜得不错。”豆包说道，看样子是被许平秋折服了。

“你傻呀，就解冰那洗把脸还抹香水的骚包货，看穿着就知道是个富二代，需要猜吗？”余罪道，十分不以为然。

这家伙惯常就是那股泼冷水的劲，豆包没得到附和，不搭理他了，又看着讲台上那位侃侃而谈的处长，人家说得那么准，把平时趾高气扬、眼高于顶的解冰都镇住了，像这种一眼识人的水平，还真让一干涉世不深的小学员们神往不已了。

许平秋看解冰有点尴尬，笑着解释道：“请坐，解冰同学，我不是针对你，事实上你有这样优越的家境，应该是大多数人羡慕的对象。”

一个台阶，安慰得解冰好歹有了几分面子，坐下了，许平秋一转身，接着道：“在福尔摩斯探案中，使用最多的方法就是通过细节判断一个人的行为模式，福尔摩斯之所以能风靡全球，我觉得原因不在于案子有多精彩，而是在于他在办案过程中所做的，都是一个普通人能办到的事……不过也都是普通人会忽略的事。把这些细节捡起来，你会发现你也能当福尔摩斯，甚至比他当得更好。”

话音不响，却像说到了一群菜鸟心里一般。那个安嘉璐着实被这位老警察的眼光折服，带头鼓起掌来，跟着两个、三个……整个教室掌声不断。不冲那稀奇古怪的问题，就冲人家一眼瞧出解冰的德行，也得给点掌声吧。

唯一没鼓掌的，许平秋看到了，还是后排慵懒地歪坐着的那位，手里在把玩着笔，似乎无聊至极。他微微讶异了下，记清了那张脸。那张脸实在不好记，说丑不算丑，说帅不算帅，属于路边大白菜的类型，一眼就会被忽略。

许平秋随即介绍了同来的史科长，鼓动着道：“接下来，有志于加入精英角逐的，到史科长这里报名，领表格，下午上课之前交上来。我们将在这里待三到五天，走的时候，我会带走警校的全部精英，将来打造一支名闻天下的铁警队伍。”

掌声又响了起来，这个特殊的团队总是容易被带着血性的话鼓舞起来。史科长刚上前，就有不少人伸手抢表格了。第三排的安嘉璐一侧头，问有点悻然的解冰道：“报不报名？”

“你报我就报。”解冰道，给出个自己的条件。

“我当然要报。”安嘉璐起身了，解冰忙跟着起身，当然也要跟着报了。

这么踊跃，许平秋看得格外得意，站到王校长身边时，王岚校长随意道：“平秋，学校有每个人的资料，你斟选一下就得了，何必搞得这么兴师动众，落选的话不是故意给孩子们打击吗？”

“资料可反映不出真实素质来。”许平秋摇摇头。

“你到底想挑什么样的人？这不，他们教导员在，直接问他不就行了？”江主任道。

“我在找有无限潜能可挖掘的人，有吗？”许平秋刁钻地问。

“不知道，您挑吧。”教导员笑道。

一行人说笑着暂时离开了，许平秋回头时，看到了一哄而上抢着领表格的学员们，他刻意地在搜寻刚才那位一直说悄悄话的学员。看到了，还在那儿说着呢，那无动于衷的样子，像眼前的事都和他毫无关系一样。

“坐右后角的那位叫什么？”许平秋随意问了教导员一声。教导员回头一看，答道：“本名叫余醉，他那帮哥们都叫他‘余罪’。”

“余罪？”许平秋诧异了，“余罪”是一个法律上的概念，意指隐瞒未交代的罪行。

“许处长请。”教导员殷勤地伸着手，带着许平秋离开了教室。

留下史科长在发放表格，发了个七七八八时，他抬头看到那位安嘉璐站在身边，问道：“怎么了，安同学？”

“许处长真有传说的那么神吗？我看过他的报道和内部资料，我们私下里都叫他‘警王’。”安嘉璐道，语气里充满仰慕，小女子总是容易被大英雄的事迹感染，更何况又是同行。她这么一问，一边围着的十几位男生女生都八卦上了，有问变态杀人狂的，有问跨省贩毒案的，有问长钢职工区爆炸案的，对那些后来听着像天方夜谭的侦破过程，他们都有着浓厚的兴趣。

“喂喂，同学们，同学们，纪律啊，案情是不能向外随意透露的，等你们当了刑警，自己在内网上查吧。好好……还有谁报名？”史科长被学员的热情搞得有点蒙，企图搪塞着。不过越神秘，越勾起了这干警校生的兴趣，不一会儿，表格几乎人手一份，都抢着填表了。

史科长最后喊一声谁还报名时，还真有思想斗争激烈到这时才下定决心的，是个胖胖的男生，样子长得有点迷糊，拿表格都显得有点紧张。等史科长笑着退出教室时，里面已经嚷起来了，他听到最清楚的一句：“鼠标，你五千米能跑过去吗？争什么精英？”

然后是哄堂大笑，叫声四起，这光景也让史科长想起了自己当年在警校的日子，相互间称呼着那些稀奇古怪的绰号，让人听得亲切。他掩上门，关住了一教室的哄闹声。

哥们情深

“就是啊，鼠标，你去争精英，我们多没压力。”

有个脸上好几粒青春痘的男生回头嚷着。那个刚拿到表格就受到如此攻击的胖男生鼠标，一脸迷糊样，有点生气了，直嚷着：“你精英行吧？就你一个是精英行吧！”

“就是啊，牲口，笑话谁呢？打牌输了饭卡，想找回场子也不是这么干的吧？”声援鼠标的来了，是豆包，两人不但是哥们儿，长相都像哥俩。那被称为牲口的被两人一挤对，仿佛有杀父仇、夺妻恨一般，咬牙切齿道：“豆包，你小子别嘚瑟，晚上继续干，不把你路费赢干净，你就不知道你牲口哥叫什么。”

“鼠标”严德标和被叫作“豆包”的豆晓波是一个宿舍的，虽然这哥俩学习成绩和训练科目时常垫底，不过玩起牌来可不是吃素的，不管斗地主、炸金花还是跑得快，玩得一个比一个溜。跟他们玩不但输钱，有时候连饭卡也难保。

可惜哥几个的风光可带不到教室来，临近毕业，实习和就业的压力愈来愈重。鼠标看着表格，一笔一画填着姓名、性别、籍贯以及政治面貌之类的，后面有个非客观项，是问你为什么要当警察。这他当然知道，除暴安良、维护社会和谐呗。他刚准备填上时，背后伸过来一只手，直接把表格抢走，一撕一揉，装口袋里，大摇大摆走了。

此人正是坐在最后一排的室友余罪。鼠标一看余罪那德行，奇怪地问：“豆包，他又咋啦？人格倾向有问题啦？”

“不咋，人格没问题，人有点问题。”豆晓波道。

“哎对了，他怎么没领表？要论体能测试，牲口也跑不过他。”鼠标惊道。豆晓波却是一摊手道：“我也没领，你不瞎扯淡嘛，就算有留省城的机会也轮不着咱们呀。”

“万一呢，我是说万一，牌亮手里是把同花顺，那不拽啦。”鼠标摇头晃脑，对未来的期许很大，眼睛发亮道，“真要那样，别说乡下了，就我们那镇上要进编制没准也得好几年，还不一定能进去。知道回去干什么？大半夜搁街上巡逻，得多受罪呀，还挣不来钱，一月一千二，和环卫工人一个价……哎，等等我，跑什么？”

看着哥们儿豆包好不懊丧地起身走了，鼠标追着出来了，走下阶梯教室时，不经意看到了解冰和安嘉璐那一对俊男美女。鼠标对着安美女笑了笑，爱美之心，人皆有之。不过那笑容被安美女过滤了，根本没瞧见他。等追上了豆晓波和余罪，鼠标这碎嘴可埋怨上了，还是那副德行，虽然知道可能性不大，可万一要撞着了，岂不是时来运转了。省警校每届的毕业生除了家在省城的，鲜有留省城的机会，就算分配也大多数落脚在最基层的刑警队和派出所，你说万一像许处说的那样能解决户口和住房，得少奋斗多少年哪！

余罪听得烦了，猛一回头，吓了鼠标一跳。余罪在三人中年纪最小，不过心眼最多，三个人虽不是一个宿舍，但自从余罪窥破豆包和鼠标的牌技奥秘后，三人就成了莫逆之交。这不，余罪帮着鼠标哥整整衣领，很成熟老练地说道：“鼠标哥，虽然别人叫你鼠标，可我不觉得你鼠目寸光呀！你觉得能是真的吗？”

“他个大处长，不至于红口白牙骗人吧？”严德标不信了。

“我也给你讲个推理故事……话说春秋战国时期，有个小国的国君要嫁姑娘，给了上万金银的嫁妆，要招一个屠夫当驸马，可那个屠夫，坚决不要这位公主。你推理一下，原因在哪儿？”余罪严肃地问道。

“在哪儿？这可是大好事儿啊。”鼠标有点迷瞪，他侧头问豆包。

这豆晓波也觉得哪儿有问题，却是一时说不上来了，挠挠脑袋道：“就是啊，你又编故事骗我们？”

“这是真故事，史书记载。一对笨蛋。”余罪道。

“那问题在哪儿？”哥俩瞪着余罪，确实不知道有什么问题。

“你说在哪儿？减价的没好货，倒贴的难道有好货？杀猪卖肉的都推理出来了，我卖新鲜肉高价都有人要，隔夜肉就减价都没人问，这倒贴的人，绝对不是好人。事实果真如此。那屠夫见过国君女儿之后发现，那女人奇丑无比。”余罪教育着面前两个比他个子高、年纪也比他大的同窗，不耐烦地捏着两个人的脸评价着，“看看，就你们这两堆肉，是留省城的料吗？留下还至于倒贴你房子？这还用脑袋想吗？用屁股想都不可能呐。”

余罪抑扬顿挫地教育着哥俩，那哥俩眼珠转悠着，似乎要被说服。鼠标再要张口，被余罪挡住了，他直言道：“真中奖了也未必是好事，没准让你小子天天到臭水沟里捞残肢断臂，以及其他人体器官。晚上让你小子去看停尸间，泡不着美女，见的全是女鬼。”

咦哟，鼠标一咧嘴，给吓住了，紧张道：“可别这个样子啊，我口味一向不重。”

余罪一指豆包又吓唬道：“你也想是不是？知道刑事警察的伤亡率是多少？接近百分之十，就你这德行，跑是跑不动，打也打不动，你去干什么？增加组织的伤残指标不是？”

这下把豆包也给说得浑身起鸡皮疙瘩，脑袋摇得像拨浪鼓，直道：“别乌鸦嘴了，说得我心虚，我就没准备去。”

“那不就妥了，回县里或者镇上，当个小片警，找个美女拉拉小手，喝喝小酒，那多滋润的日子，你们怎么想不开呢？留省城？就咱们这届，多少精英子弟，好事还能轮得着咱们？走，吃饭去，省得一会儿又排队。”

余罪说完一扭头，后面那哥俩也扭捏地跟上了。细想也真是，天上不会掉馅饼，除非有人在捣鬼。

这哥仨趁了个早，等吃完的时候才见得其他同学陆续进来餐厅。前一日打牌余罪赢了牲口张猛不少，心里有点过意不去，于是从鼠标身上扒拉到了饭卡给了张猛。那哥们儿看来也确实是输得捉襟见肘，正敲着饭盆来回溜达准备蹭谁一顿呢，直接不客气地从余罪手中接过，谢都没谢。鼠标倒有点怏怏不乐了，又碎嘴埋怨了好大一会儿。

饭间很热闹，都在讨论选拔的事，独独这哥仨，边吃边斗地主，好不逍遥。等斗完了，豆包和鼠标笑得直打颤，却是余罪输得脸绿了，拿着仨饭盆去洗，那是输了的惩罚。

中午饭间的时候，史科长把两张统计表格交给了许平秋处长，一张是参与报名选拔的名单，全年级108人，报名的有97人；另一张是没报名的，共11人。江主任把平时训练的记录光盘交给了许处长，他本来是指着这位省厅来的处长多解决几个就业指标呢，不过心结还在选拔的警种上，左问右问套话。那许处长人老成精了，含含糊糊没有说出一句确定的话。

这顿饭比标准的工作餐档次稍高，加了一瓶好酒，王岚校长亲自倒酒让着许处和史科长，听席间话里的意思，好像他曾经还是许平秋的老师。这老头虽在体制内，可接触的警务并不是很多，顶多是熟悉操典的内容，几杯下肚后他也诧异地问许平秋："平秋啊，你这次来究竟是招聘什么人呀？"

"一线刑警呗。"许平秋夹着菜，随意道。

"胡说！别人不了解，我还不了解你？你脸上越显得简单，那这事就越不简单，招一线刑警需要副厅长亲自打电话让我全力配合吗？"王校长怏怏不乐道，似乎觉得有些事不该瞒着他。

他一生气，许平秋惯用的嬉皮笑脸来了，给王校长夹着菜，劝慰道："哟，王老师，您怎么还和当训导主任时候一样。想当年我就偷了几截玉米棒子，您愣是让我写了好几个检查。有些事不能那么打破砂锅问到底。"

“别跟我嬉皮笑脸，我就问你一句，是不是特殊任务？”王校长阴着脸道，不客气了。这一句，听得江主任脸上一沉，吓着了。看许平秋和史科长，两人脸色变得凝重起来，恐怕是猜着了。

“特殊”在这个群体有着大家都知道的含义。穿上了一身警服，荷枪实弹那叫照章办事，不特殊。提到“特殊”的字眼，那意味着是接触贩毒、凶杀、跨境罪犯一类的恶性犯罪，甚至是传说中死亡率最高的一个职业：卧底。

犯罪分子无所不用其极，警察的侦查和打击手段也是日新月异，有些永远不见光的警种校长还是知道的。他放下了筷子，不知哪来的悲伤，突然长叹一声。许平秋和史科长互视了一眼，知道要瞒着这位警察之师不容易，不过任务在身，又无法明说，饭桌上登时陷入了那种欲说无语的尴尬中。

“既然是任务，我就不问了。”

良久，王岚校长叹了口气道：“你们别见笑啊，人老了，世界观也跟着老了，跟不上形势了。现在没人细究这儿的历史，成立三十年，一共送走了二十九届学生，四千四百二十七名，受伤的没有具体统计过，牺牲在任上的，一共二百一十二名，包括你们那一届，和你一起偷过老乡玉米的邵兵山，九五爆炸案里，他抱着嫌疑人同归于尽了……现在都说警校这校长和教务是肥差，每年总有人想把孩子送进警校来。我有时候很迷茫，有时候甚至觉得就这样碌碌无为，尸位素餐，也比轰轰烈烈送他们‘光荣’强一点……”

简单的话，衬托着这位老校长日薄西山的悲凉心境，许平秋轻声问着：“老师，就像我们毕业时您说的，这个社会总该有人负责，如果在违法犯罪面前站出来的第一个人不是警察，那就是警察的耻辱。那些牺牲在任务中的我的同学、您的学生，您应该感到自豪，而不是悲伤……来，我们敬他们一杯。”

起身时，许平秋酒洒了一半，将剩下的一饮而尽，王岚校长也饮了一大杯。再落座时，均不再提此次选拔的事。

第一顿饭就在这么沉闷的气氛中吃完了。散席时，连心里打着小九九想走个后门的江主任也知趣地闭上嘴了。这样的警种倒不用走后门去，恐怕知道实情后，一般人都未必敢去。但究竟是个什么情况，仍然不是很清楚。

中午就在警校招待所休息的许处长回到房间开始仔细地审阅那些填报的表格，并给同来的史科长下了个任务：重点关注那几个没有报名的学员。具体工作是单独谈话，查找原因，调查一下家庭背景。

看着表格的时候，许平秋边看边念叨着世风日下，警校学员质量参差不齐，报名表写得不少，空话套话屁话却是一大堆。他笑着念着，关于为什么要当警察，有人写想抓坏人，维护世界和平，这是理想化的；还有人写维护和谐社会，保护人民群众财产和生命安全，这是官腔型的；还有人写想找一份稳定的职业发展，警察当然是不二之选，这是现实型的。

这个没有标准答案的命题并没有让许平秋发现能说服他的答案，当警察的年头长了，他知道，不是有热血、有理想、有学识就能当好警察的，但具体需要一个什么答案其实他也不知道。看着看着，他忽然噗地一声笑了起来，直笑得仰躺到床上。

史科长诧异地上来看时，许平秋把那张表格递给了他。史科长一看也乐了，那上面写了几行字，说自己的理想是要当一个成功的商人，最好是像比尔·盖茨那样有钱的，至于当警察，没办法，原因是：

我妈，逼的！

难免纠纷

“你真这样写的，吹牛吧？”豆包不相信了，直瞪着张猛。

绰号叫“牲口”的张猛是一个典型的雁北大汉，脖子、肩膀、腰身哪儿看着都很结实，就是因为他经常脱光显摆他那一身腱子肉，所以才得了“牲口”的绰号。不过这位可是位诚实的牲口，很毅然决然地道：“是啊，我就这样写的。要不是我妈逼我考警校，我才不来呢。哥要是不来这儿，差点就当了煤老板了。”

“完了，精英和你无缘了，哪有精英是自己妈逼出来的。”鼠标凑着热闹，挖苦着牲口。张猛嘴拙，听得这话似乎有点不对味，还没想出反驳的话来，却不料后面更刁钻的余罪说话了，他笑着说：“牲口，你要出洋相了。”

“什么洋相？我说实话，出什么洋相？”张猛不服气了。

“招聘的一看，回头问你，你为什么当警察，然后这原因他一说就是：你妈，逼的。”余罪板着脸一说，一阵哄堂大笑。鼠标笑得最凶，笑得腮帮子上的肉直颤悠，一不留神跟豆包撞个脑瓜，旁听的笑声更大了。张猛面红耳赤，腾地起身边抓向余罪边恶狠狠地嚷着：“余罪，我他妈掐死你。”

余罪大笑，一后仰，一个交叉警体拳动作，架住了张猛伸过来的大手，再一离座侧身，泥鳅般滑脱了，顺着教室走廊往外跑。张猛火冒三丈地在后面追。满教室各干各的，对于这种司空见惯的打闹谁也没在意，倒有火上浇油的，拍手跺脚嚷着：

“嗨，牲口，揍他。”

绕着讲台转了一圈，张猛几次伸手都没抓住滑溜的余罪，不是被他躲开了，就是被他轻飘飘的一挡卸力了。两人本来就是格斗训练的对手，人高马大的张猛输多赢少，从来没服气过余罪。追得急了，余罪又一次掰开他的手腕，顺势在他的脸上拧了一把，坏笑着“嘭”的一声拉开门往教室外跑，不料跑得急了，出门撞上了人。

“哎哟！干什么？”有位女生惊叫着，受惊的小鹿似的，双臂蜷着护住胸前。

“哎哟！”余罪也故意哎哟了一声，准备恶人先发飙来着，不过一看撞上的是安嘉璐，她那猝然被袭紧张护胸的慌乱样子看得余罪心神荡漾。他也像小鹿似的双臂一蜷喊着：“是不是好疼？”

哇，这么无耻，看得叫牲口的张猛都脸红了，坐在教室前排看到的同学更是一下子都笑喷了。安嘉璐可给气着了，俏指一指斥道：“余罪，成心是不是？信不信我找人灭了你。”

“信。”余罪凛然点点头，把对面这杏眼含威、俏脸覆霜的美女看得愣了下。只听余罪很决然地说道：“干嘛找人，你亲自动手多好，那就成警校花下死了。”

“哼，你等着。”安嘉璐知道对这号没皮没脸的男生，你越训他越来劲，哼了声甩头进教室了。同来的两位女生，都是安美女的死党，其中一位叫易敏的翻了余罪一眼斥道：“余罪，你脸皮可真厚啊，能当靶纸了，子弹打不透。”

“什么厚呀，根本就不要脸！”另一位叫叶巧铃的斥道。

“哎，等等。”余罪一伸手，把两位女生拦下了。虽然不是一班的，但警校女生有天生的优势。他一拦，两位女生不服气瞪着眼道：“怎么了，想练练？”

“不是不是，我是说你们怎么知道脸皮能当靶纸。”余罪突来一问，两个女生一愣。余罪笑着道：“怪不得二位脸像被子弹打过一样，惨不忍睹。”

说罢，不待女生反应过来，余罪拔腿就跑。后面两个女生跳脚大骂着，仪态尽失，气得花容色变、无处发泄时，张猛这老实娃遭了池鱼之殃，被两女生指着鼻子斥了句：“你们刑侦班里，没一个好东西。”

同学间的争辩你总不知道是怎么发生的，不过每有这种事情，都够捧腹好长一阵子了。张猛的脸皮可没余罪这么厚，不好意思地准备下楼追余罪去。不料刚到楼口，余罪跑上来了，边走边拽着张猛道：“快快，训导来了。真郁闷，该放假拖着不放假，招什么精英。”

“招精英怎么啦？好事。”张猛不同意了。

“好个屁！咱们这地方能产出精英来？笑话。”余罪道。

“不能你不要脸，就觉得天下人都卑鄙无耻，对吧？你连人家女生都欺负。”张猛不动手了，似乎要和余罪讲出个道理来。却不料余罪一回头，神色严肃，放低了声音道：“牲口，我有什么话可都说在明处，不像有些人做梦还在喊安嘉璐的名字。怎么，我不小心撞了她一下，你就心疼了？”

“谁……谁心疼了。”张猛掩饰着，有点欲盖弥彰。余罪一边笑一边用双臂胸前揉着，小声道：“哦，不心疼呀……那想不想知道我撞她的感觉？哎哟……”

余罪知道牲口也是安嘉璐的仰慕者之一，纯属故意地装腔作势了几下，把张猛刺激得锁眉瞪眼，要不是训导和两位招聘马上过来，八成又得追着余罪开打了。两人奔进了教室，又和往常一般坐到了最后一排的角落里。张猛这纯情小牲口，不时地瞟着安嘉璐，看样子还真有点心疼。不过看到人家和解冰在一起交头接耳说话时，又是好不郁闷地叹着气。这德行被余罪、鼠标和豆包仨瞧见了，自然又是窃笑不已。

“同学们，下午我和你们训导主任打过招呼了，凡报名参加的，会集中观看几例大案侦破录像，看完每人晚上做一份心得，没有要求，随心所欲做，可以谈侦破手法的得失，可以从犯罪心理的角度分析，也可以从防控上着手。起立，跟着史科长到电教室，谁是班长，带队！没报名的，留在教室。”

许平秋开门见山一句后，杂乱的脚步声响起，眨眼间一教室人走了个七七八八，有人走时还得意地往后看了眼。鼠标傻眼了，此时才觉得鹤立鸡群有点浑身不舒服了，埋怨着余罪道：“看看，我说随大流吧，你非要标新立异，估计他又得说咱们觉悟太低，没有进取心了。”

“你这觉悟就低在嘴上了，不张嘴能憋死你呀？”余罪不悦道。鼠标和豆包别的都好，就是嘴碎。那边豆包也要说话，余罪手快，撕了张纸一揉，伸手直接堵上了。

“来来，同学们，往前面坐。”

许平秋送走了同行，只剩他一人了，眼前这十一个没报名的，似乎有点不大情愿地被他招到了前排坐下。许平秋扫了眼：两个女生，九个男生，那位给他留下很深印象的男生就在其中，刚刚那撕纸堵人嘴的小动作他也看到了，下意识地感觉这家伙是个刺头。此时坐近了打量，以他一位老刑侦的眼光也一时无法准确描述对方的体貌特征：平头、中等个子、眉不浓不淡、眼不大不小、鼻子不高不低，长得一点特色都没有，也不像他身旁那两位，都有点婴儿肥，看着可乐。

“这位同学，能帮我个忙吗？”许平秋要心眼了，一摸口袋，掏着房卡，递给了站起来的余罪，说道，“到招待所201房间，把我的手包取来。劳烦您了。”

“没事。”余罪拿着房卡，赶紧跑了出去。

人一走，老许开始询问了。他对着名单问着第一位女生：“易敏同学吧，我很好奇，为什么你没有报名参加？能告诉我真实原因吗？”

“我家都联系好单位了，我爸妈就我一个闺女，他们不想我走得太远了。”易敏老实道。

“好，有主见。你学的痕迹检验在地方上一定会有用武之地的。”许平秋赞了下，那位叫易敏的女生高兴了，没想到这样还能得到上级的赞扬。

有了先例，后面的就好说了，四位是公安子弟，本身就是保送的，还有三位去向已定。不管什么原因，都被老许表扬了一番，不是表扬有主见，就是勉励有前途。鼠标和豆包可看得傻眼了，选精英的怎么对这些不是精英的格外感兴趣，还表扬成这样，快夸成花了。

终于轮到鼠标了。许平秋换了位置，和鼠标坐到了一块，和蔼地问着：“严德标同学，你呢？也是去向已定？”

“没定。”鼠标摇摇头道。

“那为什么放弃这次机会呢？”许平秋问。

“这个……”鼠标犹豫了。

“哦，有隐情，那我就不问了。”许平秋显得很宽厚。这种忽视让鼠标有点失落，却不料许平秋续道，“我刚看过你的详细个人资料，专业科目排名在91名，体能、射击，排名还要靠后。”

看着许平秋微笑的眼神，鼠标脸上挂不住了，难堪道：“许处长，您老都知道了，就没必要非说出来不是……”

几位同学都嗤嗤笑着，专业一般且体能测试经常不达标，作为全系的垫底，鼠标已经养成这种厚脸皮很多年了。不料许平秋没有笑，反而很严肃道：“你错了，越多的缺点反而掩盖了越多的优势，俗话说天生我材必有用，尺有所短、寸有所长，你一定有超乎常人的长处，只是你还没发现而已。”

“哎哟。”鼠标挺直了腰，颇受鼓舞，感激道，“许处，您要是我老师，没准我早成精英了。”

同学们一笑，许平秋和蔼地揽过鼠标道：“刑警中的精英可不是学习好、枪法准、体能强就能当得了的，我当年学习就不怎么样，还受过处分，差点被清理出警察队伍。”

“真的？不会吧？”豆包不信了。

“这我还能骗你，你们的校长王岚是我当年的训导主任，没少收拾我……那时候比现在要严格得多，警校现在餐厅后面那地方，以前是用来关禁闭的，犯错了先关起来写检查，我被关了可不止一回，现在不照样是个好警察吗？对了，我的体能还不如你呢。警察最重要的素质一个是经验，靠平时的慢慢积累；另一个就是你的脑瓜，不需要你有多高的智商，但是你要和犯罪分子想到一条道上，你绝对能抓住他。知道三年前轰动全省的那个变态杀人狂吗？那个嫌疑人让咱们省城全市警察束手无策，我接手后呢，没有布控，而是用了三个多月时间，跑遍了全省的精神病医院……”

“为什么要跑精神病医院？”

“咱们是常人，人家是变态啊，你不走到变态的思维里，你根本不知道他什么时候会再出来。于是在精神疾病专家大量分析的基础上，你们猜咱们刑警是怎么做的？”

许平秋说得跌宕起伏，把一干学员的心弦扣住了，一双双渴求和羡慕的眼睛眨巴着，不少人下意识地问：“那咱们是怎么做的？”

“没有布控，而是根据描摹直接确定了嫌疑人，找到了他的家里。

这种靠‘侧写’嫌疑人行为模式破案的手段，我们起步比西方晚了点，可我们也并不比他们差，今年咱们省厅就有两位刑侦专家接到了法国里昂国际刑警总部的邀请交流学习去了。有一天，说不定你们中间也会出现这样的精英啊。”许平秋道。他开始有意无意地撩拨，大谈留在省城工作的待遇以及有可能获得的荣誉，把血气方刚的学员们那股子劲给撩起来了，此时在座的各位脸上倒都有了点懊悔之意，直觉得没有参加选拔仿佛是犯了大错一般，懊悔得几近于失落了。

鼠标很失落，豆包也很失落，两人相视着抓耳挠腮。牌场上两人配合就不错，此时心意相通，在挤眉弄眼传递着观点，鼠标的意思是：听处长口气，好像有中奖机会啊；豆包的意思是：可咱们连名都没报，怎么办？

即便是差生，也要有点理想呀！两人都有点想补救的意思，可也都有点难以启齿，而且不知道还有没有机会……

刨根问底

这些小动作岂能逃过许平秋的眼睛？他心里暗笑，装模作样地问豆包：“你叫豆晓波吧？我有点奇怪啊，你的射击成绩不错，刑侦科目成绩在班里也不算差，怎么？连一个选拔赛也不敢试试？”

“哟，谁说不想呢。余罪不让我去。”豆晓波无意识间说露了。

许平秋没有给对方思考的机会，马上追问道：“不可能吧？你自己的事难道还需要别人替你当家？你不敢接受挑战，别把责任往同学的身上推啊。”

“真的，就是他不让我去。他说这是个坑，忽悠兄弟们送死去呢……鼠标，不，严德标填的表都被他撕了。”豆包脱口而出，把自己撇清楚了。旁观的鼠标一看许平秋脸色不对了，脚下踢踢豆包。豆包猛然省得失言，立马住口了。

“呵呵，送死？这就是个高危职业，你们心里不会不清楚吧？”许平秋干脆直言了，看似无所谓道，“我给你们数几件事啊，申城一件，一个嫌疑人冲进派出所大开杀戒，持刀捅了六名警察，三死三伤；大连，一名值勤交警在处罚肇事司机的时候被群殴致死；还有在咱们省的某市，反扒队被偷钱包的捅了一刀，一刀致命；还有，今年咱们邻省的某市，在押解嫌疑人时出了车祸，三名狱警两死一重伤，一车嫌疑人倒没事……危险无处不在呀，就现代生活的饮食、车祸以及环境污染，处处都是危机四伏呀。你觉得天下会有一个绝对安全的地方吗？”

这么解释危险倒觉得有点可笑了，几名学员都笑了。许平秋看气氛不错，又道：“危险青睐的可都是胆小鬼，这就叫越怕死，死得越快……呵呵，不过我看你们俩不像呀。”

“那当然不像了，怕就不当刑警了。”豆包拍着胸脯，自然不愿意被人小瞧了。

“不是不像，是根本就不是，我们班这群哥们儿，哪个不是贼胆大。”鼠标也道。

真要说胆子，这帮警校的男生还真是强于同龄人，两人一说，余下的几位也附和上了。许平秋释然道：“这就是了，我也是这所学校毕业的，咱们学校随便拉出去几个，素质都要超过普通人……哎，对了，可这位余罪同学有点胆小啊，他怎么就这么和你们不一样呢？”

听得此言，鼠标嘿嘿笑着道：“他是有点怪。”

“你们……也觉得他很怪？”许平秋回头问那几位学员。

这一问把新仇旧恨都勾起来了，上午被余罪评价得惨不忍睹的易敏咬牙切齿道：“那就是一贱人，连女生都欺负。”

“是吗？太过分了。”许平秋感觉要接触到资料上无法触及的层面了，同仇敌忾道，不经意间已经和在座的几位站到了同一阵线上。

“不是一般的过分，过分大啦。”又一位男生爆料了。

看来众怒难犯，大家都开始齐力声讨余罪这个睚眦必报的小人了。另一位女生说，你一句话说得难听，他回头能骂你十句，一点风度都没有；又一位男生道，这人奸诈得全身流坏水，跟人打赌打牌从来没输过，欠他几块钱，他能死皮赖脸追在背后一直要，上厕所都不放过；又有一位说得更凶了，说这家伙能犯的错，能违的纪，抽烟打架酗酒，训练逃课考试作弊，一样都没落下，整个就一害群之马，刑侦专业这个班年年拿不到优秀，就是他的功劳。更猛的是易敏，看来她对余罪怨念颇盛，絮絮叨叨说了一堆余罪的坏话，从给女生起恶心绰号、到给全班荣誉抹黑，历数一遍，整个就一十恶不赦、罪大恶极，末了还不忘气呼呼加上一句："知道我们为什么叫他'余罪'了吧！"

许平秋奇怪地问："不会吧，警队里还有道德水准这么低的人？要有处分的话，我在他的个人资料应该能看到啊。"

"唉，这就是他的无耻之处了。"易敏掰着指头道，"这家伙面上工作做得好，既是学校义工，又是志愿者，人前你看他像雷锋，人后立马就成欧阳锋了，毒啊。"

"有这么毒吗？"许平秋不相信这一面之词，又看向那几个男生，惊讶地问道，"那这只害群之马早该被清理出革命队伍，不至于潜伏到现在吧？"

"潜规则呀！"又一男生想当然地道，给了许平秋一个放诸四海皆准的答案。能潜伏到现在只能归功于潜规则了，虽然没明说，不过许平秋听得出来，暗指收买教员了。

这评价，让许平秋也意外了，没想到那位貌似普通的学员，居然这么不普通。众人声讨余罪的时候，鼠标和豆包不吭声了，此时许平秋早判断出了，这两位和余罪是一窝里的哥们儿。他笑着问："严德标、豆晓波，怎么您二位没有评价呢？他们讲的，是事实吗？"

"那个，那个，有点奸诈，没有那么贱。"鼠标嬉皮笑脸地，好歹给哥们儿说了句好话。豆包也不好意思道："不至于夸张成这样吧，还用这么多形容词，太不客观了。"

不过再维护也说得不那么理直气壮，许平秋听出来了，鼠标和豆包这两位是兄弟情深，原则靠边，剩下的若干位，怕是深受其害了。他刚要开口，不料那位叫易敏的女生嗤鼻不屑了，对着鼠标两人挖苦着：“你们两人可好意思说，祸害了同学还不放过同届的，同届的祸害完了，把下届也教坏了，再住两年警校，你们都发家致富了。”

“什么意思？”许平秋不明白了。鼠标和豆包翻着白眼，狠狠地瞪着易敏，易敏可不惧他俩，正要摔砂锅撂底，把这货聚赌的事兜出来。不料开门声响起，去拿东西的余罪回来了，他进门把手包递给许平秋，许平秋知道这个小道消息的打探也就该结束了。

而余罪却诧异了，怎么在座的十几位都像看外星人一样盯着自己，那眼光说不出的怪异，他不确定地问道：“怎么都这样看着我，我没有帅到让你们这么仰望吧？”

没人说话，现在看着余罪，倒觉得背后说人家坏话有点小人了。许平秋笑吟吟地拍拍余罪的肩膀道：“未必啊，咱俩站一块，你就比我帅。”

一看许平秋那皱纹横生的黑脸膛，余罪皱眉头，实在没有可比性。坐着的那几位笑了。许平秋却是给了台阶道：“同学们，再给大家一次机会，今天我带来的都是内部案例，即便不参加精英选拔，观摩观摩也没有坏处，我正式邀请你们加入。当然，谁要是后悔退出，现在想进入选拔，完全来得及。”

说完这句，许平秋直接往门外走着。易敏巴不得地喊了句“我去”，第一个跑了，剩下一干没报名的也都跟着易敏往外走，连豆包也吱溜一声跑了，生怕余罪揪着责问。余罪好不容易把行动迟缓的鼠标给拽住了，却见鼠标嬉皮笑脸道：“余儿啊，我观摩回来咱们再说，不要瞪眼睛，瞪眼睛就不帅了。”

趁着余罪懵然的工夫，鼠标一挣脱，也溜往电教室去了，眨眼间只剩下余罪一个人，他糊里糊涂地看着站在门口笑吟吟的许平秋，不确定地问道：“怎么回事？怎么都中了邪似的？”

“他们没中邪，是你有点邪了。有兴趣去观摩观摩吗？”许平秋和蔼地问道，余罪眼光里不太确定，不过摇了摇头。许平秋笑着又问道，

“能告诉我原因吗？作为一名即将毕业的刑事专业学员，我很不理解你对自己专业没有什么兴趣。”

“不，我有，我只是对那些已知结果、没有悬念的事情兴趣不大。”余罪正色道，“还没有侦探小说有意思。”

这句话让许平秋沉默了片刻才明白其中的意思，没错，自己带来的，是刑侦处干得几件很漂亮的案子，坦白地说他对这些用于对外宣传的例子兴趣也不大，表面工作而已。只是他有点奇怪，这样的话似乎不该从这个还没有接触过案子的学员口中说出来。

“有点意思，等你将来当了警察，会有很多满足你兴趣的悬念，就怕你一辈子都找不到正确答案。”许平秋若有所思地说了句。他不待这个菜鸟出口提问，轻轻地掩上门，走了。

余罪的眼睛里闪烁着迷茫和不解，他本以为这位惯于鼓动菜鸟们跳坑的老警一定会邀他同去的，不料一句莫名其妙的话之后就离开了，让他有点意外。他坐下来，琢磨着这位老警的话，在他这个年龄，恐怕读不懂这位一脸忧国忧民的老警。倒是此时偌大的教室唯剩他一人，在他心里，油然而生一种被忽视的怅然，怅然中，似乎还带着几分失落……

判若两人

“哟，光这销毁的毒品，得值多少钱啊？”

“鼠标，你能少说两句吗？也不怕人家笑话。”

“嘿嘿，我就随便说一句，反正你也不知道。”

“去去……”

“看看……那就是缉毒警，我一表哥就在缉毒战线上，他们的装备配置比特警都高一代，特别是通信器材，世界上最先进的。咱们现在玩的那针孔偷拍，都是人家几年前玩剩下的。”

“那贩毒的也不怎么样呀，长得像豆包，一瞅就不是个好鸟。”

“谁又拿我说事？别以为我听不见啊！”

黑暗里窃窃私语，夹杂着学员们互相攻击的声音，豆包一嚷，人群里嗤嗤笑着，没人搭理他。屏幕上被审的贩毒分子长着张圆脸，五官往一块聚，还真和豆包有点相似，有人小声说着拿豆包对比，引起了一阵更大的笑声。

而史科长、江主任以及后到的许平秋就站在隔间。他们不时地从门缝里看看，这是三例有代表性的刑事案例：一例跨境贩毒；一例连环凶杀；还有一例枪案。本来都是震撼人的大案，可不料从学员们有一搭没一搭的讨论里，听到的尽是些让他们牙疼的话，看到销毁毒品，有人心疼它值多少钱；看到多警种协作，有人羡慕那些先进装备了；看到敲头杀人系列案的主谋，很多人都觉得这嫌疑人有点蠢了。

蠢吗？肯定蠢，不过是得等你得知答案之后。在此之前，那个案子可是让全城都人人自危。

“许处，现在的学生啊，自律性差了点，个性强了点，不像咱们那时候单纯了。”江晓原主任听得学生讨论，圆场似的来了句，生怕让这最早来洽谈招聘事宜的两人失望，毕竟是省厅来的人。

“挺好，没个性的，恐怕不会有什么出息。”许平秋不以为忤道，此时他眼前萦绕的还是那张其貌不扬的脸。他随意地问了一句，“这届毕业班都来了，有一个没来，好像叫余醉？江主任，对这个学员你印象怎么样？”

“不错，挺好的，就是有点胆小，不太愿意从事刑警这个职业。”江晓原道。

迥然不同的评价，让许平秋听得心里咯噔一下子，看来和资料记载的出入大了，他不动声色道：“胆小？其他方面呢？”

“嗯，其他表现还算良好，咱们学校组织的门卫、值勤、查宿舍，都是学员自理的，他连续当了三年。这可是义务劳动，除了加点学分，没报酬的，一般没人愿意干；还有每学期的公益活动，他都带头参加，虽然不在学生会里，可这些活，他比学生会干得还多；至于专业成绩，中等吧，是个好苗子。”江主任道，不吝赞美之词，快夸成一朵花了。史科长不明就里倒不觉得什么，许平秋可奇怪了，问道：“有故意夸大成分吧？现在有这么高尚的人，天天义务劳动？”

“这个还真不假，有记录的……对了，他是特招来的，身体素质很好，校篮球队的后卫，五千米在省运会上给学校摘过银牌。”江主任道，看样子他对这“余罪”的评价不低。

此时许平秋想起了在教室里那些学员的评价，相差这么多，该相信什么话他心里清楚，恐怕老师再了解学员也不免有片面之嫌。他没有揭破，只是带着诧异的口吻问着：“那条件不错，怎么也不参加选拔？”

“这个，你得问他自己了，不好几个人都没参加吗？怎么，许处对他有兴趣？”江主任笑着问。许平秋也笑了笑，不置可否。

多年的职业习惯让许平秋在等待的时间里对比着不多的个人资料，回忆着到校所见的这届毕业生：有很耀眼的，像解冰、安嘉璐之类，不管是本人还是家庭背景，放在任何地方都引人眼球；相比较而言，另一个群体却是平淡无奇的，像易敏、严德标、豆晓波，大多数学员履历苍白得只有在哪儿哪儿上学、哪儿哪儿毕业的经历；当然，也有看不透深浅的，就像余罪那样，在老师和学员眼中迥然不同，整个一个两面派。

百人百面，即便是这些未出茅庐的菜鸟，你要一个一个看穿他们，恐怕都没有那么容易。

整个观摩用了三个小时，中间休息了十五分钟，等结束时学员们已经是哈欠连天。结束语是史科长出面说的，他给大家布置了一个有趣的作业，就今天观摩的录像写一份心得，其意是想多从一些细枝末节了解这些学员的性格特征和心理倾向，可以随心所欲地写，不用署真名，但必须署一个自己想到的代用名，反正就像在网上发帖灌水一样，什么也不用顾及。如果有真知灼见的，就有机会受到省厅刑侦处的邀请，没有也无所谓，不会记人学籍。

这个安排引起了学员不大不小的兴趣，最起码不用硬着头皮编一假大空的格式文了。学员们陆续起身离开电教室，不少人和许平秋打着招呼，最后出去的鼠标和豆包，贼头贼脑地向许处长和江主任笑了笑。一见这俩货，江主任气不打一处来了，小声说道："这两位品质多少有点问题，公益活动从来不参加，私下里特别爱赌，因为这事受过口头警告处分，要不是看在认错态度还可以，非给他们装进档案里。"

说者无心，听者有意，许平秋只是笑了笑，心道还真没发现那两人有这本事。他对这两位浑身毛病的，似乎比那些没毛病的兴趣还大。

冬天日短，天黑得早，吃完晚饭不到六点的光景已经是天色渐黑了。回到招待所，史科长把教室和电教室的录像带了回来，许平秋没有再看资料，只是看着一张张面孔，似乎在凭着直觉去找他想找的人，史科长问了句什么，他也答得心不在焉。看许处这么投入，史科长倒不好意思打扰了，自顾自地出门溜达去了。

这个以雄性为主体的环境，装饰也显得格外刚劲，树丛被修剪成有棱角的方形，居中大国徽的花池上书写着"立警为民"四个大字，即便是闲暇时间，出来的学员也是挺胸直腰。史科长看着这个被誉为全省警察摇篮的地方，来这儿的任务可算是工作里最轻松的一次了，他悠闲地漫步在校园里，看着来往的行人，似乎回忆起了自己风华正茂的当年，脸上微微地笑了。

饭后时间，处处都是出来溜达的人，和别的大学不一样，由于男女比例严重失调的缘故，这儿很少见到成双成对的情侣。但凡事有例外，隔着一幢楼，解冰在拨着安嘉璐的电话，不一会儿看到心仪的美人从宿舍楼里出来，他笑着迎上去，安嘉璐却是不悦地埋怨着："叫我下来干什么？还要准备心得呢，你写完了吗？"

"那你都当回事呀？对你来说还不是手到擒来。咱们在校园里漫步一会儿？"解冰笑着，帅帅的脸上堆满了殷勤的笑容。对于这位白马王子，安嘉璐却是无从拒绝，边走边道："你什么时候有这个爱好了？"

"今天。"解冰笑道。

"凡事总有动机，今天不会产生了什么动机了吧？"安嘉璐笑道。

两人的关系还真像许平秋猜测的那样，在若即若离间，不过不可否认，郎才女貌在外人眼中确也很是般配，解冰喜欢的也正是这种心思玲珑剔透的美人，他神秘笑着道：“确实产生了，不过我不准备告诉你，你可以凭推理猜测一下。”

“怎么，你有选拔的内幕消息？”安嘉璐脱口而出，对于这事似乎很上心。

“没有，你猜错了。”

“嗯，那就是……你想给我一个惊喜？”

“咦？好像快猜到了。”

“猜你并不难，恋爱中智商下降的不只有女生，男生智商下降得更厉害。”

“那我们算恋爱中了吗？”

“不算，是你恋我，我还没准备爱你呢，恋爱的条件暂且还不能够成立。”安嘉璐笑着道。美女总不介意调侃自己的仰慕者，何况又是位帅哥。说话的时候不觉间二人已经停步在一个冬青丛后，朦胧的天色中，解冰看到了什么似的笑着一抬眼皮，没有说话。

安嘉璐诧异地一回头，看到了三个高个子的男生，把一个刚从厕所出来的男生顶在墙上，为首的“啪”就是一耳光。安嘉璐心想太过分了，三个打一个！再一细看，被打的隐约有点面熟。安嘉璐正要抬步时，胳膊被解冰拉住了。此时的解冰，脸上有着一种得意的、还带着几分不屑的笑容。

“我推理，恶人会有恶报，不知道你相信吗？”

拉着安嘉璐胳膊的解冰，这样说道。安嘉璐一下子晓得那挨打的人是谁了……

忍无可忍

被打的是余罪，出了厕所刚提上裤子，根本没防备，就被三人顶墙上了。当头一人高个长脸，甩手就是一耳光，余罪脸上火辣辣的疼，捂着脸嚷着："哥，哥，别打脸，就靠这混饭呢。"

打人的先笑了，一端余罪的下巴，跟其他两人笑着道："就这脸，比屁股强不了多少，还混饭？"

说罢又一扬手，余罪马上一捂脸哎哟哟直叫嚷。不料巴掌没落下来，三个人都笑了，另一位留胡子的，蜷着指头敲了余罪一个爆栗骂着："别他妈装孙子，知道干什么了？"

"知道，知道。"余罪点头道，眼睛瞥向揪着自己的那位。他侧身让了让，生怕被三人挤着一顿痛殴。

不能说不知道，一说不知道，估计立马就拳头伺候。

"知道什么呀？"另一位问着，反手扇了余罪脑门一下。

余罪忙不迭地一捂脑袋，低声下气说道："哥您说什么就是什么，轻点揍啊，我身体不太好，不经打。"

三人被这惫懒货色搞得士气消了不少，本来准备好好教训一顿的，看这德行，打得都没劲。当头揪着余罪的那位没感觉到威胁，手刚松时，不料一阵剧疼从下身传来，他手一放，捂着下身"啊哟"一声惨叫，弯下腰了。

电光石火间，余罪的右手已经打向左边的人，一拳封眼，距离恰当，简直是竖好的沙袋。那人同样一声惨叫，捂着脸部蹬蹬蹬退了好几步，跟着余罪左手一反，只听清脆的一响，手掌托住了对方冲来的拳头。

那人没料到这貌不起眼的小个子出手这么快，拳头被挡，变势不及，缩手时手腕已经被箍子套住一样，钻心的疼。哎哟哟刚喊出声来，跟着眼前一黑，一大脚丫给踹脸上了。

爬起来时，余罪已经跳出包围圈走了十几步远。这几下兔起鹘落，来人才省得轻敌了。

“妈的，我劈死你。”

“起来……”

三个人被打出火气来了，揉揉眼睛，抚抚下身，就着一股子怒意追了上去。

可不料今天碰的不是善茬，那余罪跑过男生宿舍楼时，张臂大喊着：“打架啦，快来看热闹。”再走几步，又吼着：“鼠标、豆包、牲口、汉奸……抄家伙。”

喊得声嘶力竭，听声音也是急了，那三人以为这家伙是虚张声势，又追了半截。可不料追着追着其中一位喊了句“停下”，三个人硬生生刹住脚步，只听得一幢宿舍楼咣当咣当声乱响，门厅已经有人奔了出来，个个兴奋地喊着：“哪儿呢？谁打谁呢？”

余罪嚷着往这边一指，门厅边上一瞅来人，看穿着不是本校的，警校生们立马捋起袖子，吼道：“妈的，哪儿来的，找刺激来了。”

吼的人一多，来看热闹的也多了，临近放假的学员们个个更是闲得慌，二楼甚至已经有人从窗户爬到台子上，直接就跳下来，自发地堵在路上了。

警校这干精力过剩的小后生，平时自己人都打得不亦乐乎，有外人来岂能放过？

人越聚越多，那仨傻眼了，这简直是进匪窝了。趁着三人愣神的工夫，余罪找到机会了，三两步助跑，一下子凌空跳起，一个侧踹，那位被一拳封眼的反应慢了点，直接被蹬脖子上了，骨碌碌一滚，躺在地上边哼哼边抽搐。

另外两人拉开架势就要拼命，不料余罪得手即跳出圈外，对着聚起的人群道：“兄弟们，这几个王八蛋不知道哪儿来的，趴在女厕所上看，我就阻止了一下，他们还想灭我！都上，让他们知道这是什么地方！”

一听这话，警校这干哥们儿怒火中烧了，警校女生本来就够少，质量还不太好，这都被外人偷窥去了还了得？一干叉着胳膊的学员围成一圈慢慢靠近，个个虎视眈眈，一步一步，把包围圈里的三人挤得后退、后退、再后退。退到快到墙根的时候，有人侧头看看宿舍上的摄像头，道了句：“可以了，拍不到了。”

外人恐怕不知道警校的规矩，他们就连自己人打架也约到摄像头拍不到的位置，不管发生什么反正谁也说不清。于是群殴就开始了，这三个大个子成了一帮小学员消化精力的乐子，你一拳，我一脚，腋下来一下、软肋上来下、腿弯上干一下，阴得不得了。不一会儿就是惨叫连连，三个人吃不住，被打得连声告饶。

鼠标、豆包来得迟了，兴冲冲上去补了两脚。随即那三位就被学校风纪队扭送去学生处了，不少人一致指认这三个家伙偷窥女厕所，揍得不冤。风纪队也是警校的学员，胳膊肘肯定不会往外拐，押解途中还有人踹了两脚骂骂咧咧道：“长眼了没有，这是警校，你以为是艺校啊，没打残你不错了。”

可没人注意到，这一切都被暗处的史科长悄悄观看着，回趟警校还能碰见这种烂事让他不禁哑然失笑。不过多年的职业敏感又让他马上严肃起来，似乎这个案由，根本经不起推敲。

他们至于到警校来偷窥女厕吗？还组团来？

不过有人已经猜到答案了，安嘉璐在远处看清了全过程，猛地回头看着解冰，解冰一脸尴尬，心中直埋怨这三人太无能。原来安嘉璐上午被余罪那无赖撞了一下，向解冰说了以后，这家伙晚上就找人收拾余罪来了，可不料殷勤没献成，反把自己人折进去了。

“你找的人？”安嘉璐的声音好冷，瞪着解冰。

“我……那个……”解冰手抚着额头，不知道该说什么。本来想等着事成之后，说一句恶有恶报，谁知道老天太不长眼，让恶人当道了。

“有本事你和他单挑啊，找人算什么本事，真是的。”安嘉璐觉得这事办得实在不地道，一扭头，气呼呼地走了。解冰赶忙追上去，边走边解释，然而安美女径直进了女宿舍楼，不理他了。

风纪队带走人时，史科长本待回去，不料在嬉笑讨论的人群之后，他又瞅到余罪、严德标、豆晓波三人鬼鬼祟祟往餐厅后去了，一瞬间的好奇心驱使，让他悄无声息地跟上去了……

对错难分

“怎么回事？怎么跟人打起来了？”鼠标被余罪拉着往阴暗角落走，奇怪问道。

“余儿，你瞎掰吧，咱们警校女生大部分都是恐龙级的，没听人说嘛：警校女生一回头，吓得校长要跳楼；警校女生二回头，街上流氓全自首。哈哈，要真偷窥女厕，根本不用咱们打，他们自个就被吓坏了。”豆包也发现问题了，开玩笑道。

余罪可顾不上扯淡，将情况向两人说了。其实他也不知道究竟是什么事让三人来找麻烦，但偷窥女厕这个理由肯定站不住脚，回头到学生处一查，肯定是引火烧身，监控里就只有余罪飞踹人家的镜头，万一人家矢口否认，这事就不好讲了。所以呢，余罪一不做二不休，对两人道：“帮个忙，我得先去告他们，不能被动挨打，而且得找出这是谁在背后使坏。”

“没说的，不帮你还帮谁呀？”鼠标道。

“来，冲我这儿打一拳。”余罪指指自己的鼻子。鼠标哎哟了一声，直言下不了手，惹得余罪骂了他一句，一伸脸，让豆包动手。

豆包犹豫不定，不确定道：“我可早想揍你了，别说我故意的啊，医药费自理啊。”

“甭废话，快点。”余罪催着，闭上眼睛了。豆包咬牙切齿，费了好大劲才提起勇气来，干了余罪的鼻梁一拳。

一拳见血，余罪满眼全成了小星星。见着余罪眼泪和鼻血直流，鼠标一激灵捂着嘴，好不紧张地替人喊了句：“哎哟，好疼。”

“贱人，真狠。”余罪摸着鼻血，掏了张绢纸说道，“一会儿那仨出来，跟上啊，看他们去哪儿了。”

说完他捂着鼻血长流的地方，朝学生处奔去，告状去了。

“豆包，你说谁吃饱了撑的，找他的麻烦？他可是要妞没妞、要钱没钱，整个一无产阶级。”鼠标看着余罪走了，回头问着。

“就是啊，余儿一般不会没事惹事呀？”豆包狐疑道。余罪虽然刁钻了点，但也仅限于同学间的打闹，不至于惹得让人下手这么黑。

“走吧，还没写心得呢。”鼠标想不透关节，叫着豆包走时，却不料僵在原地了。此时豆包也发现餐厅掏炉灰墙的后面闪出来一个人，敢情有人偷听着呢，按说别人倒不怕，可偏偏这个人是来招聘的史科长。史科长就那么站着，鼠标和豆包抿着嘴、瞪着眼瞅着，像被猫堵住归路的小老鼠，傻眼了。

史科长想到那个自伤鼻梁的余罪这时恐怕已经满脸带血告状去了，不禁觉得可笑，直笑得浑身发颤。鼠标和豆包也笑了，边笑两人边使眼色，一个不防，两人像夺路而奔的老鼠，蹿得没影了。

此时，天黑了，史科长几乎是一路笑着回招待所的。

“江主任，您瞧，把我打成什么样子了！我就说了一句，他们就打我，要不是同学围得多，我今儿怕是就得光荣了……简直太可恶，我都不认识他们，至于下手这么狠吗？”

余罪捂着鼻子，刻意在嘴上、腮上抹的鼻血起作用了，看上去惨兮兮的。偏偏这货又擅长煽情，把处在弱势受欺负的委屈说得声泪俱下，惹得风闻来处理的江晓原主任对这三个肇事者怒目而视。江主任生气地痛斥着：“太不像话了，你们体工大怎么了？了不起了？跑十几公里上门打我们的学员？”

“不是我们打的，是他打我们了。”其中一位好不委屈道，本来自己伤了占优势，可现在看来，人家更惨。

“那我是自卫，我站那挨打你就高兴了？”余罪抢白道。

“是啊，把人打成这样，必须严肃处理。”江晓原主任看着余罪一脸血，安慰道。

“我们没把他打成这样！”脖子上挨了几脚的一个男生更委屈道。余罪接着这句话，几乎要哭出泪来了，痛不欲生地反问着：“那你们说，还想把我打成什么样啊！”

这算是解释不清楚了，三人都觉得自己比窦娥还冤。江晓原看三个体工大的学生人高马大，愈发火大道：“站好！了不得了，还想当着我的面打呀？”护犊子的江主任数落了他们几句，又回头看余罪的伤势。

“没事，没事，主任。我得去包扎一下，输点液，脑袋有点昏。”余罪看江主任关切地要上前看，怕露馅，赶紧说道。

“那快去吧，好好休息，这事学生处处理。”江晓原主任安慰道。

“那我走了。”余罪告了个辞。回头走时，盯着这三个耷拉脑袋的货，冷不丁突然问着，“谁让你们来的？”

三个人一惊，那名受伤轻点的哼了声，没搭理他。余罪又道：“哥几个要出名了啊，偷窥女厕，体工大出能人啊。”

“我们没有偷窥，这是诬陷！”刚才梗脖子的那位又重新强调道。

“那你们大晚上来警校干什么？还钻到女生厕所，鬼鬼祟祟的。”余罪反问着。他知道问不出答案，可要不给答案，那这个屎盆子，他们就只能顶着了。

果不其然，那仨有苦难言，被问住了。有位被逼急的强调他们是在男厕所，不在女厕所。余罪恍然大悟道：“哦，你们藏在女厕所隔壁呀，看，江主任，还是欲行不轨。”

“嗯，就是。”江主任怒目而视，拍着桌子道，然后摆着手让余罪出去了。

余罪扭头离开，咬着下嘴唇笑着，刚关上门就听到了江主任义正辞严地教育着：“年轻人，学什么不好，学着往女厕所钻……这是思想品质有严重问题，就算你们学校领人，这事也得写出深刻检讨。小节不注意，将来要失大节的，再往下发展就是走上违法犯罪的道路，到那时候就晚啦！你，姓什么叫什么，身份证号……”

余罪在门后听了好久，听到那几人的来历时，悄悄地走了。

“许处，您对这类学生打架的事也感兴趣？”

史科长笑着问，无意和许处说了今晚所见。这位许处长着魔似的，居然拉着他开车停在校门口，搞得跟盯嫌疑人一样。

“我奶奶小时候说，从小不淘气，长大没出息，这话有一定道理，我最烦的就是乖孩子。咱们现在的培训体系不行啊，跟大棚种菜一样，出来都一个模子，满口为祖国为人民，假得他们自己都不相信，警察是什么？就是个工资不高、责任不小的职业而已。”许平秋啰唆道，一般是心情好了话才多，似乎这打架事件让他很兴奋似的。

史科长笑了笑，小声问着：“许处，您不是对这几个打架的情有独钟了吧？”

“为什么不呢？打都不敢打，我怎么放心把他们扔到一线去？难道嫌疑人还因为他们不会打架，而对他们客气一点？”许平秋道。

“我是说，这几个家伙品德可是够呛，打架讨了便宜不说，还诬陷人家偷窥女厕所，这理由也太站不住脚了。就这还不算完，还自个儿打出鼻血来，一准去告恶状了。”史科长笑着道，看样子似乎并不认同余罪几人的行为。

“你不觉得他们已经具备点特质了？他们将来面对的可都是恶人，太善良了要吃亏的。”许平秋笑道。不过这话史科长不认可。许平秋又道，“善恶定性要看动机和结果，有时候这和品质无关。依我看呀，他们这事还得来一场。”

“哟，还没完？”史科长诧异了。

“要是没事了，我叫你一起到这儿干吗？既然那个理由站不住脚，那就应该还有不为人知的其他理由。这边仨人吃了狠亏，就此罢手也不可能，想当年我们打架的时候，得争这口气，特别是这个年龄，根本容不下过夜仇，除非是一方认输。”许平秋笑道。

“那您的意思是，就因为这个，还得干一仗？”史科长有点不信。

“应该有这种可能，一会儿那三人被带走，咱们跟着了解了解情况去，要真是学生间的误会或者什么鸡毛蒜皮小事，那就算了。不过我想三个人大老远来围攻一个人，应该有点什么原因吧，不至于那么简单。”许平秋不确定地说。

史科长却是不以为然道：“直接问江主任不就行了。”

“不行，各有各的道，咱们代表白道，对立面有黑道，学生里也有学生的道，真有事，谁也不会告诉学生处的。”许平秋笑道。

越来越离谱了，史科长干脆不问了，不过看许处长这么上心，他有点忍俊不禁。等了一支烟的工夫，就见去接打架学生的车出来了，是体工大保卫科的。车开出不远，史科长刚要拧钥匙发动，不料被许处一把摁住了，他抬头示意着：“看，说什么来着。”

只见校门里几辆单车飞快地驶了出来，追着前面那辆车的方向，而骑在最前面的就是余罪，屁股后领了大约十几个人，那样子分明就是要寻衅滋事的架势。

“咱们到外围，调几个今天轮休的外勤，看看他们干什么。唉，别这么看着我，这也是出于安全考虑，万一这群愣小子没轻没重打出事来怎么办？”

许平秋故作严肃说道，不过看笑话的味道却很浓。史科长算是无语了，哭笑不得地迎合着这位上司，摸出手机，联系上了几位休息的外勤人员。

集合地：体工大校门口。任务：监视一帮骑山地车的。

谁比谁狠

羊肉串、烤地瓜，加上一捧爆玉米，这是余罪能犒劳兄弟们的最高标准了。钱花得他有点肉疼，可等这帮草包快吃完了，都没见体工大的人出来。

同来的汪慎修是个帅帅的小伙，此时耐不住了，扔了地瓜皮问着："余儿，怎么还没出来，会不会不出来了，咱明儿再来呗。"

"嗨你个汉奸，前脚吃完，后脚就溜，再等等。"余罪不乐意了。

"那等不出来怎么办，都俩小时了。君子报仇，明天不晚，至于把兄弟冻成这样嘛！"一个叫作李二冬的学员说道。豆包刚说老二说得有道理，便挨了余罪一脚。眼看着军心要动，余罪解释道："兄弟们，这事快刀斩乱麻得赶紧解决，我现在都不知道什么原因，万一明天再来几个人收拾我怎么办？万一我落单不在学校怎么办？"

"也是啊，余儿，你在外面没干坏事吧？"另一个同来的学员董韶军问道，他还是怀疑问题出在余罪身上。

"不可能，我干坏事能不叫上你们嘛！"余罪脱口道，带着好不埋怨的眼光。

也是，众兄弟齐齐点头。大家喝酒打牌逛街遛弯，包括一块去艺校看漂亮妞，向来结伙同行，讲究团队精神。鼠标和豆包糊弄新生赢来的小钱，大多数也是被当公款挥霍了。

"出来了！那个，被余儿踢了老二的。"鼠标眼尖，最先发现了。余罪一瞧，三个人出来了两个，折腾了几个小时估计也饿了，似乎正是出来校门口买吃的。余罪一撒手，这干警校学员如同上抓捕课一般，三两个迅速散开，撒了个大包围圈子。

鼠标随手捡了几块地瓜皮，悄悄地握在手里；另一边，余罪拉拉风帽，低下了头。此时接近晚九时，校门口沿路两边一群小摊贩，琳琅的灯光飘着各色食物的香气，从保卫科里出来的两位受挫男埋怨着真是倒霉透顶了，跟其他学校打架闹事体工大向来无往不利，碰上警校可落了下风，不但被扣了顶偷窥女厕的帽子，又被本校的保卫科训了一顿。要不是看在解冰是个有钱主的份上，哥几个这回可要落下这个臭名了。

两人刚走到煎饼摊前，冷不丁听到有人吹了声轻佻的口哨。其中一人一回头看到余罪站在校门口，心中一惊，赶紧拉拉同伴。余罪一抽手，当啷一声，一根甩棍打了出来，挑衅看着两人，恶狠狠地冲上来。

打架打得就是先声夺人，这个人有多横两人早领教过了。两人士气已失，一使眼色，一左一右，撒腿就跑，直往街外奔。余罪扑哧一笑，心想他们跑的方向，正好掉坑里，于是根本没追，慢条斯理收起甩棍。

左边那位跑出不到十米，被几个大个子一拦，鼠标把地瓜皮往他嘴上一贴，对方喊都没喊出来。四五人将其挤到围墙根，噼里啪啦开始暴揍了。学生打架向来没啥理由，逮着就揍，几下下去，鼠标揪着再问，哟，老实得很，立马交代了。

右边那位跑得稍远一点，回头一看余罪没追来，刚喘口气，不料眼睛一黑，头被蒙上了，嗯嗯啊啊叫着又是被人一顿连打带踹，翻身的机会那是一点也没了。这边的豆包下午打架就没搁上手，这里占上便宜了，狠狠踹了一通，很快就把真相问出来了。

打架发生得很快，旁观有人发现诧异时，这干警校的已经分开了，两拨各朝不同的方向，跑得比打得还快。过了好大一会儿，有胆大的上去看黑暗中被揍的人时，只见好大的个子，一把鼻涕一把泪哭着嘟囔道：“太欺负人了……太欺负人了！”

旁观同情的人不少，都说把娃打成这样，太过分了。鞋子给扔了也罢，皮带也给抽了，还糊了一嘴不知道什么屎黄屎黄的。被揍的那人是爬着出来的，遍地找不着鞋子，欲哭无泪，那可怜相足以博得小商贩们的同情，卖羊肉串的递着卫生纸叫着：“娃呀，快擦擦……”

同情归同情，不过学校里打架的也不稀罕，都是些鸡毛蒜皮的小事。不一会儿闻讯出来的保卫科讯问情况后，立刻把电话打到警校的保卫科了，嚷着道："你们警校的学员太过分了，找上门打我们的学生。"

"绝对不可能，打架讲证据的啊，没证据的都是诬蔑！"警校风纪处如是回道，没有证据你说个毛呀。

警校学员打架天生有优势，不但战斗力强，而且不可能留下让你抓的把柄。在警校内部打，那一定会严肃处理，要是在外面打，你要揪不住人，那可绝对不认账。

又是一笔嘴官司加糊涂账，保卫科无奈之下，通知家长了。

现场散开以后，没人注意到两个像旁观群众的中年男子悄悄收起了隐藏的摄像机，步行上了停在路边的一辆不起眼的车里。坐定时，司机笑着道："我以为有案子，这学生打架有什么盯的？"

"今年不是要给咱们增加警力吗？兴许队里正考验他们呢。"另一位道。

"不能吧，就那几个打人的？"司机道，一想那过程也笑了，"凑合吧，咱们的外勤上走得越来越多，留不住人呀。还别说，这几个家伙，手脚挺麻利，适合干咱们这一行。"

"你傻呀，还适合？根本就是咱们这一行的！蒙头，那是不留目击；脱鞋子抽皮带，那是预防被追。我们当年上学，老师就这么教的，错不了，全他妈是警校的小兔崽子。"另一位道，两人笑得直打颤。

不一会儿，这个DV传到了许平秋手中。他看过一遍，觉得又气又好笑，这帮兔崽子，把平时训练的战术配合、抓捕、格斗，全用到打架上了。事情似乎有点过，他又驱车重返体工大在保卫科坐了很久，出来的时候却阴着脸，一言不发。

这个时候，在查寝前赶回学校的余罪也阴着脸，被真相气着了。

找人打自己的是解冰，原因很简单，就是因为上午不小心撞到了安嘉璐。余罪平时就这大咧咧的德行，可没料到是这个原因，就被解冰盯上了。

要说起余罪来，这是个浑身找不出一点优点来的人，不过把余罪和解冰比，同样满身缺点的兄弟们可就拥护同类余罪了。那位解冰确实属于一位生活习惯良好的人，因此也不怎么合群，很少和这帮平日喝酒抽烟的同学往来，甚至不愿和这帮土包子多说几句话，加上家境实在优越，偶尔还开着奥迪在学校嘚瑟。他虽然在追本届警花，可下面两届的警花却在追他，在这个大多数人根本没机会恋爱的环境，这家伙却有这么多美女围着，早恨得这帮光棍牙痒痒了。

“趁早不趁晚，今晚动手，黑灯瞎火揍他一顿得了，他知道是谁也没治。”牲口恶狠狠地说，怕是有点公报私仇的意思。

“别，好歹同学一场，至于这么狠吗？再说余儿没吃亏，净讨便宜了。”豆包在学校里胆子可不大，而且有点不忍。

“就是，那可是个有钱主，别背后使坏，咱这一群得全被砸翻。”汉奸汪慎修道，再怎么说也是学员，惹事还成，没擦屁股的本事。

“哎我说余儿，这个事上你也有问题啊，你长得比我还磕碜，你去调戏人家安美女干什么？就换我，有这么位水灵姑娘被你吃豆腐了，我他妈也跟你没完。”李二冬笑着说。

众兄弟再看余罪，此时他一副思考者的深邃眼光，斜靠着破床不知在想什么，一帮人窃笑上了，安美女是大家的公众情人，但能真让美女侧目的，恐怕也就人家解冰有那本事。余罪这么调戏一下，现在大家说起来，倒觉得是他该挨这一顿，不冤枉。

余罪气得直骂一干损友没义气，一拉被子，仰躺着下逐客令了：“都滚吧，没事都睡去吧，我以为谁呢，就个解冰，太容易收拾了。”

“你就吹吧，没兄弟们给你撑腰，你还不就是挨揍的料。”牲口张猛道。

“就是，才给吃了点爆米花和地瓜。要替解冰揍你，解冰最少得给兄弟们一人好几百。”李二冬道。

“算了算了，穷不斗富、民不斗官。余儿，就当没发生，装个糊涂就过去了。”董韶军相对识大体，劝着余罪道。

余罪可不领情了，横眉瞪眼直说道：“有仇现世报，妈的不收拾他我都不姓余！你们都别管，看我怎么收拾他，我非得收拾得他服服帖帖才行！”

这牛吹的，哥几个太不给面子了，一人喷了句，还真都走了。

同室的李二冬再想劝一句，一看余罪若有所思的样子，闭上嘴了。

余罪在班里年纪几乎是最小的，不过比年龄最大的还有主见，他要说能干了的事，倒也不算吹牛。

第二章
余罪就是个人渣

不义不仁

哎……好一声长叹。

这一夜，史科长已经不知道听到许平秋处长叹多少次了。他知道，恐怕许处还纠结在选拔的人选上，历年都是从各地市基层选拔或者从更高一层的警官大学直接分配，他搞不清今年为什么这么改革，更搞不清为什么直属省厅的这位大处长要亲自操刀此事。这在他看来是很严肃而且保密程度相当高的事，他也从一开始就投入了全部的注意力。

只不过这个时候事情有点偏离轨道了，昨晚许处到体工大，让便衣外勤在保卫科把体工大那三个到警校闹事的家伙审讯了一番。别说学生娃，就保卫科的一听是刑警来了，也吓得全身起鸡皮疙瘩，一下就把事情兜了个底朝天。许平秋这才得知起因居然是那位艳光四射的安嘉璐，因为一点小纠纷，准男友解冰找人报复到余罪头上了，找的人里面有一个是解冰的高中同学，还有一个学生的家长在解冰家里的公司供职。

事情发展到这会儿就够呛了，肇事的够呛，那受害的更够呛。这不，许处早上起来，又看到了外勤带出来的摄像，实在无语得很。余罪带去十三个人，捂嘴的、动手的、扒鞋拽皮带的、堵着现场掩饰的，分工相当明确。那利索劲，一看就知道绝对不是头一回干这事，当他看到镜头里迷糊的严德标搂人的动作，又给气笑了。

“哎，血气方刚是好事啊，就怕用不到正途上。我真不敢想象啊，这帮家伙要是将来不走正道，能成什么样子。”许平秋忧虑地说道。

史科长知道许处的心结，他喜欢这号有冲劲有血性的娃娃，但又怕驾驭不了他们的野性，他适时道：“许处，他们逼问出了幕后，是不是这事还没完？现在两头打得可到临界点了，再打出事，就该追究刑事责任了。”

“可不是嘛，要是在警队混了几年的老油条，干了擦边的还情有可原，这才多大？手里真要有点特权，你敢想象他们能干出什么事来？打架我还真不生气，没点脾气的，他当不了刑警。我生气的是这个叫解冰的，直接从外面叫人对付自己的同学，你说他心理该有多阴暗？真要有这样的队友，你敢放心把后背交给他？另一个也够呛，看这组织和实施水平，绝对不是第一次犯事，根本不考虑后果。”许平秋怒道，好不失望，看来他对这一届简直就是集体失望了。

他起身穿好衣服，准备吃早饭去。今天是体能测试，其他事他保持着旁观者的态度，一切还要按部就班地进行。出门时史科长看领导的脸色不怎么好，小声请示着：“许处，要不要警示他们一下，这一拨知道了解冰捣鬼，会不会再出其他事？”

“不用，都已经是成人了，要在这些小节上把握不住，不管是处分还是开除，我们都不干涉。”

许平秋有点生气地说道，不过下楼时，他的脸色已经渐渐放晴，等到吃饭的时候，已经从他的表情上看不出什么端倪来了。

“你写的是什么？”

鼠标嘴里嚼着，一手拿饭盆，一手写心得，对自己挖空心思写的那几行字实在不中意。书到用时方恨少，要写了才发现，警校白念了，什么也不会。

被问的是汉奸汪慎修，他笑着说道："我是网上抄的。你想抄？给你。"

"算了，我还是交自己的吧。"鼠标好不失望。

几个货一块吃早饭时嘿嘿笑着，怕是提不出什么真知灼见来，更何况昨天观摩的案子根本就是像读天书一般看了个大概，只顾数人家的装备和缴获的案值了，其他方面还真没怎么想。

今天是低年级离校的日子，睡懒觉的多了，来饭堂吃饭的就少了。先是鼠标和豆包，后来的是汉奸和老二，不一会儿昨晚出去打架的那群兄弟在饭堂聚了个七七八八，小声嘀咕着。有人敲敲桌子示意门口，众人一看，却是解冰进来，霎时都没人说话了，继续往他的身后看。

后面的才有看头，解冰追安美女追得全校皆知，除了宿舍和厕所，基本都在身边。本来解冰都不常来食堂吃饭，不过因为安美女的缘故，养成这个习惯都快半年多了。果不其然，他刚进门，后面的安嘉璐和易敏等三位女生也说说笑笑进来了。

说起来那三人也不算很丑，只不过和安嘉璐站到一块，基本上就没有什么光彩可言了。一袭橄榄色的学员服，蹬着运动鞋、梳着马尾辫的安嘉璐像全身散发着磁力一般，一进门就吸引了大多数异性的眼光。身材很棒，凸凹有致，那是长期运动的结果；脸蛋更棒，让警校这届学员脑袋里几乎把其他美女都过滤了。

"眼珠掉饭盆里了，豆包。"鼠标取笑道。

豆包收回视线，翻了鼠标一眼，一看张猛嘴唇上挂了滴亮晶晶的水珠，直接笑喷了。鼠标一看明白了："哦，不是眼珠，是口水珠。"

张猛哼了哼，不屑对这群不懂感情的人解释了。自认风骚的汉奸汪慎修说道："兄弟，太遗憾了啊，咱们这一拨十几坨绝对能达到牛粪的标准，为什么就没见有鲜花插上来呢？"

"那是因为有一坨比咱们十几坨更帅的狗屎。"李二冬幽怨地说道，眼睛瞥到了殷勤打饭的解冰。所谓仇"帅"之心，人皆有之，此话诚然不假。

“大哥。”有人吭声了，是经常沉默寡言的董韶军，他嘴里的东西吃不下去了，哭笑不得道，“正吃着呢，不要说这些恶心人的行不？”一群哥们儿更来劲了，故意逗着这位被冠以“烧饼”绰号的董韶军，怎么恶心怎么来，说得他干脆放下盆子不吃了。

此时餐厅的学员有意无意间分成了三拨，鼠标、汉奸等一拨人是一个盆里吃饭的，透着亲切，也基本都是各县或远处的地市来的，属于生活拮据没有余钱可使的一类；还有一拨人是那种事不关已、高高挂起的一类；当然，最引人注目的莫过于以解冰为首的最耀眼的一群学员，他们这个小团体和鼠标、汉奸之流少有来往，家里最差也是处级干部，家底背景最少也有个千把万，一个比一个吓人。

有权也就罢了，还他妈这么有钱；有钱也就罢了吧，还他妈这么帅。瞧人家和安美女几个女生相对而坐，侃侃而谈，不时的笑声盈盈，越来越让远处一干屌丝的心理处于失衡状态。

牲口张猛又要说些什么，不经意发现鼠标和豆包心神不宁，他捅了捅鼠标问着：“怎么了？秀色可餐看饱了？”

“怎么没见余儿？”鼠标心神不宁道。豆包问着：“汉奸，你们不一宿舍的吗？他人呢？”

“咦？是呀……坏了，那贱人不会掉茅坑里了吧？”汪慎修边吃饭边开着玩笑，正巧抬头看向食堂入口，不料一下就被噎住了，勺子顺势一指，哥几个跟着朝门外一瞅。

得，众人眼珠齐刷刷掉了一地……

女神财神

只见得平时一年四季学员服不离身的余罪，此时西装革履、头发锃亮，拎着一个饭盆，迈着自信的步子进了餐厅。一步三晃，真叫一个目中无人。

好多人一下不适应他这个装扮，都张口结舌瞧着。不可否认，人靠衣装，余罪这么一打扮还是蛮有震慑力的。李二冬喃喃道："哟？这人装的，至于穿成这样来大食堂装不？"

更意外的是，他没有像平时那样和哥们儿窝一块儿，而是径直走向安嘉璐和解冰那一桌。那一桌子也都惊讶地直勾勾盯着余罪，有人扑哧笑了，解冰身旁一人笑着道："这……是怎么了？咱们都这么熟悉，至于装成这样吗？"

他一说，解冰几人都笑了，不过解冰心里有点鬼，显得有点不自然。余罪大咧咧一坐，撅屁股一挤，把边上的人给挤出位子了。

安嘉璐也知道昨天的事，此时和余罪面对面，未免有点尴尬，可又难以启齿。解冰适时地把手搭上余罪的肩膀，很客气地轻声道："余罪，有什么事咱们私下里谈，可以吗？"

"你千万别和我有事啊。"余罪笑道，补充着，"手放下，搞得咱们俩好像有基情一样……你不会暗恋我吧？"

这一说，那几个女生都跟着笑了，解冰尴尬地坐着，再要说话，余罪却捏着他的手，从自己的肩上移下，转头换成一副深情款款的眼神看着安嘉璐。安嘉璐吓了一跳，惊得脱口而出："你想干什么？"

"哟，真是心有灵犀呀，一看就知道我想干什么。我想干一件四年来一直想干却没干的事。"余罪道。

那深情的样子，白痴都知道他想干什么，这是求爱来了。

求爱的先例警校里也不少了，今天又出一个。倒是安嘉璐早已经习惯这种状况，反而得意地笑着道：“我很钦佩你的勇气，不过你将会是第N位被我拒绝的求爱者，打击很重的哦。余罪，你确定要说出来？”

一如既往的傲，傲得俏脸带笑。她瞥了余罪一眼，那是根本没把他放眼里的意思。

“我确定要说出来。”余罪很白痴地道，吸引了全餐厅的眼光，他声音马上再大了几个分贝，一张臂，动情地喊着，“我要对着全班、全系、全校的同学，大声说出来：我爱你！安嘉璐！我爱你爱得痛不欲生、爱得死去活来。能看到你的时候，你就是我的一切；看不到你的时候，一切都是你；得不到你的爱，我觉得生活对我没有一点意义……”

本来可爱，也很可笑，那干女生男生都如看白痴一般诧异地看着余罪。偏偏那余罪好像已经沉浸在爱河中，说得动情之至，就差痛哭流涕了。远处那干哥们儿瞠目结舌地听着、看着，实在有点替他脸红了。

不过那抑扬顿挫的表白听着有点不对味，像在朗诵，再看表情也越来越浮夸了。余罪很入戏，不过越入戏，安嘉璐越脸红，解冰脸越绿，周围的男生女生，都听傻了。

半晌，余罪朗诵完了，他手一翻，变戏法似的从饭盆里拿出了一朵玫瑰，笑吟吟递上来。安嘉璐可没想到余罪脸皮厚到这种程度，她面红耳赤的，拒绝也不是、呵斥也不行，尴尬地看着那朵还不知道从哪儿捡来的玫瑰。她知道这货是在戏弄自己，夺过玫瑰往余罪头上一甩，瞪着眼斥着：“你成心是不是？”

“哇，这你都看出来了。”余罪惊讶道。安嘉璐又要发飙，不料余罪话头一转大声道，“我真是一百个诚心、一百个诚意，嘉璐，你能接受我这颗纯洁的心吗？”

远处的一干坏小子，全都笑喷了。安嘉璐被气得说不出话来了，一跺脚、一拍桌子，气得起身就跑。她身边那几个密友也被气坏了，都对余罪怒目而视，知道这货是故意搞这么一出让安嘉璐难堪。

身旁易敏要出头时，余罪手一挡，制止道：“不许对我人身攻击啊，你们要尊重我的感情。”

“你去死吧你，也不瞧瞧你什么德行。”易敏刀子嘴，恶毒地斥着。不料余罪小花拈着，无所谓地道：“别这么看着我，没见过癞蛤蟆吃天鹅肉啊，没追到天鹅之前，我是不会死的……是不是啊，兄弟们，支持我追安嘉璐的举手。”

此时那边看着解冰糗相的一下子明白了，跺脚的、拍手的、敲饭盆的、拍桌子的，齐声喊着：“支持支持……”

“支持余蛤蟆追安天鹅啊。哈哈。”

汪慎修哈哈大笑着，一下子引爆了此时的气氛，那几位女生气呼呼地走了，解冰这个所谓精英团队的脸上实在有点挂不住，都同情地看了解冰一眼，这些烂事，说不出个道理来。

余罪此时才慢腾腾起身，不屑地盯了解冰一眼。两人都带着敌视的眼光。但解冰知道，自己的痛处被戳到了。对方根本没把他放在眼里。

坐到那干兄弟们的面前，不少人竖大拇指了。余罪这招够卑鄙、够无耻，有人忙着给余罪打饭，有人给捏肩，有人给捶肩膀，像是一局拳击完了，准备下局再开。不料此时集合哨响了，那几位准备去参加体能测试的，给了余罪一个鼓励的表情，接着个个春风得意地跑出去了。

胡乱吃完早饭，餐厅已经没什么人了，余罪洗完饭盆，刚出餐厅就看到解冰在等着他。他笑了笑道：“我不会针对你啊，公平竞争。”

“哼，你和我竞争，不是笑话嘛。”解冰不屑道，抚了抚修长的手指。不管怎么看，余罪这个长得有点普通、行事有点猥琐的人都称不上他的对手。

“对呀，要是有个笑话天天缠着你，你不也落人笑柄了？”余罪不屑道。

这正是解冰的痛处，真要有这么个货天天嚷着求爱，恐怕真要成笑柄了。他气愤地撂了句：“以前没发现，你可真够卑鄙的。”

“哟，推理得这么准，谁说不是呢。”余罪脸也不红道。

“你确定非要让我撕破脸皮？”解冰道，保持着最后的容忍底线。

“不已经撕破了吗？我是无意，你是有心，那我还顾忌什么？别瞪我，你吓唬谁呀？”余罪斜眼看着对方，表情很不屑。这个时候，两人摊牌了。

警校这个特殊的团队里，勇人、猛人、悍人、凶人层出不穷，曾经发生过学员盗窃枪械库的事，就为了去朝仇人开一枪泄愤。之后的殴斗就被学校限定在一个可控的范围内，那就是赤手空拳、打得头破血流都没事，但谁要持械，大多数都会被直接开除。

解冰现在觉得忌惮了，以前听说这个捅事娄子玩得很转，当时他不信。不过昨晚他信了，一帮人追到体工大把自己找的人打了一通，搞得他焦头烂额，可没等那边的事处理好，这边他又出这个洋相，实在让他有点头昏脑涨，对这个赖皮没脾气了。

两人相互不服气地对视了良久，余罪笑了笑，转身走了。经过解冰身边的时候，解冰伸手一拦，口气软了，就听他问道："我们换个解决方式怎么样？"

"单挑你会吃亏的，你确定？"余罪笑了，那可是他的强项。

"不一定非用拳头解决，对吗？以前的事咱们全当没有发生过怎么样？我知道你回老家就业肯定没路子，我可以帮你，来，交个朋友。"解冰伸着手，脸上是一贯的从容大气，那是与生俱来的高人一等。

"开支票，我可不要空头的，现金的话，我可以考虑。杀人偿命、打人赔钱，天经地义啊。"余罪没伸手，不过脸上却笑了。自己从初中就开始收低年级的保护费，这个结果自己再熟悉不过了。

"我给你钱，你敢要？不怕我回头告你勒索？不过我不会这么做，你开价吧。"解冰道。一听这么简单，他放心了，甚至有点窃喜。

"咱们都卑鄙，从你手里拿现金我可不敢……这样吧，我有张信用卡购物快刷爆了，你给补上五千吧，就当我的精神损失赔偿了啊。"余罪道，掏着手机，发了条短信到解冰的手机，随即解释着，"户名是余满塘，我爸的卡，甭指望告我敲诈勒索你啊。"

就是嘛，敢告咱就说不知道哪个傻逼把钱打我爸卡上了。余罪笑眯眯地看着解冰，解冰见余罪随手就发短信，肯定是准备好了，气愤道：

“你都已经准备好拿钱了？是够黑的啊，什么事都和钱挂钩了。”

“光你会推理呀，我猜就你的本事，除了花钱消灾其他都不会。尽快啊，没收到钱以前，我会很疯狂地去追求安女神的。”余罪装起了手机，慢条斯理道。看着气得有点发蒙的解冰，余罪笑了，此时倒拍拍他的肩膀安慰着，“兄弟，你还在乎这点钱？我要价又不高，别觉得丢面子，大不了我明儿向安嘉璐鞠躬道歉，绝对给够你五千块的面子……唉，要不你多给点，我这脸不要了，明儿给你当众道歉？”

解冰怕掉坑里，侧头瞪了余罪一眼，气愤地撂了句：“就五千，一笔勾销。”

“OK，成，那我吃点亏得了。走好啊，解财神。”余罪点头哈腰，一脸奸笑地恭送着。

收起手机，解冰气呼呼地走了，余罪一脸得意地奸笑，连鼠标和豆包凑上来他都没发现。哪知这两人一人挟起一只胳膊，直把他往大操场拉，余罪不迭地问着：“怎么了又？我没报名，拉我干什么？”

“余儿，看在哥们儿帮你打架的分上，这回你一定得帮我们。”鼠标道。

“就是，咱们学校老师卡表，你在体育队，一定要想办法啊。”豆包道。

这两人以前的测试成绩就是这么靠余罪“潜规则”通过的，可今天成不成余罪不知道，不敢乱答应。那哥俩可不放手了，鼠标嚷着：“兄弟有难，死也要帮，这可是你说的啊。”

“可没说帮你们作弊呀？”余罪哭笑不得了。

“作弊而已，又不是逼你干别的，扭捏个毛呀，快走。”豆包在背后使劲推。

两人一个拽、一个推，把余罪给带到操场上了……

高手眼高

这次体能测试的规格不小，学生处、训导处和体育组几乎全部出动了，还有其他专业的在隔离网外看热闹。余罪趁乱进去，那哥俩排到正在点名的队里，给余罪使着眼色。

余罪代表学校参加过省运会，平时在学校就常在篮球队里玩，和体育组那帮老师混得很熟悉。这不，余罪正凑到准备起点发令的老师们身边，舰着脸，赤裸裸地谄媚道："杨老师，有什么需要帮忙的，要不我帮您卡表？"

"去去去，别捣乱。"一位套着运动装的老师，直接把余罪给撵一边了。"秦老师，您歇会儿，我帮您。"眨眼余罪又搬了个凳子，放到另一位老师身边，那位老师一瞅余罪，立刻有所提防。以前鼠标、豆包那俩草包经常就在达标线上晃悠，余罪没少在卡表上、记录上做手脚，有时候做得太无耻了，连老师都知道了。平时睁只眼闭只眼也就过去了，今天似乎不行，省厅的领导在，老师不讲情面了，连赶带推，直接把余罪轰出场地之外了。

余罪耷拉着脑袋走了，许平秋诧异地看了他一眼，知道这家伙肯定是学校里的小油条，要不不至于江主任对他也赞誉有加。不过马上他又发现余罪和解冰说了几句话，还握了手，居然像朋友一般。看来学生之间有些事情，也未必是他这位离校已久的老家伙能看懂的了。

当然看不懂，学生间的那种感情，只有他们自己能懂。那边余罪把情况一讲，鼠标和豆包傻眼了，长跑是两人天生的一个短板，一年级时还凑合能过，不过自打好吃懒做了这两年，体能这块短板就更明显了。余罪怒其不争地看了这俩货一眼，有点气不打一处来，斥道："对你们说别来，你们非来丢人现眼，总不能我替你们去跑吧？"

哥俩咬着嘴唇，翻着白眼，好一副水深火热、受苦受难的委屈表情，就那么呆呆地看着余罪，这个表情绝对有说服力，那意思是：兄弟们反正就这样了，你看着办吧。

完了，余罪被打败了，兄弟有难，死也要帮，但他真没办法了，只好胡乱应道："先跑吧，最后一圈带带你们。"

说话间，第一组已经跑回来了，一个个都冲过了终点，排头的张猛恶狠狠地来了个凌空步，挥着拳头嘚瑟。

"牲口，跑慢点会死呀。"鼠标咬牙切齿，羡慕嫉妒恨了。

对于自身身体素质要求相对较严格的警校学员在这方面还是有优势的，跑起来个个生龙活虎，特别是解冰那一组，一脱外衣，就在跑道上你追我赶，惹得围观的女生好一阵尖叫。不得不承认这拨帅哥确实较多，身材出众的解冰尤为惹眼，长腿细腰，匀称的身体在高速奔跑中似乎有某种特别的美感，疾速冲过终点时，人群里又是好一阵欢呼。

"哇，好帅。"不少女生眼热地嚷着。

"呸，骚包。"更多男生羡慕嫉妒恨着。

第四组、第五组………鼠标和豆包听到自己名字被喊到时，就像上刑场一样，一步三回头地看着余罪。兄弟们都知道这两位经常熬夜牌战，身体那是日况愈下，还有人鼓励道："没事鼠标，你要光荣了，哥替你坐庄！"

众人大笑，又有人鼓励道："豆包，我押上一百块你达不了标，赌不赌？"

那边鼠标一脱外衣，不光小肚腩出来了，一蹲身子，那屁股撅得绝对超过场上所有女生的翘臀。

发令枪一响，众学员一窝蜂冲了出去。没有任何悬念，鼠标和豆包直接落在最后，十米、二十米、三十米……一圈跟不上，圈圈跟不上，五圈下来，已经被落了小半圈了。同室同班的哥们儿平日说笑归说笑，此刻巴不得替他们跑了，都跟在跑道两边，齐嚷着："快点快点，乌龟都比你们俩快。"

"还有一圈，冲刺冲刺。"

"跟上我跑，快快快……"

鼠标气喘如牛，呼哧呼哧挪着步子，快到极限了。豆包也好不了多少，跑得浑身直扭，就差一头栽倒了，任凭兄弟们呐喊助威，这俩的速度还是越来越慢。

"让开让开……鼠标，再不跑，我可捅了啊。"这时余罪追上来了，恶狠狠地嚷着，手里扬着钥匙串上的小刀。

这玩意实在没威胁力，鼠标喘着道："找找……找个长点的刀，把哥结、结果算了，实在跑不动了。"

这惫懒家伙眼看就要停了，余罪咬着钢牙，痛下决心，恶狠狠地道："我他妈就不信你跑不动。"

说着，他朝鼠标的臀部狠狠一扎，剧痛让鼠标仰头长嚎，两手捂着屁股，速度一下子提起来了。

"啊……你真捅啊！"后面的豆包气喘吁吁，有点被吓着了，只见余罪一扬小刀，二话不说，绕到自己背后就要再扎，一瞬间刺激得豆包忘了此时的疲累，两手一捂屁股，大喊着："不要啊！"

说着不要，跑得飞快，蹭蹭蹭就追上了差距，后面的男生更是笑翻了一片。

就连那帮体育老师也看得大眼瞪小眼，余罪扬手赶着，威胁着要捅。只见那本来落在最后的两人连过四五人，来了个完美的冲刺。奔过终点，秦老师一扬卡表喊着："达标！三分五十四秒！"

这下鼠标兴奋了，跑过终点居然还有力气大喊大嚷，嚷着嚷着感觉不对了，突然发觉后面一干坏小子都跟着自己看。汉奸汪慎修道："看起来他很爽啊。难道后面被来一下，都比较爽？"

"咦哟，兄弟相残呐！" 董韶军来了句，咬着嘴唇憋着笑。

此时兴奋劲下去，鼠标伸手朝屁股一摸，方觉剧疼袭来，手放到眼前时，只见殷殷的血色。他嘴一咧，分开人群，痛不欲生地吼着："余罪，我要杀了你……看把老子屁股上都捅出血来了！"

那吼得就像个被人施暴了的怨妇，说出来的话又实在令人浮想联翩，跑道两侧的师生，顿时笑倒了一片……

接下来的测试悬念不大了，标准并不算高，立定跳远，引体向上，俯卧撑，跨越壕沟跳，持五公斤哑铃三十秒冲拳，参加的学员几乎全部能够达标。这回余罪“荣幸”地被秦老师一干人揪住了，抬垫子、平跳远沙坑、帮忙数数。因为他在跑道的小动作，还挨了秦老师两个爆栗，而且鼠标更是用怨毒的眼光威胁着自己，要不是公众场合，怕是早想办法报仇了。

很快到了最后一项匕首攻与防测试了，这是不论什么警种都必修的科目，是基本的防身的技能。但这玩意谁也说不出高低，攻方就是刺、削、扎三种握匕手势；守方就是格、挡、拧三种防守反击手法。众学员平时已经练得纯熟了，就算女生使出来也像模像样，偏偏许处长看上去似乎不入眼。

秦老师看许平秋不时微微摇头，有些坐不住了，悄悄捅了捅了江主任。江晓原上前对许平秋道：“许处，还可以吧？最后一项了，这一项对体能的要求不是很高。”

“是不高，不过有一天真遇上了，怕是连小流氓也打不过呀。”许平秋道，眼里不无忧虑。

“不至于，刑侦专业的训练在全校是强度最大的。”江主任笑道。

“塑料匕首、模拟场合、拉着花架子，练不出好手来。”许平秋摇头道。看到豆晓波和一个瘦个子男生攻防做势时，他径直上前，两人自动停手。就见他细细瞧瞧两人，摇头道：“我今天看到的匕首攻防，最接近实战的是解冰，其他人的，纯粹是摆样子。”

这一说，好多人耷拉脑袋了，只有解冰高兴地敬了礼，喊了声：“谢谢许处。”

“来，解冰，你上来。咱们做个对攻。”许处长一伸手，变戏法似的，一把把豆包手里的匕首拧走了。豆包发愣了，都不知道匕首是怎么没的，许处一扬手，那匕首平平地朝解冰飞了过去，解冰伸手一侧身，正好握住了手柄。动作兔起鹘落，眨眼便站到了许处身前不远，摆好了攻防架势，惹得一干女生又是一阵叫好。

“你攻，我守，来。”许平秋一招手，解冰本来有点顾忌，不过一看人家那么睥睨的眼光，不免少年气盛。他兜了两圈，做了数个假动作，找了个空当，匕尖朝着许平秋肋下直刺过去。

只听“当”的一声！解冰被人扇在手背上，匕首差点脱手，惹得哄笑一阵。

人家许处纯粹是玩呢，要下狠手，刚才就扣了你的腕子了。有点脸红的解冰矮身一个扫堂腿，许平秋退一步，解冰再一个侧踹，许平秋再退，接连着一个侧削的假动作。一看许平秋弓身闪避，空门大露，他暗自窃喜，变削为刺，直指小腹，几个动作像快速镜头，看得围观者又一阵叫好。

此时，学员里倒期待解冰那一刀扎到许老头身上，对方未免太小看学员了。

眼看就扎到了，却不料许平秋蒲扇般的大手像长了眼睛般，又一次挡住了解冰的胳膊外侧，稍稍一挡，匕锋偏了。此时解冰力道已卸，许平秋顺势揪着他的领子往后一送，解冰蹬蹬几步差点站立不稳。

校场上的老师们生怕一群年轻人没轻没重有什么闪失，江晓原主任向旁人小声解释着，许处本就是刑侦总队长，全省刑警的总教习，别说一个人，就是一群人上，未必能拿下他。这样一说，老师们才稍稍放心，其实看现场也发现了，二人实力差距太大，解冰的动作行云流水，像舞蹈，老头的动作虽不雅观却实用，但见许处就像拎小鸡一样，把解冰拎着扔出去了。

“来，我攻，你防。”许平秋看解冰泄气了，招手道。解冰扔过来匕首，拉近到数步距离的时候，许平秋一个箭步毫无花哨地直冲上来，解冰看着匕首的方向直指自己咽喉，下意识地伸手要格挡，可不料那匕首瞬间变成了下划，在他臂上顺势划了一刀，跟着小腹部位一疼，得，人家已经捅到那儿了。

人群里笑声起来了，解冰的样子就像站在那儿，让人家捅了一刀似的，可偏偏说不出为什么来。解冰有点懊丧地下场时，许平秋环视一群菜鸟，心性大起，得意地扬着匕首道："谁不服气上来试试，能刺到我，这个科目我给他打满分！就别让我刺了，我肯定能刺到你们。"

这话把一干小年轻给刺激得可是不轻，立马就有愣头青站出来了，是牲口张猛。他向前一站，后头的兄弟鼓劲着嚷："上，牲口，兄弟们赌你赢。"

"来来来……动作这么慢，是不是早上没吃饭？"许平秋弓身招着手，挑衅着，张猛捡起地上的匕首，一言不发。两人走着圆圈，几下试探之后，他一个鞭腿直扫向老许面门，老许飞快地后退、闪避。张猛憋足劲了，一腿接一腿，上踢、下扫、直蹬、侧踹，根本忘了自己手里的匕首。几下之后没踹着人，他倒累得喘气了，一不留神，腿被人家端住了，就见得许平秋阴沉一笑，手势一起，张猛一个站不稳，重心丢了，咚地一声栽了个仰面朝天。

"你手里拿着刀不用，这么费劲抬腿干吗？谁还来？别小看匕首攻防这一课，关键的时候能救命啊，攻守的时候你的眼睛不能乱看。一看匕尖，二看人肩，手未动、肩先移，要在他动以前就判断它要来的方向，不要等它来了，你再去挡，万一手快的在你挡的时候一变方向，你可就要见红了。谁还敢来试试，不会这事也让女士优先吧。"

许平秋捋着袖子，环伺一圈，讲解的同时更刺激着众学员。那个李二冬蹦出来了，兄弟们称他"老二"，是因为这货真的有点二，上场就是个原地快速连刺，嘴里嗬嗬有声，活脱脱的电竞动作，然后又是狂吼一声，疯狂地冲上去了，这下子倒把许平秋搞蒙了，不明情况，先后退、后退、再后退，退着退着，李二冬猛地站定了，不悦地道："许处长，你一直跑让我怎么刺啊？"

众人一笑，许平秋稍一放松，可不料李二冬猛地又蹿上来了，兴奋地喊着："哈哈！刺到啦。"

那匕尖几乎已经挥到了许平秋的身前几寸远的地方，来得猝不及防，可对方变化更快。只见许平秋毫无征兆地向后仰倒，然后狂笑着的李二冬腹部顿觉受到一股大力，不由自主地飞起来了，紧接着“啪”的一声趴在地上了。

他是被仰躺的许平秋自下而上，蹬过头顶了，他吃痛喊着：“哎……哟！”

那群损友接着他的话头齐喊着：“好疼！”

哄笑一堆，气氛颇好。许平秋把孩子搀起来揉了揉，又做了几番示范动作，这个场合，学员对于强者有一种发自内心的尊重，即便挨两下，那是学本事，没人介意。匕首攻易守难，把守玩得这么好，可让学员的兴趣大了起来，还真有不少人要求试试水。不过哪有人是这位老刑警的对手，不是被掰了腕子，就是被扭倒在地，要不更是连匕首都被夺了。这时董韶军看到了一旁在听讲解的余罪，嚷声道：“余儿，不服气上来试试，别整天就知道欺负我们。”

“哎对呀，咱们的‘杀手’余儿还没出来呢。”豆包恍然大悟。这一说，众兄弟可都看向余罪了。他们平时上这课也就和玩一样，玩得最好的就是余罪，兄弟们不是被他“抹脖子”，就是“割老二”。这一说挑起旧恨来了，纷纷鼓噪，教唆着余罪上场。许平秋诧异地问：“怎么？你们觉得他会是我的对手？”

“那当然，这家伙手黑着呢。”张猛道，适才被摔了一跤，反倒觉得许平秋人不错，最起码人家是光明正大赢的，不像余罪，全是阴招。

“不像啊，我怎么觉得余罪同学跟个大姑娘样，这么腼腆。”许平秋故意道。场下众人也开始起哄，齐声嚷着：“余姑娘，上，上。”

“不敢上回去弄你啊！”

“上啊！捅鼠标的劲去哪儿了？”

一阵鼓噪，嚷得连女生们也张着嘴笑上了，秦老师也在招手。余罪这时候淡定不了了，再淡定怕是得被班里的臭嘴真喊成娘们儿了。他慢慢地脱了外衣，人群里掌声登时响起来了，另一边许平秋也在鼓掌，也不知道是谁给谁鼓劲。

没人注意到，热烈的人群里刮进了一阵阴风，鼠标在轻声叫着赔率：“余罪一赔四、许老头一赔二，有钱赌钱，没钱赌饭卡，谁来？”小声一句，那些试过许老头深浅的早有掏着钱往鼠标手里塞，不过都一边倒压在许平秋身上。

平时不爱赌的，也往鼠标手里塞钱，塞得鼠标这个庄家心虚了，小声道着：“喂喂，都真没义气啊，都巴着余儿输是不是？”

“就是啊，我压五块，赌余儿胜出。”豆包凑上来笑着道，不过又奸笑着加注道，“再下五十，赌许老头胜出，嘻嘻。”

鼠标被这干损友噎了一下，以他超强的赌注计算能力，手里接到的钱和饭卡百分之九十以上全押在许平秋身上了，形势可谓一边倒，他贼眼骨碌碌转悠着看着上场的余罪，还真有点担心了。

主要担心的是，刚被捅了屁股，这回要输了，可要光着屁股回家过年了。

看我绝招

几步走到了面对面的位置，许平秋观察着这位短发平头、长相平平无奇的男孩，脸上看不出兴奋或者担心的表情，很平静地站在那儿活动着指节，恍惚间似有大将之风。许平秋微感惊讶，一扬匕首，很刁钻地直奔他的面门，不过余罪反应很快，一仰身，握到手柄接住了。

毕竟这匕首是模型，空手入白刃的难度不大，不过还是引起了一阵鼓掌声。

余罪相当淡定，从光着屁股开始，历经大小单挑群殴多少次他已经记不清了，警校的格斗在他看来，无非是稍显和谐的群殴而已。他看着许平秋，有点奇怪，为什么这老头老是把矛头指向他，生怕他这颗沙粒在金子堆里不显眼似的。

“来呀，来呀，别像个娘们儿一样看着……”许平秋拉开了架势，招着手，又是他惯用的激怒和挑衅。仿佛他又回到了年轻时代，回到了那个热血上涌的年龄。

这帮菜鸟大部分根本经不起刺激，一刺激就昏头了。这一招对余罪可不起作用，余罪前跨几步，一个左手冲拳直奔面门。许平秋伸单手一架，余罪立即收势，跟着一记右勾拳，许平秋再一架，他又瞬间回收，跟着另一只手又是上勾拳，跟着是直拳、再是摆拳……中规中矩的训练科目，不过被余罪这么拆乱使起来，仿佛增加了威力一般，逼得许平秋步步后退，连着十几个照面不分胜负。

不是不能反击，而是余罪手中还握着一把“匕首”，如果不能一招制敌，那么意味着要“受伤”了。此时许平秋才觉得有点托大了，这虽然也是个菜鸟，可是只聪明的菜鸟，明知对敌经验不足，那他就不求有功，但求无过。这么稳扎稳打，可就把许平秋置于危险境地了，因为毕竟对方多了一个极具威胁的“匕首”。

又过了几个照面，在围观的群众看来，许平秋几乎完全处在被动挨打的位置上，大部分时间是小心翼翼地招架，还要防着那把“匕首”，偶尔还上一拳两拳，也是颇为忌惮地守紧门户。两人飞快地交手，颇为激烈。

余罪当然稳了，从小在老家偷苹果被狗撵、收保护费被保卫抓，还有上学后无数次和老师的对敌经验，再加上警校的训练，这些经历让他比常人稳重多了。他知道面对这个行家想速战速决是不可能的，只有找机会——找个他疏忽的机会。于是他越打，显得越稳了。

许平秋打出真火了，即便年纪大了，普通人三两个也近不了身，可长时间收拾不了一个警校学员菜鸟，也让他的脸上有点挂不住了。他怒吼一声连连发力，拳走空当，去拳落点是余罪的臂膀、前胸、手肘。毕竟是实战经验丰富，拳来腿往，数次击中了余罪的身体，他甚至看到了这小个子虽然身形晃动，却吃痛地龇牙咧嘴。刚才这几下用了暗劲，许平秋心想着让他吃点苦头知难而退，可意外的是，他打得越狠，对手也像没有使全力一样，反击得更来劲。

“没必要打这么狠吧？”鼠标嘴上说道，有点替余罪疼了。余罪要输了，那赔的钱足够他再疼一次了。

“余罪他妈有病，这较什么真。”汉奸汪慎修道，别说他觉得余罪根本干不过这老警，就算干得过，总不能真把人家一大处长打一顿吧。

场上的拳脚翻飞看得场下学员个个心惊肉跳，那边解冰等人面面相觑着，心里直道余罪这个蠢货怕是要吃瘪了，这都二三十招了，匕首根本无法刺到许平秋，这样子肯定要输，而且输了都不落好，越打越不像警体拳类了，简直是街头流氓斗殴啊！只见余罪在挥拳的时候，脚同时往许处的膝部踹，许处一躲，却不料那是个假动作，对方马上抬腿，直蹬自己小腹，许处一个不留神，没被匕首刺着，衣服上倒留了一个明显的脚印。

那动作明显让许平秋愣了下，看样子吃惊不小。不过马上他面对的又是层出不穷的虚招、烂招，那匕首晃悠悠在面前扎，一不小心，下面的脚就蹬上来了，另一只空手也立刻扇上来了，虽然轻飘飘的，许平秋还非躲不可。要是挨上一耳光，还不如脸朝下自己直接撞地上呢。

“他小子完了，今儿不管输赢，以后得被人玩死。”有人凑到解冰的耳边道。这话里的意思解冰岂能不知，众目睽睽让许处出这么大丑，半天拿不下一个菜鸟，等将来穿上警服，人家省厅直属刑侦处的大员一个电话就折腾死你。

不过解冰此时好像没有快意，隐隐地，他有点同情余罪了。他侧头看安嘉璐时，安嘉璐也被场上的打斗吸引着，不经意两人四目相接，安嘉璐不知道泛着什么心思，很不悦地把眼光移开了。

只见场上的余罪挨了几拳，许平秋挨了余罪两下阴脚，两人打到兴起，都有点怒意了。余罪凌空再一脚飞起时，许平秋立刻后退，却不料这是一个假动作，落地的余罪一个侧身手挥着匕首一个回旋削刺。面对扩大的攻击半径，退一步的许平秋已经是避无可避，眼看着要被匕首划到衣服上。

不料他笑了，不退反进，一手格开余罪挥来的匕首，另一手从余罪的肩后欺上，直接使出一个扭人锁喉动作。

“哇，老头真阴险，退也是个假动作。”安嘉璐看出来了。

这一下子尘埃落定了，许平秋贴在余罪身后，一招制敌，他笑着道：“小子，还嫩了点……啊！”

正要放倒余罪，许处长自己笑声先断了，只听“啊”的一声，许平秋捂着裆部连退数步，一屁股坐地上了。

余罪气定神闲地侧头一瞥，坏坏地笑着，像是对对方小觑自己的嘲弄。一拨围观的学员紧张到一下子没喊出来。余罪之所以赢了个卑鄙、贱人的美名，很大程度就是因为在平时攻守对抗中经常使用撩阴腿、攻胯下等下三滥的绝技，和他对过战的，鲜有不着这个道的。

全场一片死寂，唯一一个能喘过气的怕就是鼠标了，他得意了，自己这庄家几乎通吃了。这把可赢得大了，他看着左右目瞪口呆的同学，得意地问着：“怎么没人喊好疼啊？”说罢鼠标赶紧捂着脑袋，那些输钱输饭卡的，已经有不少人扇他后脑勺泄愤了。

“你输了。”余罪摸摸被锁疼的喉咙，手摊开了，将塑制的模型匕首扔在地上。在被锁的一刹那，他把模型匕首用力地刺进了身后许平秋的裆部，虽说是模型，但那硬度总还是有的，否则不至于捅得许老头疼得满脸起褶子。

体育老师和江主任飞奔着上来了，左右前后搀着许处长，不迭地给许处拍打身上的灰，江主任回头斥着余罪道：“怎么回事？这不胡来吗？伤着人怎么办？”

“谁教的这么打的？怎么净是些流氓打架招数？”秦老师第一次见余罪使出这种阴招，好不吃惊。

余罪耷拉着脑袋，不辩驳也不反犟，史科长摇摇头，不知道说什么。反倒是许平秋大度，摆手阻着众人，直说道：“没事没事，打得不错，能制敌就是好招，其他人可以解散了……记得把昨天的心得交给史科长，明天上午，射击训练场集合，解散！”

许平秋忍着痛提着中气喊了声，等学员们散开了，他很大度地一拍余罪的肩膀道了句："小子，够狠……你赢了，怎么还不滚，等着我给你发奖呀？"

余罪如逢大赦，拔腿就跑，还不忘回头看一眼，饱含歉意地对许平秋笑了笑。

等那边众学员走出操场，老师们也有点不好意思地离开了，许平秋再也憋不住了，皱紧眉头狂吸凉气，双手捂着裆部使劲揉，边揉边骂着："这小子真他妈手黑，唉，我和他没仇啊！至于下这狠手吗？真够阴险啊，正面没机会，故意让我锁他喉，就为了狠狠朝我这儿干一下，我这阴沟里的船翻得……哎哟，真疼……"

史科长哭笑不得了，搀着许处一瘸一拐慢慢往回走。他走出好远后，操场外围的冬青丛里才钻出来几个脑袋，往常有这类事，那是集体看笑话，可这一次这群人都没笑，因为不知道是该开心，还是该担心。

"余儿，人家老头不错。"

"就是，你不能老对别人下半身感兴趣吧？"

"还是男人的下半身。"

"余儿，你趁早离开警察队伍吧啊，要不将来收拾不死你了。"

众哥们儿都有点心虚，你一言我一语说着余罪，那样子真是要把余罪孤立起来，不和他同流合污了。余罪却是吸吸鼻子道："我就看不惯他那嘚瑟劲儿，拽什么呀，把咱们还贬得一毛钱都不值。我根本干不过他，是他太托大了……哟，怎么都走啊？鼠标请客，去不去？"

本来要走了，这么一说，又全聚起来了，簇拥着扭捏着不太情愿的鼠标，个个恶狠狠地恨不得把鼠标吃了似的。不想请？那怎么可以，赢了这么多，不替你花完、吃完，都不算兄弟……

人外有人

当余罪直着眼倒完酒瓶里最后一滴时，桌上十二三位学员都已经是酒嗝连连，因为心疼输给鼠标的钱和饭卡，所以吃得特别狠，更有人被撑得当众解了两颗裤子扣。到这份上，大家的“仇富”心态终于平衡了不少。

“来来，最后一杯，来支团歌，感谢兄弟。”

余罪一说，这一伙嗤笑着拿着筷子勺子，敲着桌子瓶子，在余罪的领唱下一起用沙哑而低沉的嗓音唱道：“兄弟呐，我的兄弟，最亲的就是你。”

“兄弟呐，我的兄弟，最亲的就是你。”众人边起哄边打着节奏唱道，唱得鼠标直捂脸。这帮兄弟表达感情的方式，一般人还真受不了。

“泡妞。”

“搞基。”

“受伤的总是你。”

众人唱着，跺脚拍桌哈哈大笑。

余罪又举着杯子吼着：“兄弟呐，我的兄弟，最爱的就是你。”

“兄弟呐，我的兄弟，最爱的就是你。”

“吃喝。”

“嫖赌。”

“买单的总是你。”

总是谁呢？谁掏钱就是谁呗，一张张喷着酒气的嘴对着鼠标，甚至还有人直接上来啵了他一个，更多的却是一顿酒足饭饱准备开溜。鼠标一兜子赢来的钱没暖热，基本就得全赔上了。

当笑吟吟的服务员把账单递他手里时，他怒目圆睁朝着没走远的兄弟们大喝一声：“嗨！吃了喝了不行？谁他妈还拿了五包烟？不能我赢了一毛钱没落着，还得倒贴吧！”

不说还好，这一说余罪领着那帮货反倒跑得更快了。鼠标叫苦不迭地为这帮贱人兄弟买了单，那帮人早跑得好远了，连等他都没等。

下午没有测试项目，不过班长欧阳擎天接到了教导员的临时通知，要求到三层阶梯教室集合。那拨喝得倒东倒西歪的好在还有点纪律意识，都硬撑着去了。余罪本来不想去，可在宿舍也是孤家寡人实在没意思，于是也跟着大队伍，到这个所谓的精英选拔的现场了。

现场没见到许处长的身影，只有史科长在。原来是趁着休息时间，要来堂理论课，上课内容就是上午学员交的那份心得。

“哦，上午赢了许处，出去庆祝了啊。”史科长看到一群面红耳赤的人走进教室门时，笑着问道。但他对此事也没有深究，“坐下吧，将来上班这个样子，等着督察收拾你们吧。”

众人四散坐下，讲台上的史科长就开始了。他先分发了数份装订好的精选心得，说道：“我大致看了下，有几份很有价值，给大家一点时间，先传阅一下。”

不少脑袋瓜凑一块了，精选出来的有十一份。第一份心得署名“烈焰玫瑰”，内容是有关恶性犯罪的心理倾向研究，洋洋洒洒写了若干页，几乎不用细看，肯定是最优秀的；第二份是署名“冰山骑士”的习作，观后感是对警察自身队伍建设的建议，用史科长的话说，这叫高屋建瓴，很有借鉴意义。其余已经被整理打印的学员心得涉及到技侦、犯罪心理、警队自身建设、侦破中需要规避的“人治”现象等若干问题，这些似乎让史科长对这干未出茅庐的学员刮目相看了。他在台上时不时发表意见，对写出这些心得的学员不吝溢美之辞。

下面观摩的，窃窃私语的不少了，大部分是在猜测这位排到显眼位置的“烈焰玫瑰”“冰山骑士”“最后的游骑兵”以及“红色绝恋”究竟是何人，似乎没发现身边还是藏龙卧虎之地啊。

不过从安嘉璐和解冰脸上会心的傲色，很多人已经差不多猜出来了。心得渐渐往后传递着，后面被人遗忘了的角落，一群喝得稍有点高的哥们儿看着其他同学这么兴致高昂，自己一个个却是士气极度低落。模范心得这事自然难有这群兄弟的份，倒是中间有几位曾经写检查被公开张贴过。

一个烈焰玫瑰、一个冰山骑士、一个红色绝恋……虽然是随意起的代用名，可此时在大众场合说出来，那作者八成是得意至极了。余罪是局外人，他看着鼠标和豆包哥俩小声问着：“你俩什么名？”

“我是酱油党一号。”鼠标努着嘴道。

“我是酱油党二号。”豆包翻着白眼道。

两人贼头贼脑一说，旁听的几位都喷笑出来了。豆包却显得十分无所谓，敲着桌子道：“笑个屁呀，哥从生下来就是打酱油的命，好事从来就没摊上过。汉奸，你呢？不会叫汉奸吧。”

“切！”汪慎修不悦了，一抹锃亮的汉奸发型道，“哥叫风骚无罪，有内涵吧？”

那甩发动作，让人直想踹他脸，余罪笑着道：“那你就有罪了，你这不是风骚，是发骚。”

“一边去，哥的风骚，你不会懂的。”汪慎修对余罪不屑于解释，拉拉身边张猛问着，“牲口，你呢？”

“我叫西区杰克，比你的拽。”张猛瞪着大眼，果真吓众兄弟一跳，这货脑子有点一根筋，他转头对着这拨害虫下命令，“都报报自己的笔名，说不定咱们中谁已经进了选拔名单了……烧饼，你叫什么？”

“我叫强撸烟灭……”董韶军道，惹得有人笑了。

“哥的名字才酷，叫丁字裤，牛吧？我估计呀，没人敢把我的名字念出来。”是同学孙羿在显摆，立志当鉴黄师的李二冬也汗颜不已。

吴光宇起的叫“尼马肯得”，听得有人在桌底踹他；郑忠亮起的叫“灵界合体大神”，名副其实，这位宿命论的严重支持者，平时就被哥们儿叫“大仙”；狗熊熊剑飞起的叫“加州惊魂”，这哥们儿虽然叫狗熊，可却是一张标准的猪腰子脸，横肉丛生，而且有暴虐倾向，就喜欢血腥类电影。

余罪听得牙疼了，就连平时不怎么爱显摆的骆家龙也起了个“月高风黑”的名字。余罪小声道：“都乱写什么呢？这是警察班吗？整个一犯罪团伙……我告诉你们啊，别以为那许老头老眼昏花了，每个不经意的细节都可能是他的选拔标准，我现在几乎已经能判断到，你们要全军覆没了。”

“就算我们不起这个名，有你捅老头那档事，我们也得全军覆没。”董韶军道，他是团伙中学业最优的一位，不过因为出身边远山区的问题，只能忝列到余罪这个小团伙安身了。

余罪笑了笑，没回答。此时范文传过来了，除了鼠标和豆包、汉奸之类根本不入流的，其他人总是还抱着一丝希望的，说不定能在范文里看到自己的名字。不过翻来翻去，郑忠亮终于有点懊丧地道：“妈的，还真让余罪这乌鸦嘴说着了，全军覆没……选拔的太不长眼了，咱们兄弟十几个，居然没挑上一个。”

众人皆笑，扪心自问都知道，这个结果才正常，要有脱颖而出的那才不正常。

“好了，同学们，这几份就留在你们班，我现在正式邀请范文的作者到省厅犯罪研究室做客，我们的研究员将和你们进一步深入探讨……当然，如果想在我们处实习的，热烈欢迎。”

史科长的话引起了一阵掌声。省厅犯罪研究室实习，如果能每天出入那个代表全省犯罪研究权威的地方，对于憧憬未来的菜鸟来讲，肯定是一种殊荣了。

“掌声并不热烈，不过没关系，尺有所短、寸有所长，人生大舞台，谁都会有演出机会的。”史科长清清嗓子，笑着道，“今天利用这个闲暇时间我给大家讲一讲警察心理学，相对于体能和技能，心理健康已经被提到一个越来越重要的位置，保持一个健康的心态对于你们将来的工作将会很有益处，特别是刑事警察，在这一方面，首先要有常人所不能及的心理承受能力。一个人的心理，就像他的指纹一样，是独一无二的，所不同的是，指纹不会变，可心理通过环境、情绪或者其他条件的改变，是可以调整的……”

这几句倒是拨到学员们的心弦了，警校里有普通心理学、行为心理学和犯罪心理学的选修课程，所学都是枯燥的条文，也没有实践的机会。此时听来，倒觉得颇有值得玩味的一番滋味。

“好，下面我们通过实例来探讨一下，就从这次随机抽样的‘代用名’说起。稍等，我给大家写一下我收到的名字。”

史科长起身，刷刷在黑板上写着，漂亮的板书，第一排写的就是烈焰玫瑰、冰山骑士、红色绝恋、无声的誓言等等几个范文上的名字，然后他划了一道白线，下面写的是一些再普通不过的名字，有的是随意编的字，有的是用数字和字母代替的，根本看不出有什么意义。

又是一道白线划上，“酱油一号”“酱油二号”的大名出来了，跟着西区杰克、风骚无罪、强撸烟灭、名字要银当、月高风黑、加州惊魂、灵界合体大神等等也一一上榜。坐在后面的那些害虫不敢笑了，这恐怕要被当反面典型的，等着丁字裤、尼马肯得上黑板时，一个系哄堂大笑。后面那群害虫低着头，捂着脸，生怕被窥破似的。

很明显，黑板上写的第一拨是出类拔粹的，肯定是试图在选拔中一展身手的；第二拨是默默无闻的，知道希望渺茫的；第三拨不用猜也知道，一定是那帮调皮捣蛋的，破罐破摔、哗众取宠的。

“马洛斯的需求层次论大家都知道，除了温饱一类的生理需求，人总是有更高层次的精神追求，比如权力、地位、尊重、名声，等等，这个我就不讲了，我要讲的是，当这种追求受挫的时候，就可能引起一个人心理的失衡。”史科长道。

简单的理论叙述之后，史科长又回到黑板的实例上，三组名字，优秀的是正态、普通的常态，那稀奇古怪的名字，就是偏态了。他举例讲着，酱油一号、二号同学，名字上反映出了一种自卑的心态，应该是在学业、家境或者其他方面有不尽如人意的地方，而且在实际生活中经常被人忽视，继而失衡。至于风骚无罪、强撸烟灭是心里有一种期待被认可的渴望，当这个渴望得不到发泄时，会变成很强烈的愤世嫉俗。

有人笑着，有人听着，余罪却是皱着眉头，比对着史科长所说，这两个名字是汪慎修和董韶军的，汉奸汪慎修总觉得他风骚得应该惊动党中央，而不太说话的董韶军正憋着劲想考警官大学研究生继续深造，隐隐间，这两个人在性格上，似乎还真有和史科长所说的契合的地方。

只不过让余罪奇怪的是，仅凭一个随手的代用名就判断出这么多，这得经过多少经验和思考的沉淀？

他不敢小觑这次来招聘的两位了，认真地倾听着。

西区杰克、加州惊魂，一个是碎尸手、一个是电锯杀人犯。这两人在史科长眼中，有个人英雄主义的倾向，是热血、好战、性格爽直的人，之所以会表现出心理失衡，很大程度是因为这种个人英雄情结在现实中没有生长的土壤，所以转向关注这类血腥、暴力和刺激的情节。

“豆包，这人什么警种？有点邪门啊。”鼠标小声问老伙计。

“不知道，是够邪的，猜得有那么点意思。哎，他说咱们俩有自卑倾向，你有吗？”豆包问。

鼠标激灵一下，不确定回问着：“那你有吗？”

“你不废话吗？你爸好歹是个村长，我爸下岗工人，把咱们放省城这地方，能不自卑吗？”豆包道。鼠标翻了翻白眼，小声道了句：“别跟人说咱是酱油党一号二号啊，免得人笑话。”

这一节课，在史科长深入浅出的分析中渐渐走到了尾声。就像是一次就业前的心理指导，分析实例后，史科长又现场解答了学员们不少提问，问者满意而归，答者轻描淡写，史科长那气定神闲的神态，没来由地让余罪觉得好一阵羡慕。

是一种腹有诗书气自华的从容，还是一种仕途得意的雍容？到现在余罪对这位剖析心态的史科长只知姓不知名，不过他却给自己留下了很深的印象。

不知不觉间这节课结束了，史科长在学员们的掌声中布置了明天的测试项目，前排学员陆续离开时，余罪回头瞅瞅身边的难兄苦弟，个个蔫了吧唧的抬不起头，估计是被史科长说的心理失衡给郁闷上了。

最后余罪保持着贱笑的表情离开了，离开时还不忘嘲笑一干兄弟都是问题学员。他出门时，恰恰看到了解冰和安嘉璐、欧燕子等几位女生说说笑笑，她们在追问解冰“冰山骑士”是谁，解冰笑而不答，不过那得意的样子基本就是答案了。余罪的出现，就像个不和谐的景物一般，那几位女生自动敛起笑容，安嘉璐有点尴尬地侧过了脸，解冰也故作未见，几人转过楼梯角，快步走了。

这一刻，不用史科长分析，余罪感觉得到自己的心理有点失衡……

有爱无声

“快快，骆哥，十万火急……狗熊的电脑死活打不开了。”

晚饭过后刚回宿舍，豆包揪着隔壁宿舍的骆家龙，直往自己宿舍拉。骆家龙拗不过这货，不情愿地被拉进那个大部分人都不愿意进的201宿舍，这宿舍正对楼水房，一年四季都荡漾着尿臊味，本来味道就够呛，偏偏又聚了一窝懒汉，一进门就看见地上堆的那些臭运动鞋、运动袜。宿舍里，熊剑飞正埋怨着豆包把他那台老爷机给整坏了，一见专家来了，赶紧让座。

“怎么坏的？”骆家龙摁了开关，却怎么也打不开。这哥们儿是计算机系的，就因为教了刑侦班几招怎么翻墙进国外网站，已经被大多数学员认为知己了。

一问怎么坏的，狗熊生气地揪着孙羿问着：“孙子，到底怎么坏的？是你还是豆包？”

电脑就在孙羿的床下，连个机箱盖都没有。孙羿嬉皮笑脸道：“我睡迷糊了，起床吐了口唾沫，一个不小心，吐主板上了……不能赖我，你机箱盖都不盖。”

“骆哥我告诉你啊，可邪门了，孙子一口吐主板上了，那屏幕上突然出来个对话框：发现新硬件。我正郁闷着呢，又是一下子，冒了股烟，就打不开了。”豆包形象地表述着，惹得兄弟们一阵哄笑。这时汉奸汪慎修和牲口张猛也进来了，一听闻这等奇事，俱是不信，直斥豆包胡扯。

此时看那台老爷机，就个机箱框架，是狗熊在二手市场做生意的老乡白送他的，二手货中的淘汰货，还愣是支撑到毕业了。警校可不同其他学校，作息时间卡得紧，上机是集中学习，宿舍里根本不提供网络接入，所以宿舍里的电脑也很少见，这台也就是因为太破了，连查风纪的都不忍扣留才勉强保留下，不过在兄弟们心中这可是宝贝。

众人可惜着“老伙计”，专家骆家龙瞧了瞧，咧着嘴道：“太破了，这都几核时代了，你这还是赛扬系列，从我进学校你们就拉我修电脑，光主板我给你焊八回了啊。”

“别摆功成不成？能不能修吧？”狗熊问道。

“老规矩，一包烟。”骆家龙道。

“哇，太黑了吧，这破电脑扔出去，你看值不值一包烟钱。”鼠标笑道，狗熊却是不迭地答应了。骆家龙回宿舍拿好工具，放平机箱，锡焊一接，热焊之后，拔下了个陶瓷电容来，边看电容脚边道：“短路了，你们宿舍这台机是邪啊，北桥都发黑了，内存条烧了两牙金手指，愣是还能用。”

众人看着骆家龙娴熟的动作，一个个佩服得无以复加，整个计算机系，通软件的不少，可通硬件的不多，像老骆这样软硬都通的几乎是绝无仅有的一位。豆包钦佩道：“骆驼，这两手什么时候教教兄弟，玩得真溜啊。”

“这算个毛呀，我们高中就玩过BGA封焊，焊一个芯片最少都二十几个脚，这个小儿科。”骆家龙道，他找了个替代品，一插一焊，跟着竖起了机箱。狗熊瞪着眼不相信地道：“这就好啦？你这一包烟挣得也太容易了。”

“敢赖账小心我让它马上坏啊。”骆家龙威胁了一句，接好了电源，一开机，屏幕画面终于显示出来了，那干外行也知道好了，把骆家龙赞得洋洋得意。进了界面，骆家龙娴熟地敲着电脑，在某个盘符下敲了几行字母，噌一下子，空空如也的硬盘里，隐藏的玩意都显形了。

这是兄弟共同的秘密。此时，汉奸知道要干什么了，立马关紧了门，小声道："快放一部，放一部解解眼馋。"

集体观摩不是头一回了，每回都看不尽兴，这不刚看了一小半，众人口味不同，几只手都在抢着动鼠标，豆包正看得上火呢，气呼呼地嚷着："都小点声！让风纪队的查着，等着写检查呀。"

警校里对这个查得也格外严，这么一说，声音都放小了。却不料豆包一嚷，"笃笃笃"的敲门声突然响起了，全场都被吓住了。

于是一帮人赶忙关显示器、拔电源，等汉奸站到门口时，装模作样的几位已经捧上《犯罪心理学》讨论上了，汉奸整好衣服，问了谁呀，拉开了门。却不料一开门，一阵眩晕，晃了好几圈，扶着门框勉强站稳了。屋里的看到门外来人时，不少人也是好一阵眩晕。

是安嘉璐，她站在门口看着这一干瞠目结舌的同学，奇怪地问着，"怎么了，都这样看着我？"

"没没没……怎么。"汉奸回过神来了，小心翼翼地出声问着，"安警花，您……怎么光临寒舍了？"

"这话应该我问。"狗熊反应过来，凑了上来。那干兄弟一个比一个没出息，都饶有兴致地看着眼前的安妹妹。

虽然习惯异性的倾慕眼光，可从来没有同时被这么多人仰慕到嘴边挂着亮晶晶的口水，安嘉璐赶紧说明来意："我找余罪，他人呢？"

"在301宿舍啊。"豆包道。

"不在这里呀？"安嘉璐又道。

"那简单……看我的大召唤术。"鼠标殷勤了，出了门，在楼道里扯着嗓子喊着，"余儿……余罪……"

一喊见效，在另一宿舍串门的余罪拉开门了，伸着脖子说道："干什么？"

"有位美女来了，想不想见？"其他人扯着嗓子怪异地嚷着。

“有新片子了？等等，一起看。”余罪嚷了句，转眼从三层楼道上下来了。

他火急火燎地奔着，边奔边提裤子，可来劲了。等奔到近处看清安嘉璐，小心肝扑通一下子掉地上了。他看到兄弟们一个个的坏笑了，看到安嘉璐哭笑不得地看着他，他有点难堪地站定了，那干损友却是笑得更欢了。往常宿舍里一说有美女上门，那是有新片出来的暗语，可谁想今天不是暗语，真有美女上门了。

迟疑了一下，余罪又向前走了若干步，诧异地问：“安嘉璐，你……你找我？”

安嘉璐点点头道：“不可以吗？”

“不不不，我是有点奇怪。找我干什么？”

“找你。”安嘉璐上下打量着余罪，把余罪看得老大不自在了，她笑道，“找你陪我散散步。”

包括余罪在内的一干学员，此时一片死寂，都诧异地思忖着，这事发生的，比上午余罪当众求爱还要过分，过分得让人不敢相信了。难道余蛤蟆真的打动安美女了？

不可能，哥儿几个一瞅余罪蹬着大拖鞋、耳朵上还别了根烟的德行，谁也不相信他会交上这样的“桃花运”，哪怕把鼠标和豆包拉出去都比他强不少。

“这可是众目睽睽，某人上午还说怎么死去活来，现在倒好，陪我散散步都不敢答应，这该作何解释呢？”安嘉璐笑着道，轻描淡写地戳穿了余罪上午的告白。众兄弟一旁看着好戏，几乎能猜到安美女要给余罪好看了，于是汉奸开口直斥余罪道：“就是嘛，散步这个要求不高。”

“对，绝对不能辜负了安美女。”鼠标仗义道，一拍胸脯道，“要不，我替你去？”

“少来了，要替也是我替。”骆家龙抢白道。

狗熊也凑着热闹，流着口水道：“余儿，你不敢去，我们可全权代表你去了啊。”

这把余罪可说得心起了，一摆头道：“好啊……走，散步去，你楼下等我一会儿，我换换鞋。”

“那好，我等你啊。”安嘉璐甜甜地道了句，回头朝同学们嫣然一笑，飘然而去。

在这个女性本就不多的环境，安嘉璐无疑是最闪亮的一道风景，那离去的步幅，又刚劲又婀娜；那回眸的一笑，真甜啊！后面的兄弟们可惨了，哎哟哟地捂着小心肝，回寝室擂床的，拍脑袋的，个个痛悔不已，就差撞墙了。早知道有这结果，哪轮得着余罪？一帮人早捧着玫瑰求爱去了。最痛不欲生的是汉奸，只听他说道：“余罪求爱，连衣服都是穿我的，这叫什么事呐？能和这样的美女花前月下一回，那才叫风骚啊！”

众人没心思干别的，都在宿舍讨论着这件匪夷所思的事。有人说安美女要找人收拾余罪；有人说没准安妹妹口味重，高富帅不喜欢，喜欢上余罪这个矮穷丑了；更有人推理余罪这小子没准揪着安美女的小辫了，说不定要逼她就范，乖乖地献身。这些奇思妙想听得众人一阵神往地坏笑。

讨论无果，又不知道哪个人提议，这一宿舍呼啦啦跑出来了一群，追着那一对去瞧个究竟了……

屡屡得逞

余罪从楼上奔下来时，还不确定地朝身后和窗户上看了看，隐隐有一种期待，期待什么呢？自然是期待全校那些饥渴的警校兄弟，都看着他羡慕地流口水。

跑到门厅口子上，安嘉璐静静地站在台阶下，脚下在无聊地踢着前几天的残雪，她没有穿制服，披着一身过膝的火红色羽绒服，即便是厚厚的冬装也掩不住身材的窈窕，即便是随便地站在那儿，也让余罪顿生一种高高在上的感觉。走得越近，余罪受挫感越强。

余罪不经意地放慢了脚步，如临大敌一般，仿佛感受到了一种无形的压力。

“余罪，你好像有点紧张哦。”安嘉璐调侃道，笑意盈盈地打量着惴惴不安走向自己的余罪。

“肯定紧张啊，活这么大，第一回有美女约我散步。”余罪凛然道，把安嘉璐逗笑了。一瞬间，安嘉璐突然觉得这位同学并不像传说中那么坏，反倒有点可爱。她笑着转身和他并排而行，却保持着五十厘米以上的安全距离。安嘉璐侧头看着余罪，突然问道：“你不会觉得我会找人收拾你吧？”

“应该的。”余罪点头道。

“什么意思？”安嘉璐诧异了。

“我是说，你就这么干，也是应该的。”余罪诚恳道，那天确实是自己唐突，而且有点过分了。

嗯，也许这才是安嘉璐愿意看到和听到的，她笑着道：“很可惜，有人替我干了。”

余罪笑而不答，没有评论，又走几步，安嘉璐小心翼翼道：“我是事后知道的，有人替我这么做，让我心里很不安，虽然不是一个班，可毕竟也是同学，发展到现在这个地步总归是不好，你说呢？毕竟仅仅是一个小小的误会而已。”

看来是怕和对方死磕，余罪此时倒坦然了，笑着道：“对，看在他也是一片痴情的份上，我原谅他了，而且，郑重向你道歉。”

“道歉我接受了。”安嘉璐不客气道，不过话锋一转说着，“不过原谅嘛，就谈不上了，人家没把你怎么着，你倒把体工大那几个都打伤了，还诬陷人家偷窥什么来着。”

安嘉璐不好意思出口，余罪却是笑了，笑着道：“说他们偷窥，总比说是被人雇上来寻仇好一点吧？没事了，我们已经和解了。”

“那就好，我觉得我也应该向你说句道歉的话，毕竟是因我而起。”安嘉璐大度地说道，余罪笑笑，客气上了：“别，你要非说得我无地自容，那我都不敢开口了。”

“不会吧，你胆子应该挺大的，上午在餐厅当着全系的面不都开口了吗？”安嘉璐故意问道，那事办得着实让她脸红，不过此时该余罪脸红了。余罪笑了笑，尴尬地说不上话来。

人多的时候余罪惯于哗众取宠，可到人少的时候，反而还有点害羞。余罪暗骂自己不争气，使劲地掐自己的虎口，暗暗告诫着自己：冷静冷静，这妞不是咱的菜。

不知不觉中两人已经离开宿舍好远了，走到了平时训练的操场上，门关着，两人就在外围的树下走着。沉默间，余罪不时地斜眼打量着身旁的安嘉璐，那身火红羽绒衣在路灯下被映衬成了一种无可名状的诡异颜色，不知道什么地方撩得心里蠢蠢欲动，他努力在克制着自己不去想，不料即便移开视线，却又有一种淡淡的幽香钻进鼻孔，让他在这样的寒夜里，总有那么一种心旷神怡的感觉。

妈的，这可比揍解冰一顿还过瘾。他长长地吸了一口气，压抑着怦怦乱跳老是不安分的小心脏。

蓦地，安嘉璐笑了，她看着余罪问道：“你又开始紧张了。”

“哇，我极力克制，还是忍不住紧张。”余罪道。

“为什么？是我让你紧张了？”安嘉璐笑着问，对于能让异性出现这种紧张的情绪，似乎让她很得意似的。

“不是，是除你之外的别人让我紧张。”余罪道。

“那是为什么？”安嘉璐没明白。

“因为，如果明天有人知道你主动邀我出来散步，我很可能成为有史以来最遭嫉妒的公敌。”余罪严肃地说道。安嘉璐一愣，不过随即明白，这是一句比自认紧张更恭维的话。她哈哈大笑了，这个恭维让她好不满意。

余罪也笑了，对于能哄得美女这么高兴，他也颇为得意。再走几步，笑着的安嘉璐突然道：“没发现啊，你挺有意思的。”

“那我们应该深入了解一下，对了，最起码现在我是第一位当众求爱没有被拒绝的啊。”余罪脸皮老厚地说道，听得安嘉璐一愣，又仰头大笑了，紧接着以玩笑似的口吻道，“哇，易敏老说你脸皮厚，我都不信，看来确实不薄啊。”

“背景厚、家底厚、脸皮厚，这是现代男士三大优势啊，我也算占了一个吧。”余罪道，惹得安嘉璐又是哈哈大笑，当她再一次审视这位被忽视了的同学时，总觉得他透着狡黠的眼光里，可爱和可笑的成分越来越多，原先对他负面的定义，却是越来越淡了。

恍惚间，在她心里泛起着一种诧异的想法，不自然地把眼前的人和另一位比对着，和时常强势、喜好炫耀、引人注目的解冰相比，她倒觉得余罪真像受了委屈一般。

余罪自己可觉得一点也不委屈，偷瞟着安嘉璐白皙的脸蛋、挺拔的前胸，心中浮想联翩。

“谢谢，看来我多此一举了。”安嘉璐很高兴地伸手，余罪机械地握住了那只软绵绵的手，笑了笑，把冗长铺垫之后的“重点”说了出来：“这‘一举’不多，恭喜你又发现了一位比他更优秀的。”

“你？”安嘉璐诧异了，不禁笑出声来。

“对呀，我准备和他公平竞争。”余罪正色道。

安嘉璐一笑，一咬嘴唇，实在说不出打击余罪的话，笑着道：“那下次送花，可别再送花瓣谢了一半的玫瑰啊。”

“一定。”

“你觉得和他比有优势？”

“有啊。”

“什么优势？”

“刚才不是说了，脸皮比他厚呀。”

“呵呵……”

安嘉璐诧异地问着，时不时被逗得花枝乱颤，半晌才发现余罪还握着她的手，都握出汗了也没放开，余罪促狭地握着，只见安嘉璐抽了下，也没抽出来。这下把安嘉璐搞得脸有点红了，又抽，不料余罪防备上了，还是没抽出来。

“我打赌，你没有非礼我的胆量，就准备这么拉着我？”安嘉璐取笑道。

余罪突然举起安嘉璐的手，飞快地在她手背上一吻，豁然放开了，安嘉璐一愣间，余罪笑着道：“你输了，非礼成功。”

安嘉璐脸一红，对这个倾慕的小动作倒也不算反感，不过她还是故作生气，扭头便走。余罪可急了，直追着解释着：“喂喂，对不起，真生气啊……那我说错了，这个不算非礼，吻手礼对吧？在西方这代表一种崇高和纯洁的敬意。”

安嘉璐一停步，猛地一回头，吓了余罪一跳。余罪干笑着，安嘉璐面对这副惫懒样子却也是拉不下脸来，笑着道：“我接受你纯洁的敬意了……不过，你好像不应该追我。”

“为什么？”余罪扮着心碎的表情问。

“因为呀我应该不是你喜欢的类型。”安嘉璐笑着道，还不忘压着声音补充道，“你喜欢成熟妩媚的，对不对？”

余罪喉头一噎，话都说不出来一句了。安嘉璐狡猾地一笑，心想终于炸掉余罪的伪装了。她扭过头，咬着嘴唇，忍着笑，快步往女生寝室走着。

她的身影刚消失，远处的冬青丛尽头，操场外围边上、教学楼拐角，蓦地闪出了几个身影，正是鼠标、豆包、汉奸、狗熊一干学员。只听骆家龙说道：“这咋一点肉戏都没有，就已经结束了？”

“这个贱人把好机会错过了，我都想踹他。”鼠标好不遗憾道。

“谁刚才说有戏来着？”孙羿吸溜着鼻子道，这大冷天冻得人直哆嗦也就罢了，还什么都没看着，男方女方净扯淡不来真格的，没劲！

“就是，冻死我了。”豆包流着稀鼻涕，好不后悔地说道。

耳听为虚，眼见为实，回到寝室，安嘉璐按捺住怦怦乱跳的心，心情意外地好，和同室的易敏等女生讲着见余罪的经过，忍不住要得意地渲染余罪如何如何紧张以至于说话结巴，还把那小子见了美女心神无法把持的洋相给姐妹们学了学，惹得一干女生大笑不已。

可事实，往往也总是和耳听、眼见有出入的。

余罪没有进宿舍楼，而是绕到楼后，转过拐角时，黑暗中闪出来一个人影，是解冰。余罪一言不发，摁着手机，播放着录音。

解冰最关心的就是安嘉璐的事，一听她邀余罪散步，岂能不让他担心。不过此时听两人有一搭没有一搭的谈话，他明白了，安嘉璐是担心自己和余罪死磕，出面调解。一下子让解冰好不感动的样子，花痴地念叨着安嘉璐的名字。

听完了，余罪关机取卡，说道："之所以告诉你，是免得日后再生误会，将来你肯定是有钱有权有地位的一类，又有安安这么关心，至于吃饱了撑的和我们过不去嘛？再说那确实是一个误会。"

"是是，谢谢啊，余罪……对不起了，确实是我对不起你了。"解冰此时心花怒放，赶忙鞠躬认错。不得不承认这家伙确实是个情圣，为了个美女，什么都肯干。

"给你……"余罪把手机里的存储卡递上去，解冰高兴地要接，余罪又是一扬手，没给，补充了句："就这么拿走啊？"

哦哟，解财神立时明白了，掏着口袋，把钱夹里的钱全部拿出来，一股脑塞进余罪的手里，足有一两千的样子。余罪一下子脸色难堪了，把卡给了解冰，拿着钱，解释道："我不是要钱的意思。我的意思是，这事你千万别让安安知道啊，好像显得我很小人似的。你看你又给钱，搞得我多不好意思。要吧，显得我这人很不要脸；不要吧，不给你面子。算了，给你面子，我的脸不要了。你这人怎么老这样，真是的，下回不能这样了啊……我走啦。"

余罪埋怨了解冰一番，那钱却已装进口袋了。

走出好远，解冰还在原地，估计还沉浸在对安美女的幻想中，余罪笑了笑，快步走着回宿舍了。

缺钱的人难免对钱有极大的欲望，余罪就属于这一类人，每每业余时间哪怕挣到百儿八十的小钱都能让他兴奋一阵子，不过这一次他大捞了一笔，似乎并没有给他带来满足的感觉。在床上躺下时，他眼前老是安嘉璐的影子，这个驱赶不走的倩影，直进到了他的梦里。

晕枪风波

砰！砰！砰！不绝于耳的枪声响彻在警校地下射击训练场中。

信号速射和靶射这两项考核的内容，一是考核拔枪和反应速度，二是考核学员们的准确率。即便是即将走向警察岗位的这些学员，平时接触枪械的机会也不多，因此整个学员队伍显得格外兴奋，都排队等着摸枪那一刹那的快感。

戴着耳麦、防护镜的余罪，担任这一项考核的记录员。身边是射击课程专任的教练，矮胖个子，脑袋不大，根据体貌特征，学员私下里给他起了“子弹头”的绰号，明里却都很尊敬地称呼他徐教练。徐教练五十多岁了，平时和学员们开玩笑总是没大没小的，不过在射击场上，那可是说一不二，谁要动作不按规范来，老头能连骂带踹把你赶出射击场。眼下他正在娴熟地打着装弹、上膛、换夹的手势，这玩意可是危险活，曾经就有菜鸟头回开枪被后座力顶着胳膊上仰，差点伤到其他同学的情况。

第一组下去了，余罪记着成绩，向着射击成绩一向不俗的张猛竖了竖大拇指，这牲口体能确实超人，看那剽悍的体格，余罪有时候能想到这家伙要真当了一线刑警，落在他手里的犯罪分子怕是讨不了好。

第二组下去了，熊剑飞有一发子弹打到了靶纸的九环和十环的分界线上，余罪直接给他划了全环，两人心照不宣笑了笑。

第三组下去了，余罪大摇其头。射击也是鼠标的弱项，这家伙也就看钱和扑克眼亮，这次不脱靶已经算不错了。鼠标懊丧地走下场，余罪却在那儿犹豫要不要把成绩改上两笔，只是这要改一下，和以前的成绩相比，实在缺乏说服力。

记录的余罪不时向徐教练请示着，说起来余罪给老徐的第一印象并不好，第一次摸枪在手指上学着电影里挽枪花，被徐老头赶出了射击场，后来死皮赖脸来给人家捡了两个月弹壳才得到原谅。不过之后关系就处得不错了，业余时间射击场对外开放的时候，时不时老徐还会叫余罪来这里帮忙打下手。

一组又一组学员在射击台展示着四年苦练的成绩，其实在射击上分出高下很容易，有天分的，这么近距离枪枪十环，跟玩一样；而没天分的就难了，瞄半天，除了打不进十环，哪个圈都有可能进去，学心理专业的女生就更差了点，那握枪的姿势跟穿针引线一样，使出吃奶的劲，砰一枪，脱靶。

不过也有例外的，安嘉璐就是个好手，只见她单手持枪，侧身瞄准，姿势曼妙很有节奏感地砰砰打完弹夹，枪枪十环，后面的那干男生女生惊呼起来，响起一阵掌声。安嘉璐回头时正看到了余罪向她竖着大拇指，笑了笑。

考核进行时，人群外站着一队观摩的，史科长对枪械也是个外行，他看许处神色凝重，小声道："许处，还可以吧？有几个拔尖的。"

"整体不行呀，这几十年都没什么改观，就到现在为止，咱们警队里枪械使得好的，多数还是部队退役下来的。"许处道。匕首攻防被袭，他休养了一天，现在又站在场上了。

"那没办法，我国是禁枪国度，在限制枪案发生率的同时，也限制了警察在枪械使用上水平的提高，现在从基层派出所到分局，真正实战开过枪的没几个，也就刑警还有这种机会。大部分警员对枪比对嫌疑人的恐惧感还深。"史科长道。

"谁说不是呢？盛世的通病啊。好枪法需要子弹喂，别说管制这么严，就算不严，那经费也负担不起呀。"许处道。

两人讨论的时候，看到解冰上场了，这个男生无疑是全校的亮点，今天穿得更靓，一身草绿色的户外装，配着长腰大靴，显得帅气逼人，就好像是故意为了鹤立鸡群一般。解冰到了射击台，看也不看，一个漂亮的合匣动作，喀嚓上膛，跟着是举手出枪，砰砰砰急速射击，别人刚打完两枪，他已经退匣了。

许处长看着这个骄傲的小公鸡昂着头，一副不可一世的样子，不过更让他意外的是，一旁的余罪却向解冰竖了个大拇指，两人像好朋友一般互相笑了笑。昨日还打得不可开交，今天就好得如漆似胶，实在是让许处看不明白。

“这个苗子不错。”史科长赞道，解冰的成绩也是全十环，而且出枪速度相当快，像个训练有素的特警。

“呵呵，不错是不错，太张扬了。”许平秋不置可否地评价了句。视线的中心还盯着在场上来回记录、帮着徐教练换弹夹的余罪，总觉得这孩子有什么地方吸引着他的视线。余罪不属于一眼就能挑中的人，让许处长舍不得放弃的绝不只是匕首攻防那几招阴招，而是那种能黑白两道通吃的气质，让许处长兴趣大增。

其他人是能不能用的问题，而这种人他知道，不存在能不能用，而是敢不敢用的问题。

刚一失神，又出事了，只听到有女生尖叫了一声，跟着徐教练吹响了停止哨。许平秋反应过来时，隐隐看到一个女生昏厥在地。余罪扔下记录夹，往射击台前跑了过去。许平秋一个激灵，也奔上去了。

“怎么了？怎么了？”许平秋分开人群，熙熙攘攘的学员围了一圈，余罪抱着那个紧闭双眼的女生，正在掐人中。

“晕枪。”鼠标给了个意外的回答。

“晕枪？”史科长愣了，头回听说还有晕这个的。

“对，周文涓就这毛病，又不是第一回了。”豆包道。狗熊熊剑飞小声道：“不是克服了吗？怎么还晕？全班就她一个拖后腿的。”

狗熊一说，立马引起一阵不忿，没人搭理他，都把同情的眼光投向昏厥的那位女生。对于弱者，人们总有着一种天生的怜悯同情。她人显得有点瘦弱，肤色偏黑，腮上几处浅色显得格外明显，梳上短发都可能混淆她的性别，据说是上一届病休留级下来的。

余罪掐着周文涓的人中，鼠标蹲着帮她捋直腿，一旁的许平秋看着余罪皱着眉头问：“你成不成啊？送医务室吧。”

“不用，她是一紧张就晕菜，以前见枪就晕，后来克服了，怎么又犯了？”余罪看掐人中不管用，估计是这次选拔强手如林，让这位叫周文涓的女生过于紧张，余罪喊着：“水。”

立刻有人把给领导喝的矿泉水扔过来了，余罪给她灌了两口冷水，又把瓶子一举，往女生头上一淋，大喊道：“停止射击！”

那女生一下子醒了，坐正了，旁边的学员笑翻了一圈。

鼠标嬉笑着对许平秋道：“以前就这毛病，一听枪声就晕，一听停止射击就醒，全系都知道。”

看来是过于紧张了，系里这干坏小子交头接耳笑着，周文涓脸上红一阵白一阵，好不羞赧。许平秋弯腰问着：“还行吗？”

“行。”周文涓咬咬牙，向余罪投出感激的一瞥，站起来抹了抹脸。她知道今天自己也确实过于紧张了，视线一模糊就晕过去了，现在这么多人看着，让她好不尴尬。余罪回头嚷着：“让开让开，晕枪有什么可笑的，狗熊那么大块，体检还晕针呢。”

那边徐教练喊着继续开始了，余罪却站在周文涓的身边，小声道：“继续，你紧张什么？今天脱靶的十来个人了，你比他们强多了。”

周文涓又投来感激地一瞥，终于缓缓地举起了枪，调整着呼吸，开枪了……

不怎么样，九环，不过有人在为她鼓掌，是余罪，她看见余罪那鼓励和兴奋的样子，比自己打了十环还高兴，周文涓就着袖子擦了把脸，有点不好意思地笑了笑，又举起了枪，稳稳地打出一枪。

一个小小的插曲过去了，周文涓和余罪没发现许平秋一直直勾勾地看着他们两人，几个不经意的细节，让许平秋觉得很意外，不知道触动了他心里的哪根弦。他狐疑地回头看江晓原主任时，江主任却是会错意了，直解释这个女生病休过一年，心理素质稍差了点，但他也自知解释得很无力，你说警察都晕枪，说出来不笑话吗？江晓原看许处的表情很怪异，干脆不解释了，反正今天表现出众的也有不少。

又是一组结束时，许平秋的心里像拧住了一样，他自认，要说识人之长、窥人之短，还是有点经验的，可这经验却用不到余罪身上，这个毁誉参半的家伙，究竟会是个什么样的人？此时他根本无法把眼前这位和组织群殴的那位联系到一起。

不经意间，他回头时，意外地看到了解冰、安嘉璐、尹波那几位，几个人说说笑笑，眼睛的余光盯着刚下场的周文涓，那眼光里，自然是多有谑笑之意了。周文涓显得腼腆而羞怯，躲避着这些人的眼光。

这一刹那，他的眼光再盯到忙碌的余罪身上时，意外地有一种豁然开朗的感觉，此时他忍不住又在自责。工作久了，眼光总是跳不出那个限定上的大框架。

其实人很好找，不是吗？他暗暗笑了。

不过，当警察的总是习惯隐藏自己的真实感受，此刻他拿着余罪送上来的成绩，又问徐教练要了份平时的训练成绩，脸上还是那副无动于衷的样子，看不出喜悲的表情。

前一日操练那事儿再怎么说也让余罪心里有点阴影，他趁机跑过来，干巴巴地说了句：“许处长，对不起。”

“胜利者对失败者持这种态度，是不是有点耻笑之嫌呀？”许平秋不动声色地道。

“不是那意思，我……确实是打急了，失手了。”余罪慌乱道。

“呵呵。”许平秋看这小伙貌似诚实的表情，笑了笑，直言不讳地道，“如果要道歉，你应该为刚才的不实之言道歉。敢做都不敢当，将来怎么当警察？”

说完便走，没理会尴尬站着的余罪，其他学员也陆续离开了射击场，选拔的所有项目至此全部结束，大家心里都关心着最终的结果。而余罪呢，又被徐教练揪着，一起收拾子弹壳。枪械管制非常严，所有的子弹壳得一粒一粒排好，清点入库。

今天打得不少，子弹壳收拾了一箱子，余罪边干活边思忖着刚才许平秋的话，不经意地问教练道：“徐教练，您认识刚才那位许处吗？就是来招聘的那个人，黑脸，个子和我差不多。”

“当然认识，他手下带的刑警，大部分都是我的兵。”徐教练得意地一抚脑门，吹上了。这徐教练最好吹，往日经常吹嘘自己曾经当过卧底，抓过几百个犯罪分子，就跟拎小鸡似的，眼下又吹嘘道：“想当年呐，我要是穿着警服一步一步往上混，到这会儿，许平秋见了我得敬礼喊报告……小子，你不信是吧？就爷们儿手里那把老五四，干过十几个持AK的，现在的警察跟我们那时候没法比呀，我们的胆怎么练出来的知道不？刑场枪毙死刑犯，把我们几个一线换上武警装，戴上大口罩，枪顶着脑袋杀人啊……”

徐教练说着就比划上了，凛然作势一番，大手一抹余罪的脸，示意着有多恐怖，不过在余罪看来，这位脑门锃亮的家伙，比学校门口炸油条、卖烤红薯的大爷们强不了多少，他笑着问：“徐教练，你不是以前和悍匪枪战练的胆，怎么又成枪毙死刑犯了？那多没挑战啊！”

“我以前是这样说的吗？”老徐脑子似乎记不清了，一看余罪不信的样子，他又语重心长道，“就算是吧，不过那不是一码事，近距离开枪杀人和远距离不是一个概念……咦？你小子听我说话了没有？我在你这么大，早开始独立执行任务了，哪像你们，一天净玩些偷鸡摸狗的事……咦？人呢？”

徐老头说话间一转身的工夫，不见余罪的人影了，抬头看时，余罪已经奔向了台阶方向。那位晕枪的女生周文涓不知道什么时候来了，待两人走到一起回头看时，老徐摆摆手，笑了笑，示意这两人自便去了。

“真是一代不如一代啊，想当年咱入队时候，第一条纪律就是未经组织允许，不准谈恋爱。现在这男男女女混一块，咋能当好警察……唉！差远了。”

老徐一回头，和管枪械的同事又吹嘘上了，那人看老徐就像看子弹壳一样，已经习惯了，笑了笑，没搭理他……

有过非错

选拔结果即将呼之欲出了，安嘉璐从解冰那里得到了个小道消息，据她和同室的密友说，这次的选拔规格相当高，是由省厅厅长在一次办公会议上决定的，消息的来源是同学武建宁，他爸就在省厅秘书处，这个并没有列入保密机要的事省厅不少人都知道，据说已经有人在幕后使劲了。只要进入到这个行列，用不了三年五年，之后的仕途便会一帆风顺。省厅这类管理机关可不像县市公安局、派出所，入籍是片警，到退休时还是片警。

这股风在射击结束后就刮起来了，不少家在省城的学员往家里打着电话，报着测试成绩，用不着开口，家里人也知道怎么使劲。此事的后果是王岚校长不得已直接关机，训导处的江主任也不堪其扰，干脆全把话头引到许平秋身上了。毕竟最终的决定权还是在这位钦差大员手里。

“我都接了三四十个电话了，全是打听招聘的事，我说省厅这泄密也太严重了，就差打我老婆手机上了。”许平秋午后从招待所出来，气呼呼地对同行的史科长道。史科长笑了笑，表示爱莫能助，劝道：“所以呀，得赶快不赶慢，结果不出来，这种情况就不会消失。”

“不急。”许平秋整了整衣服说道，“让他们急急吧，都把大少爷、姑奶奶往警队送，也不考虑考虑我的难处，有地方供着吗？”

“那许处，您觉得能挡得住吗？”史科长轻飘飘地问了句，这话让许平秋皱了皱眉头，知道他保密手机号能打进电话来的，战友、同事、亲戚都有，而且不缺上级领导，省厅光在职的正副厅一级领导就有四五位，像他这号小处长，也就唬唬学员，真放那个大环境里，可就不算什么了。

“挡不住，咱这个礼仪之邦，最厉害的就是关系、人情，我要真给身边人都拉一张黑脸，以后甭想混了。”许平秋无奈道。

"那就有难度了。"史科长道。

"什么难度？"许平秋问。

"不得不空出一些位置，不得不把些好苗子扔到市县下面，等过上几年，棱角磨圆了，就泯然众人矣了。这个取舍之间的难度很大。"史科长笑道。

"这对我没有难度。"许平秋道，像是胸有成竹一般，直摆手道，"一期名单你来定。"

"啊？怎么是我？"史科长吓了一跳。

"我顶多看个人，你能看到人心，你不定谁定？尽快定一下，陈副厅长等着结果呢……我去找老江聊聊。"许平秋拍拍史科长的肩膀，把挑子轻飘飘地扔给他了。史科长在原地愣着，不知道这又是哪一出。

走不远，许平秋又回头瞥了眼，做了个赶紧办的手势，脸上挂着戏谑的笑容。

名单在自己心里已经定了，只是还需要一个小小的求证而已。许平秋信步进了办公楼，敲响了主任室的大门，江晓原亲自把许平秋请进了办公室。落座倒茶的工夫，江主任的第一句也终于忍不住问着："许处，结果什么时候出来？"

"你也关心结果？"许平秋笑着问。

"废话不是，我的学生我能不关心吗？有不少家长都问到我这儿来了。"江晓原沏好茶，给许平秋放在身前，又给许平秋递了支烟。这位老同学可不客气，一看是软中华，直接全部塞兜里了。

江主任再要开口，又发现老同学眼光闪烁着，像有什么事。他不禁问道："许处？你好像有什么事啊？"

"对，有事，还不就是招聘的事，这不找你商量来了吗？"

"找我商量？不对吧？"

"甭给我打花枪，我待这儿的几天，你一直旁敲侧击问着警种什么的，是不是想塞个人什么的？"

"那个，哪有的事，我就问问……"

“真没有？”

“真没有。”

“那我秉公办事了啊，别说我不给你面子。”

许平秋脸一拉，一副按章办事的表情。江晓原一下子急了，赶紧凑上来说道：“别别，老同学……你听我说，其实也不是什么大事，小尹家里托我打听，老尹在厅财务上，免不了要打交道不是？还有就是小武家里，他父亲是王副厅的秘书。”

“哦……那你不早说。”许平秋瞪了眼，好不生气地道。

“没有他们俩？”江晓原惊了下。

“没有。”许平秋一摇头，应道。江晓原听得好不失落，这可要坏事了，却不料许平秋又笑道，“那你求我两句，我把他们两人名字填上不就行了。”

江晓原一愣，一点头，突然发现了许平秋表情中的怪异，他生气地指着许平秋道：“我说老同学，你不能把我也当嫌疑人调戏吧？说好了，这两个名字无论如何得在名单上，要不我回头不认你这个同学。”

“呵呵……好，没问题。”许平秋拍拍手包，紧接着神秘一笑道，“我帮你，你帮我，有件事你得给我说清楚。”

“审我？那你问吧。”江晓原看许平秋这么严肃，笑着道。

“这几个人的情况给我说说……不是我说你啊，你给我提供的履历太苍白了，是不是快毕业了，把他们平时的毛病都抹了？”许平秋说着，从手包里扔了一摞名单来。江晓原翻了翻，脸有点绿了，都是些耳熟能详的名字，余罪、严德标、豆晓波、张猛、熊剑飞……几乎不用看完，他就能猜到后面是哪几位，那是一个小团体。

不过作为他们的领路人，江晓原几乎是下意识地搪塞上了：“许处，至于追究这么清嘛，也就有时候打打闹闹，他们相互间还打过架呢……再说了，孩子在这儿上学也挺不容易的，总不能临毕业了，给人档案里装个处分回去吧？咱们学校只要不是涉嫌违法犯罪的事，过去就得了……”

这位老同学当年在学校时就是个老好人，这么多年也没什么变化，如今位置高了点，心性更加坦然。许平秋审视着他这位同学，笑了笑，又掏出个微型摄像机来，一看就是刑侦上的装备，递上来说道：“那你看看，这个算不算违法犯罪。”

江主任狐疑地接到手里，摁着播放，画面一出来，直惊得眼睛往外凸，其间吓得他手哆嗦了几下子，没看完就摁了暂停，然后直勾勾地瞪着许平秋，半晌才憋了句：“什么意思？”

他知道厉害，这种事说小就小，无非就是些小屁孩胡闹；可说大也大，真是冠上一个“警校学员群殴体工大学生”，那追责恐怕就不是小问题了。

许平秋看把老同学一下子吓成了这样，他笑了，伸手要DV，江晓原不给，许平秋笑了笑道：“不给就送给你了啊，看样子你态度实在恶劣，我就不和你谈了。”

“等等……”江晓原拦住作势起身的许平秋，硬摁到了沙发上，此时不管他是不是许处长了，火急火燎地问着：“你给我说清楚啊，这里好歹也是你的母校，不能变着法给你的母校抹黑吧？这录像要是传出去还了得？你还嫌现在警察的名声不够臭吗，怎么着？自毁长城？”

“哎哟，这话就不对了，你的学生打群架，怎么成我给母校抹黑了？”许平秋反问道，这一问把江晓原将住了，他一语塞，马上苦着脸又换口吻哀求着：“许处长，老许呀，你就不看老同学面子，可你总得念着老校长的面子吧？王岚校长当时没少照顾你吧？你当年带头和太钢的打架，带头偷老乡的玉米被人追到学校，哪回不是老校长保下你了，要没他，能有你今天呀？”

“哟哟哟……哪年的陈谷子烂芝麻又给刨出来了，咱就事说事啊。”许平秋瞪着眼，有点糗相了。江主任又劝道：“就事说事也算什么事嘛，哪届能没几个打打闹闹的，一群大后生，纪律这么严、训练这么苦，能没个发泄的途径嘛，别说我们学员，就你手下的人，难道没有打过人吗？”

“差别在于，你说这话是空口无凭，我说的可是证据确凿。”许平秋淡淡地挡回去了。这时候真把江主任给刺激坏了，一梗脖子，DV往茶几上重重一放：“好，既然你非捅，随便，大不了把这一群查出来，全部记大过，带头的开除。想捅捅呗，就说你省厅这位大处长，闲得手痒了，抓了一群警校的学员以正警容警纪……请吧，自便啊。”

江主任这恶劣的态度倒把许平秋将住了，许平秋笑了笑道：“你看你这人，护短都护到这份上了，这是你不念同学旧情啊。我可是念旧情了，要不就不会只拿给你观摩观摩了。”

咦？这话好像也对，看许平秋嬉皮笑脸没个正形，江主任有些迷惑，不过还是没给对方好脸色。许平秋指指DV道：“多少案子悬着呢，你真以为我对这些打架斗殴的烂事有兴趣？”

“那你这是？”江主任道，不解了。

“了解了解真实情况嘛，你们给的学生资料啊，实在反映不出真实情况来。这样吧，这事你们自己严肃处理，我不参与，不过我有件事，得你帮个忙，别担心，我不讹你，这也是在帮你自己。”许平秋笑道，那神秘的样子让江晓原处长更奇怪了。毫无意外，为了全校荣誉的江主任马上妥协了，凑在许平秋身边听着对方要自己怎么“帮助”他。

听完了，江主任脸上好一阵不自然的表情，哭不是哭，笑不是笑，看来这个忙，不怎么好帮……

结果出来不出来，对于很多不抱幻想的人没有什么影响，余罪就属于这一类，快天黑的时候，他出现在离警校不远的一家“天赐福米线”的饭店门口，到了门口就有人迎出来了，是周文涓，两人相视一笑，一前一后进了饭店。

中午射击考核完后周文涓约的余罪，约他的时候期期艾艾好半天才把话说出来，现在坐到一起，那份不自然又来了，周文涓嘴唇翕合，不知道怎么开口，半天蹦了句：“你……你吃了吗？”

余罪噗声笑喷了，摇摇头：“没吃，就等着你请呢。”

周文涓立时省得说错了，不禁不好意思起来。余罪干脆喊着服务员，要了两份米线、两个卤蛋，再加一碟小凉菜，点好了再看周文涓，她像进考场一样，正襟危坐着，就差双手背在背后了。不用说，这位农村来的同学，天天窝在学校里，除了大食堂怕是一学期都下不得几回馆子，更别说和男生一起。余罪不忍逗她，小声道："来饭店吃饭要显得自然点，不能跟上专业课一样，盯梢一样看人啊。"

周文涓笑了笑，点点头，不过还是咬着嘴唇不好意思说话，或者不知道该说什么，她出于感谢邀请了余罪，其实还生怕他嫌这地方不够档次。看余罪这么自然，她倒慢慢放下拘束了。

大店的排场，小店的味道，这地方的味道着实不错，大碗的米线漂着绿油油的青菜，清亮的汤又辣又鲜，半碗下去已经是额头见汗。余罪看着默然不语的周文涓，随意问着："文涓，不是以前都克服这个毛病了，怎么今天上午又犯了？"

"我……我也不知道。"周文涓困惑地摇摇头。

虽然不说，不过余罪心里能揣摩个七七八八，她是对这事太过重视了，一重视就紧张，一紧张就昏厥。以前都笑话周文涓穿得老土，除了学员装就是上个世纪的碎花布衣服，不过后来大家知道这位女学员假期不回家打工赚学费的事后，就没人笑话她了。可这一次，处处要强的周文涓要栽在天生的缺陷上了，余罪斟酌着，都不知道怎么安慰一句，随意地找着话题道：

"你想留在省城？"

"嗯，想，我们老家在平陆，那儿也没什么出路，要是回老家肯定分配不了……我，我也不知道该怎么办。"周文涓说道，眼睛里闪过一丝迷茫，又埋头吃着米线。半晌她抬起头来，说了声："谢谢。"却发现余罪直勾勾看着她，一下子让她心里又紧张起来，脸蛋一下子红了个通透。

"别客气啊，我最怕人跟我客气……你也别灰心，说不定有机会的。"余罪说道，这话连他也觉得太假，总不能指望省厅选精英，选走个晕枪的女生吧?

周文涓自己心里也知道可能性太小，勉强笑了笑，摇了摇头，不过却是诧异地问着:“那你……为什么没有参加？有地方去了？”

“我属于历史不太清白的，万一审查得太严格，别去不了还惹一身笑话，再说我觉得也不是什么好事，咱们这没关系没背景，就是被选走，还不是受罪？”余罪诚实道，惹得周文涓笑了笑，她耳闻过余罪这帮子在刑侦班里的劣迹，不过对于后半句她倒不认可了，说道:“危险我觉得不可怕，可怕的是，连从事危险的工作机会都没有，我真不知道毕业后该怎么办。”

这话听得余罪愣了下，深有同感，两人絮絮叨叨说着，都不是什么乐观的话题。本来余罪觉得自己活得就够悲催了，不过听到周文涓老家年收入只够口粮的情况，着实也吓了他一跳；再听她病休不是真病，而是逼不得已出门打了一年工才又回来上学，直惊得余罪大呼自己身在福中不知福了。

回学校的路上，周文涓话匣子开了，直说她们那儿不但学校拖欠老师的工资，就连派出所民警工资也常常领不了，他们乡派出所大部分出警还是骑着自行车办案，听得余罪那叫一个五味杂陈。

是嘛，就那鬼地方，谁愿意回去?

“文涓，我觉得呀，咱们得乐观点。”

走到离寝室不远快到分手时，余罪总结道:“省厅来的那位史科长有句话说得就挺好，每个人总会有展示自己的舞台的，你就晕枪一个小毛病，我们这些浑身毛病都不怕呢，你担心什么？再说全省每个地方都缺女警，毕业后你们机会比我们相对要多得多，别担心，一切都会好起来的。”

“谢谢，真羡慕你们，我要是个男生多好。”周文涓笑了笑，和余罪轻轻握手作别了。

那默然而去的样子让余罪呆立了好久，其实他心里又何尝不是一片茫然，劝别人可以，可他又何曾找到自己的舞台……

第三章
菜鸟和处长的谈判

暗箱操作

等了漫长的一天，公布结果的时刻终于要来了。行装已经备好，这一天学员们像往常一样穿戴整齐，对着宿舍里的镜子把最青春的一面展示出来。

整着整着就整出事来了，问题出在郑忠亮身上。这伙计也是个另类，四年来表现得就和别人不一样：别人看电影，他看周易；别人玩游戏，他玩罗盘。他经常说警校哪儿哪儿风水不好，这风水一不好，就出不了好货色，这届刑侦班败类齐聚就是一个无懈可击的证明。

平时没人相信他的鬼扯，不过今天他一说自己天人感应有突破，预感到自己要三花聚顶、五凤朝阳，估计要被选拔走。他一扯，把那些心里本就蠢蠢欲动的哥们儿撩得心痒痒了，先是鼠标凑上来问自己行不行了，也许是经常被鼠标请客不好意思了，郑忠亮八字一掐兴奋地道："哇，鼠标，今天是腊月初三，黄道吉日，和你的八字合六个，大吉呀，有戏！绝对有戏！"

这可把鼠标给乐坏了，他一乐，豆包也凑上来请教着。郑忠亮闭着眼，摸了摸豆晓波的脑后，豆包正不解时，他张嘴了："不行不行，你脑袋后有反骨，从军就是逃兵，从警就是叛徒，大凶之兆。"

众人大笑，把豆包给气坏了。这家伙平时就有很多奇谈怪论，大伙儿权当乐子了，听着他评价：汉奸汪慎修脸色太白，碍了运气，不行；李二冬嘴太凸，这在面相上是奸诈之相，绝对不行；至于董韶军，扫帚眉，倒运鬼，也不行。一干哥们儿被指谪着缺陷，不以为耻，反以为乐，顶多是揪着郑忠亮扇两巴掌，踹两脚。正瞎乐呵着，熊剑飞提着裤子从201奔过来看热闹来了，这哥们儿长得矮粗矮粗的，一张猪腰子脸，两眼凶光外露，进门瞪着眼问："说啥呢？说啥呢？这么高兴，谁选上了？"

"没选呢，这不郑阴阳算卦呢，让他给你瞅瞅，看你行不行。"鼠标鼓噪着，郑忠亮刚一盯上熊剑飞，那狗熊一掰手指，喀嚓嚓指节直响，吓了郑忠亮一跳，就听熊剑飞威胁着："阴阳，你今天要敢说老子长得像山猪、狗熊，别怪老子阉了你啊。"

这凶劲把郑忠亮吓了一跳，不过其他人可乐呵了，怂恿着郑忠亮点评。郑忠亮无奈之下，仔仔细细看了一遍熊剑飞，竖着大拇指道："熊哥，您这长相是咱们班最威武的，这个谁也不否认。不过，要选拔走，我觉得还是够呛。"

"把你拽的，好像就他妈你在选拔似的。"熊剑飞不屑道。

"是不是我选拔还不一样？熊哥您老差在哪儿您知道不……"郑忠亮放缓了语气，突然笑道，"您这张脸长得反动色彩太浓了，不但影响市容而且有碍和谐，谁敢选您呐……哦哟！"

熊剑飞二话不说，拳头招呼了。他把郑忠亮摁在床上，朝着肉多膘厚的部位咚咚直捶，捶得郑忠亮一阵惨叫。其他人再看狗熊那脸，觉得郑忠亮的评价倒也不无中肯之处，俱是笑得直打颠，劝也没人劝。

集合哨响了，班长欧阳擎天在楼下嚷着，这干人赶紧从桌上跳下来、从床上蹦下来，二楼三楼的脚步声踢踢踏踏，眨眼朝着教学楼下的集合地飞奔过去。那里已经停了一辆标着"POLICE"字样的中巴，来招聘的许平秋处长和史科长站在队伍前列，穿着锃亮的警服，不少学员看着两人肩上的警衔，好一阵羡慕。

“同学们，感谢大家对我们工作的支持，我代表省厅预祝大家新年快乐，提前给大家拜个早年。”

许平秋敬了个警礼，此时却是说不出来的严肃，直入正题铿锵说道：“经过四天的体能、心理测试，以及对比平时你们的表现，我们最终确定选拔的学员共17人！他们中的一部分人将要走向一线，将站在最危险的岗位，成为整个社会治安的第一道屏障。我希望没有被选走的同学不要自怨自艾，因为在你们走出校门之后，还会有很多机会等着你们；同时我也希望被选出的学员不要产生骄傲和自满的情绪，这是一个淘汰选拔，真正的测试今天才刚刚开始。下面，由史科长宣布名单，点到名字的同学出列，省厅的同事将带着你们进行实习前的注意事项学习。”

队伍未动，个个站得笔直，史科长上前一步，拿着名单，揭晓最后的结果了。

“解冰。”

“到！”

“安嘉璐！”

“到！”

“武建宁。”

“到！”

“尹波。”

“到！”

“李正宏。”

“到！”

“欧阳擎天。”

“到！”

“……”

一个个出列的喜气洋洋，有人挺直了胸膛，有人得意地向后一瞥，走出去的人越来越多，名额越来越少，站在队伍里的不少人翻白眼了，选走的多数是省城户口，还有公安子弟，基本就是平时活跃的那些班系中的学生干部，这个选拔的公正性随着类似学员的一个个出列，似乎已经荡然无存了。队伍里不少学员敢怒不敢言，只响起了若干声怒意十足的单音节词：“呸！”

“列队上车，今天是参观学习，解冰，由你带队。”史科长道。

“是。”解冰敬礼，喊着队伍，陆续上了那辆鲜亮的警车。车子发动缓缓开走，载走了大家抱了期望的史科长和许处长，孤零零地剩下了一个四零五散的分队。不少人的精气神一下子泄了，郑忠亮旁边的鼠标好不郁闷地说道：“大仙，你不是说五凤朝阳嘛，等着回去兄弟们揍你个四脚朝天吧。”

“兄弟，这都是命，你不能否认，我算的大部分是准的。”郑忠亮自嘲地笑了笑。

“保持队列，听我口令，以左排第一人为基准，集合。”

江主任阴着脸喊着队伍，后面来了几个风纪队的，都戴着执勤的红袖箍，看得队伍里一干人心里犯嘀咕了，这阵势，一般是谁犯错被揪着了才出现的。

怕什么，什么还就非来，江晓原扫视了一圈，沉声道：“下面我宣布一件事，我们学校有十余名学员在前天干了件很不光彩的事，追到体工大对该校两名学生大打出手，性质极为恶劣，不要等我点名，自动站出来。”

完了，鼠标一阵眩晕，差点一头栽倒，那边豆包腿也有点软，这事被揪住，少说也得扣个处分在脑袋上了。

“怎么，想让我一个个点名？真以为自己干得天衣无缝？”江晓原刺激道，训了学员二十年了，表面上那股威风和煞气很重，不少学员还真会被吓住。

血气方刚的小伙子们，刚被落选刺激了一回，又被江主任这么一训，有逆反心理的小伙子们都爆发了。熊剑飞第一个大咧咧站出来了，张猛紧跟其后，两人睥睨地站在队列之前，扬着脑袋，根本不瞅江主任的方向。

“好，敢做就别不敢当，还有谁？熊剑飞，谁带的头？”江晓原厉声问。

“我带的头。”熊剑飞和张猛几乎同时道。

后面的学员一笑，有人暗竖大拇指了，这是要和训导主任叫板了，就狗熊和牲口那俩人的智商，怕是谁也看得出顶多是打手，绝对当不了幕后黑手。

江晓原有点气急败坏道：“打架还有理了，知道后果有多严重吗？校党委已经作出决定，带头打架斗殴的，要予以开除学籍的处分。”

“啊？”张猛给吓住了，熊剑飞没想到这么严重，也给吓住了。

江晓原不屑道：“现在后悔还来得及，还有谁，赶紧把他们都指出来。”

“开除就开除！凭什么选拔就都是班系干部，不服！”张猛愣劲上来了，飙上了，旁边的熊剑飞也附和着，更不服。

这下气得江晓原差点伸手扇过去，这样的学员有时候横起来，根本不吃老师那一套。两人说了几句不服，后面众人更开始跟着嚷起来了，看样子今天是难以服众了。江主任气急败坏地吼着：“就凭你们现在目无组织、无视纪律，也会被取消选拔资格，风纪队，把他们带走。”

这一吼把众人声音摁下去了，熊剑飞和张猛这俩愣头青，恨恨地看了训导一眼，义无反顾地走了，此时被兄弟赴难感动得无以复加的鼠标再也按捺不住，大吼了句：“还有我！”

他奔出来了，一下子击溃了众人的自保私心，一刹那许多声音喊着：“还有我！”

“还有我！”

“还有我！”

眨眼间，十几个人和张猛、熊剑飞站到了一起，接受着江晓原审视的眼光和后面同学们同情的眼光。眼前这一个个显然是打了架了，显得凛然不已，就像要从容就义一般。

这一刻，连江晓原也愣了，从来没发现，自己的学生里能有这么多血性和义气。可惜的是，用的不是正途。他摆摆手道：“都带走，到风纪处每人写一封详细的事情经过和检查。其他人，今天可以离校了。”

一百多名学员被领走了三分之一，剩下的学员目送着被风纪队带走的同学，好一阵壮士一去不复还的悲凉感觉。

奇怪的是，这个肇事队伍里居然没有发现余罪，江晓原暗道：这小子还是机灵，只要有事，肯定有他，可只要犯事，一定没他。

悲催的是，除了余罪，剩下参与打架的被一网打尽了，郑忠亮边走边看着一干难兄难弟，喃喃道了句：

“我算得真准，今天果真要渡劫……这一劫怕是过不去了。”

精英出炉

风纪处就设在警校器材仓库后面，专为犯错的学员准备，一层是器材室，二层三层是干净得连桌椅也没有的房间。据说这里曾经是给犯错学警关禁闭的地方，不过自从警校教育体制改革，废除类似体罚等教育方式之后，这里就荒废了。整栋楼显得空落落的，有几个房间摆着乒乓球台，用于平时的业余娱乐。

这一队参与打架的被风纪队扔进了一个带乒乓球台的大房间，老规矩：面壁站了一排，不许交头接耳。风纪队扔下他们，锁上门就走了。风纪队一走，队伍哗的一下就散了，一个个靠着墙坐在地上，如遭雷击，蔫到极致了。

“不对呀，兄弟们……咱们都久经考验了，就进派出所也不至于被人兜了老底，可今天怎么了？都这么老实就进来啦？”董韶军最先发现事情不对了，不是没有发生过类似的事，但凡这类事，就是抓住也死不认账，何况根本就没抓住。

这么一说大家都愣了，李二冬一指张猛和熊剑飞生气地说道：“还不是这俩傻子，人刚诈了一句，他们就站出来了。”

“我们傻，你跟着我们走，你是什么东西呀？”熊剑飞反问着。

李二冬好不尴尬，闭口不说了。骆家龙却笑道：“也不是什么坏事，十几个人扛，总比他们俩扛要轻点。”

都是未来的警察，对于法不责众有比较透彻的理解，再严重，也不至于把十几个都开了吧，何况在他们看来，打架打得不算很重。鼠标担心道：“哎，我说兄弟们，不会是打的那人中奖了吧？”

这意思是打到官富子弟身上了。一说这个，都有点心虚，汪慎修紧张道：“怕是要中奖，解冰找的人，肯定也差不到哪儿。”

“不会是解冰那狗日的吧？”张猛恶狠狠道。

“要是他，老子出去非阉了他。”狗熊附和道。

今天发生的这个意外恐怕都是因为落选有点气，一气之下全部自投罗网了。在讨论到究竟会“荣膺”一个什么样的处分时，吴光宇发现不对了，小声问道：“余儿呢？妈的他带头的，怎么没他。”

“回家了，他说今天一听选拔，肯定郁闷得回家过不好年，还不如不听呢。”豆包道。

余罪不在，可把兄弟们搞得更郁闷了。半晌，熊剑飞才憋了句：“这个贱人……哪一回出事都能溜了，不能放过他啊。”

“对，有钱一块花，有处分一块背。”众人附和道。

楼上的不知道楼下开来了一辆别克警车，车里许平秋正饶有兴致地听着这干学员的对话，江晓原脸上却是阴晴不定，不知道许平秋此举何意，还把自己推到台前唱白脸了。那群打了架的学员，在他看来，其中也不乏好苗子，真要背个处分，回到原籍怕是派出所都不收。

“许处，你不会诓我吧？我可按你说的做了，现在全系的学员，怕是要恨死我了。”江晓原难堪道。

在警校这个特殊的氛围里，过于强调团队和协作精神，久而久之便有了并发症：老师护短、同学间同样护短，在这个特殊集体看来，只要没有打伤打残，打架根本不是大问题，现在小题大做一下子滞留了这么多学员，岂能不犯众怒。

“我是在帮你，怎么叫诓你？”许平秋笑道，看江晓原坐不住了，他笑着问，“你是怕我泄密，把他们打架的事捅出去？”

“那还用说，道理你比我明白，要真没点脾气，没点血性，我都看着他们没劲，可要是因为这么点事把他们都毁了，你让我怎么心安。年轻人嘛，谁能不犯点错。”江主任说道，不时紧张地看着许平秋。

“呵呵，说得好……不过你怕我泄密，我也怕你泄密，签字！”许平秋递过两张纸来，一看是保密协议，把江晓原给吓了一跳，再看许平秋时，就见他严肃地沉声道，“别看我，以下我做的事都属于省厅机密，要是从你这儿泄了密，别怪我砍掉警校的招聘名额啊。此事到现在为止仅限于你和我，还有另一个人知道，连王校长都不知道。”

“真招这么多特勤？”江晓原吓了一跳。

“不一定都招走，半年实习期，淘汰一部分。”许平秋回应道，示意着江晓原签字，江主任此时倒拿不定主意了，手哆着，又不确定地看了许平秋一眼，还是那句话：“老许，你确定？这群坏小子是我见过最难管的一拨，比你们那时候还难管……而且，要是特勤的话，得都经过他们家人的同意啊。”

“没听明白吗，要淘汰一部分的，其他事你别管，管好你的嘴就行了……怎么，我开他们你死活要保，我招他们，你又不放心了？”许平秋反问道，这一刺激，江晓原干脆就在车厢里签上了名字，递给了许平秋，如释重负道：“这下好了，我轻松了。”

江晓原甚至有点幸灾乐祸的样子，终于把烫手的热山芋扔出去了，还是一窝。

许平秋倒不怎么介意，收起了第一份协议，挟着公文包，叫着江主任一起上楼，看看那群被关的货色。他边走边听着房间里传来的窃窃私语声，此时话题已变，正讨论着过年吃什么，到谁家玩，比较有料的一个提议是兄弟们组团到余罪家吃去，非把他吃哭才成，要不兄弟这口气实在出不来。

“嘭”的一声门开了，房间里已经恢复原样了，一个个面壁而立，显得老实乖巧，而且个个低着头，那样子像是已经认识到了错误的严重性。

“听我口令，向后转！别耷拉着脑袋，听说你们对选拔有意见，我就回来了，谁不服气，站出来。”

许平秋吼道，虎着脸，众人一看那锃亮的警衔，那威武的姿态，却是已经没有叫板的心劲了。

这是学生们惯用的无声的抵抗，你说什么就是什么吧，反正我就是不服。

许平秋看了几眼，知道这群刺头没那么好说话，他示意了江晓原一眼，江晓原迎着学员们责难的眼光咳了声道：“别以为我冤枉好人了，你们打架被人录下来了，证据确凿，赖是赖不掉了；也别以为我是老好人，你们都有脾气，还不兴我有点脾气是不是？像你们这种情况，最轻也得背个记大过处分，严重者，要予以开除。”

这话狠了点，把学员刺激得咬牙切齿了，不料江晓原话一转，笑道：“不过可惜的是我现在没有权力处分你们了……我现在宣布一件事，所有人，立正。”

几乎是下意识地整队列，学员们的心跟着跳起来了，江晓原揭开谜底了，说道：“在列本届一十三名学员，现在开始，划归省刑侦处直属指挥，面前这位就是你们新领导，不用怀疑，你们才是这次选拔的胜出者，我代表全校向你们表示祝贺！”

哦哟！幸福来得太突然，把哥几个吓坏了，这边鼠标直吸凉气，那边豆包直抚小心肝，其他各位呢，喘着粗气，一副根本不信的样子，都诧异地看着江主任和许处长。

没处分，反倒比有处分更让受惯处分的人心惊胆战。

“离合格还有差距啊，别这么兴奋。”许平秋和蔼地笑道，骆家龙小心翼翼地问道：“是不太合格啊，也不能我们都合格吧？”

“那不一定，骆家龙，中学时你在单片机上玩得不错，在电子爱好者中小有名气，对不对？”许平秋说道。骆家龙差点热泪盈眶，因为喜欢那玩意，没少挨父母训，此时看来，倒是自己最大的优势了。

许平秋笑了笑，拍拍这哥们儿的肩膀，看向他身边的熊剑飞。狗熊自知长相实在有碍和谐，紧张了，不料许平秋却是很有兴趣似的问着：“你参加过北七省武林风散打锦标赛。”

“啊，对呀，没进决赛就被人打趴下了。”熊剑飞老实道，惹得众人一阵笑声。

“学了几天警体拳就敢叫板专业散打的，有种。”许平秋赞了个，看着他身边傻呵呵笑着的张猛，同样一竖大拇指道：“你更有种，听说只要学校打架，哪回都少不了你凑热闹参与？”

张猛脸一红，低头笑了。

到了李二冬身边时，李二冬明白了，自报家门道：“我参加过暴风电子竞技队，我们队打CS在华东区排名第9位。”

“嗯，知道了，不过你的射击成绩够呛，什么时候真枪也玩好了，再跟我吹。”许平秋略过了这位，李二冬不好意思地挠挠头。转眼到了一脸迷糊、有点婴儿肥的鼠标和豆包跟前，这两人却是无比紧张，自知是打枪脱靶、打架吃亏的主，实在找不出被选拔出的优势来。许平秋笑着打量了一番，问道：“听说二位开盘，在我身上狠赚了一笔。”

鼠标呛得说不出话，豆包一指他道：“是他干的，不是我，我押您老赢的。”

“不错，赌起来赢多输少，应该有两把刷子，现在网赌比网购还凶，你们会有用武之地的。”许平秋又给了个正面的评价，鼠标和豆包一下子兴奋了，没想到毛病成了优势。

吴光宇有个长处在机械上，原因是他爹就是修车出身，从小在机油堆里长大；而孙羿参加过卡丁车联赛，本身就有A本驾照，那是因为他爸就是客车司机的缘故，放假时常顶他爸班去开车。每个人的优势和长处都被许平秋一句道破，让众人觉得好不惊讶。到了董韶军面前时，这位痕迹检验专业的学员可不像先前几位那么拽了，不过许平秋依然说道：“董韶军，你在交心得体会的时候，主题是嫌疑人的人权问题，你是痕迹检验的，怎么对罪犯的人权格外感兴趣？”

董韶军没想到自己的不和谐论调也被上级重视了，他立正朗声道：“我认为人在权利上是平等的，即便是犯罪分子也应该享有他的人权。事实上，犯罪的滋生在很大程度上就来源于人格和权利上的不平等，如果我们不能把心态和嫌疑人放到一个平等的位置，就当不好警察。”

“很好，希望十年后，还能看到你的坚持。”许平秋淡淡一句，听不出褒贬，信步到了最后一个人面前，是汪慎修。这家伙是全系出名的小白脸，却没有优势可言。许平秋盯着他时，汪慎修紧张地道：“许处，我没什么优势。”

“谁说的，长得这么帅，优势大了，风骚无罪就是你吧？你们风骚得终于惊动省厅了。”许平秋笑着，众兄弟跟着大笑，把脸皮老厚的汉奸搞了个大红脸。

“好，同学们，我布置的第一个任务就是保密，你们将接受的任务和训练被列为省厅A级机要，规则是，谁要泄密，全体出局；第二个任务是，年后到五原机场集合，凭身份证领机票，时间、目的地和训练暂且保密……第三个任务嘛，就是回去过年，这是你们在正式穿上警服前的最后一个春节了，这里要强调的就是保密条例。江主任，给他们讲讲保密条例的重要性。”

在学员们兴奋的眼光里，江主任讲了一通，保密条例很严格，不管对家人、亲戚、朋友都不能泄露。对于未知的事，这干血气方刚的小伙总是充满着好奇，个个听得热血沸腾，就像《碟中谍》电影中的牛逼团队，回头就能结伙整谁去。

“最后还有件小事。”许平秋重起话头，诧异地问着，“同学们不觉得这个团队应该有个灵魂人物吗？是不是缺了谁？”

“余罪。”不少人吼出来了。

“对呀？少了余儿没意思了。”有人嚷着。

“回家了呀，要不把他召来。”又有人喊道。

许平秋看着众人的反应，到此时他都搞不太明白，那个其貌不扬的余罪，何德何能，居然周边围着这么一干性格各异的同道。他继续笑道：“有点遗憾啊。看来聪明不是好处，错过了机会。”

众人背了一会儿保密条例，也许是心情兴奋，肾上腺素分泌过多的原因，就连脑瓜不好使的张猛和熊剑飞也很快倒背如流了。许平秋刚要走的时候，有两位贼头贼脑的跟着出来了。

“什么事？”许平秋一回头，看到是严德标和豆晓波。

“许处，我可能知道他在哪儿，他八点走的，这时候应该还在省城。”鼠标说道，不过问他具体地址时，他却说不清了，只说可能能找到。不过现在大家是同一个团体了，有问题好商量。不一会儿，许平秋带着鼠标和豆包下楼，上了那辆警车，直追余罪去了。

剩下的一干“精英”，一直被隔离着，直到其他学员几乎全部离校后才回宿舍收拾东西。精英就是精英，果真待遇不同。连上火车上长途汽车，都是警车接送的，把哥儿几个给兴奋的，恨不得这个年不过了，直接去接受集训去……

贱人贱路

警车疾驰在滨河南路上，许平秋亲自驾的车，载的是豆晓波和严德标两人。快到高峰期了，路开始堵了，每过红绿灯，他都是下意识地看着表，从警校出来行驶了四十分钟，愣是没有走完二十公里的行程。

他心里有点焦急，对于那位姓余名罪的小家伙，他的兴趣是如此之大，就像某件大案发现了一个直指要害的线索一样，让他感觉到兴奋。他不时地揣度着，要是给这一群从不循规蹈矩的学员创造一个舞台，能放出多大的光彩还真值得他期待。

“晓波。”

“哎，许处，什么事？”

“你们这几个人相互都有外号，是不是？”

“呵呵，都是同学瞎叫着玩呢。”

“那为什么叫你豆包呢？还有德标，怎么会称呼你鼠标？风马牛不相及嘛。”

等绿灯的工夫，许平秋开着玩笑问。豆晓波解释道自己爱吃包子，后来便被称呼作豆包了。他从车后座凑上来，一捏严德标的脸蛋示意着：“再看他，大饼脸，腮边鼓，两头尖，多像个鼠标！”

许平秋一笑，再问起其他人来，方才得知熊剑飞叫狗熊，骆家龙叫骆驼，张猛叫牲口，郑忠亮叫阴阳，汪慎修叫汉奸，董韶军叫烧饼……个个都有那么点让人哑然失笑的来历，惹得许平秋好一阵捧腹。

这时，许平秋问道：“余醉又为什么叫余罪？”

“因为他整天办的那些事……简直就是犯罪！”豆晓波道。

“真的，没有一个词能够完整地形容这个贱人。”鼠标补充道。

“有道理，以前都叫他贱人，后来才发现，叫贱人都是表扬他，就没人叫了。”豆晓波嬉笑道。

“哦哟，这个好难理解啊。”许平秋看着红绿灯，学着学生们的口吻道，“你们说人贱到什么程度，才能让你们对他有这么高的评价呢？”

“他上学没花过自己的钱，您信不？”鼠标神神秘秘道。老许今天的表现，已经被大多数学员引为知己了，只不过许平秋还是理解不了这些人的行径，他愣了下。豆晓波又加着料道：“不光不花自己的钱，还赚钱，您信不？”

许平秋又愣了，这事几乎要超出自己的认知能力了。鼠标唯恐对方不信似的，又说道：“刚上学的时候，他告诉我们，他爸是泰阳市的黑社会，那时候刚来，我们都被镇住了。”

“真是黑社会的？”许平秋故作惊讶道，此时连他也有点怀疑，要什么样的家庭才能培养出这类奇葩来。他一问，豆包乐了，笑着道：“三年级我们去他家玩才知道，这狗日的蒙我们呢，他爹是泰阳街上卖水果的，就一奸商。”

许平秋哈哈大笑起来，身边这俩已经这么精明，能蒙他们的人怕是水平也不会低了。三人笑时，豆晓波又爆料道：“许处您信不，他坐车回家从来不花钱。”

“有这事？”许平秋越来越惊讶，看向鼠标，鼠标说道：“我们也不信，不过后来发现真是这样，不是骗人的。”

“哦，那你们的意思是，他在等不花钱的车走，所以还有时间把他追到？”许平秋问道。豆包和鼠标点头称是，但这其中究竟是怎么一回事，那哥俩却是有难言之隐一般，不吭声了。

反正就快到目的地了，许平秋也不问了，只是担心追不到人了，不过鼠标看不到午时，居然说肯定还没走，等到了滨河南路，鼠标叫着放缓车速，两人像做贼似的透过车窗看着街道两旁，在找余罪。

这地方可把许平秋看傻眼了，隔着不到一百米就是省政府的大招牌，还有国家审计署驻本市的办事处，一条街差不多就都是政府机关部门，也就这条路是十车道，不怎么拥挤，可说要回家的余罪能跑这儿，怎么让许平秋相信呢？

“没找错地方吧，能在这儿？”许平秋越来越觉得这俩小孩忒不靠谱了。

“错不了，就搁这儿上车呢。”鼠标指了指不远处，是省府外的一个公交站。

“快十二点了，差不多就是这点了。”豆包看看时间，很确定地判断道。

“人呢？”许平秋诧异了。

“估计在哪儿藏着呢。”鼠标道。

又往前行驶了一段路，鼠标回头看着豆包，两人都听出了许处怀疑的口吻，互相使着眼色，豆包道：“许处，要不您往那儿停停，他要出来，就搁那门口出现……千万别说我说的啊。”

这话里有话了，省府来来往往的专车谁知道有多少，总不成自己找的还是那种人物吧？许平秋虽然一千个一万个不相信，可还是把车泊到了省府大门外三十米开外的侧路上，好在这种车没有交警找麻烦，停到这儿，视线很开阔，一扭头整个省府大院一览无余。

“到底怎么回事？你们俩就不能一次把话说完？”许平秋停好车时，回头问着。鼠标一脸迷糊，豆包五官往里一凑，要不是知道这俩的事迹，怕是他不敢相信这是一对逢赌必赢的。他一问话，两人愣了，谁也不说了，许平秋再回头一瞧省府大院，别说余罪，就他这警车没有通行证也进不了这个大院。此时快到下班时分了，大院里进进出出的都是A牌照的政务车，宛如一个独立的小世界。你说这种地方，怎么可能有余罪掺和的余地？

“来了。”鼠标这个赌棍眼睛格外尖，他一喊，许平秋才发现从公交停车处奔向省府大门的余罪。一刹那间，他心一沉，暗道着要坏事，这家伙没准会闯什么祸呢。

一扭车钥匙正准备开车过去，不料有手更快的，车“呜”地一声就熄火了，居然是鼠标把钥匙扭了。许平秋一瞪眼，鼠标赶紧道：“您别急呀，这地方的治安根本不需要警察。”

只见余罪拿着一卷纸，奔向从省府出来的公车，许平秋马上明白了，这是跨级上访的标准动作，都知道在省政府门前拦住几辆零打头的车告状，他一千个不解地问：“怎么，他还是个上访户？”

“不是，不过经常来上访。”豆包道，强忍着没笑。

那边余罪刚走到离省府大门还有不到十米的光景，从门口泊着的车里毫无征兆地奔出来几个人，围着余罪，抢走他手里东西、堵着前后去路，一下子把他按在原地。直到一辆奥迪专车驶离，那些人高马大的才散开，不过没放过余罪，几人簇拥着他上车了，随即呼啸而去。

门口站岗的武警面无表情，像是对这种光天化日绑架上车的事已经司空见惯了一般。

许平秋几十年的刑侦经验在此时愣是没明白怎么回事，听得豆包和鼠标笑道："好咧，余儿坐上专车回家了。"

这一句点醒许平秋了，他一回头，愣着问："哦，我明白了，到这儿拦车上访，然后就被截访的抓住，发回原籍，正好回家。"

"对呀，这不免费车就坐上了。"鼠标笑着揭底了。

"至于吗？不就几十块钱车费吗？就为省点钱，来这儿上访？"许平秋哭笑不得了。

"那不一样，现在火车和公共汽车挤死了，春运呀，都跟发春了似的，上车就往死里挤。"鼠标道。许平秋一笑，豆包也趁机道："这免费车我听余罪说是包的依维柯，一天发一辆，揪着人就往原籍送，专车专人开着，直给你送家门口。"

许平秋强自忍着笑，拉起了脸，鼠标生怕解释不到位地说道："对了，余儿说坐截访车还管饭，所以他每次回家都是花十几块钱把行李到物流上一托运，然后就坐这号专车回去了。"

刚整好表情的许平秋又笑出来了，这一次笑得两肩直耸、浑身直颤了，伏在方向盘上半晌起不来。能想出这种方法白吃白坐车回家的学生，还真像豆晓波说的，称贱人还真是表扬他。

笑了好长时间才调整好情绪，刚支起身来，许平秋突然发现豆晓波和严德标眼睛瞪得好大，痴痴地看着他，好像觉得这事根本不可笑似的。看许平秋不笑了，严德标才小心翼翼地问着："许处，您不说追他回来吗？现在他肯定在市里设在省城的办事处。"

许平秋一迟疑，下了个决心，说道："算了，这么贱的人招进革命队伍，实在影响队伍的纯洁度，他的事随后再说吧，我先把你们俩打发回家。德标，你每次回家也是坐截访车？"

"哦，不不不，我家在天镇那贫困县，穷得连上访的都没有。"严德标摆手道。

"那你呢，晓波？"许平秋侧了侧头问，发动了车。

"我在壶关，也是贫困县。"豆晓波道。

两人好像因为坐不上免费车还有点惋惜似的，对于余罪好不羡慕。

许平秋本待给两位上几句思想教育课的，不过反过来一想，心里却是一股酸酸的味道泛起，让他欲说无语，直到亲自把这两位送上火车，握手作别，那种感觉还是挥之难去。

无人合格

“叮铃铃”，电话响了，正看着档案的许平秋随手拿起，一听又是治安上王支队长要求协调一部分警力，登时拉下脸了，电话里软硬不吃地耍着赖道：“王支啊，就一帮偷鸡摸狗的你至于调我们刑侦上的警力吗？再说你又不是不知道，我这处长纯粹空架子，平时人家照顾面子给调两人，一到年节，哪儿不缺警力？除了我的司机，调其他人我说话不管用……嗨！不带这么说难听话的啊，要不，我和司机，听你调遣……”

挡回去了，扣下电话时，许平秋脸上带着苦笑。电话里王队长是大倒苦水，临近年节全市盗窃案件井喷了，特别是机场、车站一带，每天四个反扒队上百名便衣出勤，抓回来的毛贼每天也有几十人，愣是扼制不住此类案子的上升苗头。

不是不帮忙，实在是刑侦这边也焦头烂额，光元旦后的十几天里，全市就发生了七起凶杀案，四起是抢劫杀人，两起是情杀，其中一起是二奶杀了原配，另一起是原配有了相好，和相好一起杀了丈夫；七起中最头疼的一起是两个娱乐城小姐被杀，尸体被肢解后扔在锅炉厂的一处废弃的井里。案发后负面影响很大，许平秋正在考虑着是不是该给接手这起凶杀案的二队施加点压力了。

许平秋拉开了抽屉，在一堆药瓶子里找了一个，拧开盖子倒出两粒，就着温水吞服了下去。他揉了揉额头，伸手拿过烟盒，空了。他看了眼桌上烟灰缸里成堆的烟屁股，又想起了老婆的忠告，于是强忍着，没有打电话让司机去买烟。过一会儿实在憋不住了，从烟灰缸里找了个长点的烟屁股，点着，抽了两口。

这座偌大的城市，繁荣的背后隐藏着多少不为人知的罪恶？坐在他这个位置看得最清楚，省厅直属的刑事侦查指挥处，前身是省刑事案件侦查总队，建制的初衷是为了解决各地警力协调不畅，以及各地刑事侦查水平差异和能力不足的问题。不过，事实上这里担负的责任更重，从建制初就被看作全省刑事侦查的中心和权威，坐到这个位置上时许平秋渐渐才发现，别说日新月异的犯罪手段和千奇百怪的案例，就是各地尚未解决的积案和悬案，都够他喝一壶的了。

大同古城的偷牛案，这伙贼两年时间在周边三县偷了一百多头牛，案子到现在没有解决，惊动省厅了……

灵丘的盗墓案，十几座汉代古墓被刨，赃物从买主手里追回来一部分，贼却没抓到……

偏关的拐卖妇女案，山里的几个村有一半的新娘都是从人贩子手里买来的，当地警方去解救的时候，有些被拐妇女生的娃娃都会打酱油了，愣是不愿意回原籍，倒把警察看成仇人了。此事被媒体曝出来后，影响很坏……

阳城县的拐卖儿童案，广西警方来人和当地警力查了四个月，被拐卖的女婴已经查到有三十多名，但还远远不是最终数字，最早被拐卖到当地的，已经上初中了。犯罪延续了近十年，现在省厅宣传部的正在全程追踪报道，许平秋估计自己又得在党内会议上做个自我批评……

还有未归案的通缉人员，去年列入网上追逃的有327人，抓回来45人，不过新增的通缉人员，又有87人，这个数字涨势强硬，保持连年增长的势头……

许平秋看着自己写的摘要，有些案子需要催一催；有些需要协调专业人士去参案；有些需要和同行沟通一下；而有些，像没有线索的偷牛案，就得先放一放。他掐了烟头，看着日历，今天的日程安排是要去泰阳市一趟，顺便到二队，过问一下那桩两人被杀的凶杀案，天黑前还能赶回来。

寻思刚定准备电话叫司机时，他办公室的门响了，以为是下属汇报什么，却不料一下子进来了四个人，让许平秋稍感惊讶。

“许处长好！”一身警装的安嘉璐敬礼，几人同时问好，后面的是解冰、尹波、李正宏，个个看上去格外神气。

“同志们好！怎么，找我有事？”许平秋笑了，那批被他招来实习的精英，屈指算来进省厅和市局已经十几天了，被分配在不同的地方实习，安嘉璐被安排到了出入境管理处，解冰在督查处，尹波和李正宏在市局的办公室和网警指挥中心。

这四位相约同来，看样子是真有事了，相互看了眼，还是安嘉璐先开口了，接着话头道：“对，有事。”

“我猜猜看……是想到我们刑侦上来？”许平秋笑着道。

“许处，您知道，故意不让我们到刑侦上？”安嘉璐好不郁闷道。

“就是啊，许处，我在督察上多没有意思。”解冰也发牢骚了。

“我也是，我闲得都快全身痒痒了。”尹波笑道。

“我们就想专业对口不是？”李正宏也跟着发了句牢骚。

许平秋挨个看过，盯到安嘉璐时，他笑着问：“怎么了小安？出入境管理处不好吗？窗明几净，四季空调，最多就是往护照和通行证上盖个戳，很累？”

“没意思，我是刑警，刑警要接受血与火的考验，出入境管理有什么意思？一群女人，净聊些八卦。”安嘉璐很不屑地说道，表明自己是有如此剽悍理想的女生，那样子看得许平秋好一阵瞪眼，他目光移向解冰，问道：“不是因为她来，你也跟着来了吧？”

几人大笑，解冰有点不好意思地说道：“报告许处，有这层原因，不过我的理想就是做一名刑警，而不是成为一名无所事事的督察。”

“呵呵，你这话让督察处老高听到，得先把你查查……尹波，你就不用来了吧，你爸就在这幢楼里呢！还需要我给你开后门？”许平秋笑着又看上尹波了，这位毕竟还是个大男孩，不好意思地笑了笑说道：“我爸不让我去刑侦上，这不就得找你开个后门吗？您老手下管着全省几千刑警，不多我们几个吧？”

“对呀，许处，我们要求不高，把我们调到刑警队就成……让我熟悉熟悉，没准将来还真能当个刑事警察。”李正宏也趁势劝着。

“哦……看来我忽视大家的理想了。”许平秋一仰头，像是明白了。他起身，瞟了眼桌上的案卷，笑着道：“那成，我正好要去二队，你们跟着我让他们队长过过目，要是能看上而且你们愿意留下，我可以想想办法。正好那儿有个案子，没准你们可以小试牛刀啊，走吧。”

“是！”

四个人兴奋了，铿锵地来了个警礼，跟在出门的许平秋背后，下了省厅大楼。许平秋招来司机，正想着车里坐不下时，却不料解冰早把他的车开来了，那辆牧马人可比他这处长的专车要高级不少，老许给了个尴尬的笑容，上车了。

安嘉璐照顾老头的情绪似的，没坐解冰的车，和许平秋同乘一辆，向二队驶去了。

二队不算太远，不过位置很偏，劲松宾馆后拐老远的胡同才到目的地。下车的时候二队的队长邵万戈已经等在那儿迎接了。他和许平秋握手后，诧异地问着怎么多来了几位。许平秋没有接腔，直问着案子的情况，命案必破是公安部铁规，用不了多久，限期破案的传真电报就要下来了，省厅和市局的压力都会很大。

后面下来的几人老老实实地跟在许平秋的背后，各自小声地讨论着他身边这位大个子。他的样子比同班的牲口张猛还凶，走起路来背后鼓鼓囊囊的，几人讨论他肯定是带着武器，光这样子就让学警们有了一种狂热崇拜，更何况邵万戈也是警察里的名人，几年前轰动一时的银行劫案就是二队侦破的。

“尸检报告出来了没有？”

“正在准备，中午以前能出来评细报告。”

“身份确定无误了吗？”

“嗯，已经确定，家属刚认完。”

“初步判断是个什么情况？”

“应该是谋财害命，两人的随身财物以及银行卡的存款全部丢失，尸体留下多处被虐待的痕迹，锅炉厂是抛尸点，根据被害人被肢解这个情况，我们怀疑嫌疑人应该不是初次作案，所以重点追查方向是有过此类犯罪前科的嫌疑人……”

“那这个案子应该难不住你们了，我强调的是速度啊，快过年了，发生这样的案子，省厅和市局压力都很大，别让我过年还上门催你啊。别拉脸，不是我给你压力，而是上面给我们压力……”

许平秋问了几句，心想如果是谋财这个动机，那难度就应该不算很大，银行卡取钱现场、第一案发现场、抛尸现场，留下的痕迹会很多。他看了眼锁着眉的邵万戈，又给了他一些鼓励。两人说话间便进了大院，邵万戈看了眼背后跟屁虫似的四个人，小声问许处道：“许处，这四位是？”

“哦，警校的应届生，你想不想要人？”许平秋笑道。

一看还有位漂亮女生，邵万戈一笑，为难道：“许处，您要真想给我队员，我到各派出所挑几个怎么样？您又不是不知道我们这工作性质，一般人他受不了。”

许平秋笑而不答，后面那四位可忍受不了了，安嘉璐不服气地在背后埋怨着：“邵队长，当刑警也有性别歧视啊？”

解冰接茬道：“就是啊，都是人干的，为什么我们不行？不行就不能锻炼吗？谁天生就是刑警？”

“我们就是刑事侦查专业的，怎么就不行了？”尹波也加入了。李正宏说得更好听，直追着邵万戈道：“邵队，您是我们的偶像啊，您那事迹比电影里演的还牛，我准备跟您几年，回头也投资做个剧本去。”

学员们的热情可把邵万戈听傻了，他诧异地看着这几位美女帅哥。虽然他们自诩刑侦专业出身，可真把这几位放一线，可比面对一位持枪歹徒还令自己感到凶险。他紧张地看着许平秋，不知道今天是哪一出，许平秋笑着安慰学员们道：“大家别激动嘛，邵队是第一次见你们，他不了解不是？这有个案子，你们可以选择加入其中……说不定能一展所长啊。”

“啊？这……”

邵万戈吓坏了，张口结舌地看着许平秋。那几位可乐歪了，摩拳擦掌，向许处和邵队敬了个礼。许平秋笑道：“作为刑警，第一件事，要了解案子的每一个细节，所以，我给你们的第一个任务就是，现在去法医室，根据两位被害人的尸检报告，回溯一下此次凶案的实施过程。这对于找到第一案发现场，以及判断犯罪嫌疑人的行为模式是非常有价值的，二十分钟后召开案情分析会，如果你们选择加入，我就给你们一个机会。法医姓张，你们去找他，就说我说的，问他报告出来没有。”

“是！”解冰敬礼，领命了，法医室就在地下一层，这里有全市罪案尸检最大的一个实验室。解冰一走，那几位估计感觉到了许平秋话里小觑的意思，不服气地也跟着走了。尸检现场，吓唬谁呢？

等人一走，邵万戈瞅着似笑非笑的许平秋，小心翼翼地问道：“许处，您真让他们几个来我们队？”

“怎么？看不上？”许平秋笑着问。回头看邵万戈的样子，知道他是看不上，又说道：“我也看不上，不是公子哥就是大小姐，出路早被家里铺好了，这地方可留不住他们。”

“那您这意思是……”邵万戈不懂了。

许平秋回头了，脸上的笑意很浓，猛然间，邵队长也笑了，知道什么意思了。

结果立即揭晓，一声声尖叫传了出来，跟着听到了高跟鞋的声音。安嘉璐跑出来了，惊魂未定地看着许平秋和邵队长。她喘着粗气，半晌说不出话来，像喉咙被卡住了一样。接着解冰也跑出来了，捂着嘴，直奔到门厅外的垃圾箱跟前呕了，他刚出去，尹波也飞快地奔出去了，和解冰在抢一个垃圾桶呕吐。最后出来的李正宏，眼睛发滞，看上去失魂落魄，貌似已经在法医室门口呕吐过了，此时擦着嘴，两腿哆嗦地走着，边走边喃喃道：“许处，不带这么玩人的……肢解的，还被焚烧过……吓死人了。”

说罢他又一捂嘴，呕着跑出去了。门厅楼梯下，只剩安嘉璐还在瞪着大眼，惊魂未定地喘息着。警校出来的学员胆子都比一般人大，最起码看见尸体不会害怕。不过刚才所见出乎她的想象了，那几乎是以前能想象到的最恐怖的景象活生生地展现在眼前了，被肢解的化学药品焚烧过的尸体，法医正在解剖……她此时眼前还浮动着那黑的、红的、白的和不知道什么颜色的人体器官，越想越让她紧张，想挪步子却挪不动。

“冷静一下，深呼吸……打开手机音乐，到外面对着阳光，什么也别想，转移你的注意力。”许平秋拍拍吓愣了的安嘉璐。安嘉璐好不容易缓过来了，他又补充了句：“都外面等着，麻烦通知你的同学一下，都不合格，邵队长拒收你们。”

安嘉璐如逢大赦般地走了，邵万戈此时才笑出来，轻声问着许平秋道：“许处，别把新人吓出心理阴影来啊。”

“呵呵，谁天生胆大啊，还不都是吓出来的，不吓吓他们，他们还以为当刑警除了威风就是光荣。走，和你们侦破组见见面。小邵，老规矩啊，你可以给我提困难，不过我得朝你要结果，像这样的案子，我估计最多给你一个月限期……”

两人边说边踱步上楼，要来一个惯常的战前动员了。

过不久，一组人把许平秋送下楼，许平秋看到了那几个坐在解冰车里的学警，个个像霜打的茄子，一个比一个蔫。他又打着官腔关切地问了几句，只字不提要到一线的事。里面尹波和李正宏催着解冰走，几个人同乘一车落荒而逃。

许平秋笑了，上车和二队的刑警作别。车出了市区，直向两百多公里外的泰阳市驶去……

奸诈父子

泰阳市公安局大院坐落在市区毗邻南郊的东关街上，午后时分，行驶了两百多公里的省厅专车已经泊在这里了。

许平秋婉拒了当地刘生明局长的午饭邀请，直接来到了局长办事处。刘生明局长从秘书手里接了一摞资料，放到了许处面前，自己拉了把椅子，和省厅来人坐到了一起。看着这位省厅的许处长细细过目着他准备的东西，免不了要猜测一番上级领导的来意。

不过他没敢多问。这个行当里该知道的，一定会有人告诉你；不该知道的，千万别乱问。要查的人毕竟出自于他的辖区，要真出了什么事，那是要负领导责任的。只是他有点奇怪，查的是警校学生，理论上，不应该有什么大事。

看了许久，许平秋似乎对资料不大满意，直问道："就这么多？"

"嗯，基本就这些，余满塘是天津的知青，下乡做知青的时候才十八九岁，后来就把家安这儿了，被招工到搪瓷厂当工人了，后来厂子倒闭，就一直做着小生意，直系亲属里没什么人。"刘局长回应道。

"家属也没有？光棍汉，那儿子哪儿来的？"许平秋诧异地问。这堆资料里，只反映出了余满塘和余罪，没有其他人。

问及此事，刘局长笑着说道，这个情况他也通过辖区派出所一位老所长了解过，据说余满塘当年还真有个漂亮老婆，同是搪瓷厂的工人，不过结婚后没多久，那老婆就消失了。于是刘局根据经验判断道："当年改革一开放，工人一下岗，像他这种老婆跟人跑了的情况还真不少。"

"没有再婚？"许平秋问。

"没有，最起码办证的情况是没有。"刘局长道，至于没办证的同居情况，也是无法反映出来的了。许平秋笑了笑，随意地翻着资料。他的感觉有点诧异。一个光棍汉拉扯个儿子，倒也确实不易，隐隐地对余罪的身世有点同情。他又仔细看了遍余罪从小学到中学的学籍、银行资料、医疗资料、派出所的户籍资料，可都没有反映出什么东西。他皱了皱眉头。

很善于揣摩上级领导意图的刘局长赶紧表现了，很中肯地说道：“许处长，你前两天跟我通电话，我就专程到辖区派出所了解一下，还秘密派人走访了当时他上学的学校，结果我发现呀，这个小东西从小就不是个好玩意，在九中上学，居然到隔壁不远的十一中收保护费，学校的教导处和保卫科一提起这个余罪来，都是直撇嘴巴。”

这情况让许平秋很在意，这可比资料上反映的真实多了。

刘局以为自己揣摩到领导的意图了，又是表功似的说道：“至于平时打架什么的，那肯定就没跑。对了，这小家伙还老上访，就因为他爸下岗没拿到安置费的事，多少年的陈谷子烂芝麻了，还拿出来说。您放心，许处，他的情况我们已经摸得很清了，不管他犯什么事了，我们是不偏不袒，这种人能上了省警校，那说明我们当年的政审工作做得很不过关，虽然不是我这一任的，不过我还是有责任的……”

“哦，别误会，不是抓捕。要是犯了事，来的就不是我了，我抓人还需要你们动手啊。”许平秋哑然失笑了。看来刘局领会错了，以为那个坏小子犯什么事了。

听了许平秋的解释，刘局长一瞪眼，“啊”了声，像是惊着了。

“怎么了？”许平秋不解了。

“我……我已经派人去控制他了。”刘局长紧张道，知道自己还是想岔了。

“你这不是胡闹吗！我什么时候让你控制人了？”许平秋生气了。

“不是，许处长，这个……您这么重视，我以为这家伙在省城犯什么大案了，于是就……哎哟，那我赶紧通知他们……”刘局长焦急地摸着手机。电话是打给城关刑警队的，通话时许平秋照顾着刘局的面子，说了句严密监视，刘局又焦急地补充了一句：

“别乱抓人啊。”

许平秋哭笑不得，到现在为止，基层的刑事侦查基本等同于一个词：抓人！

“下车了，到宾馆送水果了。”

“这小子挺悠闲的啊。”

“这是警校出来的，还是咱们同行？不像啊。”

“队长说了啊，不许抓人，监视着。”

一辆民用牌照的面包车里，窝着几个寸头裹大衣的男子，正看着街口一辆小货厢上下来的人讨论着。他们的真实身份是泰阳市城关刑警队队员，接受这个莫名其妙的任务已经一天一夜了，目标虽然已经很明确了，不过刚刚又接到了放弃抓捕的命令，这让几个人难以理解了。

“你们说，这小子犯什么案了，能让局长亲自督导？”司机问。

“不一定是犯案吧，不还是警校生吗？”副驾上的人说道。

“警校生怎么了？没听说过吗，受过专业训练的匪徒才最有劲儿。”后座的笑道。

“有本事跟队长说去，小心他抽你。”驾驶座上的人道。

三人扯了几句，副驾警示着人已经出来了，这辆面包车又不急不缓地追上前面那辆货厢车。跟了一天了，目标除了送货就一直在水果店，连跟踪的都知道，这一车送完了，该回南街口的店里了。

临近年关了，大街小巷喜气洋洋的气氛已经出来了，街上一溜卖对联的，隔着不远又是菜市场，进进出出提着大包小捆肉菜禽鱼的，人民的生活水平眼看着提高了不少，不过感觉最强烈的还是满街的私家车，堵得车行得比步行还慢，跟梢的车在成堆的自行车、行人、摩托车中间挤出来了一条路，咬着那辆前行的货厢车不放。

“咦？他没有停在店门口，继续走。”副驾上的队员看到货厢继续前行了，出声道了句。面包车缓缓驶过标着“香果园”的水果店面，不料前面目标车辆蓦地停下了，司机马上踩下了刹车，扮做来买东西的样子，停在了店门不远的台阶下。

“妈的，这小子神经病了，差点露馅。”司机牢骚了句，可不料立时眼直了，那辆货厢，呜呜开着往后倒上了。他刚要动，副驾上那位警示着：“别理他，都别吭声，一会儿咱们直接开走，下去个人盯着就成了。”

盯梢就是这样，反正就让目标看着像阿猫阿狗无关的人员一样，可不料他们不动，前面的货厢车一直在倒车，眼看着就要倒撞上面包车了。面包车的驾驶员惊讶地插上钥匙，一拧钥匙，看快撞上来了，急得头伸出车窗后喊着：“嗨，撞上了，会不会开车……”

说话间，前车还真撞上来了。轻轻地撞这一下，货厢的后灯部位擦到了面包车的前脸上，碎了。

这是很会开车，轻轻一撞，立时刹车。跟着前面车里的人跳下来了，那小伙一副气急败坏的样子嚷着：“嗨，会不会开车，说撞上就真撞上来了。”

这话把几位刑警队员给气的，立刻拍门下车，看着车前被撞的部位，个个虎视眈眈地盯着目标人物，可那人物同样瞪着眼：“看什么看？赔钱！”

“啊？你撞我们的车，让我们赔钱？”驾驶员火了，捋着袖子，叫嚣上了。

“要赖是不是？追了尾还有理了？我这车可没全保，你不赔谁赔？”余罪针锋相对嚷上了。另一人拍着车前盖喊着：“小子，想讹人是不是？这儿可不止一个看见了啊？”

“是吗？”余罪一伸脖子，莞尔一笑，扯着嗓子吼了声，“爸，有人把你车撞了。”

那三位愣然地回头，香果园里奔出来一位中年男子，拿着夹核桃的夹子，怒气冲冲地吼着：“谁呀？谁呀？大过年的找刺激的来了？”

“就是他们！一直跟着我！可能要抢咱的货款呢”余罪一指那三人，此时援兵来了，胆气壮了，又对那三位愣眼的说道，“哎，你们哪儿的？不会是过不了年了，瞅着想弄我俩钱吧？”

“我们……”一位队员要表身份，被同伴拉住了。老余一嚷，这一溜铺面奔出来的买卖人不少，全围上来了，指指点点，毫不意外地和老余父子结成了同盟。老余看看被撞的地方，和儿子一个模样喊着：“看把我车撞成什么样了？赔钱！别他妈瞪眼，吓唬谁呢？不服气到这条街上打听打听，居然还敢撞老子的车。”

“就是，赔钱，少说得三千。”

“不赔把他们车扣下。”

“报警，报警你也得赔呀，警察还替你赔呀？”

一干做买卖的把三个队员围着，你一句我一句，又引来不少围观的群众。三位小刑警脸可绿了，更不敢亮身份了，只有一人打电话通知着队里，不过看样是走不了了，那个目标人物余罪，早把面包车的车钥匙给拔了，等于把对方的车扣了，那爷俩站一块分外得意，估计是商量着准备讹上多少钱才合算。

磨蹭了十来分钟的工夫，终于来了三辆警车，两前一后。余罪看看那三位被自己撞了车的，好像根本不害怕的样子。他有点心虚，拉拉老爸附耳说道：“爸，看样子这仨不好讹呀。”

“什么讹？撞了谁家车不用赔钱呀？”老余道。

“爸。”余罪附耳轻声道，“是我倒车把他们的车撞了。”

“啊？你个小兔崽子！放假回个家，你替你爸上访，让居委会找上门骂我；干两天活吧，还蹭人家车，怎么你一回家事就多。”老余眼一瞪，小声骂着，说罢就是一巴掌。余罪不迭地捂着脑袋，不过那表情是闭着眼在奸笑。转眼，老余又拽着儿子叮嘱着：“知道该怎么说吧？”

“哎，我知道。”余罪笑应道。

这一对奸诈父子，相视间俱是一脸坏笑，心意相通。

就是嘛，讹到底也得让他们赔！

墙头草根

警车停下来时，被围着的三名小警察都不吭声了。来的不是队长，居然是市局的局长刘生明，就他们的身份，除了开大会，等闲见这样的领导怕是也难。三个人一低头，小样特别乖，老余一看，胆子可就大了，手指戳着三人训着：

“看见没，警察来了！报警？好像公安局是你家开的！现在知道害怕了？告诉你，我儿子就是警察，敢在我家门口撞我车，活腻歪了你，警察家属你都敢惹。”

南街口这群卖水果的商人，平时缺斤短两，遇上个敢争辩的顾客都是群起攻之，何况今天自认为是占着理了，一帮子歪嘴秃脑、裹着大袄、叼着烟屁股的老爷们，自然是无条件地支持老余父子俩，你一句我一句，把那三位挨撞车的说得好像快要找地缝钻进去了。

可能也没想到自己部下的战斗力是如此之弱，刘生明局长带着几名110的警员分开人群，一挥手示意安静，领导毕竟是领导，顺着众人喊“赔钱”的要求，他斩钉截铁来了句：“对，赔钱……一定得赔，瞧把群众的车撞成什么样子了，今天的事情我处理，一定让老余同志满意。其他人先散了啊，你们仨，先进店里等着，不处理不准走。”

把三个耷拉脑袋的警察打发进老余的店里，刘局又是一揽余满塘，格外亲切地安抚：“老余啊，这事好处理，可这哄一堆人，咱就不说影响多坏了，多影响生意不是？”

“哎……对呀！这三个倒霉货，影响咱少卖多少钱呢。”余满塘一下子接受了，好不心疼道。刘局趁势嚷着：“散了，老少爷们都散了啊，做生意的做生意，置年货的置年货，一点小误会，别围观了……来来，老余，商量个赔钱方案。”

以余满塘的眼力能看准秤星，可看不准对方肩上的星星和警衔，他看人家这么客气，跟着嚷着让左邻右舍的老伙计们先行散了。不过此时余罪发现不对劲了，来的是个警督衔，起码也是个处级领导。他心里一惊，正想溜时，不料被懵然无知的老爹一把揪住道：“跑什么？走，找他们算账去。”回头又对那位和蔼的老警察说道：“我儿子，瞧，长得精神吧？省警校上学的，今年就回来了，回来跟您是同事。”

这可把刘局长说了个哭笑不得。余罪一阵胃疼，自己就算真当了警察，怕是一辈子肩上也挂不上那几颗星星，同事倒是同事，级别可就差老远了。

刘局长和余家父子进了店里，店里那三位便装的小警察一字排开，耷拉着脑袋，不好意思面对局里领导。刘生明很不中意地瞅了眼，面无表情地说道：“把你们工作证给余师傅亮亮。”

三人掏着口袋，都把工作证亮到了余满塘的眼前，老余正盘算着能讹多少钱呢，一看那警徽，喉咙一噎，眼睛直凸，好不失望地侧头对余罪道：“儿啊，今儿咱家车被白撞了，赔钱估计没指望了。”

这老板见机得可真快，连黑着脸的仨刑警也被奸商余满塘给逗乐了。刘生明局长抹了把脸，忍着笑，客气道：“余师傅，这事怨我安排得不好，这三位是咱们城关刑警队的同志，警校给我们有通知，要您儿子到地方实习，他们三位本来是通知您儿子到单位接洽，谁知道出了这事……主要问题还在我们身上，没有事先说清楚。”

“啊？”老余眼一瞪，咬着嘴唇，心想没进警察门，先把警察惹了。再一看儿子，猛然想起刚才余罪还是故意撞人家，老余那叫一个火冒三丈，揪着儿子呱呱就是两巴掌，边踹边骂着：“你个小兔崽子，让你去送货，你出门就闯祸！跟谁不能撞，你撞人家警察呀！将来毕业人家还要不要你？实习怎么也不告诉我……瞪，你再瞪，我抽你个小王八蛋。”

余罪胳膊挡着，一副仇视的眼神，刘生明局长在两人中间拉着。余罪不服气地说道：“我怎么知道他们是警察，从大早上就跟着我，我还以为谁盯着想抢我货款呢。”

“再说……抽你个小王八蛋。”老余怒气冲冲，又踹了儿子两脚，对护着余罪的刘局长道，“老同志，你们都是警察，千万别介意，我这个倒霉儿子呀，从小就是个闯祸娄子，你们千万别介意……那个，这几位同志，你们车给留下，我给你修，重喷漆……不管谁撞的谁，全部是我负责啊。”

说话间，生怕几位警察介意似的，老余拿着塑料袋开始装香蕉、橘子，胡乱装了一大兜，要送给在场的几位警察，只是这光景怕是没人敢收。刘生明局长让三人先归队，哪知那三人出去一眨眼又奔回来了，冲着余罪要刚刚被拔掉的车钥匙。余罪扔了过去，那三人给了个很不友好的笑容，转身走了。

在余罪眼中，总是看不惯父亲这种人前唯唯诺诺的奴才样子，不过在刘局眼中看来是最正常不过了，市面上讨生活的小商贩很多这样的。此时细看其貌不扬的余满塘，偏矮的身材，裹着一身灰不拉叽的棉衣，两撇八字胡配着冻得发红的两腮，让人瞅着就乐呵。就这样的爹，怕是养不出什么像样的儿子来。

可偏偏这个儿子，还让省厅一位处长专程来了，此刻他只能压抑着心里的意外。寒暄片刻，即便刘生明坚持要给余师傅修车，余师傅也不敢接了，只盼留个好印象，尤其当得知眼前这位便是市局的刘生明刘局长，老余一阵眩晕，差点就地栽倒。

“刘局，您瞅瞅，初次上门就碰上这事了，搞得我这老脸都没地方搁了……你过来，快给这位大局长鞠个躬……不不，敬个礼，这是咱们家贵人。”老余揪着儿子，就差替儿子敬礼了，反而把刘生明局长看得不好意思了，笑劝道：“余师傅，这样吧，这儿说话也不方便，还耽误您做生意，我现在回局里，直接让小余到我办公室谈谈实习的事。今年的警力各地都要扩容，我听说呀，省城要选拔一批，说不定小余能趁着机会啊，留在省城都说不定。”

“啊？是吗？” 一直发愁儿子分配的事，一下子来了这么大的曙光，余满塘一下子幸福得快晕倒了。

刘局起身往外走，老余忙跟在身后，小声问着："刘局，您家在哪儿？改天我带儿子登门拜访您去。"

什么意思？肯定是意思意思喽，刘生明回头一看满脸殷勤的余满塘，笑了笑逗着道："我家不在泰阳，不过余师傅我提醒你啊，我家只有个防盗门，没后门。"

"不不，不是，咱不是那意思，我是说应该去拜访拜访您，好容易见着您这位大贵人了，不上门拜访怎么可以呀。"余满塘觍着脸缠着，直跟到了车前，刘局回头提醒着："真不用，就看你儿子是不是块料。要是的话，一分钱不用花照样穿上警服。记得让他来办公室一趟啊，给他安排个实习地方。"

"哎，好嘞，我让他马上去。"余满塘点头哈腰，把这位贵人给送走了。

一回头，有卖水果的老哥们儿好奇地问着："老余，赔了多少钱，请客啊。"

"一分钱没要，看见那走的警察了吗？市局的刘局长，哎哟，说起来还是同辈，他得管我叫大哥，这里外不都是自己人，谈啥钱呢。"

老余趾高气扬、昂头挺胸地胡扯上了，过一会儿才想起刘局交待的事情，赶紧跑回店里。看着儿子坐在门后发呆，他火急火燎地踢了一脚嚷着："你犯什么傻，人家刘局不是让你去办公室了吗？这多好的事，说不定将来就有门路可走了……快去，愣着干什么？"

"我……不想去。"余罪拧着脑袋说着，很生气的样子。

老余以为儿子生他的气，立刻变了语气，揽着儿子道："爸不是真打你，不打你两下让人家消消气，回头人家记仇怎么办？知道爸为什么花老了钱把你往警校送吗？就巴着你出来当个警察，那出门多气派……刚才没看见吗？撞人家一下，一下子来了一拨警察。别气了，将来你要当了警察，这条街谁敢惹咱爷俩，那好摊位还不是尽你爸挑？"

挑个好摊位，不受城管、税务和工商的气，就是老爸此生最大的理想了。余罪拉不住脸了，笑了起来。老余也乐了，拉了条毛巾给儿子擦擦脸，又关切地让儿子回家把过年衣裳穿上，精神点去见人家刘局，余罪在这不胜其烦的唠叨中逃也似的出了店门……

远来何故

从南街口到市公安局用了三十分钟，余罪开着家里那辆拉水果的车，没有换衣服，还是平时在店里穿的那身老式的劳动服，颜色已经褪得快看不出来了。

余罪有些紧张地进了公安局大院。即便是警校生，对这种有可能是下半生工作的环境还是有点陌生，庄严的国徽、林立的警车，进出表情肃穆的警察，都会让来到这里的人肃然而生一种敬佩。

门房是一位年龄和余罪差不多年龄大小的警察，登记了名字。余罪不由得对那个小伙子多看了两眼，多少带了点同情的眼光。他在怀疑，是不是自己毕业后，也是这副德行，无所事事的氛围和按部就班的工作，干得久了，脸上总是那副惹人生厌的样子。

也许就是这样，现在的就业是毕业生的一块心病，一毕业就要经历这种阵痛，而这个行业，除了国办的警官大学、警务专业学院是对口分配外，像省里这种专科类警校，已经有冗员了，一大部分熬上若干年也进不了编制，只有以合同制或者协警的身份领一份连做小买卖都不如的工资。

这个高不高低不低的学历，余罪感觉就像鸡肋，让你没有机会去谋求更好的前途，但也放不下身架去做其他事。走到二楼时，他看到了楼下省城来的一辆车。他突然在想，如果面前放着一个机会，是不是该抓住，而那个机会，他好像知道是来自什么地方。

敲门声起，刘局亲自把余罪请进了办公室，让他先坐着，寒暄了两句就出去了。等的时间不长，余罪刚看清这个一桌一书柜一套沙发的办公室，许平秋就夹着一摞资料进来了。余罪抬眼看了看，安安静静地坐着，比在教室的时候乖多了。

“呵呵，看你一点也没有意外的表情啊，能告诉我为什么吗？”许平秋笑着坐到了局长办的座椅上，开口道。

余罪笑着反问：“我非要意外吗？”

“不应该吗？我是从二百公里外的省城来的，除了发生大案要案，一般情况下还不用我亲自出马。”许平秋说道。话有点拽，不过也是事实，余罪笑了笑：“我猜到您来了。”

“是吗？”许平秋倒意外了，这可是临时的决定，除了刘局和司机没人知道，不料余罪又是笑笑道：“我在院子里看到了您的车，您说我还猜不到吗？”

“哦……呵呵，我灯下黑了啊。正好路过，想到你的籍贯就在这儿，所以顺路来瞧瞧。”许平秋笑了笑，诧异地看了余罪一眼，对他这份镇定的细心感到很满意似的。刚才的事他也从刘局那儿知道了，这对爷俩，故意撞了便衣的车，还准备讹俩赔偿呢。许平秋对这个学员的印象愈发之深，他冷不丁冒出一句来：“那你知道我的来意吗？”

“您来了，这来意不就明显了？”余罪道。

“说说看。”许平秋不置可否道。

很明显，一个招警员的处长，不远百里到另一座城市，余罪知道来意，可他想不出原因。自己是同学口中的人渣，总不至于组织上来人要交付自己重任吧。他为难地撇撇嘴道：“许处长，我知道您要找人去干什么活，可我不知道为什么找上我。”

“你不觉得你有优势吗？”许平秋问道。

这下余罪蒙了，真紧张了，讶然问着：“有吗？”

“有，最起码体能过人，跑个几公里没问题，对吧？”许平秋问。

“全校大部分男生体能都可以呀。”余罪道。

“职业素质也是一个重要部分，最起码你能打倒我，我可在全省刑事侦查总队当过总教官。”许平秋笑着道。

余罪愣了下，想起了匕首攻防那档子事，眼斜斜地看着，似乎有点怀疑，这位领导会不会是专程上门报一匕之仇了？不过不太像啊，余罪觉得老头场上认输那样子，很有几分光明磊落，绝对不会下阴手。

“还有，你们学校江主任向我介绍过你，他说你年年参加学校的公益和义务劳动，这说明你的思想政治素质还是很好的。”许平秋咧着嘴说着这话，使劲找着余罪的优势，似乎生怕这个逆反心理很强的孩子走不进这个圈子。

哎哟，这话听得余罪好一阵牙疼，他诚恳地说道：“不是那么回事，我是为了加学分呢，不够学分不是让留级就是让反省，加得少，扣得快，逮着一次夜不归宿，一扣就是五分，当志愿者，干一星期活才加一分，我也是没办法。”

许平秋咳了一声，低了下头，忍着笑，好容易平静下心态来，再怎么说这孩子也有可爱的成分，看他现在如坐针毡的样子，好像生怕别人认为他太优秀了。他清了清嗓子道：“你为什么做，我不看重，不过你做了而且做得好，这是结果，很多人都看到了。我今天来呢，咱们就不打哑谜了，开门见山地说，没错，你猜得很对，从精英选拔开始就是个幌子，我确实在找人，用你的话说就是：找能干活的人！”

“干什么活呀？”余罪好奇地问。

“我也不知道。”许平秋严肃道，又补充了一句，“不过就算知道也不会直接告诉你，只能告诉你选拔后将经过数月的训练，训练中还要淘汰一大批人，不是谁都能进到这个规划里的。”

服从命令是警察的天职，即便警校生也已经习惯这种神神秘秘的行事方式，不该问的不会多问，不该知道的，余罪知道人家也不会告诉你，一切只能凭感觉了，他想了想，没吭声。

这种沉默对许平秋来说是最棘手的，他无从判断这位学员的真实想法究竟怎样。他认为余罪比他的同龄人少了几分热血和莽撞，多了几分过度的成熟和忧虑，防备心很强。许平秋把这些用“没娘的孩子早当家”来解释，丝毫不用怀疑，再过几年，这家伙将是位城府很深的人。

沉默了片刻，许平秋正正身子。在这一瞬间，他看到余罪脸上掠过了一丝不屑，似乎已经揣摩到自己的邀请和说教即将开始。确实也是如此，许平秋张口严肃问着：“你入警校已经三年了，警察的荣誉和责任、忠诚和使命，你有自己的理解了吗？”

这个问题好难。余罪低了低头，明显离“理解”的要求相差甚远。许平秋心里暗暗一笑，沉声道：“抬起头来。”

余罪一抬头，却不料许平秋蓦地一笑道：“你一定以为我会用这些理由来要求你吗？如果我猜测正确的话，那么你就错了，刚才所说的这些东西，连我也不太相信，大部分的警察都是为一份工资和一个职位活着，现在是一个忠诚和荣誉都已经贬值的年代，它的价值远没有利益和欲望带给人的刺激更大，你同意我说的话吗？”

余罪这次真的意外了，这口吻，就像宿舍里那干狐朋狗友发牢骚，没来由地觉得有几分亲切。他笑了笑，没敢附和。不过，许平秋知道自己已经触摸到余罪的心理了，没有想象的那么复杂，对于这位商贩家庭出身的，谈忠诚倒不如谈谈待遇问题。

“好，那我们来点实际的，此次被省厅选拔走的学员，将来的工作会安排在省城，最差的待遇也会在市局直属的各刑侦大队工作，不是合同制的，而是直接入警籍，没有工作实习期，生活上的问题省厅也会优先解决。当然，从事的工作也将是最艰苦和最危险的一线工作。”许平秋道，放出这么多待遇，看着余罪好像根本不动心的样子，他接着续道，“即便在选拔中被淘汰，你们也会优于普通学员，最低程度回原籍也可以进入地方刑警队和派出所工作，合同制警察，省厅也会优先协调地方给你们解决。”

余罪笑了，似乎动心了，似乎在揣摩着这单生意划不划算、蚀不蚀本。许平秋也笑了笑，不动声色地加着砝码道：“小余，咱们其实是一类人，相同的地方在于我们都现实，不同之处在于，我呢，属于混出来的；你呢，属于才开始混的，不过现在混可比我们那时候条件差了。简单来说，非公安类院校考公务员入警籍，省城的报名和录取比例是300:1；就在地方，百里挑一也不稀罕。暗箱操作就不用说了，退伍回来找地方公安接收，干的还是一线脏活累活，人情上花销都少不了吧？而且花钱能办事的，都算不错的了。咱们省这个高等专科警校，每年招收近一千名新生，真正能走上警察岗位的，也就七成左右，大部分也是合同制的。你们这一届少一点，684人，今年能上岗的，我估计三分之一都不到。”

现实摆清了，意思很明确，那就是你小子根本没机会。许平秋对自己这一番现实的分析很满意，他看到余罪蹙了蹙眉头，明显也在作难。

“怎么样，你有兴趣吗？”许平秋停了半晌又问。

“有。”余罪欠了欠身子，开口了，小心翼翼道，“我对您说的被淘汰以后的待遇感兴趣。”

哦，许平秋皱眉了，敢情这小子理想不高，就想在地方混碗饭吃。对此他倒不怎么介意，笑着道：“那么你的意思是，愿意加入了。”

“能给我点考虑时间吗？我想想。”余罪小心翼翼道，抬眼看着这位老警，他想起了在学校的见面，步步是坑，万一跳下去出不来可就郁闷了。

“好，没问题，你一定在揣摩将会有什么样的训练，对吗？”许平秋神神秘秘道，“我向你保证，不同于你已知的任何训练，不难，而且很好玩，你不参加的话，永远也猜不到谜底。我能告诉你的是，你们同一届，已经有很多人参加了。我这里有一份保密协议，里面有我的联系方式。你抽时间详细看一看，启程的时间是2月8日大年初二，在此之前我如果没有接到你寄回来的签名协议，就当什么也没发生。如果加入，你会很快收到行程安排。”

说话间，许平秋递给余罪一份保密协议，余罪起身接到手里，粗粗一览，等他抬起头时，许平秋脸上所有的表情都消失了，就像眼前是一位无关紧要的人一般，轻描淡写地来了句：“你可以走了。”

余罪稍稍有点失落，也许自己并没有那么重要，只是很多种子选手中的一员而已。他其实最想问一句，你说话算不算数的？可又不太敢问，毕竟两人位置悬殊，这不像和学校里的老师敢开玩笑似的说话。余罪转身走了两步，这样的机会他却舍不得错过了，因为他想起了一个人，一个脸上带着小雀斑、看上去永远是那么愁苦的女生。

他鼓了鼓勇气，回头看着许平秋，轻声问了句：“许处长，我能提个要求吗？”

“要求？”许平秋一愣，哑然失笑了，说道，“你倒真把自己当个人物了啊，好啊，说来听听，看我能不能满足你。”

“我推荐一个人。”余罪道，正了正身子。

“谁？”

“周文涓。”

“周文涓？就是那个晕枪的女生？”

“对！”

“她？”

许平秋诧异了，不但对于余罪提要求诧异，而且对他推荐的这个人更诧异，就那晕枪的女生，要素质没素质，要长相没长相，恐怕就是地方派出所都不会招收这样的女警。女警在警队大部分时间是用来平衡性别的，总不能招这么位当花瓶都不合格的吧。

不过许平秋没有直接挡回去，他笑着问：“能告诉我原因吗？”

“她家里很困难，和我差不多，从小也是个单亲家庭，而且是个很穷的家，她上学都是自己打工，学费都是贷款。”余罪道。

“你要搞清楚，公安机关不是慈善机关，我也就是个小处长，不是人事局长，全国需要帮助的贫困家庭，少说也有几千万吧？”许平秋嘴上说着这些，心里却很反感这种走后门的作风，却没想到这种时刻，有这样的人走他的后门了。

“她不需要您去扶贫，她只是需要一个机会而已。”余罪也有点不悦地说道。

“你觉得她行？刑侦上几乎没有外勤女警，工作性质你也了解。”许平秋道。

“我觉得她行。”余罪道，很肯定。

“原因呢？”许平秋直接问。

“她根本没有出路，如果有人给她个机会的话，我想她会拼命干好的。”余罪道，这个原因似乎不足以说服许处长，毕竟条件是有点差了。余罪看着许平秋不太相信的表情，又补充道，“您这次选拔不就是挑能去一线拼命的人？选的不也就是像我们这号根本没什么出路的人？要有点奈何有点办法，谁给您去干那些苦活累活呀？都有解冰、李正宏家那种条件，还用您忙乎，人家自己爹妈不就把路铺好了？”

许平秋眼睛一愣，瞪着余罪。余罪怕自己说错话了，赶紧告辞，趋步出了局长办。许平秋想起这其中的不对时，已经从楼上看到余罪离开了，坐下来时，他喃喃地自言自语着：

“这小子，怎么知道我是挑去一线拼命的人？”

刚回过神来，手机传来短信的声音，他翻看时又愣了下，是余罪发回来的，短信的内容是：

“我是余罪，周文涓在鼓楼街老郝家羊杂店打工！”

种瓜得豆

“去鼓楼街那块吃饭吧，老郝家羊杂店。”

司机有点诧异，许处平常很少吃那些肠肠肚肚的玩意，不过没多问，下高速进了城区。忙碌了一天，在天黑时分，赶回省城了。

悬在心里好多天的事情今天全办了，不过让许平秋心里放不下的是，这小家伙居然跟他玩深沉，没给个准信，像他这种身份，到了哪个市的公安局，就是局长招待也诚惶诚恐，偏偏这个还没当警察的倒让他有点琢磨不透了。

他会来吗？

许平秋在揣度着，小商贩的家庭、特招进的警校，以现时通行的潜规则判断，许平秋估计老余为小余的上学事情没少花钱。毕业分配像他这种家庭甭想了，能用钱砸出个工作岗位就不错了。理论上许平秋就算只从经济利益上考虑，他觉得不管是余罪还是他家里，都应该接受。

可这孩子的敏感和洞察力异乎常人，许平秋习惯性地以揣摩嫌疑人的思维在想着余罪的点点滴滴：单亲、缺少母爱、调皮捣蛋、性格很野……也正因为缺乏关爱，造成了这种遇事敏感的性子，这种人的防范意识很强；每个人的成长都与环境息息相关，许平秋在泰阳找到了余罪性格里尖刻、抠门、奸诈、锱铢必较、有仇必报的成因，恐怕都是他当奸商的父亲传给他的。

这样的人要是个罪犯的话，所有的属性可都是令人生畏。不过要是当警察，实在让许平秋找不出哪怕一个闪光点来。

想到此处，许平秋笑了。其实在他的心里，最符合这次精英选拔的目标就是余罪！几乎不用训练就完全合格。他真想不出，要是给这样的人一个适合的环境，能把他培养成一个什么样的怪物。

时间已经过了堵车的高峰期，不多会儿便到了羊杂店，生意爆满，许平秋和司机等了好一会儿才有了座位。两人点了两份羊杂加烧饼、一个小菜。许平秋向披白毛巾的伙计问道："小伙，我打听个人。好像在你们店里。"

"谁？"

"周文涓。"许平秋道。

"哦，有，怎么了？"伙计打量着这两位着便装的，一看门外的车，惊了惊。许平秋赶紧道："别误会，是我老乡，想见见她。"

"她忙不开呀，在后厨洗碗呢。"伙计为难道。

"那我找她去吧，说句话就走。"许平秋道，突然间他觉得自己应该去看一看，一个警校生，大过年的窝在这儿刷盘子洗碗，实在让他感觉心里有点堵。

看着老许也不像坏人，店里的几个伙计指着方向，从餐厅顺着仅容一人通过的甬道直往后走了十几米。这里可不是美味了，动物肚肠和粪便味道很浓，让许平秋有点眩晕，不禁联想到法医室的那种场面。

好容易出了门，呼了口气，却吓了一跳，后院地上都是油腻腻的，露天的院子里，两个女人正在刷着堆积如山的碗碟，边刷边顺着窗口往厨房里递，再顺手把收回来的碗碟放在地上，就着水龙头刷刷冲洗。许平秋看了良久，直到那位中年妇女诧异地问了句，周文涓才闻声回头，惊得一下子站起身来了，紧张道："许……许处长，您怎么在这儿？"

"哦，路过，进来看看。"许平秋顺口扯谎，假得连他自己也不相信。哪知两人刚站了片刻，就被窗里的厨师发现了，有人在窗后嚷着："你他妈快点，两人洗都供上不用，干不了滚蛋！说你呢，花钱雇你站着呀？"

周文涓尴尬地站着，不知道该干还是不该干，那局促、惶恐的样子，看得许平秋格外有气。他几步上前提起两个脏碗，顺着窗口狠狠砸进厨房里，用土话骂着："外面这么冷，让人干活都不能客气点，你什么玩意？"

一摔碗，里头的大师傅火了，抄着水勺伸着脑袋张口要骂，许平秋一亮证件，指着那大师傅的家伙恶言恶声道："你想袭警是吧？信不信我现在把你拘走。"

老许一发飙，大师傅可吓跑了，嚷着老板出来。许平秋此时才回过头来，看着紧张局促站着的周文涓。他拉着周文涓那双带着塑料手套的手，帮她摘掉手套，哪知周文涓赶忙紧张地缩回了手。许平秋又拉过来一瞧，手心手背冻伤了一片。这万恶的奸商，零下十几摄氏度的气温，连热水也不肯用。

老板来了，堆着笑，递着烟。许平秋不废话了，一指周文涓道："我不找你麻烦，给她结算工资，人我带走。"

"哎，好嘞好嘞。饭钱不用出了，算我请客。"老板生怕对方找麻烦，不迭地应着。出了后厨，不多会儿老板便领着周文涓出来了，一问工资已经结算了，许平秋却是连饭也吃不下了，叫着司机和周文涓上车走人了。

许平秋不知道自己哪来的这么大的气，每每遇到不争气的下属或者令人发指的罪犯，他都很生气，可他不知道为什么今天见到这样一个未入警籍的女学员会有这么大的气，直到上车好久才缓过这口气来。他几次回头看车后的周文涓，和学校里见到的是一个样子，老是低着头，不说话，问她住在哪儿，好容易才嗫嚅出了一个地址。许平秋告诉她先把她送回家，再想问句什么，不过看周文涓这样子，连他自己想问什么也忘了。

哀其不幸？不幸的人多了，哀得过来吗？

许平秋从来不认为自己有悲天悯人的性格。不过看着这样一位警校生在别人的辱骂中挣着辛苦钱，他有点想揍人的冲动，可那种冲动，却没有发泄的目标。

怒其不争？可对于农村来的女孩子，在这个偌大的城市，除了在别人呵斥中艰难地讨个生活，又能如何？

车行一段路程，许平秋缓和着口气问："文涓，你怎么到这么远的地方找活干？"

"这活儿工资高点。"周文涓轻声道。

"每天怎么去，坐公交？那店关门后可没车。"许平秋又问。

"跑步回去。"周文涓给了一个简短而意外的回答，连司机也倒吸了一口凉气，这足足十几公里远，要天天跑，那强度比军事训练还大。

"也不是没有好处，怪不得你的体能比大部分男生还突出。"许平秋道。

这一句周文涓没有听出褒贬来，不过突然间让认识的人发现她在从事的这份工作，似乎很伤她的自尊一般，低着的头一直没有抬起来。

到家了，她默默地下车。许平秋追下来喊住她，却不料这位默不作声的姑娘此时说话了，很不客气地道："许处长，您已经把我饭碗砸了，要是看我可怜，想给我点钱，就不必了，我没要过救济。"

许平秋一愣，他此时才发现，这个女孩卑微的身上，有一种倔强的气质。对了，那气质来自那双清澈的眼睛，在夜色中显得分外亮，就像越深的黑夜，总有更明亮的星光。他突然觉得，自己对于这届学员的了解，远没有他自以为的那么深刻。一瞬间的诧异后，许平秋反应过来了，同样不客气地道：“你要找的不是饭碗，而是活着的自信和尊严。我不相信，你愿意永远待在那个地方。”

“可我没有选择的机会，而且我不认为凭自己双手挣钱，有什么可耻的地方。”周文涓说着，鼻子有点酸。她强忍着，头侧开了，眼睛看向了一个夜色深沉的方向。

“不可耻，但可悲。现在有一个选择的机会，你愿意去吗？”许平秋问，他下定决心了。

周文涓头回过来了，诧异地看着许平秋，眼神里同样是警惕，似乎她生怕那又是一种怜悯。

“有人向我推荐了你，但你的自身条件很差，不过推荐你的人相信你能行，我也就想试一试，把这个机会给你。”许平秋边说边掏出一张名片，找着笔写了几行字，递给周文涓道，“明天到劲松路的刑警二大队报到，剩下半年不用打工了，就到队里实习，那儿对单身队员有生活补贴，队长叫邵万戈，我会让他给你参案的机会。”

周文涓没有说话，似乎在揣度这个机会对她是不是一个改变，或者仍然在怀疑这个机会是来自于一个大处长的怜悯。许平秋叹了口气说道：“不要对任何人都保持着这么警惕的情绪，太过封闭自己，恐怕你无法融入警察这个团队。这也不是施舍，需要向你说明的是，二大队是接受市局和省厅双重指挥的重案大队，全市的凶杀、抢劫、枪案、贩毒等等恶性案件，有一多半是由他们处理的，全队现在除了办公室的一位内勤接线员，再没有其他女性。你放心，我不会让任何人照顾你，如果有照顾，也是让你到尸检、追逃和案发现场，你将看到人性最丑恶的地方，看到这座城市最恐怖的场景，那儿的减员率最高，很多人都需要心理治疗，还有很多根本受不了，被吓跑了。你行吗？”

周文涓鼻子抽抽，几乎是咬着牙蹦出两个字：“我……行！”

“如果邵队愿意留下你，毕业后可以直接进二队。如果你不行的话，继续回去刷碗吧。”许平秋最后说了句，转身拍门上车，看也没看发呆的周文涓一眼。

在这个胡同口枯立了良久，周文涓才省过神来。她不知道什么时候脸上已经流了两行泪，她抹掉泪水，快步往住处跑去。她挺着胸，昂着头，似乎生活中从来没有这么骄傲过，那种骄傲让她泪眼模糊，有想痛痛快快哭一场的冲动。

简单理想

推开家里锈迹斑斑的铁门，扑面而来的是一股水果的香味，这个两层独家院就是靠贩卖水果挣回来的。余罪轻轻走到了一扇窗前，看到老爸还在忙乎着，水果这生意不好干，特别是反季节水果，边卖边烂。老爸蹲在房间里，小心翼翼地捡拾着成箱进来的水果，大个的、卖相好的零售高价；小个的装袋，袋里放几个大个，凑一块整卖；至于有伤有疤有烂处的也有办法，剜掉烂处，卖给大酒店、KTV、歌城之类的高消费地方，去皮一切块，就是那些有钱的傻瓜们最喜欢的果盘了。

没办法，干得不好了得赔钱，干得好了，也得接受群众送的一个光荣称号：奸商。

他看着老爸，比自己还矮，南街上都叫老爸余挫子，小时候因为这事他砸过别人家玻璃，不过替父亲出头的后果是会被揍一顿，回头还得老爸给人家赔玻璃钱。他一直觉得老爸很没出息，见个人就点头哈腰，一脸谄笑。有时候难得怒发冲冠一回，也是跟那些挑挑拣拣争几毛零头的老娘们拌嘴，而老爸卖水果半辈子最大的愿望就是不让自己儿子也跟着他成为水果贩子，最好的自然是当警察，有面子。

余罪其实也想当警察，不过理想只停留在派出所那片警的形象上，比如抓抓中学那些打架的小屁孩，比如查查暂住人口。至于泰阳街上的这些小旅馆、洗头房，那更是把片警当大爷供着，一个月遛达一圈，可以说是有吃有喝。

理想啊，多么美好的理想啊，多么让人神往的生活啊。

难道要抛弃这些有可能成为现实的东西，去跟着许平秋参加什么神秘训练？

他想不会有什么好事，肯定是体能、枪械、抓捕一类的魔鬼训练，出来就把你训练成抓人工具或者杀人机器，刑警这个神秘的职业余罪已经多少有点了解，特别是那些奔波在抓捕和侦破一线的刑警，比人家犯罪分子作案可累多了。累就累吧，关键是肯定只有点干巴巴的工资和津贴，糊口还凑合，想成家娶媳妇过得舒坦点，没门。

不过可以考虑的是关于许处长说的淘汰以后的待遇，那么大的处长要是给泰阳这边打个招呼，似乎让自己和老爸发愁的事也就有门路了，要是真给机会进派出所或者泰阳的治安队，那岂不是要省好多银子！

余罪看着捡拾着一筐苹果的老爸，也有些心疼老爸了。小时候太过调皮捣蛋，年纪越大越觉得老爸这个家长当得不容易，忙着给儿子攒媳妇本钱，连自己的媳妇也耽误了。其实余罪动心的地方在于，要真是被淘汰后也能在泰阳当个威风八面的片警，那父子俩的理想可都实现了。

“老余！老余！在不在？”

突然，一个女声在门外喊道，余罪惊醒了，回了句：“在呢，贺阿姨，您怎么来啦？”

门外站着位中年妇人，端着碗，和蔼地拍着余罪道：“做了份红烧肉，乡下亲戚自己杀的猪，不是饲料喂的，味道可好了，来给你们爷俩尝尝。”

“哎呀呀呀，你客气啥嘛，进来坐会儿呀，我给你装点水果。”余满塘门口一瞅，热情地邀请着。余罪知趣地闪过一边了。这位贺阿姨是父亲的崇拜者，自从被父亲领进贩水果这一行，就一直把余满塘当恩人对待，至于两人发展到什么程度，余罪就不敢妄加猜测了，反正贺阿姨丈夫早故，好多同行已经把贺阿姨当成余罪的后妈叫了。

“客气啥嘛，咱也是贩水果的，还缺那玩意？”贺敏芝客气了句，递过碗就走了，心知这么大的儿子在，说话肯定不方便。老余殷勤地送了好远，等走回来看门洞里儿子一脸奸笑，他摆着家长的架子训着："笑什么笑？笑个屁呀！"

"爸，你别拽成这样啊，后妈进门得经过我同意，否则我给她脸色看啊。"余罪刺激了老爸一句。余满塘有点糗，一摆手道："什么跟什么呀？听他们乱嚼舌根，我告诉你啊，我跟你贺阿姨那是清清白白。"

余罪知道，老爸的话和卖水果发誓是纯天然的一样，信不得。

今天不讨论这个问题了，余满塘心情不错，吃饭的时候特地开了瓶酒，兴奋地问儿子："怎么样？说说，刘局长是不是看上你了？"

"爸。"余罪眼一瞪，不耐烦地说道，"您看您把我造成这样，要个子没个子，要长相没长相，要送礼您也不是大户，您觉得人家能看上我吗？"

"那怎么现在才回来？个子和长相就不用埋怨爸了，爸还不如你呢。"老余心道儿子去了一下午，晚上才回来，还以为儿子和公安局长相谈甚欢呢。余罪边吃边说道："机会倒是有，我考虑了好久，不过觉得有点不合适。"

"怎么不合适，有机会就上嘛。怎么，你还回来跟你爸卖水果呀？"老余不乐意了，于是余罪把大致情况说了一通。老余对于警务上的事并不熟悉，不过他明白儿子是担心从事一线刑警有危险。老余想了想，摇摇头道："不至于吧。"

"怎么不至于？一线刑警危险着呢。"余罪凛然道。

"你不是个胆小的啊，再说电视上放的警察抓坏蛋，抓一个坏蛋一去就是一拨人，你傻呀，哪能让你一个人就去抓？"老余立马呵斥着儿子，感觉这机会放过有点可惜了。余罪一听，给了个哭笑不得的表情道："老爸你真聪明，不过你想过没有，那可是拍电视，哪个坏蛋也不会傻到等着你警察大队包围抓人家，真正的抓捕是小组制的，比如我们训练就是三个或五个人一组，否则没有机动性，这个情况下真遇上个敢动刀开枪的悍匪，那就不好说了，再厉害也怕不要命的啊。"

"那倒也是啊。"老余啧吧了杯酒，挠着唇边小胡子，半信半疑道。看着酒意微醺、已经能独立思考的儿子，他点点头道，“那成，要是危险咱就不去了，反正现在没工作的多着呢。”

余罪笑了，老爸其实很容易被说服，虽然经常拳打脚踢教育儿子，但从来也都是没原则地支持儿子。不过儿子也完完全全继承了老余的脾性。他对余满塘道：“我觉得还是要去，选拔走的话肯定留在省城那个刑警队冲锋陷阵，可要选拔不走被淘汰下来了，面子上虽说不好看，可最起码咱也是参加过集训了，省厅要是看不上就打回原籍。这时候好日子就来了，省城虽然是牛屁股，回泰阳咱们就是鸡头了，比一般人肯定要强，这就是先做牛后、再当鸡头。万一真进了咱这儿的派出所、刑警队，不但省好些钱，还早几年挣回来。要是等我毕业回来，光实习转合同制都要一两年，泰阳公安局能不能进去还没准。”

敢情是打着这馊主意，不过很对老余的胃口。老余哈哈大笑道：“有道理，就你这德行，我倒不担心你被选拔走，就怕你在省城是牛屁股，回到泰阳也当不了鸡头，还是鸡屁股！”

这话把余罪说得面红耳赤，打从小就在一干同学的屁股后排着，不管是学习还是品德，实在走不到人前，唯一一次特招被警校选拔走，还是老爸咬着牙出了几万块钱，从招办贩子手里买的指标，学了几年还是现在这混不吝的模样，余罪自己觉得也实在难堪。

儿子一糗，老爸咧嘴笑上了，他给儿子斟了杯酒，劝慰道：“别想那么多，人还不就跟着奈何走，爸下岗时候你才一岁，一下子没工资了，老爸觉得天都塌了，这不也过来了，过得还不赖呢。爸无所谓啊，你想留省城，爸就给你攒点房钱，年景好的话没准还能给你攒点老婆本。你要是想回泰阳，那更好，你想住这儿咱们就把房子翻修一下，要不想跟爸住，爸给你在市区买个房，大不了再熬个十年八年，爸就要退休抱孙子了。”

“爸，二十年了老婆都抱不上，还想抱孙子？”余罪笑着和老爸开了句玩笑，余满塘老脸挂不住了，伸手给了儿子一巴掌，吹胡子瞪眼叫嚣道：“要不是为了养你这个小兔崽子，怕后妈虐待你，老子娶俩仨媳妇都够了！”余罪给老爸斟着酒，觍笑着安慰着：“爸，您别老想我的媳妇，其实当务之急，是给您娶个媳妇，给我找个后妈，要不将来我媳妇不待见您，您一个人过我能放心吗？”

“这还算句人话，算你小子还有点良心。”老余释然了，和儿子碰了一杯，自言自语着，像在心算着一笔账，随即又懊丧道，“儿呀，不行呀，现在娶媳妇和房价行情见涨，爸这几年攒的钱，凑合着能给你成个家，我总不能顾着自己成家，让我儿子打光棍吧，再说二茬进门的，不是亲生不是一条心呀！算了，爸就胡乱找个相好串门去吧，花不了几个钱。”

余罪吃的一口菜，噗地全吐出来了，“串门”是老一辈的说法，现在叫泡妞，不过老爸泡的应该是大婶级别的了。无意中把心事吐露出来了，老余这老脸又挂不住了，敲了儿子几筷子，义正辞严地摆着家长架子训着：“以后不许和你爸讨论这问题啊……越来越没大没小了，以后得订个规矩，我的事你不能管，你的事，我能管。咱家就两口，不能你当家长吧？”

“爸，我没跟您抢啊，我就说说……不说了，喝酒，那说定了，正月初二我就得走，集训差不多半年时间，管得肯定很严，保密协议上说了，未经许可，连电话都不能打。”余罪道，似乎对这个奸商老爸有点不放心的意思。

老余可对儿子放心得紧，特别是放到警察队伍里更放心，根本就没往其他地方想。余罪见老爸兴致不错，也把这心事慢慢放下了。爷俩推杯换盏，喝了个醉眼朦胧，余罪把父亲扶进了卧室，盖上被子。老爸的酒量可没有肚量大，二两就灌晕乎了。

余罪看了眼这间零乱的卧室，心里感触好多，这家里没个人收拾乱得不行，还跟十几年前一样。床上呼噜声起的老爸鼻子一翕一合，脸上还露出了幸福的笑容。

“哟，老爸这是做梦梦见贺阿姨了。”余罪心里暗道，关了灯，轻轻地掩上了房门。

不过如此

回到了自己的卧室，余罪又把许平秋给的保密协议拿了出来，看了半晌，斟酌字句，直到认为这里没有什么陷阱他才放下。不过根据保密的级别，他还是揣度到了点东西。标着“I”的字样，这是警务中的一类档案，绝密级，保密时限为三十年。那意味着，即便参与后被淘汰出局，这个秘密也要守口如瓶三十年。

究竟是什么训练，保密级别设这么高？

刑警这支在外人看来很神秘的队伍，对于警校生来说多少有点了解，一般的构成是各警官大学直接对口分配的各类专业技术人员，这属于中坚层，往下就是部队转业人员和在派出所、公安一线有实践经验的警察，像省警校这类专科学校大部分毕业生都用于充实县城乡镇派出所基层警力，专业性稍强点的警种都不喜欢警校毕业这号一瓶不响、半瓶晃荡的货色。

可这次很意外，一位省厅的处长亲自出马，招的是像自己这样一点经验也没有的学员，表面是精英选拔已经结束，可余罪知道，拿到保密协议的才是种子选手，这是个开始，而不是结束。

什么样的任务需要像我这号人呢？

要经验没经验、要成绩没成绩，除了长跑快点、打架利索点，余罪实在找不出自己身上的优点，就警校对于学员纪律严明、听从指挥之类的基本素质，余罪都觉得在自己身上得打个问号。老爸教育了二十年都还是这副德行，总不能谁有本事把咱培养成精英吧？

不对，肯定不对。余罪想到了很多处不合理的地方，就算去做和犯罪分子打交道的特勤之类的警察，组织上也肯定是选拔政治素质相当过硬的学员，忠诚度几乎接近洗脑。可就自己这素质，难道组织上就一点都不担心自己投敌去？

余罪思忖着，从小到大就没有当过排头兵，运气也从来没好过，经常被老师和教导主任在脑袋上扇巴掌，从来没碰到过天下掉馅饼砸着脑袋的事。

如果可能性微乎其微，余罪对于被选拔走的担心可就淡了，他心里只是琢磨着在这个集训熬上半年，就自己这吊儿郎当的性子，迟早也得被打回来，那正好遂了心愿了。想到此处，他嘿嘿笑了，酒意微醺，喜上眉梢，已经在憧憬毕业后的幸福生活了。

对了，既然是选拔，还会有谁呢？

想到此处，他好奇心起，回想着同届的学员，对比着他对这次选拔的认知，想想谁最可能被当炮灰招走，牲口？差不多，那小子脑袋一根筋，适合冲锋陷阵。不对，还有比他更适合的，狗熊熊剑飞那货，就那家伙的拳脚水平，不用训练就能去抓人。

好奇心起，余罪起床摸着电话，找到一干狐朋狗友和班里同学的手机号，寻思片刻，拔通了熊剑飞的电话，寒暄几句之后冷不丁来了句："狗熊，我年后去你家玩啊，说说怎么招待吧？"

"别别，我不在家……千万别来，我出远门呢。"

电话里熊剑飞慌乱地应了声，余罪一直追问去哪里，把这哥们儿逼急了直接来了句："你管我去哪儿，妈的我不高兴告诉你不行呀。"

"啪"的一声电话被挂了，不过余罪笑了。他此时已经确定了，熊剑飞，炮灰一号！

余罪又找到张猛的电话，拨通了说道："牲口，这次选拔是不是有你？别否认，狗熊都对我说了，你小子可以啊，有好事也不告诉我。"

张猛嘴笨，被余罪呛了几句，半天才憋了句："保密协议不让说，我啥也不知道啊。"

保密协议都出来了，这倒真不用说了，余罪用一副好不羡慕的口吻恭维了牲口几句，挂电话时心知又找到了一位炮灰二号。

跟着炮灰三号、四号、五号等人一一被余罪"套问"出来，一试探这些狐朋狗友，果然都不在家。到了铁哥们儿鼠标这儿时，他变了变口气，直问着："鼠标，年后来我家玩，我给标哥你摆了几桌麻将，你给咱赢点钱啊。"

"不行啊，余儿，年后有事，不在家……哎，对了，你回家后见过许处长吗？"鼠标在电话里问。

余罪知道这家伙试探自己，于是用着根本不知情的口吻奇怪地问道："没有啊，我一直在家，怎么能见着那么大个官，怎么了又？"

"没事没事……我就问问。"鼠标掩饰道。

"你没事我可有事了。"余罪不客气地说道，"鼠标，咱哥俩是内裤都能换着穿的关系，不至于有什么事不告诉我吧？"

"什么事啊？什么内裤换穿？都是我买新内裤被你糟蹋了，你还好意思说。"鼠标在电话里嚷着。

"嘿嘿……是不是啊，内裤的事先不说了，我问你，年后选拔走了在哪儿训练？"余罪冷不丁问道。

"啊，你怎么知道？"鼠标愣了，马上反应过来，"什么训练呀？我怎么没听说？"

两人在电话里相互套着话，这一干同学里，鼠标的心眼可比体能强多了，是最难往外套话的一位。闲扯了一会儿，余罪也对这个选拔标准的兴趣减弱了，其实就是招了平时那帮调皮捣蛋、敢打敢干的男生，这拨人和自己一样都是从边远县市来的，就业都有问题，要有这么个机会，肯定都是拼了命往前冲的。

不过如此而已，余罪扔了电话，起身拉开了床头柜，把那份I级保密协议放进了抽屉。准备再躺下睡觉时，眼睛不经意地瞥到了抽屉里的什么，是保密协议下面那张全家福，余罪小心翼翼地拿出来，就着袖子抚了抚上面落的灰尘。

那时候还是一个完整的家，照片上的自己瞪着小眼，被一位恬静的少妇抱在怀中，不过余罪在记忆里已经找不到这个漂亮妈妈的影子。老爸那时候风华正茂，留着朴实的平头，不像现在脑门秃得一看就是个奸商。这张照片很多年前就被父亲摘下来了，这样的全家福显得很不和谐，老爸太普通了，普通得根本配不上照片里那位漂亮的女人。余罪一直不太相信以老爸这德行能娶到一个像电影明星一样的女人，他私下里求证过，找老爸当年的同事，问妈妈的下落。

结果很郁闷：你妈跟人跑了。

这也是个最合理的结果，据父亲的工友说，当年老爸是厂里的技术员，相貌不咋的，可为人活络，很有群众基础，不知道怎么就勾搭走了厂里的厂花。不过厂子一倒闭，拮据到奶粉钱也买不起的老爸，自然也留不住那位花容月貌的漂亮老婆。

余罪再不敢去打听了，后来上学时期的同学里有以此事嘲笑余罪的，总会让他暴怒到不可自制，不止一次把对方打得头破血流。父亲那时候是他最后一道屏障，总是会赔着笑脸去给人家家长说好话、赔钱、把逆子领回家揍一顿，然后光棍爹抱着倔强的没娘娃，哭个稀里哗啦。

他轻轻地把照片放回了原处，一眨眼，从照片上襁褓里的婴儿到现在的自己，已经二十几年了，二十年甜酸苦辣就这么糊里糊涂过来了。他已经习惯了这种孤独，已经习惯了生意上精明、生活上糊涂的父亲，他觉得一直生活得就挺好，不需要什么改变。

灯熄了，人睡了。黑暗中，余罪在零乱地想着，在心里最深的地方，有一个不为人知的想法。他其实很想去参加集训，就算真被选拔走也不后悔，那样的话，就不用再看到老爸愁眉苦脸，也不用看到一把年纪的老爸，点头哈腰地四处找门路。

当警察不一定必须做这些事。

可当儿子，有些事必须做。

第二天，余罪寄出了那份保密协议。

又过两日，余罪收到了一条没头没脑的短信，出发时间、地点、车次、航班时间，落地的集合地，一一标明。让余罪很意外的是，一向经费拮据的公安系统，居然大出血了，把集训地点定在了远隔几千公里的最南边——滨海市！

第四章
让人崩溃的任务

免费航班

大年初二的中午，旅客稀少的省城五原机场来了一群小伙子。

下大雪的雁北地区，在一位省厅领导的命令下，居然有辆地方警车开到张猛的家里接走了人，一路上地方刑警把张猛捧得像上级来人一般，让张猛受宠若惊。一天之内，散布在全省九个地市的十三名学员，在中午时分齐聚在五原机场。

队伍排得老长，没进过机场只见过飞机的严德标、豆晓波、郑忠亮几人老老实实地在排队，可不料这老实劲却被人嘲笑了。那边骆家龙直接到了自动售票机前，扫描身份证后举着一张机票向同伴们扬了扬，那拨排队的傻眼了，呼拉一声全聚过来了。

“咦哟？这么简单呐，我以为跟挤春运火车一样。”豆晓波拿到了机票，好不惊讶地说道。就像当年从农村到学校，对着一喊就亮的声控灯好奇地研究了好久，之后被众人传为笑谈。

那边李二冬拽着貌似很了解的骆家龙追问：“骆驼，你说这下雪天飞机安全吗？飞那么高，万一掉下来咱们可都没跑，我们那儿高速路可出了好几回车祸了。”

他一说，旁边的张猛却安慰道：“应该有降落伞，没事吧。”

骆家龙对着这帮人哭笑不得了，恨铁不成钢地说道：“小声点，也不怕人家笑话，你们俩真是土鳖！”

众人大笑，那俩被骂的一左一右拧着骆家龙，不客气地来了几下。

飞机还有一小时起飞，一帮人打打闹闹地过了安检口走进候机厅。刚过安检，不少人的手机滴滴滴响了，众人低头一看短信：“我打赌，你们一群货聚一块了是不是？有好事也不叫上你余爷！”

口气很拽，是余罪。豆晓波此时掩饰不住得意，直接回了条短信：“对不起啊，余儿，下次叫你。”

骆家龙也在回着短信：“余儿，你下次还有机会啊。有纪律，暂时保密。”

张猛笨拙地摁着手机回了两个字：“活该！”

熊剑飞紧张地四周看看，生怕别人知道自己泄密，回了一句话：“说什么呢，我不懂。”

坐在休息椅上的一干学员正回着短信，不料又收到一条：“赌五十块，今天我一定能抓到你们。”

熊剑飞气得心道拽什么拽，立马回了条短信：“好啊，来呀，给你五百。”

豆晓波笑了，从语句里似乎感觉到了余罪的失望，毕竟兄弟情深，他也打了一行字：“别忙了余儿，我们马上上飞机了。”

汉奸汪慎修和李二冬两人对视着眨巴着眼，一起奸笑着回了条：“赌了，找着我们，哥赏你五十！”

余罪设的赌局开始了，赌的就是今天能抓到大家，已经有不少人接招了。

“不对呀！”鼠标感觉诧异了，他起身看了一圈四周候机厅进出的旅客，不过没有目标。

“怎么了？”豆晓波问。

“是不是余儿也来了？”鼠标不确定地说道。

“不可能吧，不是没追上吗？”豆晓波道，两人陪着许平秋去找的，不过后面没了下文。鼠标却反问道：“豆包，你说会不会许处长到泰阳也把余罪通知上了？你们觉得呢？”

“不可能，他算个什么货，人家大处长上门找他？”郑忠亮道。

“那个贱人骗咱们呢。”熊剑飞恨道。

都不太信，不过鼠标马上说出了自己的疑惑，一举手机道：“那他要是来不了，下这套就没意思了。”

众人眼睛一瞪，反应过来了，平时余罪就喜欢捉弄人打赌，谁一不小心，兜里的钱就危险了，一准得被骗出来当公款吃喝。发愣间，还是鼠标眼尖，看到了抽烟室里漫步出来的余罪，他笑了。

运动鞋、牛仔裤、大风衣，脑袋上扣着长舌的旅行帽，样子像远足的驴友，走到近前向傻眼的各位打着招呼，然后把手伸到了嘴巴还没合上的熊剑飞面前。

“贱人。”熊剑飞拍了五十块，恶狠狠道。

“见面就表扬，让人怪不好意思的。”余罪腼腆一笑，收起钱来了，又把手伸到骆家龙面前。

“你贱到家了啊余罪，你没来的时候老子那么悲痛，结果就为骗我五十块钱。”骆家龙哭笑不得地付了赌债。手伸到李二冬跟前时，这货想要赖，讨好似的对余罪道：“欠着，先赊着。”

“少来了，不你说的吗？好男人可以欠风流债，赌债绝对不欠，给钱。”余罪瞪着眼，硬搜走了五十块。一行十几人，倒有一半被余罪骗了。余罪得意地啪啪甩着钞票道：“兄弟们注意了啊，收到了公款全部由咱们的后勤员豆包保管，下飞机我请客，不过不用谢我，大家感谢一下这几位慷慨解囊的兄弟就好。鼓掌！欢迎下次继续发挥智商不高的优势，多多为兄弟们奉献饭钱。”

余罪带头鼓掌，没掉坑里的跟着起哄，在校数年这干同学间相互间攀比的就是谁比谁精，赢钱的不但白吃，还能把输家的智商数落一顿。

那几位掏腰包的被哥们儿数落得有点糗，恶狠狠地商量着，落地就点生猛海鲜，反正就五十块钱，怎么也得吃回来，惹得众人又是一阵大笑。

“余儿，你怎么知道消息的？”骆家龙率先问道，对于余罪的突然出现，大家还是免不了有点好奇，那天把他误了，都以为赶不上了。

“这个问题我得回答得深刻一点。”余罪看着一圈围着自己的脑袋，换了副口吻，略带幽怨道，“没有我，你们该多寂寞呀，是不是？”

被选拔的学员们嬉闹在一起，直到播音里航班起飞的通知发出才作罢。一队人拿着登机牌，迈向了这个神秘的选拔之旅。

这一行人里头大部分还真是没见过什么世面的土鳖，坐在飞机的狭小空间里，东张西望，吱吱喳喳个不停。悲观主义的郑忠亮喃喃地握着扶手自言自语道：“为什么我坐在这里，脑海里全是空难的场景？”

这话惹了几双旅客的白眼上来，这也太不吉利了。董韶军赶紧拉拉他，指着甬道里小声道：“看空姐，转移一下注意力。”

那空姐登机时众人已经看过了，脸上几处粉刺，离美女有段距离，郑忠亮更悲观地说道：“正是因为空姐那张脸让我联想到了空难，我太失望了。”说话间飞机动了，他也紧张得不吭声了。

呼啸的飞机穿过了云层，把层层雾霾的城市扔到了视线之外。舷窗外的天空，犹如仙境，雪白圣洁的朵朵云层在无穷无尽地延伸，处处闪耀着眩目的光线。已经安静的旅客中，只有这拨人却是按捺不住初次乘机的好奇心，轮番到眩窗口上看风景。

“哇，好大的一块棉花地……”挤到舷窗口的郑忠亮激动地说道。

鼠标从孙羿那儿收回视线坐正时，空姐已经开始分发中途餐盒了。余罪要了杯白开水轻呷着，一旁的豆晓波不经意间看到余罪深沉的眼神，用胳膊顶了顶鼠标，示意着他看余罪，然后两人相视一眼，开始用默契的表情交流着：

豆包的表情是说：“你看他怎么又深沉了？以前一深沉，就是想整人了。”

鼠标的表情在说：“我也不知道，你问问他。”

豆包的表情不悦了，是在说：“我靠，你不能问呀？”

其实余罪来了不只他俩高兴，很多人都高兴，这是同学多年积下来的情谊，外人传说这一届学员有两多，打架多、赌博多。事实上刚开始的赌博是谁赢谁装走，在余罪发现鼠标和豆包出千赢钱后，把他俩连唬带吓搂了老底。之后的赌博在余罪的参与下就成了娱乐项目，赢家一多半的钱都被充作这个小圈子的公款，够兄弟们偶尔出去吃喝聚会耍酒疯了。这个改革的直接结果一是参赌的人不断扩大，二是凝聚力空前提高，别看平时内部矛盾重重，但凡有事，马上就一致对外。

前后看看，这一次参选的除了一位痕迹检验专业的同学邵帅，其他的全是赌友，哥几个只要聚一块，那几乎没有什么发愁事，而此时余罪脸上的表情让人很不解了，鼠标心眼稍多，他和豆晓波换了座位，推了推看着舷窗外天空的余罪，小声问着：“余儿，你怎么了？”

“没怎么，看风景呢。”余罪回过头来。

“你全身贼骨头，什么时候长雅骨头了？”鼠标笑着问。余罪笑了笑，不过没答腔，鼠标继续放低了声音问着，“是不是担心集训的事。”

“有点。”余罪道，损友不少，可知己不多，鼠标就算一个。余罪想了想问道，“这次阵势不小，你真不害怕？”

“要让我上一线我肯定有点心虚。”鼠标老实道，他的声音更低了，“不过咱们这拨人里，除了玩牌，我哪项都排不到前面不是？我就想啊，混两天镀镀金，回老家也有能拿出来的东西不是？”

余罪又笑了笑，看来鼠标这奸人和他的想法基本雷同，他把心里的担心问出来了，小声地问道：“你说真要选拔一位或数位刑警，而且应该是省厅刑侦处直接指挥或者放到省城重点管区的岗位上，你说，我有没有可能被选拔走？”

为了得到一个准确的判断，余罪整整衣领，给了一个正义感颇强的严肃表情，就像在征询两兄弟，看我有没有正义凛然刑警的潜质。

“余儿，你不是一直就不想去吗？”豆晓波不解了。

“那我现在突然想去了，不行呀？”余罪道，大有跃跃欲试的兴奋之意。

“你别抱太大希望啊，咱们打体工大那两人的事，江主任都知道了，回校没准还有处分等着你呢。”豆晓波道，心虚那件未了的事。这事果真让余罪吓了一跳，不过马上就不以为然了，等数月回来，谁还认那账。他追问一直打量自己的鼠标，鼠标为难地答着：“你真想听实话？”

“啊，你有必要骗我吗？”余罪道。

“有一种情况你会被选拔走。”鼠标道。

“什么情况？”余罪吓了一跳。

“情况就是，选拔的瞎眼了，把咱们都选拔走，你就在列。”鼠标道。豆晓波噗嗤一笑，余罪愣着，好像觉得很有道理，那表情被鼠标领会错了，他语重心长地安慰道：“最起码的一条，拥有良好的个人品行，你只有贱格，没品格呐。”

“业务素质就别提了，一打架你就踹阴捏蛋，匕首攻防你老捅人裤裆，你连人家许处也捅，这回我怀疑没准是专程叫上你，给你小子穿小鞋呢。”鼠标很有远见地道，余罪噎了下，他还真没往这个方面想过。

豆包唯恐余罪乐观似的又加了句：“我们顶多是废品，很可能有利用价值，你这个危险品谁敢用？回头你不把人给卖了。”

余罪又是一愣，可没想到自己在兄弟里的印象已经差到了如此程度，要是普通人说起来那还了得。那哥俩你一句我一句，言而总之就是余罪你别指望了，你除了体检合格，再没有其他合格的地方。

“而我们呢，也就体能差点，其他合格的地方还是蛮多的。”豆包稍有得意地说道。不料鼠标捅了捅他，示意他该闭嘴了。他侧头一看，余罪保持着那个愣样子已经好大一会儿，就像被雷当头劈了的德行，愣着一动不动。

其实大家抱的希望都不大，不过有镀金的机会，又舍不得放过。要是真镀点金回地方上，将来的招考没准也能比别人多点优势。鼠标和豆包交流过，两人都是这种朴素的理想，看余罪被打击过头了，鼠标轻声安慰着："别不高兴了，其实我们也没抱希望，就是想着出来开开眼，说不定这儿选不上其他地方还能碰上机会呢……你怎么了？怎么老半天不说话？"

"没怎么，呵呵。"余罪道，"我高兴。好歹我在你们眼中还这么卓尔不群。"

他确实很高兴，看来兄弟所见略同，估计就想被选拔走也是希望渺茫，那正应了他先当牛后、再做鸡头的想法，岂能不乐。

心事放下了，话闸打开了，三个人凑一块商量着，不知道训练基地会在什么地方，不过爱吃的豆包已经找了本旅游大全，和哥儿几个空想着海边的美食，而鼠标却是想一览赌城的风光，在查着距澳门的距离。

不知不觉，飞机上响起了系好安全带的提示，两个小时的航程到了终点，舷窗下的城市已经隐约在目，鸟瞰四季如春的南国城市景色一片郁绿，与冰天雪地的北国风光迥然不同。

滨海市，到了！

一无是处

下飞机的时候，这群从北方来的土鳖看着来来往往单衣薄衫的旅客，集体傻眼，不停地抹着头上的汗滴，恨不得马上把身上的重装扒下来。知道南北温差大，可也没想到能差到如此程度。

零下十几到零上二十摄氏度的滨海市，这不叫享受，叫难受。

"厕所集合。"余罪带头喊了声，后面一窝蜂跟了一群。

一群人进了卫生间，扒棉衣、脱棉裤、就着凉水先爽一下。孙羿好不感慨地说道："唉哟，我们那儿夏天都没这么热。"

“这算好的了，遇到台风季节，温潮气候咱们北方人根本受不了。”骆家龙只留了一件秋衣，笑着道。

动手快的鼠标最早穿好，摸着手机，喀嚓照了张熊剑飞的内裤照，扬言要回去发到网上。熊剑飞灵机一动，干脆也拿着手机，喀嚓照了其他人好几张，说是等以后谁升了职，拿这玩意敲诈去。被照的一点也不介意，李二冬搂着汪慎修，那表情把狗熊恶心的，差点把手机给扔了。

众人闹哄着换了衣服，出了卫生间。毕竟是警校学员，几年的训练还是有效果的，到快出候机厅时，大家已经自动排成了两列，迈着整齐划一的步伐向集合地奔来。

B18号出口。

队伍最先看到站在一辆中巴车前的许平秋，到了他面前自动停下，接受检阅一般，笔直地站了两列。一点警察威风也没有的许平秋穿了一身便衣，像个种地老农看菜一般，饶有兴致地踱了几步，看看鼠标，笑道小伙子胖了；看看张猛，问了句你们那地方下大雪，还怕赶不上呢；再看看骆家龙，哟，小伙子真帅。一人夸一句，甚至到了实在没法夸的熊剑飞那反动长相面前，老头也说蛮精神，反而到了余罪跟前，他像不认识一样，自动略过。

余罪瞥了许平秋一眼，知道这老家伙故意晾自己。不过他没介意，这样就好，非亲非故的，真是领导对你太好了，那八成没安好心。

“好，同学们辛苦了，下面我发布第一条命令：上车，准备吃饭。”许平秋笑着嚷了句，一干学员喜上眉梢，陆续上车坐定。许平秋站在车前向大家说道：“这是你们在滨海市的第一顿饭，也是集训开始前的最后的一顿饭，下午六时准时集合，司机会把你们带到集合地。都给我精神点，咱们来唱支歌……在繁华的城镇、在寂静的山谷……预备、唱！”

司机适时拧开了车上的音响，配音出来了，铿锵的歌声回荡在车厢里，这是唱了无数遍的《人民警察之歌》，即便平常也会哼出那段熟悉的旋律。

“人民警察的身影，陪着月落陪着日出，神圣的国徽，放射出正义光芒……”

余罪在哼哼着，瞥眼看着同学和带队的许平秋，他心里有一种怪怪的感觉。

“金色的盾牌，守卫着千家万户……我们维护着祖国的尊严，全心全意为人民服务！”

许平秋似乎陶醉在这个清唱的旋律中，不自然地在挥手打着拍子。听到司机也在哼哼这调子，坐在前排的鼠标呵呵一笑，可不料那司机回了一眼，那眼睛像放射性物质一样，灼得鼠标赶紧移开了目光，不过等他再看时，那司机还是一副正襟驾车的样子，就一个普通的司机，让他觉得好怪。

“在欢腾的海岸，在边疆的水路，人民警察的身影，披着星光浴着晨露……”

张猛在唱着，他不知道自己的声音走调了，很难听；熊剑飞也在唱着，眼睛看向许平秋时，带着一种狂热的表情，警察能当到这个份上恐怕才是他的理想；骆家龙也在唱着，他唱得最好，带着磁性的声音就着曲调，让许平秋也不自然地多看了这位帅小伙一眼。

激情、热血、年轻……许平秋似乎看到这群学员穿上警服的样子，想起了曾经的自己，想起了麾下转战在全省的属下，每届都有新人加入他带领的这个团队，总让他有一种宝刀已老的感慨。

一曲歌罢，他意犹未尽地说道：“我当警察快三十年了，还没你们唱得好……我准备用一辈子来学，我希望你们，在什么时候也不要忘记它，哪怕是将来没有从事这个职业。我知道，在你们这一代年轻人的身上，宁愿相信谎言，也不愿相信誓言；宁愿相信我们身边充满了坑蒙拐骗，也不相信现实里还会能忠诚奉献。我承认，在我们警察队伍里，尸位素餐的有，混吃等死的有，得过且过的有，甚至褪化变质的也有。”

许平秋走了若干步，学员们用惊讶的眼神看着这位处长，平时大家要在警校敢这么大放厥词，少说也得被风纪处抓住教育几天。可这样的话能从一位刑侦处长的嘴里说出来，不可想象。

“不过……”许平秋以更有力的语气说道，“我要告诉你们的是，这个集体仍然是一个英雄辈出的集体；这个集体，仍然是守护正义的第一道防线。这首歌就是人民警察的真实写照，正像歌里唱的，在欢腾的海岸，在边疆的水路，人民警察的身影，披着星光浴着晨露……在九百六十万平方公里的土地上，有无数的同志在和我们一起并肩作战。我希望你们记住，不管到什么时候，人民的安宁和幸福，永远是一名警察的最高荣誉。”

言毕，全车鸦雀无声，许平秋的话很有振聋发聩的效果，比平时学校的教员生搬硬扯有震撼力多了。其实每一个人心里都有一对孪生子，一个天使、一个魔鬼，所不同的只是外在表现倾向于哪一方而已。可在这位老警察面前，这群经常比谁更贱的学员似乎都把心中的天使呼唤出来了，肃穆的脸上满是崇敬，就像儿时警察抓坏蛋那个朴素的理想又回到了心中。

有人鼓掌了，是严德标，跟着是骆家龙、张猛、熊剑飞……以及余罪，这次他是很诚恳地鼓掌，尽管他自认不是个好人，也未必能做个好人，不过他和所有人的愿望是一样的，愿意看到更多的好人和更多的……好警察。

车驶到了珠江大道一侧的一家海鲜楼，那饭店和北方的差异也颇大，厨房在第一层，做豆腐的、炒菜的、煲汤的、捞海鲜的，看着就热闹。下车时许平秋和司机一起进了个小间吃饭，给学员订了一个两桌的大间。坐定不久，汤、菜、主食，流水线般地一一上来了。

可这顿饭一点也不热闹，或许是因为许平秋车上给大家说的那番话的缘故，大伙吃了一小半才开始有话说。骆家龙是学计算机的，一直就对他被选拔进这个集训有点不解，他看着董韶军问道：“韶军，你说这次会是什么训练？”

“和咱们平时差不多吧？平时那些长跑、射击、匕首攻防之类的，强度再大点。”董韶军道。

“那就不对了。”骆家龙道。

“有什么不对？”董韶军问。

“你们看啊。”骆家龙向大伙分析着，“要你说的这些训练，在省城完全可以完成，何必千里迢迢跑到滨海市，十几个人吃喝住行，得多少开支，至于吗？还免费乘飞机，这种待遇，理论上只有效益相当好的国企以及相关部门才有。”

就是啊，好像不合理的地方太多，于是这干准刑警开动案件分析的脑筋了。这里面学习最优秀的董韶军分析道：“滨海是全国南大门，是最早改革开放的城市，经济最发达，当然犯罪也发达，全国百分之三十的案件都发生在这里，也许在这里是为了方便观摩学习新型犯罪的种类，以便日后在工作中应用。”

可是全省有多少经验丰富、从警官学院毕业的高材生呢，轮得着这群害虫？

汉奸汪慎修也感慨了一番，猜测这就是一个有关忠诚和誓言的培训，毕竟现在世风日下，人心不古，说不定许处是为了激发大家的爱国心和奉献精神才把大家带到这犯罪之都来的。

“扯淡！”熊剑飞喷了句，不过他猜不出是什么原因，对于他，是什么也不在乎。

鼠标心眼多，心虚了，放低了声音，征询着大伙的意见问道：“兄弟们，刚才车上的话我也很感动啊。你们说，是不是许处发现我们平时品行不端、小错不断，思想以及行为有严重问题，专门把我们带这儿好好操练来了？”

这判断让大伙心里咯噔了一下子，对比平时的言行，还真是有严重问题，就是当了警察也是个问题警察。那边李二冬不屑道：“你们就别把自个当根葱了啊，知道现在招聘警察录取比例多少吗？200比1，咱们这一群绑一块，让派出所挑都挑不出一个来，至于还花钱把咱们带南边吗？还解决你的问题？你的问题太好解决了，关派出所抽你一顿，解决得比什么方式都快。”

众人边说边争辩，没有个定论，最终的目光都盯回了余罪，这个年龄最小的人，有时候看问题挺准，最起码在学校躲避训导处处分、风纪队检查屡建奇功。吴光宇离得最近，他捅捅慢条斯理吃东西的余罪问着：“余儿，该你了，大家都看你呢。”

抬头时，果真一双双饥渴的眼睛都看着他，熊剑飞斥着：“妈的还扮深沉，上飞机赢走我们的钱都没让你请客呢。”

“嘿嘿，这顿记着啊，有机会就吃。”余罪笑着道，回到了训练的正题上，他边想边说着，“要我说，第一，这不是个和警务有关的训练，因为我们的身份不是警察，而许处也是以便装出现的，所以绝对不会和平时训练的科目重合。”

有道理，众人都用心听着，余罪又道：“第二，对比来时大家签的保密协议，我觉得又是一个有关警务的训练，因为省厅不可能无端把经费用在我们这帮菜鸟身上，所以它肯定是。”

既是，又不是，余罪不等众人发难，直接道：“第三，你们从动机上考虑，既然投入，当然要期待什么样的回报了，注意，许处来自省厅刑侦处，而我们又全是刑事侦查相关专业，他能期待什么样的回报呢？再对比我们自己的身份，结果已经昭然若揭了。”

“可我们没什么身份呀！”鼠标道。

“简直就一无是处呀！”李二冬道。

“对，一无是处就是我们的优势。”余罪笑道，“正因为我们一无是处，才很容易塑形，而且身上没有警察队伍里的官僚习气，身后也没有错综复杂的关系网，这不就得了，想把你怎么培养都成，比如狗熊、牲口，我要是领导，直接把你送地下黑拳场，打上三个月，出来就是金牌抓捕队员；老骆，把你送进山寨电子工厂，出来你就是个工程师级别的；鼠标、豆包，让你俩学学这里六合彩坐庄，回去对付咱们省里的聚赌，简直就小儿科了；至于汉奸嘛，让他接触那些被包养的二奶小蜜，绝对能挖到贪腐一线的珍贵资料啊，那些饥渴的美女，可受不了汉奸的风骚啊。”

汪慎修被刺激得一口汤呛鼻孔里了。众学员一阵哄笑，杯盘筷子乱响，估计要集体对余贱人发难了。

楼下一个小间里，四菜一汤，许平秋和司机安静地细嚼慢咽着，桌上的一台袖珍窃听器里，传来楼上这干学员的说笑打闹。不过听到余罪的声音传出来时，司机明显注意到许处在皱眉了，这是他吃饭前安排桌上装备的窃听，为什么这样做他不知道，只是奉命而行。

“许队，您那个……”司机提醒着，许平秋省神才发现，自己不小心把骨头放汤碗里了，他笑了笑，摇了摇头，自言自语道：“这群小子，可比你们那时候有主见多了。”

“怎么，他们把您的心思猜着了？”司机笑道。

“猜对了思路，不过没有猜对形式。”许平秋笑着道，似乎很满意，又补充了一句，“猜对思路就不简单了，看来我泰阳那趟没有白跑。”

司机笑了笑，没有再问下去，虽然这是一个莫名其妙的异地警务任务，可他已经学会了三缄其口，绝对不多问。

吃完饭，一行人井然有序地上车，在车上就登记上缴了个人财物，手机、钱包、表、钥匙，身上的小物件几乎全部缴完了。学员也习惯这种保密方式了，谁也没多言。紧接着每人分发了一套服装，普通的内衣、衬衣和裤子，要求就在车上换，而且是除了内裤全部换，学员们虽有不解，不过按命令执行了。

等换完坐定，许平秋又给每人分发了一部卡片式的手机，和银行卡一般大小，金属机身，很精致，一下子惹得学员们兴趣起来了。

很神秘，也很好玩。

一切都在车的行进过程中完成，完成时车已经穿过了闹市区，到了傍晚时分，天色还亮，车驶进了一处拥有大型建筑的体育场，空荡荡的一个大厅，中巴车直接驶进去了。先下车的许平秋立定大喊着：“集合。”

车上呼啦啦奔下来十四名队员，按平时的要求迅速地集成两列。许平秋居中而站，手指扬着，威风凛凛地说道："我宣布，保密协议所规定的项目即时起生效，岳西省公安厅第一期特勤实验训练，从现在起，正式开始！"

从选拔开始捂了数月的谜底，即将揭晓。

简单任务

"开始"两个字一出口，学员们下意识地挺胸、抬头，目视前方，即便是一群调皮捣蛋的学生，也深深地打上了警校长年训练的烙印。

可不料许平秋蓦地笑着，摆摆手道："稍息。别紧张，听清楚，这是一个实验性训练，而且是首次进行，我向各位有幸加入的学员们表示祝贺。"

说着，许平秋自己先"啪啪"鼓起掌来，没人应声，一群学员都紧张而凝重地盯着许平秋，这个问题悬得太久了，积蓄的好奇心此时被井喷出来。

人群左后的余罪四下打量着这个地方，两百多平方米，警体训练馆，建成时间不短，杠铃和平衡木磨得发白，沙袋拳击的地方陷进去一大块，选这么个地方似乎在意料之中。似乎就是一个普通的训练任务。

不过谁也料不到下一秒要发生的事，许平秋没有直接布置任务，而是走了两步喊了句："严德标，出列。"

鼠标一紧张，一个趔趄前跨一步，差点闪着腿，众人一哄笑，许平秋和蔼地问着："严德标，报一下你身上的东西。"

咦？都交完了，还有什么东西呀？鼠标一愣，不过马上报出来了："报告，一部卡片机。"

"还有吗？"许平秋沉声问。

"报告，没有了。"鼠标挺着胸脯道。

“胡说，衣服裤子不算呀？”许平秋笑着问，众人一笑，他脸一敛又喊着，“严德标，重新汇报。”

“是！报告，学员严德标，身上有一部手机、一件衬衫、一条裤子、一双鞋、一双袜子、一条皮带。”鼠标报告着，看许平秋不满意，踌躇地又小声问着，“内裤还要不要汇报？”

众人又是哄声一笑，许平秋被这个惫懒的小家伙逗乐了，他一扬头：“归队。”

他换着严肃口吻道：“大家听清楚了，严德标报出的东西都是你们身上有的，一模一样，衣服、裤子、鞋、皮带、卡片机……这就是我给你们所有的装备。你们的任务就是，用这些装备，在这城市里生存四十天，这就是这次的训练科目！”

学员们一字一顿听着，一下子集体遭雷劈了；敢情是把东西没收，一毛钱也不给你，让你到城里当盲流去！这可比野外生存要难多了。一下子嗡声四起，主要讨论的问题是，经费不能紧张到这种程度吧？

许平秋吼了声：“安静！”

压住了声音，他继续说道：“这是一个我能想到的最简单的任务，要想成为一名合格的刑警，如果连一个陌生的环境也适应不了，怎么对付违法犯罪？都不满意的话现在选择退出还来得及。我强调一点啊，在训练开始后，任何人可以选择随时退出，到这儿领上你的随身物品，我包路费，不过以后就别觍着脸还说想当警察了。”

年轻人容易生气，也更容易不服气，这么一刺激，反倒安静了，个个挺着胸，站得笔直，一副准备豁出去的样子。就是嘛，小看谁呢？

这样子看得许平秋很满意了，他边踱步边说着：“任务很简单，就是生存下去，不管你们用什么方式，规则是没有外援，谁如果设法联系亲戚朋友同学，出局！谁如果泄露此次训练的任何信息，出局！谁如果向地方公安、民政机关寻求援助，出局！最后一条，如果谁泄露自己的真实身份，出局！”

我靠，够狠！这几乎是逼着人铤而走险。余罪心里暗道。他一时摸不清这位老警的意图。

其他人就两眼抹黑了，一毛钱不给，不让求援、不让联系认识的人，那岂不是让大伙像孤魂野鬼一样游荡在这个几千万人口的城市？万一有个意外，那可咋整？任务一出，问题一下子涌上各人的脑海里，几乎全是担心。

“不用担心，这是个自愿参加的试验。”许平秋似乎看到了学员们的为难，他又说道，“你们分发的卡片机是德国的产品，太阳能充电，只要有信号，后援就知道你们在哪儿。除了手机可以定位，皮带扣上也有定位装置，如果谁觉得熬不下去了，拨个电话就会有人去救援你们，号码手机里有，至于结果你们也知道：出局。要提醒的是，这是经过改装的卡片机，只能打那一个求援电话，其他号码打不通。”

站得笔直的学员们，左右侧头面面相觑着。但凡训练，永远都是按部就班，跟着教官来，这一回全部要自己发挥了，可把学员们给搞蒙了，而且这任务听得人浑身起鸡皮疙瘩，真是身无分文给扔在这座城市，那不得把哥几个整成饿殍不成？

“最后强调的一点是，不要觉得我是在逼你们铤而走险，生存的方式千变万化，我相信你们在饿肚子的时候会学得很快，不一定非要违法犯罪。”许平秋道，似乎就是针对余罪而说。他盯了余罪一眼，话锋回转，脸上似笑非笑地说道，“当然，违法犯罪也算一种，坦白地讲，滨海的犯罪率全国最高，很多是生存条件逼迫所致。你们如果迫不得已选择这种方式的话，我表示理解，不过要是被地方公安揪着，刑事责任可得自己负啊。注意你们的身份，是学员，不是在籍警察，好好处理。”

这回学员们的精神几乎到压垮的临界了，忍不住又窃窃私语着：“能行吗？怎么办？熬得过去吗？”

等了片刻，许平秋又叫着安静，淡淡地说着：“还要告诉大家一个消息，今年省厅刑事类招聘全部由省厅刑侦处负责，我很负责任地讲，我的手里有三十多张聘任书，除了高等学院对口进籍，以及不得不留出的名额，还有不到十张聘任书，我希望你们中间最少淘汰一半，那样的话，我就好操作多了。”

好大的一个桃子，学员们傻眼了，留在省城梦寐以求的理想比任何时候都离自己更近，而且凭着许平秋的身份，学员们知道假不了。于是乎窃窃私语消失了，大家都热切地看着许平秋，似乎都想迫不及待地表明：我行。

我怎么办？余罪在许平秋的话里嗅到了一丝阴谋的味道。桃子肯定有，但代价是什么就不知道了。他揣度不清自己的算盘是不是打对了。不过出局就别想了，直接卷铺盖回家，怕是这辈子也甭指望了。

“时间到，请上车。这辆车会把你们放在城市里任何一个随机的角落，如果你们落单，那就想办法自己生存，如果你们有幸撞见，我希望你们互相协助，四十天后，我会在这里等你们。当然，淘汰的就不等了，有人送你们回家。”许平秋看时间差不多了，喊着队伍两列并一列，个个心情复杂地上了车。

行进了十数公里后，车停了下来，许平秋回头看了看一帮学员，出声问着：“谁带头？”

没人吭声，似乎没人敢挑这个头，组织给出的诱惑大，可任务的难度也大。

许平秋笑了笑不中意地道：“这样子怎么行？让你们自谋生路都不敢，又不是送死，随时可以回来。这个样子，还敢指望派你们冲锋陷阵去？我挑个人怎么样？”

他看着，在寻找一个容易被撩拨的人：“熊剑飞，这难道比你在自由搏击随时可能面对的伤残还危险吗？敢不敢！”

“哼，有什么不敢。”熊剑飞被激怒了，起身二话不说走到了门口，车门咣地一声打开，他回头嚷着，“兄弟们，我先下车了，都怕个屁，谁半路回来谁他妈是小娘养的。”

司机哈哈一笑，后面的学员也跟着乐了。就这货，不管是茅坑还是火坑，他都敢跳，从来都不考虑后果。不过，这个样子确实很让许平秋赞扬了一番，车又行驶不远，张猛这个愣头青也下车了，他也是个不怎么喜欢用大脑思考的货。可这两人，让许平秋却是赞口不绝。

就这么开始了，许平秋看着一群跃跃欲试又踌躇不已的学员：那是一种纠结心态的表现，即将面临的困难和可能会得到的那份工作相比，孰轻孰重需要仔细考虑。

此时，他的脸上已经是一种胜券在握的表情。

倾巢驱逐

“很好，下一位是谁？是不是咱们该按次序走？”

许平秋在下一站，看着座位最前的李二冬，那货嘴巴一哆嗦，害怕了，许平秋笑道：“要不跳过你，一会儿直接把你送机场？”

人前打退堂鼓，那可没面子了，许平秋知道像这么大年龄的小伙子，怕是受不了激将法。

“不不不……我。”李二冬挠挠脑袋，咬咬牙，一起身说道，“我豁出去了，大不了捡一个月破烂，能饿死怎么着。”

咬着牙，闭着眼，顿着脚，终于跳下车了。车鸣声起步时，李二冬却在那一刹那有点后悔了，一看周围路况，慌忙拔腿追车，大喊着：“哎！等等，这路在珠江边上，破烂都没得捡……我再坐一站再下去行吗？”

车越来越远，没停，他气喘吁吁地停下了。李二冬无比紧张地看着四周，此时夜幕降临，华灯如海的城市对他仿佛是恐怖片里的场景，心虚的感觉好强。他走在江边，迎着夜风习习，在回忆着刚下飞机的那顿大餐，一千个一万个后悔，当时怎么就没多吃点，现在倒已经饿了。

车上的孙羿也紧接着下去了，汉奸汪慎修本来想打退堂鼓，却不好意思站出来，不过在看到平时也算个优等生的董韶军坦然下车时，他也咬着牙跳下车了。人群聚集的地方总有一种从众的心态，有时候一个退缩能带动一片逃兵，可有的时候，一个舍身，也能带动一片跳坑。

究其原因也很简单，当付出远远小于得到时，诱惑力就是最大的动力。接着邵帅下去了，这个平时像个闷葫芦的男生和余罪他们交集不多，他怎么进的选拔队伍其他人还真不知道。

车从深岗驶到了中山桥，已经下了个七七八八，又一站停下时，许平秋看着严德标和豆晓波两人的眼睛，笑着问："商量好了吗？谁先走？"

豆晓波慢慢起身，走向车门口，看了严德标一眼，苦着脸，后悔地喃喃道："就知道不掏钱没有好事，不是被兄弟骗，就是被组织坑。"

车上还没走的，听得有点哭笑不得。许平秋笑着道："不算坑吧，我给你后悔的机会，现在可以放弃，随时可以回来，很难吗？"

这倒也是，豆晓波二话不说下去了。车门一合，许平秋对着司机道："多驶五公里，拐两个弯再停。"

一说这话，严德标"呃"地一声噎住了，刚才和豆晓波商量好了结伴的，两人已经仔细看了地形，这下变故，后面的豆晓波肯定找不着自己了。许平秋笑着道："德标，你的反应很快啊，才走了一个小时你已经开始想对策了，有长进。不过在这个每平方公里人口几千的地方我敢和你赌一把，你找不到他。"

恐怕真是如此，车驶进了一条商业街，人山人海，放眼望去都是人脑袋。车龟速一般行驶着，严德标好不懊丧地想着，豆包那可怜娃根本没有方向感，平时上街都找不回学校去，扔在这个城市，可怎么办？

"该你了。不是想打退堂鼓吧？"许平秋笑吟吟地问严德标。严德标回头看看面无表情的余罪，嘟着嘴，好不懊丧道："许处，我要真不行，打电话你们不会不接吧？"

"别跟我玩小心眼儿，你这颗脑袋，应该把回去的路都记住了吧。这项训练你的赢面相当大。"许平秋道。这句话给了鼠标好大勇气。车门开时，他又不放心地回头问着："许处，那你说话算数不？真给我们留省城？"

"那要看你自己了。总得证明一下你有提这个要求的资格呀。"许平秋笑道。

鼠标一咬牙，跳下车了，不久便消失在来往的人群中。城市的人海，不管一位还是十位，顶多就是大海里汇进了一滴水，根本无从寻找。

许平秋轻吁了一声，对于这件他不得不狠心做出来的事，他现在充满愧疚感。他在想，社会的险恶太快太猛地加诸于这些学生身上，是不是有点太残忍了，可即便残忍，他也必须做。

余罪从这个熙攘的闹市收回视线，人太多，已经看不到鼠标的影子了，不过回头时，看到了许平秋走到他的座位旁，坐到了他的身边。

“没用，你的记忆力再好，即便能记住每一个停车点，也不可能再找到你的同伴。”许平秋坐下笑着道。余罪刚要问你怎么知道，不过马上闭嘴了，自己的小动作怕是逃不过这位老刑警的眼睛。他只是腼腆地笑了笑，没有回答。

这个表情很有迷惑性，很容易让人疏忽，许平秋盯着这个表情，饶有兴味，他看余罪不准备吭声，故意对司机道：“开远一点，走十公里以上再停车。”

像是故意折腾余罪一般，余罪又笑了笑，狡黠的眼珠转了转，许平秋问道：“这对你有难度吗？”

“有。”余罪道，又补充道，“不过不算很大。没出过校门的不知道怎么活，可混过的就没那么难了，很多事可以做，别说四十天，四十个月都混得下来。”

没错，难者不会，会者不难，许平秋相信对于这位学员，书本之外的知识要超乎常人，他笑着又问：“那你为什么等到最后？”

“坐在最后，看得清点。”余罪道。

“应该是还没想清吧？”许平秋问。

“想什么？”余罪笑着侧头，他看着灿然一笑的许平秋，那舒展的皱纹像勾勒出来的简笔线条，很爽朗，很容易让人信任他。

“你在想，如果直接出局的话，脸上挂不住，你也无法说服自己，因为那样太没面子了，而且也会失去这一次机会。可如果参与的话，你又担心被选拔走，去从事一个危险的、你可能不愿意接受的任务。所以，你在纠结，对吗？”许平秋笑着问，和其他人聊过那么多，理解余罪这种心态并不难。而且此次参与的大多数人，估计都有这种心态。

“您不是讲随时可以选择放弃吗？我还纠结什么？有逼人去犯罪的，可没人是被逼着当警察的，只要有随时退出的权利，永远都不会纠结。”余罪用他自己的辩证法说道。许平秋听得出这小伙语气里的傲意，笑着道：“很好，如果有一天你准备全部放弃的话，我希望你是这种心态，那样的话就不会留下什么遗憾了。”

“我努力做到。”余罪道，慢慢地站起来走到了前排，像生怕真实的想法被窥破一般，车停门开的时候，他从容地起身，下了车。

在许平秋看来，这是走得最胸有成竹的一位，就像回到一个并不陌生的环境里一样，对他而言似乎没有恐惧感。他不由得期待，是不是在这群学员里真能找到一位合适的人选，哪怕就一位，这个任务也还有机会。可惜的是时间不多了，如果有更多的时间，他相信这群人里肯定能培养出一个两个来。

此时已经天黑了，夜幕下滨海市灯如星海，根本无从辨识方向的余罪冷不丁听到了头上的飞机声音，突然发现这是又回到了起点，离机场不远，他看着飞机落下的方向，心里挺满足，想着：好歹今晚有地方睡觉了。

那辆中巴摇摇晃晃地走了，开得很慢，在滨海市的街上很容易见到这种车，一直未发一言的司机等走了很远才开口向后座沉默的许平秋问道：“许队，我怎么从来没有听说过，对刑警还有这种训练科目？”

“你没听说过的事多着呢。”许平秋没有解释，司机被呛回去了，许平秋却是不确定地问了句，“你觉得这个办法怎么样？”

“够损，没有钱，没有身份证，不能联系所有认识的人，这等于把他们往绝路上逼。”司机道，他似乎对于这座城市很了解，而汇入这种盲流队伍，能发生什么事，恐怕是谁也无法预料的。

“知道教会一个人游泳最好的办法是什么吗？”许平秋以问代答，

道了句。

“是什么？”司机道。

“很简单，直接把他们推下水。”许平秋笑道。

笑里有一份隐藏的担忧，对于这帮没见过世面的傻小子，他现在的心反倒悬上了。他凑了凑身子，问着司机道：“高远，你说让他们尝尝现实百态的苦累，能不能给我练出一批好使的队员来？咱们的一线流失人员越来越大，老龄化也越来越严重，不改革不行啦。以后刑事类警员招聘，都将由省厅刑侦处做出计划，今年是头一年，我想做个尝试。”

“年纪有点小，心性不稳定，就怕您练出一帮手脚不干净的人来，人在饿肚子的时候，那胆子可就特别大。”司机委婉地说道，他是许平秋带出来的一位老外勤了，觉得这个训练实在过于意外。

“呵呵，练正的可以正用，练偏了可以偏用，我就怕一帮废品，没用啊。”许平秋摇摇头，司机担心的也正是他的想法，本质和本事，都是逼出来的，他想逼一逼看看这些人的潜力到底有多大。可对于不确定的事，谁又敢打包票是一个好的结果呢？

车行出不远，他示意司机道：“回岳西煤炭大厦，你们给我当后勤支援，接下来和王武为得给他们当好奶爸啊，保证一天之内得把所有人看一遍……真不行的话，得把他们安安全全交回到父母手里，不管穷家还是富户，这些小子都是宝贝。唉！我真不知道这回会让我看到一个什么结果。”

司机拐上了大道，他从后视镜里看到曾经叱咤风云的省刑侦总队队长，此刻像一位迟暮的老人，缓缓地靠上了座背，那表情，让人有一种唏嘘的感觉。

老队长真的老了，连这点事也放心不下。司机这样想着……

老鸟菜鸟

煤炭大厦是由岳西省煤炭厅在此觅地修建的，是一座三星级宾馆，傍晚时分，一位年过三旬的中年男子焦急地等在大厦门口。

没人知道这位叫杜立才的客人是岳西省禁毒局一位外勤队长，被派驻东江省追踪一例贩毒案件已经三个月有余。那不仅是一个跨省贩毒案，而且因为在岳西省市场上发现了从未出现过的新型毒品，省厅对这个行动组寄予了厚望。不过出师不利，数月寸功未建，放出去的线人一个月前被江边捞船捞出尸体来了。案子停滞不前，省厅把那位专管解决疑难杂症的许处长又拉回一线了。

这个案子快成死案了，唯一的一条线索被掐断，大过年的了，一队人士气极度低落地被撂在东江，干是干不下去，回也没脸回去，哪怕领导带来个台阶让大家下也成。

烟抽了若干支，等那辆中巴停下时，杜立才快步迎了上去，和下车的许平秋握手，招呼着司机高远去吃饭。高远知道两位领导要谈事，避开先进楼里了。寒暄了几句，许平秋开门见山问道："你们现在什么打算？"

"没出现新线索之前，这个案子我们没法跟进，线人一灭口，全断了。"杜立才懊丧地说道。自己要主动承担线人被灭口这一责任了，这是位被省禁毒人员捕到的一个中间人，据他交代在东江省有专门制作向内地贩售"神仙水"这一新型毒品的团伙，他曾亲自到本地购买过，禁毒局以此作饵在东江设局，没钓出大鱼，却不料被约去谈生意的线人一去不返。

所有的犯罪分子里，最凶狠的不是毒贩，最狡诈的也不是毒贩，反侦查力最高的也不是毒贩，可要把几个素质放一块讲，却数毒贩的综合犯罪能力和素质最高。禁毒局从刑事侦查单列出去之前，许平秋没少和这伙人打交道，听着案情介绍，他边走边沉吟着：“内部泄密，查过没有？”

“查过，不可能，我们行动组五个人直接接受局长指挥，根本没人知道我们在哪儿。”杜立才道。

“东江警方知道多少？”许平秋问。

“只有一位督察和我们单线联系，顶多是提供监控和通信上的方便，他根本不知道我们的底牌。”杜立才道。

“那应该就是对方的警惕心提高了。”许平秋道，像在自言自语，“对涉毒犯罪的打击力度这些年不断加大，自从十二吨冰毒案毒枭收手，之后的大团伙作案模式已经化整为零了，大形势如此，恐怕咱们工作难度要更大。”

他停了停，想了想突然问道：“被抓的贩毒嫌疑人，有什么收获吗？”

“关了一个多月了，审了七八回，什么也没有查出来。他很狡猾，不论是行踪还是账务，根本不涉毒，咱们又没有地域优势，连直接接触这号嫌疑人都没机会。”杜立才道。

“那倒是，这帮家伙没有被人赃俱获，肯定是宁死不说。”许平秋笑了笑，知道这种罪没人敢担，若有所思地停了片刻，杜立才以为领导还有什么交待，可不料许平秋却是闷声不响地上了楼梯，他赶紧提示着坐电梯，许平秋像是心不在焉地哦了声，跟着他进了电梯。

“许处，我们现在怎么办？”杜立才稍有为难地道。

“哦，有新任务，你们廖局长没和你们通过气？”

“廖局电话上说过了，让我们调拨归您指挥。”

“这就是了，厅长办公会做了决定，从现在开始，你们直接向我负责，切断和家里的一切联系。”许平秋道。一听有新任务了，杜立才的精神稍振，挺着胸说道：“许处，下命令吧，我都快憋死了，所有装备和人员，今晚就可以撤走。”

“毛躁！性子这么急，真不知道你这组长是怎么当的。”许平秋不悦地呵斥了句，像训小学生一样，把杜立才说得好不羞赧。

顶层连排的六个房间和一个会议室，就是这个行动组的临时驻地了，据杜立才介绍，这是向煤炭大厦征用的地方。走进会议室，四名队员起身，向许平秋敬礼，许平秋笑着摆手道：“咱们都出门在外，别这么拘谨啊。”

说罢他饶有兴致地弯腰看了看会议室几部专配的警用笔记本，连着的粗缆天线延伸到窗外。抬起头时，正对上一位面容姣好的女警，短发，大眼，圆脸。他笑着问：“我对你有印象，你叫林……林什么来着？”

“林宇婧……”女警笑着道。

“哟，对不起。”许平秋笑着道歉。

“谢谢许处，您还记得我？”女警很高兴道，许平秋给她发过立功奖章，不过已经是很多年前的事了。

“禁毒局外勤上没几个女人，要记不得那就是脑瓜不管用了。你们的设备能覆盖多大范围？”许平秋问道，这才是他今天来的正题。

“这是省厅前年新配的SR02型追踪仪，对于GSM、SDM等信号追踪效果很显著，误差不大于一百米，红外线、磁性信号稍弱，不过如果论起综合性能来，覆盖全市没有问题。

许平秋笑了，掏出一张纸递给了林宇婧，笑着道：“输入追踪码，做完了我给你们布置任务。”

密密麻麻的好多，林宇婧诧异了一下，但凡要追踪嫌疑人或者放出去的线人，一个两个就足够了，可这一次足足输了十四组信号！

“十四组信号，是十四个人，每组有三个信号源，你的任务就是二十四小时监控这些信号，如果发生信号分离、消失等异常情况，务必在最短的时间赶到现场，找到信号的携带者，这个工作可能要延续至少四十天，有困难吗？”许平秋问。

“没有。”林宇婧起身敬礼，毫不含糊。

杜立才可蒙了，这个没头没脑的任务，与案子又能有什么关系，不过这个领导布置任务的场合，他没敢打断。

等安排好任务出门时，许平秋一勾手指，把司机高远叫过来了，叮嘱道："外面走你熟悉，谁支持不下去了，一定给我安全送回来。少一根汗毛，小心我扒了你的官衣啊。"高远是许平秋在市局时候从派出所提拔到支队的队员，后来又进了禁毒局，说起来关系比和杜立才这个组还近。高远嬉皮笑脸接受了任务，许平秋也笑呵呵地擂了他一拳。

回到会议室，杜立才这才抓着机会不解地问着："许处，怎么一下冒出来十四个目标？案子有突破了？"

"你想什么呢？这是省内来的一拨新人，拉出来练练。"许平秋背着手道。

杜立才一听，心知这是把禁毒局的外勤组长当保姆用了，这办法也就许处才敢胡来。

"我这是给你一个台阶下，要不你什么也没干成，好意思回去呀？再等等看，说不定就会有转机，那不省得再来？我告诉你啊，这十四个人都是今年一线刑警的苗子，哪位出了事我也找你负责啊，情况只限于你们五个人知道，回头把保密协议给我签上。他们的行动你每天向我汇报，但接下来不管发生什么事，没必要让外界知道了。对了，就不用给我准备房间了，我赶今天晚上的飞机，年后省厅领导又是茶话会，又是团拜的，忙着呢。你也别灰心，碰见你们廖局长，我一定夸夸你们……别送了，东江省厅的来接我。"

一路絮絮叨叨，听得杜立才直咧嘴巴，出门厅前他停下了，果真看到了东江省厅的专车来接许平秋了，老许经常有警务协作，到各地都有熟人，被东江这边的同仁邀走了。

许处被接走之后，杜立才反倒不是想明白了，而是更糊涂了。他回了顶层，快步跑进会议室，拦着高远问："高远，许处今天调了你一天，到底干什么事？"

"就是接这些人呀。"高远道。

"都是些什么人？"杜立才不相信地问。

“好像是学生。”高远道。

“胡扯，省厅的许处长，在飞机场等着接学生？”杜立才不相信了，他还一直以为是哪儿调来的精英。

这下高远委屈了，皱着眉头道：“杜组长，年纪都不大，我觉得像学生，可我也不敢问呀。反正接上吃了顿饭，接着又把他们全扔大街上了，所有人的行李还搁我车上呢，还是安排个地方存起来吧。”

越说越没头没脑，杜立才实在搞不清这个前因后果，直到高远叫着几位队员把一包包的旅行包扛上顶楼，杜立才才相信了几分，又是拉着高远问长问短一番，才确信许处真的拉了一帮学生来练兵，惊讶得合不拢嘴了。

“这不胡闹吗？没钱、没身份证、不能联系熟人，他们可怎么过四十天？”

“可不，您都觉得老难了，对他们就更是挑战了。”高远笑着说道，惹得几位队员看着组长的表情笑。杜立才半晌才想起来，示意林宇婧道：“宇婧，看看，他们在什么方位？”

这位女警熟练地敲击着键盘，比对着信号和电子地图的坐标，隔了一会儿，她笑着说道：“按方位看，有人在街上逛，有人在公园停留，有人在江边……哟，这位在飞机场，还有这位怎么还在走，再走可出市区了！杜组长，我给他们每人编一组号吧，方便外勤去搜索。”

“好吧，赶快编，你们几个分工一下，案子暂时没有进展，你们就把这事干好。”杜立才随意地安排了句，心事重重地出门了。

闭着门的会议室里，又响起了女声笑问：“哎哟，这位是不是根本没有方向感呀，怎么一直往郊外的山上跑？高哥，这是群什么人呀，怎么都是没目标地乱撞？”

“呵呵，别那么当回事，就一帮学生娃、菜鸟，饿两天就都回来了。”高远笑着，想当然地作了断言。

流落街头

接到这个荒唐任务的行动组都是些干练的探员，长年的外勤工作练就了一双厉眼，那帮菜鸟可逃不过他们的追踪，加上有后方信号的定位，在偌大的城市追踪这十几个菜鸟，简直跟玩一样。

高远开车，同伴王武为负责记录，同时还需要用职业技术用微型DV录下那一张张脸。不过那场景拿回去后，把一干外勤笑得肚子直疼，大部分场面都是失魂落魄地走在大街上，偶尔会使劲再勒勒裤带，碰到街边的冷饮、小吃摊，一准是流着口水看上半天。饥饿，已经开始折磨他们了。

不过也有特别的，里面有一位胖胖的男孩引起了大家的共同关注。这小家伙算混得最好的一位了，最起码上午见他时精神不错，下午高远又追到了棠东路想看看这家伙怎么解决肚子问题。

胖男孩没有发现有人跟踪，走进了一家超市，而王武为就跟着他进超市录下了一段场景。这货在超市转悠着，在熟食、小食品货架周围转悠，脸背过摄像头，手悄悄一动，然后捻到的东西就在嘴里嚼上了，怪不得就他没有饿相呢。偷吃完，还大摇大摆地从超市正门出去。一干外勤看着这人偷吃的样子，差点笑得从椅子上翻过去。

不只是菜鸟，怕是很菜的菜鸟。

晚上，另一拨队员也出去了一趟，杜立才组长跟着去了。他们看到的场景就有点让人心酸了，睡在公园长椅上的、躲在楼宇避风处的、钻在纪念园台子上的，还有一直就在机场、火车站候车厅待着的，让杜立才组长实在想不通，这个荒唐的任务，究竟有什么意义。

不光他，其他队员也想不通，好歹是禁毒局的外勤探员，随便哪位到这个岗位上也是万里挑一，现在倒好，成集体奶爸了。

第一天还真没人求援，汇报给已经回岳西省厅的许平秋，他嗯了声，只撂了句没头没脑的话："注意一下异常反应，及时汇报回来。"

什么异常？异于常人的呗，于是这个在超市偷吃的家伙就被当做第一个异常目标，汇报上去了。

第二天过去了，意外的是这干人虽然挨饿、虽然背井离乡流落在大街上，可居然还是没人求援。这一天王武为又拍到了几组让他心酸的场景，珠江畔、白云山下，两位神情肃穆的菜鸟，已经义无反顾地背上了大编织袋，加入了捡破烂的行列。两人看着不知道是该哭，还是该笑。

三天过去了。

东湖路畔，沿着东江大学校园往南的一段街路上，有一个天然的零工劳务市场，骆家龙在这里已经第三天了，靠着捡了几片瓦楞纸包装箱换了三个馒头，硬是支撑到今天，人几乎也到极限了。此时温暖的阳光在头顶照着，就像天上挂了火炉一样，烤得他浑身出虚汗。

面前的小牌子上，写着他的专长：C语言编程、单片机模拟、汇编语言、英语四级、电脑主板级维修……一古脑把自己会的全写上了，不料能改变命运的知识却填不饱肚子，但凡有车来，肥头大耳的小包头都只嚷一句：谁铺过地板砖？

哗啦一下子去了好几个人，骆家龙傻眼了：不会。

再来一位，又嚷着：钢筋活谁干过？上车！

哗啦又走一群，骆家龙又傻眼了，不会。

他不断地降低身价，下定决心哪怕是刷碗洗盘子的活，来了就接，好歹混上几天。等他放下身价，终于挤上一辆面包车，那矮个的南方老板又是叫嚣着："身份证都拿出来，干完活再还你们啊。"

一下子又把小骆给拒之门外了，这天上午有一个最好的机会，是一位中年妇女找家教，谈得挺好，不过要看他的身份证，总不能把没证的人领回家吧？还不知道是不是坏人呢。小骆又一次失望了，心气向来很高的他不屑于解释没证的原因，不过这么个惨兮兮的样子，让那位妇人同情心大发，临走不忘给小骆扔了五块钱。小骆一下子泪奔了，差点给阿姨鞠上几躬谢谢这救命钱。

肚子填了点货，骆家龙又坐在路边的牌子后傻等着。他想起了少年时代的梦想，每天痴迷地玩着电子器件，后来又迷上了当警察，选的是计算机系，他畅想着自己两个梦想结合的时光，肯定是一种充实而有趣的生活，可现在才发现，所有的梦想和努力，在落魄的时候，连一个馒头也换不回来。

从早晨到中午、从中午到日落西山，又是一天过去了，他扶膝而坐，昏昏欲睡了。他手里婆娑着卡片机，准备在坚持到天黑的时候放弃，在这个冷漠的城市他感觉到了人与人之间信任的缺乏，有的只是冷漠和无视的眼光，他从来没有对这种冷漠体会得如此深刻。他想着以后回到家乡再见到像自己现在这样落魄的，一定要伸把手哪怕给个十块八块……不，一定带他吃顿饱饭去！就像他现在在想的，是警校那个大食堂，好多的菜肴，真香。

昏昏欲睡时，骆家龙耳边听到了一阵自行车的轮声和一群少年的叫嚷，这个时候，是附中放学的时候了。再过一会儿，他又该找个天桥窝着睡一夜了。

一辆自行车突然停在自己面前，有个稚嫩的声音在念着："C语言编程、单片机模拟、汇编语言、英语四级……这么拽？"

骆家龙抬抬眼皮，是初中的小屁孩围观他来了，那看着就想揍的德行，有点像余罪。他对着另一位戴着眼镜的小孩说道："看到没有，这就是好好学习的下场……"

一群小孩笑了，笑得那么开心。骆家龙现在连骂人的力气也没了，哼了哼，又低下头有气无力地坐着。他在作最后的挣扎，那桥洞里实在没法睡觉，南方这潮湿的空气，一觉起来全身酸疼酸疼的，他怕自己根本支持不了四十天。

沉默时，那五六个小屁孩使着眼色，像在商量什么，有点不怀好意似的。不过现在骆家龙可是人穷胆大了，有气无力地说道："一边玩去吧，我身上一毛钱都没有。"

带头的蹲下了，细细看着骆家龙还算文质彬彬的样子，突然问道：“会写作文吗？”

“会呀。”骆家龙眼睛一亮道，不过马上黯淡了，总不能受雇于这些小屁孩吧？

“会做数学吗？”另一位小孩又期待地问道。

“废话不是，计算机的基础是高数，别说你们的代数几何了。”骆家龙道。

“那就好……你们的练习册给我……”小孩伸着手，把同伴书包里拿出来的一摞练习册收到手里，翻着指着告诉骆家龙道，“就这个单元，都给我们做完……干不干？”

骆家龙一愣，斜眼看着这个半大娃娃，敢情是找枪手来瞄上他了。他挣扎着，这种毁人不倦的事能不能干？思忖之下，似乎不能干。

“一份十块钱，一篇作文十五块。”小孩直说道。

“行。”骆家龙一下子不挣扎了，脱口而出。

交易达成了，那五个学生留了一个人看着他，剩下的就相约网吧去玩了。骆家龙板子垫在腿上奋笔疾书，心里酸楚得几乎要泪奔了，从来没想到，异乡能遇到这么多知己，居然让他学有所用了。

不管怎么说，今天的饭钱解决了。

“走吧，这家伙饿极了，连小孩也不放过了……哎。”

王武为笑着说道，驾车的高远看骆家龙没事，拐出了路面，同伴王武为在联系着后方，询问着距他们最近的目标还有谁，竟然得到了有一对人已经碰面的消息，让两人好不诧异，加速着向指示方位驶来。

碰面发生在前一个小时，这种几率放在这座大城市里不大，当然也不是不可能的，都是街上逛悠的，饿肚子碰一起了，那叫缘分。

目标在临江大道上，这个车人混行的大道很零乱，不好找目标。两人故意放慢了车速，王武为对了几遍坐标，搜寻了好多次才猛然拉拉高远道：“就是那俩……昨天还在黄花岗公园睡觉的那个。”

高远一瞅，笑了，这俩也算反应快的，只见两人做贼似的，几乎是猫着腰走，所过停留之处，总是留下一个鲜明痕迹，对，贴小广告呢。

左一张、右一张，上一张、下一张，贴到个橱窗跟前时，里面的店主追回来了，两人撒腿就跑。高远和王武为笑着驾车走到近前，那小广告上赫然是：无抵押快速贷款，联系电话……

"这个我想起来了，叫什么晓波的，还是你老乡呢。录上了吗？"高远笑着问，王武为截了段录影，说道："录上了，这俩机灵，找到贴小广告的活干了，应该没什么问题了。往前走吧，从这儿拐到广园高速，往机场方向去的路上还有三个人。哎，8号那位，这都几天根本没离开机场，算不算异常？"

"那个人我想想，应该是当时最后离开我们的那一位，这不算异常吧？"高远回答道，想起了那晚最后下车的余罪，他不知道名字，不过印象很深，那位下去的时候很平静。

"怎么不异常，三天了，睡觉就在机场候机大厅这是肯定的，那吃饭呢？我就不信他能饿三天。"王武为提到个现实的问题，这一问把高远问住了，两人回忆着，那一位昨天最晚见到的时候是下午六时，在机场入口晃悠着，丝毫不像这些失魂落魄的。

"今天多跟他一会儿，这个人我感觉有点邪，和大部分不太一样，我也说不上哪儿不一样来。"高远判断道，以他的识人之能，最起码能看出表面的迹象来，比如这些饿极了的眼光，和歹徒一样，是恶狠狠的；比如那些罪犯的眼光，永远是狐疑和警惕的。有些人的动机从眼睛就能观察到，可这个人，永远是那么平静和笑吟吟的，很朴实的一个大男孩，实在让他想不出他是怎么过来的。

"呵呵，我还是喜欢看那个脸胖胖的小子，不知道今天他是不是还在超市偷吃，能想出这办法来也不容易啊，全市多少超市呢，他挨个吃个遍，时间就到了。"王武为笑道，指指了前面的路道，"往左拐，9号就在这一带。咦，这小家伙怎么今天不混超市啦？"

两人说笑着，对那位靠着偷吃就混下来的小胖子兴趣盎然，不过不远处的一幕让两人心里咯噔一下子，笑容消失了。黄埔桥左近，围着一圈人，那位小胖子正在人群的外围饶有兴趣地看着什么。

而这个地方毗邻闹市，离几个小区不远，是个天然的混杂闹市，也是人聚得最多的地方，一条路上全是趁着城管不严出来摆日用品的商贩，摆着象棋、扑克摊。两位外勤却是知道，这地方但凡有聚，不是赌三公，就是翻红黑，纯粹是市井中的小赌场。

“怎么办？”高远问同伴，不知道该怎么办，那家伙居然挤进人群里去了。

“没事，他身上一毛钱也没有，赌什么赌啊？”王武为不以为然地说道。他拿起小DV，放进包里，调试了下镜头，开门下车了……

穷也要赌

车距那个玩扑克的摊有三十余米，在盯梢上这是一个安全的距离。高远下意识地看看前后倒视镜，车后不远就是一个居民小区，连着纵深不知道多少胡同。在这个地方设局套俩小钱，是街头骗子常用的手法，人家是愿者上钩，怎么着也让你输得心服口服。套得着就套，赚着了就溜，一进小胡同那便是泥牛入海无迹可寻了。

鼠标凑到摊前时，摊上小凳子上坐着一位三十多岁的男子，手里飞快地切着扑克，嘴里嚷着押多赔多、押少赔少，边说话边切着牌，啪啪啪往身前扣上三张，就像随机切出来的牌。旁边押五块十块的，翻着红的庄家赔注，翻着黑的周围一阵叹息，钱被压家收了。

围观的十几人，总有跃跃欲试的，也是输赢各半，没有什么高潮，都注意着庄家切牌的那双手，有时候觉得人家有问题不敢买，这时庄家一亮底牌，三张红的，惹得没下注的好一阵唏嘘。有人一把赢了一张百元大钞，那面值，足够让身无分文的鼠标心动了。

这是个老千，鼠标扫过一眼就给下了定义。关键不在老千，而在于这围观的人群堆里有三四个同伙在扮演着“托儿”的角色，而且表演得特别像。

旁人瞧着鼠标过得挺舒服，其实事实还是有出入的。超市里那些散水果糖、饼干、沙琪玛之类，肯定不能让自己吃饱，顶多就是个不挨饿而已，而且在那里面偷吃风险相当大，真被逮住，估计揍一顿是轻的。

穷则思变，鼠标穷成这样，怕是在思变了，而且看见扑克实在有点手痒。庄家的手法对他来说是小儿科，想当年他老爹打牌玩麻将，那是直接能赢走别人老婆的水平，从小耳染目睹，就那五十四张牌对于他就像身上的某个部件一样，熟得不能再熟了。

比如这个老千就差了点，用的是做了手脚的扑克，两头宽窄不同，一头切出来是红牌，另一头切出来就是黑牌了，但旁观者肉眼根本看不出差别，谁真要押大了，对方手势一变，出来的绝对是有黑无红，有输无赢。

“想不想玩一把？小兄弟。”. 庄家热情地邀请着。

“想玩。”鼠标郑重点点头，小胖脸，傻乎乎的，任谁一看也是输钱的智商。

“那玩玩呗，输赢不大，说不定手气好还赢几把呢。”后面有人凑热闹了。

鼠标喷了庄家句好难堪的话：“没钱。”

“没钱你站前面干什么？退后退后。”庄家不耐烦地道。

“我押这个，玩不玩。”鼠标“啪”一声，把队里发的卡片机拍台子上了，那庄家仔细看了眼，像是个高档小玩意，鼠标不屑地道：“德国产的，太阳能充电，商店里卖好几千呢……我就赌你台子上的钱。”

台子上钱不多，庄家眼睛一翻，说：“好！”蹭蹭蹭切牌，然后啪啪啪拍上来三张。一扬手，让鼠标翻红黑。

不用翻，看手势鼠标已经知道了，三张有黑无红。他伸手摸了一张，没翻，跟着又摸一张，也没翻，跟着又摸上了第三张，还没翻……众人的眼睛都被他的手吸引住了，那庄家看这货傻傻的，赶紧提醒着规则，翻着红的自己赔钱，翻着黑的就对不起了，收手机。鼠标一副白痴相不屑道："我摸摸不行呀？我摸到一块我再抽一张……我这可是第一回赌，处女赌，一定要见红啦。"

噌一下子，鼠标把排开的三张扑克全部捂手底了，就像心虚心疼，不敢掀底一样，那傻样惹得旁观群众好一阵笑话，就那几个托也在笑着，心道再怎么摸也输了，三张牌绝对都是黑的。

却不料变生肘腋了，鼠标双手一起，大吼一声："开！"旋即把三张牌掀起拍在台子上。

只听"啊"地一声，庄家晕眩着差点朝后栽倒，围观人群一看，哄声四起。

全红！红桃A、K、Q!

"这这这……不可能呀。"庄家小声道。鼠标一扬手，收起了手机，庄家刚抬头，鼠标的另一只手早把钱也抓了一把。

庄家刚要说话，却不料鼠标搂着自己，伸着臭嘴吧唧在那人脸上亲了一口："谢谢啊，老兄。"

那哥们儿闭着眼，难受得擦着脸上的口水，对着这么多人哄笑，蒙头蒙脑的。几位托使着眼色，眼下套人的反被套了，连切牌的也不知道怎么回事。抹完唾沫的庄家此时才想起那三张红牌，唯恐是自己记错了，他一翻一看，傻眼了，大吼一声："嗨！这不是我的牌，换了！"

"站住！"当托的一位扭头时，鼠标早钻出了人群，跑出几步开外，一听后面喊，赶紧加速。

"站住！砍死他！"

"站住……"

庄家把摊子一扔，四五个人追上来了，还有抄着凳子当武器的，把鼠标追得抱头鼠窜，飞快地跑了十几米。路过高远的那辆追踪车时，哪知他出人意料地一拉车门，往后座一滚，嘴里不迭地嚷道："快快，快走，追上来了！"

眼看着几人朝车奔过来了，高远不容多想，一拧钥匙发动车辆，打着方向一溜烟加速跑了，留给后面追来的人一股黑烟。出了路口，他回头时，那小胖子正得意地咽着唾沫，数着一堆有零有整的钱。那样子比偷到油的老鼠还乐呵。

不一会儿，高远在路口接上了王武为，又前驶了不远，王武为回头看那家伙，拿着车上的一瓶矿泉水，咕嘟咕嘟直喝，喝了大半瓶才缓过气来，整个不把自己当外人，一边不屑道："太没职业道德了啊，出个老千也就罢了，还准备打架……谢谢两位大哥啊。"

"小子，我们可救了你啊，身上钱拿出来。"高远吓唬了一句。

却不料鼠标一乐道："得了呗，咱们一家人，谁跟谁呀。"

"谁和你一家人？"王武为虎着脸，侧头问道。

"三天见了你们两回，我在超市你还跟着我，你们要不是许处长派来的，你挖了我这俩眼珠！"鼠标得意道，刚才参赌，最大的底气恐怕也在于此，有省厅的人在，最起码没有被人砍杀之虞。两人坚决不承认，鼠标凑上来又道："别装了，咱心里清楚，还真能把一群大活人扔大街上不管？对了，大哥，你那天不是开中巴的吗？我那些兄弟你见过没？别不说话，我请你们吃饭。"

车停了，高远把车泊在路边，头也不回地吐了两个字："滚蛋。"

"嗨，至于这么不客气吗？说不定咱们将来是队友呢。"鼠标套着近乎。

王武为慢慢侧过了头，瞪着眼，这外勤历练出来的眼光特别凶，看得鼠标激灵一下子，赶紧开门乖乖下车了，下车的时候还不忘顺手拎走了一瓶水，看得高远直牙疼，这德行和他在派出所抓过的那些小混混差不多，整个就一二皮脸，别指望他还觉得羞臊。

车再动时，王武为忍不住笑了，两人都笑了，高远半晌道："许处在哪儿找的这个货，荤素不忌啊。"

"眼够贼的，咱们这么小心都被他发现了。"王武为此话出口，马上省悟了。两人互视一眼，此时心意相通，知道这个货起码懂点跟踪盯梢的技能，如果普通人，根本发现不了禁毒队员这一套。

这位不必担心了，兜里有钱的男人，不会想家里的。两人继续前行着，联系着后方，指示着方位，又一次驶向了机场一带。这个机场放眼全国也排得上号，光进出口就有A、B两组各二十个口子，每天进出的旅客总数有十数万之多，光泊在机场外的各式旅游车、省际客车就有数百辆。循着信号走时，王武为最先发现了目标：平头，还穿着那身服装，三天时间就这一位波澜不惊没有什么变化，还是斜斜地靠在垃圾桶上，左顾右盼不知道在搜寻什么目标。

“他是怎么混的？机场的保安地勤管得可够严的，睡觉好解决，可吃饭呢？这儿的东西可比外面贵一倍。”王武为自言自语着，有点摸不太清楚。

“狼有狼道、蛇有蛇路啊，不在他的位置，还真想不出他是怎么干的。”高远笑着道。

车驶得稍近，王武为刚刚架起DV时，那小伙动了，王武为还以为自己被发现了，又赶紧放下DV。可不料余罪不是发现他们，而是找到目标了。

“火机……火机要不？嗨，哥们，这儿能抽烟……”余罪迎着一拨下飞机的旅客，对着几位中青年男子说道。一句就见效，人群里走出来三位，嘴上已经叼上了烟，余罪手更快，火打着已经凑人烟上了，等人舒舒服服抽上一口，余罪的火机已经递过来了：“两块钱一个。”

没人在乎那点钱，三人共买了两个。这边又走出一个旅客，听口音像北方人，余罪递上火机，闲扯几句，听那人是廊坊一带的，余罪马上成了保定人，家乡话喷了几句，居然混到一支烟。一问去哪儿，余罪殷勤地指示了方向，把人给带到一辆中巴前，送人上车。接着余罪手指头勾着，车上的售票员，一位南国的黑妹子，又给他手里塞了两张零钱。

“哦，这是前脚卖火机，后脚卖人啊。”高远看懂了，给私人中巴揽客，有提成。至于卖火机，肯定不是花钱进的，机场安检通不过的火机就摆在出口不远的柜台上任取，估计这就是余罪的货源。

“这小子能当个拉皮条的啊。”王武为笑着合上了DV，录下了余罪靠着垃圾桶惬意的抽烟的样子，要说过得最逍遥的，就数这位了。

车刚驶离时，却不料后方的通信响了，女警林宇婧在呼叫：“盈江路段目标请求援助，请马上接应。重复一遍，盈江路段，有人求援，请马上接应……”

高远一打方向，顺手把警报扣在车顶，响着警笛直朝目的地驶来。等了三天，终于有人支持不住了……

黯然出局

郑忠亮，二十一岁，男，汉族，在离车后七十小时向后援求助。

队长杜立才正在向远在岳西省的许处汇报，这也是高远和王武为能得到的信息，两人奉命赶到盈江路段，循着信号源找到了一位饿得几乎奄奄一息，浑身脏兮兮、臭哄哄的郑忠亮。见到两位救援的到来时，郑忠亮闪着虚弱的眼光，有气无力地说了唯一一句话：

“有吃的吗？”

两位救援同情心可大发了，遭这么大罪，可图什么呀？二话不说，接着人到了家小餐馆，点了五六个菜，郑忠亮一句话也没有，像和所有的菜有仇一样，恶狠狠地嚼着青菜、啃着鸡腿、咕嘟嘟大口咽着汤，从进门嘴里根本就没闲过。

高远和王武为诧异地互视了一眼，前一天拍到过这人，他当时漫无目标地在大街上走着，综合这数日对这群人的了解，其他人最差的也不至于饿着。不过看这样，这位真是饿得不轻，而且脸上几处伤痕，像被人揍过，两人顾及着小伙子那点可怜的自尊心，没敢笑，也没敢多问。

郑忠亮还在吃，那饭量是对面两人没有见过的恐怖级别，一只鸡被啃得干干净净，两碗米饭已经见底了，青菜、肉丝、豆腐等几份小炒，不一会儿也只剩下盘底了。郑忠亮仿佛还嫌不过瘾一般，端着大汤盆，咕嘟嘟把剩下的汤全灌进肚子里，放下汤盆时，松了两个裤带扣，好不感慨地道了句："真舒服啊，原来都没发现，能吃饱是这么的幸福。"

那脸上的惬意绝对不是装出来的，而这话在高远和王武为听来，此时也没有什么可笑的成分，恐怕谁饿上几天也是这个德行。王武为关切地问："我昨天见你，脸上没伤啊？这是怎么了？"

"你昨天见过我？"郑忠亮诧异地问。

高远和王武为互视一眼，此时倒没什么隐瞒的了，高远说道："当然了，怎么可能不留照顾你们的后手。"

"哦。"郑忠亮释然了，对于这次折磨任务稍稍去了点怨念。

"那这伤……"另外两人关切道。

"哎哟，被收破烂的打的，我实在没办法了，就想在垃圾箱里胡乱捡点易拉罐什么的凑钱买点吃的，就在景泰那边……谁知道那片收破烂的是一伙的，我刚捡了一袋子易拉罐、塑料瓶就被人堵在路上了，二话不说，一拨收破烂的按着我就打，还说我抢了他们的地盘，再见着要灭了我……把我东西都给抢走了。"

郑忠亮气愤不已地说道。他怀疑这年头还和《射雕英雄传》的时代一样，江湖上居然还有丐帮、破烂帮的存在？而且自己在学校就以"大仙"自居，千算万算，就没算着自己会被打一顿。

高远一笑，这个问题怕是让郑忠亮这么小的年纪无法理解，最底层的弱势群体，他们的结伙、排外、狭隘，经常会做出些让人同情又痛恨的事。王武为叹了口气，换了个话题问："那怎么现在才求援？还有，后方监控监测到你身上的信号分离了，卡片机呢？"

"哎哟，别提了，被收容所的给搜走了。"郑忠亮苦着脸道，差点热泪盈眶，断断续续地把从昨天起的经历说出来了。

话说郑大仙同学被收破烂的揍了一顿，实在咽不下这口气，于是就到景泰派出所报案了，结果派出所民警一问他的身份，却把他问住了，再看他那样，民警以为他是个精神错乱的盲流，很不客气地给了一个处理结果：

"滚蛋，滨海你这号盲流多了去了！"

被赶出派出所的郑忠亮气上加气，差点就萌生持刀行凶的冲动了，他心道你们这些人什么玩意，老子那帮兄弟在，非掀了他派出所！接下来的经历却是更离奇了，大晚上逛着逛着，想找个夜市混点剩饭，可不料碰见个像午夜幽灵一样的依维柯大车，在街上驶到了他跟前，一瞧样子，二话不说扭胳膊直接塞进车里，敢乱叫乱嚷，车上的人马上就是一顿拳脚伺候。

等被拉走了才发现，敢情是清理流浪汉，一直被送进黄村桥收容管理站，搁那儿睡了一夜。

“那收容站……不能有你说得这么黑吧，打人？”高远不信了。

“没打死就不错了，街上那么多流浪汉，你问哪个敢去收容站。”郑忠亮道。

“那好歹也应该给点吃的吧，把你饿成这样？”王武为不信了。

“有，发份盒饭。”郑忠亮点头道，“不过关我的地方几十号人呢，都吃不饱，饭还没到嘴跟前就被抢走了，我这衣服裤子实在是太脏，要稍微干净点，在里面肯定得被人扒了。”

啊？高远和王武为惊讶得合不拢嘴，知道收容站的管理粗放，可也不至于到粗鲁的程度吧？

“那你怎么出来的？”高远又问。

“赶出来的。”郑忠亮道，见两人不信，他加重语气道，“真是赶出来的，今天上午管理员把我叫出去，问着籍贯、姓名、年龄、家庭成员什么的，我不敢说，我就装精神错乱。前一夜关着的地方有老鸟教了，你要是家境稍微好点，收容站一准关着你直到你家里给钱才放人，要没油水可捞，马上赶你走。我巴不得走呢，不过我什么也没说，他们搜走了我裤子里藏的卡片机，就把我赶出来了……要不是我记着求援号码，在这儿打个电话，这回可真惨了！对了，打电话没给钱，还被小铺老板踹了一顿。”

郑忠亮说着，此刻再去想那两三天如梦魇的都市生活，仍然是全身发抖。

“走，带我们去找搜走你装备的人。”王武为有点生气，起身了。

两人循着导航和郑忠亮的指点，一个多小时后找到了这家收容管理站。一听说警察上门，那个搜人身上财物的管理员却不敢露面了，其他收容人员矢口否认有此类下流行径，不过卡片机却神奇地归还到高远手上了，说是收容人员不小心丢掉的，被拾金不昧的工作人员交上来了。

这睁着眼说瞎话，可把郑忠亮气坏了，要和前台那位理论，不料被王武为拦下了。这类情况外勤工作见得多了，有些事你不能理解，可你不得不容忍，否则永远争不出个对错来。

两人收回了这台专为外勤装备使用的应急通信卡片机，带着郑忠亮回煤炭大厦复命去了。

第一个出局的，是郑忠亮。

接到了远在东江省行动组的详细汇报，经过略微有些出乎意料，可结果对于许平秋来讲似乎并不意外。此时他坐在家中，对着面前的笔记本上那张严肃的照片凝视着。

郑忠亮，父亲是中医、母亲是乡中老师，岳西省南部曲沃人，独生子。专业是刑事侦查。履历清白，没有受过任何处分，倒还有过奖励，中学三好学生、警校优秀学员，数项不轻不重的荣誉，这个名字在警校应届毕业生推荐名单里排在前面。

不意外的是，许平秋最初就认为像这类在父母呵护中长大的独生子怕是熬不下来，相对较为优越的生活会削弱人适应逆境的能力。在许平秋看来，没有受过挫折的都不算优秀。

稍有意外的是，他只支持了三天，远远低于许平秋对他的估计，最起码他还跟着那帮坏小子打架。他当时想，好歹也应该有点应变能力吧，却不料这么不济事。

他动着鼠标，在电脑的硬盘里新建了一个叫做“淘汰”的文件夹，然后把郑忠亮的资料副本全部移动到这个“淘汰”的文件夹里了。

任何一个人的出局都无法引起许平秋的心理波动，只会让他好奇地去寻找致使这些人放弃的原因何在，是家庭的、教育的、环境的，还是心理的？当然，家庭和环境是一个最主导的影响因素，现代社会和家庭，恐怕培养不出太多吃苦耐劳的儿女，而且大多数独立能力很差，郑忠亮出局，主要原因就在于此。

第一个出局了，还会有多少个？

最终留下的能有几个？

留下的敢不敢用，能不能用，管不管用？

这都是许平秋在思考的问题，他又一次把其余人的名单拉出来一位一位地看着，让他意外的是，目前表现最好的居然是严德标，这个表面人畜无害的小胖子三天穿越了半个城区，超市偷吃、夜市混饭……今天他居然还从街头老千的手里弄到了一笔钱。更令许平秋感兴趣的是，这小家伙居然能发现跟在他背后的外勤，禁毒局的外勤每一位都是千锤百炼，即便对这个任务有点放松，可也不是一般人能发现的。

不过这个人的缺陷是奸诈有余、勇猛不足，可堪一用，却不堪大用，真要把他放到刑侦警察的岗位，许平秋丝毫不怀疑，用不了多长时间，他就能成长为荤素不忌的警痞。

似乎有点不满意，他一页一页翻着这届选拔的名单，每一个人都能让他一眼就挑出缺点来，熊剑飞和张猛是个好苗子，不过脑筋有点简单了；郑忠亮、董韶军、骆家龙这几位学业尚可，不过性子没有磨练过，有点软；汪慎修、孙羿、李二冬之流，特长和缺陷都很明显，那就是社会经验太过苍白，这一堂课可不是一天两天能补上来的；至于邵帅，是他临时起意加上去的，那孩子太孤僻，他都不知道该怎么帮。

他看着，思考着，直到翻到最后一人：余罪。

他笑了，这是一个集中了几乎所有学员缺点的人，而又没有其他人身上任何的一个优点或者特长。学业平平，表现差劲，两面三刀，谎话连篇，人品极烂。

可就这样一个人，许平秋曾经想过，如果把他放进鱼龙混杂的市井，似乎应该发生点什么意外的事，可能混得风生水起，可能会走一条不寻常的路，更可能的是他也许会不知不觉地走进他期待的圈子。但是给了他这样一个环境，他依然是表现平平，连着几天窝在机场，满足于基本的温饱生活，实在太令他失望了。

难道我看错了？合上笔记本时，许平秋这样想着，确实有点失望。

不应该错，这里面应该有我找的人。他权当是安慰自己地想着，但仍然免不了被这个不确定的思绪纠结着，因为留给他的时间，并不多。

沦落风尘

当又一抹皎洁的月色笼罩在早春花市的棚顶时，时间已经过去了整整十日。

汪慎修从花市棚后走出来时，脸上洗得干干净净，连衣服上的污渍也用水蹭了蹭，他像在做一个很艰难的决定，而现在已经没有迟疑。他辨着方向，向着市区中心来了。

这十天可过的是什么日子呀！

他第一次尝到了有苦难诉是怎么样一个难受的滋味。此刻最清晰的感觉是饿，俄国某文豪那句“饥饿像影子一样跟着我”，是自己这十天生活的最好写照。前几天，他用白粉在地上写过一个求援词，很风骚的魏碑字体，编了套某某大学生落难滨海的故事，却远不如街上那些缺胳膊瞎眼的残疾人惹人同情。勉强混了两天饭钱，之后被一帮子乞丐追打的汪慎修终于明白，和当警察一样，要饭也得讲个出身，不是想干就能干得了的。再之后他混迹东江街头的夜市，在露天大排档洗碗刷盘子，干了几日管饭不要工钱的活，可昨天摊档被城管拉走后，他的活路又断了。今天无意中碰到了花市的旺季，一天搬运，也算收获了两顿盒饭外加三十块钱工资。

这就是全部的家当了，除了如影随形的饥饿感，他还能清晰地感觉到周围人眼中的冷漠、鄙夷、不屑。这次莫名其妙的任务，他猜测也许是那位老警给新人的历练，就像所有扯淡玄幻小说中的打怪升级一样，只不过这些钢筋水泥丛林里的同类，可比深山恶林里的魔兽恐怖多了。

走啊，走啊……每天就这么漫无目标、浑浑噩噩地走着。

这步子迈得为什么这么沉重，心里为什么这么悲催呢？

他在想着家里，那个温馨的环境，舒适的沙发；他在想着家乡，这个时候，是不是还在下雪，冰天雪地的北国，比这温热难熬的南地对他来说要舒服得多；他在想着那帮狐朋狗友，也不知道他们落难到了这个城市的哪个角落，是不是也像自己一样，因为人格被降到了底线以下，而开始怀疑活着的意义。

早春的滨海，恰如北方仲夏的气候一样，傍晚的凉爽中带着温热。

汪慎修一路想着，不知不觉走到了繁华的黄埔路，车流灯海中，他伫立在街头，迷茫的眼睛看着这座陌生的街市，又一次有了多愁善感的心境。

同学给他起外号叫汉奸，一是因为脸白，和别人显得格格不入；二是因为他经常说一些倾慕欧美田园式生活的论调，在这个国度拥有那号资产阶级的腐朽思想，不是汉奸是什么？他懒得争辩，总是“哥的风骚你们看不懂”来自我安慰一句。

而此时他看到了让他倾慕的城市中的那些风骚，这通天的楼宇中有着多少富商巨贾？这不息的车流中，载着多少风流男女？那一掷千金、倚红偎翠的风骚，即便再被人诟病，可又何尝不是每一个男人的梦想？

“妈的……活得太窝囊了！这么回去更窝囊！”

这时他突然看到了一辆宝马车里下来的帅哥，人家潇洒地站在车前，等着一位裙装的丽人挽起胳膊，两人相偎着进了酒店。

本来准备进市区吃顿饱饭，然后打电话求援，结束这十天近乎侮辱人格的训练，可眼前的这一幕让他改变了想法。他踌躇了，漫步走着，路过一家超市时把仅有三十块换了一包高档烟，浓浓地抽了一口，惬意地感受着尼古丁给脑子带来的眩晕。在他觉得自己的风骚不会让别人看出自己其实是个穷光蛋后，汉奸汪慎修甩了下头发，迈步走向一个灯红酒绿的地方：帝豪夜总会。

太他妈寂寞了，与其窝囊地走回去，倒不如让他们来接我，看到黄埔路中段的巨大霓虹广告牌时，他如是想。

他知道救援来的肯定是警察，而现在的落魄德行就是因为警察，他仿佛生出一种报复的快意，再没什么犹豫，大摇大摆地朝那片停着靓车、背景是美女广告牌的地方去了。

“老板好。”门卫躬身道。

装有钱人谁都会，甭理他们就成。服务生伸手迎着汪慎修，这个高消费的地方等闲人未必敢进门，可敢进门的，多数就不是等闲人。

比如眼前进来的这一位，浓眉大眼，脸庞清矍，服装看不出牌子可很合身，而且人站那儿说不出的一种气质。什么气质呢？很低调，不过从那目空一切的眼光里绝对看不出低调，绝对是土豪进城那种气势，服务生不敢怠慢。

“老板，到大厅还是要包厢？”服务生躬身问着，进了这个门厅，汪慎修一下子被美轮美奂的水晶吊灯看晃眼了，他嗯了一声，看着帅帅的奶油服务生，笑着道：“大厅人多，多不清静。”

“那老板到包厢吧，我们这里音响效果很好，如果老板喜欢，我们可以给您准备乐队和舞伴。”服务生殷勤地介绍着，音响、乐队、水酒、舞伴……特别强调舞伴，如果是单身客人出来找乐子，谁也知道是来找什么乐子。汪慎修笑着问着：“吹牛了吧？有那么好吗？我听说东莞那边才是男人的天堂，你们这儿不算。”

“老板，这两天千万别去天堂。”服务生小声道，然后以一个男人之间都懂的笑容劝着汪慎修道，“天堂正在扫黄。”

“哦，懂了。”汪慎修笑道，这调调果真好玩得紧，他摸了摸兜里的手机，思索着玩到什么程度才不至于被天堂里的人直接灭口。

高档的警用装备，等闲难得一见，唯一的一件值钱物品被汪慎修刻意地拿出来炫了炫，打消了领班的最后顾虑，直接把汪老板请进三楼包厢了。

灯亮，音响悠扬，落座，汪慎修脚搭着茶几，整个人几乎陷到了沙发里。他曾经琢磨过心理学，从行为习惯上讲，土鳖和土豪没有什么差别，所差的不过是在心态上。土鳖因为畏畏缩缩什么都在乎，所以没人在乎你；而土豪越是满不在乎，就越有人在乎他。

果不其然，服务生听口音判断，此人应该是来自煤老板的家乡；再看这德行，和以前见过的那些浑身散着馊味的土豪无甚差别，他服务得就更殷勤了，问着喜欢什么音乐、喜欢不喜欢跳舞。汪慎修心想一试果真很灵，这些土包子屁都不会，一摆手："来两瓶酒，红的白的都成。"

"那老板，要不要找位美女陪您解解闷？"服务生顺势道。

"还用我说吗？没漂亮妞我立马就走啊。"汪慎修大气地撂了句，服务生眨眨眼睛，暧昧地说道："放心吧，老板，一会儿您一定舍不得走。"

轻轻掩上门，服务生回头看了眼闭目小寐的汪慎修，这么坦然的样子，恐怕不是心疼钱的主。他对着手机轻声报道："三楼302包厢，果盘、两瓶红酒，叫俏妹上来，告诉她把人多留会，应该是个有钱主。"

这种极度尊崇客人的地方，谁也不可能进门就看客人的钱包，而且也不能以貌取人，无数事实已经证明，很多衣着打扮土得掉渣的货，钱包里可是富得流油。久而久之，这种场所形成了重任全部交付到迎宾侍应的身上，全靠他那双利眼来安排客人。

今天服务生的走眼成就了汪慎修的梦想，此时他已经轻把着高脚杯中的红酒，轻轻沾唇浅尝，旁边一只纤手，递过来切得精致的果肉。他尝着果肉的美味，闻着近在咫尺的体香，欣赏着钢琴王子那首《致艾丽斯》，好一副壮志得酬的惬意。

他妈的，生活就该这个样子，汪慎修陶醉了。

一曲刚了，他回头想问身边美女的名字，却不料一只柔弱无骨的纤手轻轻掩着他的唇，然后他看到了娇艳欲滴的红唇，轻轻地，慢慢地，向他挪来。那紧闭的双眸，眉睫清晰如星如月，轻轻地吻了吻他，然后他听到了如天籁的声音："别问我叫什么……茫茫人海相遇就是一种缘分，我好喜欢你陶醉在音乐中的样子，就像我梦中的白马王子……”

哇，现在的风尘女子也这么有才了？

汪慎修睁开眼睛，看着美女伏在他肩头，他也痴看着美女，瓜子脸，淡妆，卷发，没有一丝风尘气息，有的是淑女式的那种雅致，就像她现在的眼神，在倾慕地看着，就像她的身体，保持着暧昧却不下流的姿势，一下子让汪慎修把看她的眼光提高了不少。

“其实我也期待一段美丽的邂逅，不过从来没有遇到过。”汪慎修略带羞涩地说道，这位美女姐姐，似乎和他期待中的邂逅相差无几。而且美女姐姐似乎窥到了他的心思一样，修长的手背，轻轻地抚过他的脸颊，略带揶揄地问着：“今夜之后，你一定不会再有这种遗憾了。”

“希望如此，不过，我怕好景不长，美景难再。”汪慎修心虚地说道。看过不少风骚的爱情故事，那调调终于在自己身上重现了。

他很迷茫，同样很期待，患得患失的心情类同于男人那种猫抓痒痒的表情，惹得美女姐姐顾盼一眼，浅浅地笑着，伸手邀请道：“那你还等什么？一起跳支舞啊。”

于是汪慎修被那双纤手拉着，在音乐中漫步，两个人时而如痴如醉地走着舞步，还真像有一种发自心灵的默契；在默契时，又不约而同地相视一眼，似乎在眼光的碰触中，有微微的电流袭过全身。舞曲终了，她又轻偎在汪慎修的肩头，两人以交杯酒的姿势，含情脉脉地抿一口红酒，然后又重复着先前的事，跳舞、对视，在优美的旋律中，感受这次邂逅的美好。

“你在想什么？”一瓶酒去了大半，两腮淡红的美女姐姐靠在汪慎修的肩头轻声问着，她似乎也迷醉在这次意外的邂逅里。

“我在想，这么美好的氛围，真希望永远不要结束。”汪慎修道，时间已经过去两个多小时了，快穿帮了，距离结束的时间不会很久了。

“如果你喜欢，就不会结束。”美女姐姐轻柔道，美眸迷离地看着汪慎修，现在懂情调的男人可比懂调情的男人少多了，面前这位无疑是一位很难得的绅士，这么长时间，竟然没有任何一点下流的举止。

“我很喜欢，不过它还是会结束的，其实我来这儿是出于一种报复心态，而且想麻醉一下自己的神经，不过我突然发现不管怎么麻醉，我依然很清醒，而且我真的不想骗你。”汪慎修道，看着美女姐姐，眼神中有一种惶恐。

好纯情的小帅郎，美女姐姐饶有兴致地看着他，笑着劝慰道：“我好像听到了一个受伤的心在说话，一定有一位美女在你的心里放不下吧？”

汪慎修一副失恋的神态，看着美女姐姐，终于摸着良心说话了，他喃喃道：“您理解错了，我不是心里有美女，而是口袋里没钱……”

美女一笑，刚要劝时，汪慎修来了句更猛的：“别误会，我连今晚的酒钱都没有，我在滨海已经流浪十几天了。”

那美女一愣，马上明白自己的情感被人免费享受了，怪不得这家伙身上有馊味。她腾地起身，一杯酒朝汪慎修脸上一泼，杏眼圆睁、倒眉含愤、朱唇轻启、贝齿紧咬、妍态尽失地雷霆一句：

“一毛钱没有来夜总会泡姐？等着吐血吧你！”

美女咬牙切齿，几乎有操着酒瓶砸他脑袋的冲动，汪慎修坦然待之，准备闭目受之，可不料那美女姐姐下不了手了，对方虽然是个穷光蛋，不过是她见过的最懂情调和最尊重她的穷光蛋。

她哼了声，踩着高跟鞋蹬蹬蹬出了门外，紧接着汪慎修就听到美女姐姐气急败坏的叫声，跟着听到踢踢踏踏的脚步声，门“砰”的一声开了，闯进来五六位大汉，包围着他，个个虎视眈眈一言不发，盯着他。

“甭费劲了，报警吧，好歹爷也有个去处了。”汪慎修面不改色道，自己一晚上不过吃了个果盘，喝了瓶酒，陪了陪妞，应该不至于被灭口。

没有吭声，又过一会儿，来了位中年男，像是夜总会的经理，盯了汪慎修片刻，手指一勾，那几位大汉把汪慎修按着，细细搜过了衣服、裤子，除了一包烟和一部卡片机，一无所获。果真是个装土豪的土鳖，老板回手就扇了领班一耳光。

汪慎修懒懒地欠身道：“别看了，里面就存了一个电话，想要钱，你们自己打过去朝他要，要么就报警，抓我走啊。”

一打过去，求援的一来，自己就解脱了，汪慎修的如意算盘打得很精，可不料有些事是他想不到的。那经理似乎也不着恼了，笑道：“不用你教，我们有自己的解决办法，对付你这种人还需要惊动警察？太小看我们了。”

那人一收手机，一摆手，径自出了门外，手指勾着服务生安排着什么。不一会儿房间里就传来噼里啪啦的声音，就像DJ的鼓点，偶尔还夹杂着某人吃痛的呻吟，却慢慢被悠扬的音乐掩盖住了。

白吃白喝都是这个下场，享受过了，让你难受难受，不揍你一顿都对不起帝豪的名头。

过了好久，经理感觉差不多了，进门让那几位住了手，拎着汪慎修到了自己面前。

一顿痛揍让汪慎修全身发疼，站着腿都有点哆嗦，这帮人让他想起了警校那帮同学，下手一个比一个阴损，净往两肋和后背招呼，这打法，怕是得让他疼好几天。

“你在这儿消费了九千八，揍你一顿医药费抵消三千八，还有六千，慢慢还吧。我这儿六层一共十二个洗手间，麻烦你给我做好清洁，有地方不干净了，有人教你怎么做，你们给我看住他。”经理撂了句，走了。

这个结果是汪慎修始料未及的，他被带到了一间卫生间，面前放着一张拖布和一个桶，身旁还有一个虎视眈眈的肌肉男在看着他。

人在屋檐下，这头怕是不能不低了。拖完了一间，腰酸腿疼的汪慎修望着格子窗外的天空，无比泪奔地祈祷着：“敬爱的组织，原谅沦落风尘的我吧……你们可以不接纳我，可别不来救我啊！”

第五章
猫鼠游戏

意外相逢

清晨时分，花灯还在街道上闪烁着，熊剑飞早早从某处桥洞钻出来，他先到不远处的菜地找了个稍微干净的池塘洗了把脸，顺手揪了几根葱，拔了两根菜叶，裹着葱边走边啃，对他来说，早饭时间开始了。

桥洞下的家不用收拾，那是鸠占鹊巢，不知道哪位流浪汉前辈留下的，前行的方向是火车站，那儿每天都有数十列火车的货物需要装卸、搬运，只要有力气，就不愁没饭吃。最关键的是那地方只看你力气，不看你的身份证，而且工资现结，虽然低了点，可也足够他生存所需。

走在大街上，早起的居民偶尔有和熊剑飞碰面的，一准是吓一跳，赶紧躲着走。南方的男女身材都偏瘦偏小，顶多有熊哥半个人那么粗，而且加上熊哥这反动长相，别说普通人，就街上的混混都不敢招惹。

余罪曾经给狗熊的样子下过一个定义，叫：虎背熊腰山猪脸。

因为这事，他和余罪打过一架，从宿舍撵到操场，回来时候两个人都鼻青脸肿。后来格斗课时大家才发现，余罪手快手黑，而熊剑飞手重手狠，这两人打一架怕是半斤八两，那次打架结果不明，不过两人成了哥们儿。狗熊的爹就是火车站的装卸工，儿子继承了老爸所有的特点，睡着时打呼噜磨牙，醒着时放屁搓脚丫，这德行让他成为学校里最耀眼的另类。余罪虽然嘴损，却是第一个不嫌弃他的对手，在他不断改变融入这个集体之后，最初的对手反而成了最好的哥们儿。

“妈的，余罪这王八蛋，肯定躲哪儿享福去了！”

想起这个哥们儿，他不禁自言自语道。这一次训练，就像回到了曾经生活的棚户区一样，对他来说一切都是轻车熟路，根本没有甘苦可言，顶多就是气候热了点不太适应，不过这些天他已经成功地让自己习惯这里的潮湿和闷热了。他不止一次地想过，要是和余罪结伴的话，肯定会过得更好。

这是他最服气余罪的地方，人家特别有经济头脑，以前兄弟们前脚打架，他后脚就去说和，然后两头落好，打人的和被打的，都得请他意思意思。

走了不远，他又在路边顺便买了一袋包子，边嚼边走。屈指算来，已经过了两周，再有三四周就能回去了，他现在最担心的是不知道能不能如愿以偿穿上警服，因为他的家境基本上属于那种“儿女上学、爸妈吐血”的类型，对于没有背景和能力的普通家庭，儿子毕业，只能让爹妈再次吐血。

这是他最不愿意看到的结果，所以他坚持得最好。

突然间他站住了，眼瞪着，看到了一副熟悉的景象。

不远的街边，一群人正在打架，三个打一个，被打的那个靠在墙上，护着头，偶尔还能还上一拳一脚。

滨海几乎就是个犯罪之都，这鬼地方聚集了上百万的流动人口，每天坑蒙拐骗偷抢的人如过江之鲫，大白天抢金链抢钱包的抢了就奔，夜幕下野鸡和砍手党成群结队出没，火车站这一带更是无时无刻不在上演着。相比之下，岳西省那地方简直就要被称作人间天堂了。狗熊没出声，往嘴里扔了个包子，这时却看到被围的那位小腹上挨了一拳，稍稍弯腰，反而乘机反手一肘，敲退一个瘦个子时，他诧异地说道：“哟，有两下，匕首攻防反肘。”

“不对呀？出手怎么这么熟悉？”他越看越疑惑，被围的那一位，穿着牛仔裤，皮鞋锃亮，留着长头发，看不清表情。应该不是认识的人。狗熊不想惹事，前行不远停住脚步张望着。那人跳出了战团，却没有跑，猛地一个回腿，直踹向跟上来的人中的一位，那人吃痛地捂着裆部，蹬蹬蹬连退数步。

这行云流水的招数怎么这么熟悉？熊剑飞又一惊，想起了一个人，他还没反应过来，那人认出他来了，吼了句：“傻看什么？帮忙。”

“嗨！”

这是余罪！真他妈有缘！熊剑飞简直乐歪了，兴奋地扔了包子，紧接着一个高弹跳，人像出膛的炮弹样直冲上来。刚才一个人打三个只能算勉强，现在两个打三个几乎没有悬念，一拳直冲鼻梁、环臂直勒上去，两个追打余罪的瞬间被放倒了。

放倒了就没好事，大脚丫咚咚直踹，那两人吃痛地呻吟翻滚。

“快走。”

余罪拉着打得兴起的熊剑飞，拔腿就跑。熊剑飞来不及问，跟着飞奔，两人沿着三元里的大道跑着，钻进了小胡同，左一拐、右一拐、再左一拐……拐得熊剑飞快晕菜了，不料眼前一亮，转到大道上去了，余罪伸着手拦了一辆出租，拉着熊剑飞上车，一溜烟跑了。

刚刚打过架的地方，地上躺的三位，此时呻吟着吃痛起身，互相搀扶着捡近路溜了。好多当地的居民指指点点，又是大叹这治安实在够呛，人都跑完了，才看见警装的巡逻队来了。

不远处一辆标致车里，刚刚开始一天工作的高远和王武为倒是欣赏了一场精彩的对决，王武为合上DV，有点不解道：“1号怎么都上手了？”

“1号是比较老实的一位，这些天在货运站干得很稳当，难道是和哪一位碰面了？”高远问。

对于监视的几位，行动组不知道名字，每个人都只用代号代替，这位1号丑哥在他们看来是其中比较踏实的一位，可没料到踏实的人还有这么凶悍的一面。

高远持着对讲问着后方其他人的方位有没有什么变化，要知道在这个大都市里碰面可没那么容易。他询问时，王武为回放DV，冷不丁地“咦”了一声，把屏幕放到了高远面前：“你看……这人面熟不？”

“这是……”高远细看时，刚才被追打的这位，染着半黄的头发、牛仔裤、灰衬衫，可头发下的半边脸让高远惊讶道：“8号？这家伙怎么会在这儿？”

他焦急地回问家里的监控，可不料信号还在离机场不远的一家如家酒店，本来机场混迹不久后就住进酒店的8号让他们百思不得其解，现在倒好，信号和人，彻底剥离了。

“宇婧，有个新情况，你整理一下报给杜组长……”

两人商议了下，王武为把无意中发现的这个情况汇报回去了，时间过了不到一半，当初认为这个简单的任务开始变得不简单了。那个胖子被生活所迫，自打挣了街头老千一笔钱便顿悟了，现在开始在滨海街头当流窜老千了；9号和11号，还是满大街贴小广告，还有一位已经消失在帝豪夜总会，具体情况到现在还没有摸清楚，现在倒好，这个信号剥离的8号，也不知道已经脱出视线几天了。

“我觉得要出事呀。”高远发动车时这样道。

“出什么事？”王武为问。

“学好三年，学坏三天，你说出什么事？我怎么觉得许处是把这伙人故意扔这儿，让他们自学成材呢，这地方可是犯罪速成班啊！”高远说道。

王武为笑了。他深以为然，可无能为力。

打车钱花了四十多块，下车时已经站到了如家酒店的门口，余罪付了车钱，回头时熊剑飞还一愣一愣的，不解地盯着他。这家伙本来挺阳刚的，现在却打扮得不男不女，头发染成黄的了，衣服穿得十分鲜艳，再抹点口红就成街头野鸡了。

“你……你咋成了这样？”熊剑飞痛心地问着，对于男人的流落可以理解，堕落可就不能理解了。

“这样别人认不出来了啊。”余罪笑了笑，一抹脑袋，将发套摘了，还是个平头的样子。熊剑飞勉强能看过眼了，余罪拉着他走进酒店，熊剑飞却是紧张地又问：“干什么？”

“去我家坐坐呀？”

“你住这里面？”

“啊，住好几天了。”

“啊？”

“不要张这么大嘴，妈的几天没刷牙了？”

余罪的轻描淡写让熊剑飞震惊了，他张口结舌地看着余罪，果真发现不同了。

堕落果真比自己流落好过了点，别说人穿得精神，凑近闻闻身上还有香水味，再抬头看看这楼宇，可不得让熊剑飞感叹人比人得被气死，起点是一样的，可看人家过的什么生活？

“走吧，洗个澡，给你买套衣服……哎，狗熊，你见到其他人了吗？”

“没碰见。”

“这段时间你怎么过的？”

“在火车站扛货。”

“累不累呀？”

“能不累呀？一个麻包二百斤，你试试，一袋才算一块钱。”

“呵呵……平时说你傻你不信，碰见兄弟我，好日子就来了。”

余罪搂着老实巴交的熊剑飞回了酒店，和两头漏风、满河道臭气的桥洞下相比，熊剑飞一下子恍如进入了天堂，那叫一个兴奋，他不客气地拿着房间放着的水果，边啃边脱衣服，鬼叫狼嚎地钻进卫生间洗热水澡去了。

一个舒适的热水澡，等熊剑飞裹着浴巾出来时，又掰了串香蕉，盘腿坐在床上牙咬着一剥皮，一塞就进去一根。他惬意地吃着，看余罪对着镜子在抹着红药水，刚才额头被人干了一家伙，肿了。

狗熊这才想起了刚才的惊魂，他边吃边问着："余儿，刚才那几个人为什么追打你？"

"想知道原因？"余罪笑着问，指指桌上放的一个钱包，边抹药水边道，"还不是因为它！"

"他们抢你？"熊剑飞问。

"错了。"余罪笑着道，回身靠着桌子站定，看着熊剑飞笑眯眯道，"你要把主语宾语换过来，就是正确答案。"

"你……抢……他、他们？"熊剑飞眼睛慢慢地睁大了，嘴里忘记咀嚼了，他看着穿得花里胡哨的余罪，看着住的这小康之地，霎时间明白了，这兄弟过得这么舒坦，八成没干好事。这好像比自己干了坏事还让他生气一般，狗熊瞪着眼，虎着脸，气着了。

对于脑筋简单的人洗脑比较容易，熊剑飞就属于那类容易被忠诚、正义、誓言洗脑的一类人。余罪像故意刺激他一样拿起钱包，笑着一扔到床上道："瞪什么？没你这个帮凶我今天还得不了手呢。呐，自己拿点，里头好几千呢。"

"噗"一下子，熊剑飞把嘴里的东西全喷出来了，愣是被滑溜的香蕉给噎住了，直接拿起钱包砸向余罪，生气地要和余罪决裂。他蹬蹬蹬走向门外，开了门却是腿一凉，低头一瞧还裹着浴巾呢，脏衣服早被余罪扔水池里了，他百般无奈只能又回到房间里，蹲在床边，半晌无言，恰如被施暴后的良家女，那委屈劲儿，就差咧开嘴号啕大哭了。

剑走偏锋

帮忙帮成了帮凶，这可岂能让一直抱着惩恶扬善从警理想的熊剑飞心安？

委屈地想了好久，那钱包鼓鼓囊囊的，怕得有好几千块，这要是犯事了，别说当警察，不被判个三五年就不错了。他又想着家里识字不多文化不高的老父，对自己千叮万嘱要有骨气，什么叫骨气，屈死不告状，饿死不偷人，这倒好，不偷了，改更恶劣的抢了。

不管想什么，他就是没看余罪，余罪在摆弄着熊剑飞的卡片机、腰带，还有在裤脚里拆下来的一圈扁形的金属线，两头嵌着不知道什么小装备。

肯定是追踪装备，余罪在斟酌着有没有什么纰漏的地方，半晌听到吸溜鼻子的哭泣声。他扭头看时却哭笑不得了，狗熊挺大个子，居然哭上了。

"至于吗？就犯了事也是我扛着，你哭什么？"余罪问。

熊剑飞没理他，把头侧过一边。余罪笑着说道："哎，要不钱包给你，你去上缴，带着我去投案自首？"

这下熊剑飞回过头来了，怀疑地看着余罪。他知道余罪应该没有这么高的境界，就算有那境界，他怕自己也狠不下心来，却不料余罪道："你去上缴，你说什么呀？你是谁？有身份证吗？那几个人是什么人你能说得清吗？万一该地区发生过数起同样的案子，警察咬着你不放，你怎么办？"

一连串的问题把熊剑飞给搞蒙了，这是实际情况，训练任务设定时就把一群学员都打到盲流的水平，你要想像正常人一样生活恐怕没那么容易。熊剑飞一愣，知道这事难办。此时他才缓过心神来，生气地说道："怎么不能过，那你也不能去抢劫呀？好歹咱们也是警校出来的。"

警校里打打闹闹虽然都敢胡来，可那和违法犯罪是有原则性区别的，能这么埋怨已经是熊剑飞给的偌大面子了，以前生气都是拿拳头说话的。

余罪笑了笑，和他一起坐到床边，絮絮叨叨说着自己的经历了。余罪从下车开始，就在机场那一带混迹，最初是拿着安检滞留的火机换饭钱，后来又从遍地拉客的中巴大巴上找到了商机，拉个客，售票员给票价一成的提成。再后来，无意中发现机场大厅卫生间的一个扒手，余罪义愤填膺，一顿老拳把这货打趴在马桶边上。

干得一不做，二不休，连扒手身上的赃款也没收了，于是就有改善生活的来源了。

至于今天早上的事，是余罪在三元里一个老外常去的酒吧窝了一夜，跟上了一个专敲车窗玻璃偷窃车内财物的，跟到小胡同余罪冷不丁当了回黄雀在后。可没想到这次有点扎手，那地方就是贼窝，被打的一嗓子吼出来了四五个，余罪那是发疯似的跑，跑了几公里都没甩掉腿最快的仨人，直接在街上干上了，后来的事熊剑飞知道了。

熊哥给听愣了，以前知道余儿胆大，可没想到胆大到这种程度。别说学员了，就是真警察也不可能只身一人去执行任务。

"别愣了，这不义之财，有德之人得之，咱这叫替天行道。"余罪严肃道。

"狗屁，黑吃黑好不好？"熊剑飞骂了句，气稍消了点，对于道德水平偏低、底线又不高的这干哥们儿，这事勉强能接受，总比抢普通人好一点吧。

"黑吃黑总比挨饿强吧？你以为谁都和你一样，二百斤麻包扛得动？"余罪一句话把熊剑飞反问住了，看余罪捡起来一张张花花绿绿的钱递到自己面前，瞪着眼问，"真不要啊？别说老子不照顾你啊，看你进门那穷逼样，拿点钱会死呀？"

钱硬塞到熊剑飞的手里，熊剑飞可觉得有点烫手了，他紧张地哆嗦着嘴巴道："余儿，这多少钱呀？这要犯了案别说当警察了，得被警察抓呀！”

“你还好意思说你是警校出来的，都学狗身上了。敲车窗偷东西的，你说他敢不敢报案？”

“应该不敢吧。”

“是啊，不报案，哪来的犯案？”

“对呀……可这？”

“拿着，不要抱那么大幻想，还没准能不能穿上官衣呢。别亏待了自己，看你进门身上臭的。”

“那要让许处长的人追踪到怎么办？”

“不会，我是晚上出来的，信号源都扔在这儿呢。不过万一要是碰巧追踪你，那我干的就快露馅了。”

余罪想了想，当时的情况太乱，被追得很急，倒还真没有注意到是不是有巡查的在四周。余罪把他知道的情况对熊剑飞说了说，其实发现追踪不难，他从一开始就一直怀疑有人在暗中跟着，专门换了三个不同的地方，当他看到同样的车时，几乎能肯定这是巡查准备支援的人了。

熊剑飞可有点傻了，真被队里追踪到这个主犯和他这个帮凶，那自己的理想怕是要泡汤了。紧张之余，他张口结舌地问着余罪："那怎么办？”

既然害怕事发，那就想办法捂着别让事发，熊剑飞无意中一步一步和余罪站到了一条战线上。

“他们想摸清咱们的规律，咱们只要不形成习惯，他就没治。”余罪笑着道，看熊剑飞这担心样子，想了片刻又续道，“今天是咱干得最肥的一票，要是这几天不高消费的话支持到结束没问题。这样，咱们反侦查怎么样？和他们玩玩，说不定能把落难的哥几个都找回来，想不想干？”

“这个……”熊剑飞有点为难了，不是不想，而是怕余罪玩得又过火了。

“你真他妈没义气，兄弟们都流落在滨海，没准还在街上饿肚子呢。豆包，家门都没出过多远；老骆，文绉绉的，脸皮又薄，指不定混成什么惨样了；还有鼠标，那可是你同宿舍的，你真的扔下他们不管？你摸着良心问问，他们对你怎么样？你现在手里有钱，难道不该帮帮他们？”余罪义正词严地训着熊剑飞。熊剑飞冲动着，点头道：“该帮，一定得帮。”

“这不就对了，走，带你吃顿大餐，吃完睡一觉，下午溜达去。”余罪道，熊剑飞赶紧起身追着问：“那怎么找他们，地方这么大。”

“有那玩意在，办法就在。”余罪指指床上扔的信号源，笑着道。

他笑得很自信，看来早玩得很从容了，只是别人还不知道而已。

意外出现了，就意味着高远和王武为要挨训了，堂堂的禁毒局外勤，居然让个菜鸟溜出视线之外，居然不知道人家在眼皮子底下已经干了这么多事。

带回来的图像分析过了，此时还停留在林宇婧的电脑屏幕上，没错，就是8号，居然乔装改扮过，是今年街头烂仔流行的装束，水磨蓝的牛仔、涂鸦颜色的灰衬衫，配着一头染黄的头发，停在屏幕上像对这个行动组嘲笑一般。

“让你们高度重视，你们却掉以轻心。几个菜鸟都看不住，我怎么指望你们能盯住毒贩？回头给我认真检讨。”杜立才训着两人，在会议室来回踱着步子，情况已经报回去了，还没有得到许平秋的回复，他估计不会有什么好话回来，和线人丢了相比，这次更让他没有脸面。

四名队员都站着不敢吭声，不过十数天，扔下车的菜鸟已经成了两个截然不同的群体，没有适应力的已经被救援走了四位，可剩下的一旦适应就伤脑筋了，这些钻进“旁门左道”的家伙给监控带来的难度不是一点半点。

这时电话铃声响了，杜组长看了眼号码，踱步到门外接听去了，心知肯定是许处给的新指示。剩下屋里四人面面相觑，没想到能失利到这种程度，在这个上面翻了船，别说组长，就外勤们也觉得很没面子。

“高哥，怎么能出了这事？”另一位外勤问，他叫李方远，比高远的资历要浅得多。高远一副悻然之色道：“谁知道，这家伙太鬼，信号源和人不在一个地方，我总不能破门而入查查他在不在吧？”

“可他怎么知道第三个信号源？那是隐藏的。”林宇婧奇怪地问。

“没说这孩子成精了吗？”高远道。

“那岂不是要玩捉迷藏了？吃饱了撑的啊。”林宇婧道，很不悦。

“还就是吃饱了撑的，街头当老千的那个，我们现在车只要路过，每回都上来打招呼。”王武为笑道，其实这个任务，也让他觉得老没意思了。

正悄声说着，杜组长进来了，很严肃，看了几人一眼下命令道：“宇婧、方远，换你们上，高远、武为在后方监视，重点监视8号、11号，对了，车也要换。我重申一点啊，这是一个许处多次强调的重要任务，谁要再掉链子，不用向我辞行，直接回省城吧！”

这命令下得斩钉截铁，几名队员又是一副悻然之色，看来这吃饱了撑着的游戏，还要继续下去。

纨绔精英

挂了电话的许平秋不觉得意外，反而心里有点窃喜，因为远在千里之外的那拨秘密队伍，最终还是有人走到了他设计的轨道上，而且走进来的，还是意料中的人。

饥饿是最好的老师，也是最好的试金石，在本能的驱使下能干出什么事来，完全是本性使然。那个奸商的儿子毫无例外会选择一条捷径，而不会像其他人一样在街上捡破烂、熬日子。

他心情很好，坐在车里给方远下了个命令。此时透过车窗看到一列十数辆警车绵延在滨河路上，刺耳的警笛、威武的警容，让他的心情更好了。

昨晚的晚间新闻报道了：轰动全市的“1·21杀人抛尸案”成功告破，历时26天，二队远赴贵省把第一嫌疑人缉捕归案，今天是指认犯罪现场，从市局到省厅，来了不少观摩的人，这个影响极其恶劣的案子要公之于众了，电视台的新闻记者也来了不少。

咣当！沉重的车后厢打开，嫌疑人黄亚娟像被关在牢笼里的野兽，望着铁笼外的警察一脸乞怜之色。

“下车！”车下一名女警低沉的声音命令了句，面无表情。

外围的警戒之外，围观着锅炉厂数百群众，女警押解着全副镣铐的女嫌疑人指认着抛尸的窨井，再一次叙述重复案情时，嫌疑人的脸上却是一副呆板和漠然的表情，仿佛在说一件和自己无关的事。围观的群众噤若寒蝉，人心硬到什么程度才会干出这种事？把同行的姐妹洗劫一空，再杀人抛尸，还要毁尸灭迹！

案情不复杂，嫌疑人黄亚娟和两名被害人是一省同乡，已经混迹娱乐行当十数年的黄亚娟年老色衰，对于两位青春靓丽、挣钱容易的同乡早就抱着不轨之心，她以介绍客人的借口把同乡分别骗到租住的地方，伙同其他两名嫌犯实施抢劫杀人，就有了这惊动全市的“1·21杀人抛尸案”。

并不复杂的案情看似简单，背后却是一队刑警追了两省四市才抓到的嫌疑人，案情敲定之时，就是许平秋长舒一口气的时候。不经意间，他看到了解押嫌疑人的女警，是周文涓。他愣了下，随即笑了，看来二队的邵队长，没怎么对自己安排进去的实习生客气，直接上大场面了。

现场指认完毕，市局局长接受了电视台的一个现场专访，专访比指认耗时还多。这却是没有什么看头了，许平秋没有露面，不声不响地跟在车尾，回到了劲松路的刑侦二大队，接下来又是市局局长和一队外勤的见面会，流程是先夸奖，后慰问，再勉励一番，还有一层意思是：其余嫌疑人，要尽快缉捕归案。

结束时已经快到下午下班的时间，一队车驶出了劲松路，不过许平秋在岔路口又拐回来了，去而复返到二队门口时，接到电话的邵万戈正跑着从队部出来。

“怎么了，许处？我也有事找您呢。”邵万戈乐滋滋地喊着，大案告破，兴奋之情溢于言表。

“乐什么呀？你能有什么事，不是要人就是要经费，这么没难度的案子，你都好意思张口啊？”许平秋不等对方开口，先把话堵回去了，把邵万戈噎了一下。顶头上的领导一个比一个不地道，除了给你下破案的限期，其余的承诺大部分都停留在嘴上。许平秋笑了笑问着：“先说我的事，这个周文涓怎么样？”

许平秋不知道为什么自己这么关心一位无足轻重的学员，不过在指认现场时，他似乎觉得有什么让人诧异的感觉。刑警的第六感觉相当敏锐，只是大多数时候，无法用言语表达而已。

“还成。”邵万戈道。

“还成？具体点。”许平秋追问。

于是邵万戈说了，业务素质还成，最起码没被法医现场吓跑；性格有点内向，不过很勤快，有她在，队里都不用轮流值日了，每天下班她都把三层楼挨个拖得干干净净。问到晕枪，邵万戈却是摇摇头，专门带她去参加过两次实弹射击，根本没事，打得还蛮准。

许平秋听得稍有诧异了，印象中胆小怯懦的周文涓，居然没被法医现场吓跑，又被难得夸人的邵队长冠之以一个“还成”的评价，那就说明相当不错了，他又笑着问：“那这个人要留在二队的话，你有意见吗？不要考虑我的面子，你们这个鬼地方，如果是我的亲戚我肯定不往这儿送。”

“嘿嘿，没什么意见，我们倒是也需要这么一个外勤，这不这次押解女嫌疑人就用上了，都像这样肯吃苦的就好了。”邵万戈道，评价出自真诚，不像虚与委蛇。许平秋这才放心了，要走时，邵万戈一急嚷上了：“许处，您的事完了，我还有事呢！”

“要人再等几个月，很快就有了，市局也不可能这么快定下来。”许平秋以为又是增加警力的问题，直接回绝道，不料邵万戈笑道：“我要个实习生怎么样？”

“谁？”许平秋一愣。

“解冰。”

“他？”

“怎么了？许处对他有成见？”

“告诉我原因和动机，不是他家里给你什么好处了吧？”

一句话让邵万戈好不难堪，省厅的中层里，就数许平秋年纪最大，这号年纪已经到了不可能再往上升迁的地步，典型的特征是脾气臭、怪话多，上到厅长下到队员，当面背后都敢指责。邵队尴尬地笑了笑，细细给老领导解释着，敢情那天被吓跑后解冰过了两个小时又跑回来了，死缠硬磨邵队长要到刑警队实习，邵队长也够狠，直接一句：“去，今晚你把法医室停的几具尸体受害特征全部描述出来！”

其中就包括“1·21”两位受害人，本来想把解冰再次吓跑，可没想到的是，这家伙忍着内心痛苦和恐惧，用了三个小时，吐了六次，最后梗着脖子出来时，不害怕了。

“咦？可以啊，这么快就过了心理适应期！”许平秋笑着道，对于解冰提起兴趣来了，这时候，邵万戈向着楼里招招手，意外的是，一身学员装的解冰小跑出来了，站到了许平秋的面前，恭恭敬敬了个礼。

“不但过了适应期，而且这次案子他帮了不少忙。许处，看来我也得进修进修了，解冰描摹的嫌疑人特征，吓了我一跳。”邵万戈道，这段时间看来两人亲近了不少，邵万戈重重地拍着解冰的肩膀，不吝赞扬地道。

“哦？”许平秋的兴趣更大了，看着挺着胸膛、好一副意气风发的小学员，忍不住又回想起初见他时不知天高地厚的样子。可事情偏偏凑巧，仿佛是证明许平秋眼光偏差一般，能让邵万戈第一个认可的人，居然会是他。

“哦，怪不得督察处老高见了我就说怪话，有人是慧眼识珠，有人是牛眼识草，敢情我真看错了。”许平秋笑着自嘲道，摆摆手，“说说，究竟怎么一回事？”

“我们最初根据抛尸现场以及恢复的受害人体貌特征判断，嫌疑人应该是个凶残至极、心理有严重问题、而且有反侦查经验的老手，刚开始的侦破方向就是这样，不过这时候，解冰找到我，提出了他的异议……解冰，你来说吧。”邵万戈开了个头，把发言机会留给了解冰。

解冰正正身子，正色道：“受害人的体貌恢复后，是两位很漂亮的女人，平均年龄二十四岁，经辨认是天府娱乐城的三陪女，根据她们被肢解以及面部被化学药品严重灼毁的情况，我当时判断是几个毫无经验的新手作案！”

许平秋愣了下，事实证明解冰是正确的，这个少数派报告让邵万戈和他这位刑侦老处长处于尴尬的境地，确实是新手作案。

解冰接着解释道：“表面上看嫌疑人毁尸灭迹，凶残至极，但从行为模式分析，我觉得这个案子犯得非常幼稚，第一，灼毁受害人的面部体貌看似精明，其实蠢到家了，现在稍有点反侦查常识的都知道，别说灼伤，只要颅骨在就可以恢复。他们这样做，而且堂而皇之地化装取走卡内现金，恰恰暴露的是并不高的反侦查水平。第二，抛尸地点尚在市区，隔两公里就是居民区，向北不到五百米就有建筑工地，如果以惯犯的眼光来看，这并不是一个理想的抛尸地点，很容易被人发现。他们之所以在这儿抛尸，我觉得是仓促的原因，同样反证了他们的作案水平并不高。既然如此仓促，而且水平低劣，那就应该是就近原则，也就是说，第一案发现场，离此不远。”

“即便划定范围，如果要准确找到还是需要费番周折的。”许平秋道，他看过那一片的地形，老城区，新旧楼宇间的层次很乱，有大片的居民区。

“那就需要相互联系的线索来交叉比对了，我当时觉得灼毁嫌疑人面部体貌的行为让我很不解，抢劫得手、已经肢解而且抛尸，为什么要画蛇添足干那事呢？除了给我们侦破设置障碍，我大胆地分析，这个行为细节反映出了嫌疑人和受害人有某种私人仇怨，才促使嫌疑人这样做。对比两人排查后已知的身份——三陪女，越是这类高危人群，他们的防范意识越强，而越强的防范意识却被人骗出来抢劫、施虐然后再杀害，只有一种解释……那就是：新手，熟人，纯为谋财！”解冰道。条理很清晰，听得许平秋直皱眉头。

此时邵万戈插进来了，他还沉浸在发现一个天才的兴奋中，接着道：“我们在寻找第一案发现场受挫后，试着按解冰这个思路，把天府娱乐城所有失足女的身份、租住地以及锅炉厂周边所有暂住人口整理了一遍，很意外地发现第一案发现场就在离抛尸地不到四公里的一幢小区里，根据案发时间，我们锁定了在这里留下多次出入记录的黄亚娟，经过天府的工作人员辨认，她和受害人认识。”

“她很聪明，取钱的时候遮了个严实；不过也很笨，案发前一点准备都没有。”解冰笑道。

“我们在贵省凯里抓到她时，她惊恐地第一句话是：‘怎么这么快就找到我了！’”邵万戈笑着说道，那是个很狠辣、不过也确实很蠢的女人。

两个人像说双簧一般把整个案情向许平秋回溯了一遍，当时觉得很棘手的案子，可想象不到居然是如此拙劣的谋财害命，不过解冰给邵万戈的震惊也足够大了：新手、熟人、案发地……这些关键的信息让二队查出来并不难，可如果仅仅凭有限证据推测到的话，那就不简单了，解冰的加入大大加快了侦破的进程。

所以邵万戈坚持要留这位学员了，许平秋笑了笑道：“他是学员，实习地很容易解决，给督察处打个请示就行了，还需要我点头？”

“许处，这批人不都是您招的吗？我这身份和省厅督察处可说不上话，再说，我总不能去人家那儿挖墙脚吧？”邵万戈谦恭地说道。解冰实习生的身份倒是没什么问题，但问题是上面领导的脸面，许平秋笑了笑，盯着英俊帅气的解冰，突然来了一句道：“解冰，以你的家庭背景，想当什么问题都不大，想当警察我可以理解是为了理想，可想当这吃力不讨好的刑警，我就理解不了了，能给我个有说服力的原因吗？”

“仍然是理想，我准备自己选择，而不是走父母铺好的路。”解冰道。两眼炯炯有神地看着许平秋，似乎对自己这次的表现能给许处带来震惊而感到非常得意。

“好啊，督察处的事我来办，你就待二队吧。你要找罪受，我可不好意思拦了。万戈，一次出色代表不了什么，使劲练练他，人交给你了。”许平秋笑了笑，扭头上车了。

邵万戈敬了个礼，挺着胸膛喊了句：“是！”回头时，看到解冰好不兴奋的表情。

车驶出劲松路时，许平秋瞥眼看到了送嫌疑人回看守所归来的车，副驾上的周文涓一晃而过，没有注意到他。把那位默不作声的姑娘送到二队，其实让许平秋心里有些许惶恐，这个年龄正是大好青春，爱哭爱笑爱闹，如果灿烂的青春都扔在嫌疑人身上了，不知道她能不能坚持下来，更担心她将来会不会后悔从事这一行。

许平秋自己其实就有点后悔，当初要不是觉得持枪威风非当刑警的话，这时候说不定已经走上副厅级别了，和很多一辈子没开过枪的同僚一样，根本不必接触这些无时无刻不在拷问人性的罪恶。

对了，还有解冰，这个曾经被他下过“纨绔”定义的富家子弟，居然也走进这个队伍里了，而且这么快就崭露头角了，对于案子那么大胆的分析，许平秋自问就他这水平也不敢妄下定论。

难道我看错了？

他这样想着，周文涓和解冰两个截然不同的性格、出身，都走进二队了，而且表现都不错。可这两位恰恰都不在他设计的名单上。真正入选名单的人，现在还在数千里之外呢。

下班时间到了，他回到家里，草草吃过晚饭，又像往常一样把时间放到了了解前方信息上，今天得到的信息很让他窃喜了一番，那帮被他扔到陌生城市的学员，终于有人迈出了勇敢的一步，开始胡来了。

压缩的视频发回来了，他看到了余罪被三人围攻，看到了熊剑飞大展神威，两人像街匪一样，把另外三个人打得满地乱滚，照片定格在余罪那个化装后的画面上，黄发遮脸、目露凶光，正恶狠狠地挥着拳头。

许平秋哑然失笑了，他想起了刚刚的解冰、周文涓，想起了已经进入角色在各级公安机关实习的学员，又想起了还在街上当老千的严德标、贴小广告的豆晓波，以及据前方反馈打了好几架的张猛，还有余罪、熊剑飞……不过以他的刑侦思维也想不通，同样的环境，同样的教育，怎么会出现如此多截然不同的结果。

“这一届学员，妖孽太多呀。”

他如是评价着，看着余罪，有一种很兴奋但也很担心的感觉……

兄弟相逢

一声悠长的轮渡汽笛声响彻在珠江江面上，美丽的滨海沐浴在早来的春雨中，菲菲小雨像情人的手，抚过这座精致的城市，城中有水，水中有城，显得多了几分诗意。

车驶到石岗路时，林宇婧快发疯了，信号对比了几遍，就在珠江上，可信号定位却偏偏在江里，她沿着车道快速行进着，停到离信号显示的最近的一处，再对比时，疑惑地看了同伴一眼。

还在江里。

信号总是有偏差的，电脑在时间和空间上有一丁点的误差，反映在实际追踪上，可能就是一座无法逾越的楼宇、无法通过的高墙，或者像现在一样面对着无法横渡的大江。同伴李方远也是一副霜打的蔫相，本来是8号一个人捣蛋，遇上1号，成了两个人结伴捣乱了！一天前在白云山上，没找着；第二天又去了太阳岛，旅游地游客如织，更没法找；今天更好，掉江里了。

“这两个小王八蛋，沉江里算了！”李方远气愤道。

林宇婧给了个怒容，没本事，就别净拣狠话说！她联系着后方，两相比对着定位，此时才发现江中移动的轮渡，一下子明白了，不过也傻眼了，如果绕路要多行十几公里，怕是又追不上这俩害虫了。李方远也明白了，小声问着："在轮渡上？"

"你以为他们真能沉江里呀？"林宇婧没好气地道，发动着车，李方远问着："去哪儿？"这位警花又不耐烦地说道："烦不烦，能去哪儿，跳江！追他们去。"

"这怎么赖我呢，出来没给我个好脸色看？高远和武为笑话咱们，咱们应该是一气的嘛。"李方远劝道。外勤的女人少，但凡有一个大伙都捧着护着，不过这个简单任务如果追踪无果，回去免不了被前两位耻笑，于是林宇婧这气，没少往李方远身上发。

林宇婧瞥眼看了眼李方远的老实样子，不忍心了，车行驶了不远才细声道："方远，咱们的任务可算砸了啊，三天都没追到，根本不知道人家在干什么，我担心再捅出娄子来……"

"没事，我担着。"李方远拍着胸脯道。林宇婧一笑，又埋怨上了："别你担啊，想办法找到人呀，光有信号不见人，咱们这么大人了，还和他们玩捉迷藏呀。"

"哎，等晚上睡觉时候，去逮回来得了。"李方远道。这个办法明显无法实行，惹得林宇婧又是无奈地笑了笑。

"不管在哪儿，先不用管他们！"

林宇婧把情况汇报回去后，得到了杜组长这么个命令。这两人他仿佛不担心似的，到现在时间过去一半多了，自动放弃的有四个，被派出所抓住的有一个，杜组长出面去带人，可不料这位11号居然在派出所撬了手铐逃跑了，惊得杜组长连呼邪门。

更邪门的是这些人度过了饥饿适应期后，一个个开始安稳了，有了自己的小圈子和谋生手段，当然，除了那个一直就不安生的8号，现在又加上了1号。

"这些人一点都不像菜鸟，亏得是四十天，要放四个月，能组个犯罪团伙。"林宇婧恨恨地道了句，惹得同伴发笑了。

车行驶着，向下一处石牌路驶去。那儿是个跳蚤市场，汇聚了全世界的电子垃圾，通常是整货柜的电子废件被无良商人买回，回来一修再重卖，于是就有了风靡全国的二手笔记本、手机等高档家电，美其名曰叫：水货。

林宇婧一直在看轮渡，可她不知道的是，轮渡上也有人看着她。试了三天，熊剑飞终于很服气了，被钓的鱼把钩引出来了，还真是这辆标致车一直追着他们。

林宇婧更没有注意到，滨海的某辆摩的上，有一双眼睛在盯着她，她在石牌街这一处人潮往来的地段停了不多会儿，又驾车前行了。后面盯着她的也下了车，付了钱，看着车刚刚行驶的方向。

是余罪，反追踪成功了。他不敢跟得太紧，那些人的警觉性不比他差。摩的司机走时余罪又想起什么似的，一把拽着人商量着什么，片刻后又给了五十块，让司机去帮他找那辆车的下一个停车点。司机愣着看他，以为是什么坏人，余罪一翻白眼，直嚷着："那个美女我看上了，帮个忙看看她在哪儿停车。"

"呵呵，不是老婆跟人跑了吧？哈哈。"那司机笑道，不过仍然接过钱，一溜烟追上走了。留下余罪哭笑不得，敢情摩的司机的眼光比他还尖，早看清前车里那女司机的长相了。

这些都是次要的，忙乎了三天，余罪要证明一件事，也是他一直想做却能力不够的事，什么事呢？就是把这些流落的哥们儿都找着，离乡背井的，他遇过好几次危险，他想其他人过得也好不到哪儿。

这个无关乎高尚，只是他想如果兄弟们抱成团，应该好混得多。

走了没多远，他四下寻找着，刚才车在这一片停了，那应该是这儿有流落的兄弟。他找啊找，路过街边一处摆摊玩牌的摊点时，他蓦地停下了，然后笑了。

严德标，警校大名鼎鼎、十赌九赢的鼠标哥，正扣着一顶瓜皮帽，两手娴熟地切着牌，嘴里已经嚷起了流利的滨海白话，那意思是："买定离手，买定离手，多押多赔，少押少赔……一把十块真不贵，咋也不算高消费！嗨，这位大姐，来一把？"

对面明明不是大姐，是位细腰妹子，许是看着鼠标流哈喇子的样子可爱，那妹子掏了十块钱，象征性地试水，只见噌噌噌三张牌排好，妹子不确定地指了指，鼠标猛地一翻，众人高呼：见红了！

赔了十块，妹子趁着热闹，连本带利全押了，再一翻牌，哇，又见红了。鼠标苦着脸只说今天赌运不佳，赔了钱。赔钱的样子比赔老婆还心疼，惹得众人哄声不断。

三把连赢，那妹子却是见好就收，说了声不玩了，高兴地蹦蹦跳跳走了，惹得围观的人群都在哄笑鼠标。不过此时似乎有人跃跃欲试了，十块、十块开始尝试性下注了，几把过后输赢各半，却是赌兴渐起。只见鼠标坐着大庄，连出几张，竟然押哪儿赢哪儿，大有赌场荷官的风范。又是几把赢得周遭观众额头见汗时，却不料庄家一把憋十，惹得众人一阵欢呼，就喜欢看庄家通赔时那倒霉样。

他妈的，这小子成精了。

余罪心里暗道双手切牌，要换三张不难，这数日不见，鼠标的牌技可是突飞猛进了，现在能操控七张了，吃多的赔少的，不知不觉就把钱装腰包里了。而且，这家伙居然找了个细妹子当托……余罪四下搜寻着，果不其然，看到了那位刚才下注的细妹子远远地站在一家电脑店旁，往赌摊这边看。

不一会儿，她突然飞快地跑了起来，对着聚起的人群外嚷了句：“城管来啦！城管来啦！”

一句奏效，看热闹的摊主收拾家伙，正赌着的一抽赌台上的钱。坐庄的鼠标慌了，大盖布一卷，不迭地嚷着：“明儿再来……连出两把憋十，倒血霉了，赔大了！”

说话间他卷起包袱就跑，数日不见，鼠标腿脚竟然也快多了，他钻出人群，一眨眼跑进了小胡同。此时才有人省悟，没见城管来呀，跟着又有人醒悟：哇，我一百块快输完了！旁边另一位也说了：我早输完了。此时面面相觑时才晓得，怕是掉坑里了。

晚了，赢钱的早没影了。

余罪快步追着，进了小胡同不远，就见得细妹子从岔路出来，小两口似的，拉着鼠标就奔。追了不远，他大喊一声：“嗨，骗钱的，站住。”

“哎哟妈呀，快跑！”鼠标一激灵，回头一瞧，撒丫子就跑，不过跑了几步，又“嘎”声刹住车了，喘着气再回头时，他蓦地笑了起来。旁边那位姑娘拉着胳膊问，他都笑得回答不上来了。

余罪慢慢地走向这一对“赌王赌后”，姑娘小鼻子小眼，看着都像未成年呢。他到了近前，细细打量着这姑娘，那姑娘却是害怕一般，躲到了鼠标身后。鼠标气愤地推了余罪一把：“去去，看把我妹吓的。”

“你妹？”余罪怪怪地问。

“啊，别想歪了，我妹妹。”鼠标严肃道。

“你妹呀！”余罪的口气变了，话没变。

“你妹！怎么见面就没人话，滚。”鼠标发飙了，回头揽着他妹妹，生怕被余罪吓坏似的。余罪漫步道：“哎，我本来担心你过不下去，看样子还挺好，那我走了，你跟你妹过吧。”

“嗨，嗨……别走，我正缺个托。”鼠标另一只手拽着余罪了。往胡同外走时，这对在余罪看来奇特的雌雄老千道明来历了，敢情是鼠标在大街捡了个丢了行李的打工妹，山区的，那地方人不兴念书，十五六岁就出来打工养家糊口，别人管顿饭就让妹子觉得找到终身依靠，不走了，跟着鼠标当职业托了。

看这不像一对的一对，余罪估计再纯良的妹子跟上鼠标几天也得被带坏。不过他也没想到妞都没泡过的鼠标几天不见就骗回个妞来，那妹子老是景仰地称呼他“标哥”，笑得余罪肚子疼。

出了胡同，走了好远，听说余罪找到熊剑飞了，让鼠标也好不高兴，等了好一会儿公交车到，熊剑飞从公交车上下来，一看鼠标和余罪相逢了，乐得屁颠屁颠跑过来，不过那样子吓得细妹子一紧张，又往鼠标身后躲，狗熊这才发现细妹子，惊得大张着嘴，半天才紧张问：“成年了吗？”

“什么意思？”余罪笑着问，他当然知道什么意思。

“没成年，你小子孽可做大了。”狗熊“啪”地给了鼠标一巴掌，相比之下，余罪的罪可轻多了。

鼠标气歪嘴了，强调着这是他妹，两人喷了半晌，那边的细妹子倒被逗笑了。正互相介绍着，余罪的电话响了，一看是摩的司机的，对方一报方位，得，这急火的，赶紧打车去追。

车上余罪向众人解释说自己是在找追踪的方位，只要车停，肯定是有同学落在那儿，鼠标却是诧异道好几天没见跟踪的来了。不过马上听到余罪说追踪的人早换了，惊得鼠标好一阵沉默，心想自己前天在路边赢了几个钱，被当地烂仔揪住抢走一多半，还被揍了一顿，救援的也不上来帮帮忙。

余罪知道这货是个舍钱保命的主，就那猥琐德行，揍他也觉得没意思，估计挨得不重。三人说笑，前排的那妹子也跟着高兴，不时地回头偷瞧三人，看到严德标时，总是一副含情脉脉的眼光。哎哟，没办法呐，这里头就数严德标最帅，长得最有福气。那怀春的眼神就连迟钝的狗熊也看得出来，别说余罪了。两人相视一眼，熊剑飞小声附耳问余罪：“这家伙不会真下得了手吧？”

“我估计八成已经下手了。”余罪小声道。鼠标虽然没听到，不过瞪着他，有一种宁为红颜、不让兄弟的霸气。余罪知趣地闭嘴了，示意着狗熊别乱扯了。

到了摩的司机指示的地方，司机如愿以偿得到了另外五十块，告诉人就在这儿停的。

人一走，几个人都皱眉了。这是友谊大酒店的门口，宽阔的马路，来往的豪车，绝对不像哥几个讨生活的犄角旮旯，熊剑飞抬头看了眼高耸入云的楼宇，忍不住说道：“哇，这是谁呀？不会发财了，住在这地方吧？”

“不可能。”鼠标来回看着，街上混了多半月，以前不晓得的事荤素不忌地塞了一脑袋，他判断着，“二十几天要发财，不是抢银行就是贩毒，余儿要没干，其他人没那本事。”

“我也没那本事啊。”余罪愣了下。

“你谦虚吧，在学校你不就策划过抢银行吗？”鼠标笑着推了把余罪。余罪却反驳着：“你不傻呀，什么也能当真？”不过说着鼠标的眼睛余光盯到一处时，突然间有所顿悟，拉着余罪一指，奇怪地问：“要是干那事，倒是有可能。”

什么呢？熊剑飞一回头，看到了锃亮的墙砖上贴着癣一样的小广告，卖枪售炮、春药迷药、贷款收款、中医军医，简直是一应俱全。

很有可能，这个繁荣的都市，能在挤压的空间中生存，恐怕也只能找这种偏门歪路，四个人沿着广告往前走，越走越快。那贴广告的，一弯腰贴一张，走不了多远，几个追出不到两公里，齐齐停下了。

是豆晓波和李二冬，这两货不知道怎么碰面了，正辛勤地弯着腰往路沿下一张接着一张地贴，要不就掂着脚，往电杆上狠狠一粘，浑然不理会路旁行人诧异的眼光。

鼠标笑了，心道立志当鉴黄师的李二冬终于学有所用了，连豆包怕是也被他带坏了。两人不是撅着屁股往台阶下贴，就是踮着脚往电线杆上粘，干得那叫一个投入。

狗熊气愤地骂着：“这俩太堕落了，连鼠标都不如！”

余罪却是深呼吸一口，猛地一吼：“贴小广告的，站住。”

前面的两人，扔了东西，撒腿就跑，边跑边往后看追来了没有。看得真切时，猛地刹车，愕然地望着，跟着尖叫一声，两人奔回来了，搂着余罪，抱着狗熊，拉着鼠标，那个激动呀，比抱了个美女还来劲！豆包更是“啵啵”在余罪、鼠标脸上亲了几口，李二冬说道：

“你们来了就好了，我们的活儿太多，两人都快忙不过来啦！”

在训练开始后的第二十二天，不同地点的五个人意外地在同一天相遇，不过在煤炭大厦的杜立才知道这不是意外，恐怕是换的两位外勤被人反盯梢了，否则这么大城市，得多大的概率才能一天发生两次巧合。

看着懊丧的几位属下，他感到了棘手，一群小害虫结伙，他担心要失控了……

“迎接两会召开，本店暂停营业”。

周围店门外的横幅，都在庆祝着同一件盛事。

汪慎修把条幅挂在门口，条幅正好遮住了大幅美女广告最性感的地方，他看了看挂得正不正，在美女和条幅之间，出现这么一行另类的字眼，突然让他忍不住发笑了。

门口值班的保安问他笑什么，他附耳把这其中的矛盾地方说了说，那保安却是司空见惯了，小声道：“咱们不关门，会就得在咱们这开，那还了得。”

汪慎修又是哈哈一笑，被保安的严肃表情逗乐了。他这位对社会了解不多的小伙子常常对这种事感到可笑，其他人都觉得再正常不过了，但凡有重大事件，像这类有碍和谐的地方总是战战兢兢应对，出现什么情况也不意外。

装好了条幅，门里叫阿宝的保镖嚷着汪慎修，说是经理找，汪慎修应了声，快步进去了。

自从那晚沦落风尘，辛苦的清洁工作只干了两天，汪慎修就发现这儿并不像想象中那么恐怖，不但不恐怖，反而很人道，一日三餐管饭，除了早餐，其余两餐都是高档的烧鹅、白切鸡、海鲜之类的盒饭，偶尔碰上喝得晕三倒四的多金客，还能收到不少小费，相比流落街头，这儿还真是天堂，于是汪慎修绝处逢生，对着厕所大呼几声：“敬爱的组织，原谅自甘堕落的我吧！”

自那以后，他就心甘情愿沦落了，过了没几天，夜总会的工作人员也认可这位白净小生了，还以为是招来的清洁工。经理也不安排人看着他了，现在就算赶他走，他也未必走了。

经理姓陈，叫什么汪慎修就不知道了，也不是他应该知道的。他上了六层，叩响了经理的门，进门时那位难得一见的经理笑了笑，一点也不像曾经招呼众打手收拾汪慎修的样子。汪慎修站到大班台前时，经理呷了口茶水，出声问着："小王，你来了有几天了？"

"十来天了吧。"汪慎修道。

"你会说英语？前两天听领班说，你和一个来玩的老外聊得挺欢，还给他介绍了几个陪酒的？"陈经理笑着问，好不容易才顾得上过问这件事。

汪慎修笑了，里应外合宰了个洋鬼子而已，没有什么谦虚的，应道："原来上学的时候学过点，也快忘完了。"

"很好，我们这儿像你这么高素质的从业人员可不多啊。"陈经理赞了句，悠闲地点上一支烟。他看到了汪慎修平静的脸上掠过几丝不自然，似乎生怕别人夸他似的。

汪慎修心想自己堂堂的警校生来拉皮条了，将来要让家里和同学知道，怕是得被笑话一辈子。

见他没说话，经理又问道："本来前两天想找你谈谈，一直没顾上。但是今天我一位香港朋友专程打电话来了，他谢我，这让我突然想起来了，你猜是为什么？"

"我……我不知道。"汪慎修一下子蒙了。

"他谢我这里的员工，有人捡了个钱包，上交到领班那儿了。"陈经理道。

汪慎修笑了，那是拖地时无意中发现的，这鬼地方喝得晕头转向的多金哥不少，丢表、丢手机、丢钱包的事经常发生。他笑了笑，没多说别的。

这就让看惯世态炎凉的经理不解了，他凝视着这位小帅哥，实在找不出要把里面装着上万港币的钱包上交的理由，顿了顿，他直接问着："能告诉我为什么吗？其实我们看得你并不严，你很容易逃走的。说实话，这里根本没人把你当回事，只是让你吃点苦头、长点记性而已。"

"不为什么，如果是客人给的小费，我就不客气了；但如果是客人丢的钱包，我拿了可就心安不了了。”汪慎修道。

不像假话，可也很难相信是真话，陈经理笑了笑，继续用取笑的口吻问着：“诚实在这儿可是一文不值。底下的人我什么都见过，就是没见过还有诚实的。”

“如果穷得只剩这么一个优点的话，我也舍不得贱卖呀。陈经理，其实我没想那么多，就觉得不是我的，不能拿而已。”汪慎修道，其实当时上交的时候也有过激烈的思想斗争，不过后来还是交了，他担心万一是个大佬的东西被吞了，小命不保就麻烦了。

这个担心没有被陈经理察觉到，他笑了，自己一直觉得这个捡来的清洁工与众不同，懂外语，嘴甜，看人比领班还准，连老外都能下刀宰。最难得的是洁身自好，没听说和夜总会里哪个寂寞的姑娘有一腿。就这脸蛋，那些心痒的姑娘肯定不会放过。

“去财务上领份奖金，后天穿上领班服，到前台支应吧。”陈经理凝视片刻，直接提拔了。不过他没看到汪慎修的惊喜表情，这位识人善任的老板又补充了句：“去吧，我相信我的眼光。”

汪慎修凛然转身，倒吸凉气，抚着紧张的小心肝，真想再呼一句：知己啊！居然有人看懂了哥的风骚，不用卖身就能上位啦！

不一会儿，等自己领到厚厚的一摞钱时，他又想起离报到的时间不远了，忍不住心里在对比着领班的高薪和当警察的艰辛，那是一种多么复杂的情绪呐。

复杂的没有解决，更复杂的来了。“小王……”一声嗲呼传来。

帝豪的头牌俏姐儿从楼梯上向自己走来了，媚眼如丝、红唇轻启，上来挽着汪慎修，甜笑着邀请道：“好容易休息几天，陪我逛街去。”

“哎呀呀，我干活呢。”汪慎修很不坚定地拒绝道。

“得了呗，你都提领班了还干什么活？对了，要是给你发奖金了，请我吃饭啊。”俏姐儿笑着，纤指直戳向汪慎修，汪慎修不好意思地躲开了。

这个小地方没什么秘密，经理钟情于这位捡来的清洁哥大家都已经知道了，而且人缘不错，每天上卫生间的姐妹们路过都会调戏似的拨弄汪慎修的脸蛋一把，暧昧地问一句，小王，洗干净了没有？

没想到那晚来了个吃白食的，最后居然能混到领班的位置，俏姐儿不时瞥眼看着脸白皮净、走路昂扬的汪慎修，眼睛里带着点不同的感觉。汪慎修一看俏姐儿直勾勾盯着自己，他赶紧掏出身上存的所有钱递上来：“俏姐，我就这么多，都给你……那晚上我真是走投无路了才来你们这儿混饭。”

厚厚的一摞钱，小费、奖金，攒下的不少，可不料俏姐儿对着钱拉下脸了，还是直勾勾地看着他。汪慎修好不尴尬地拿着钱，蓦地俏姐儿一笑，把他的钱夺过来，又塞回他的口袋里，纤手拍拍他的脸蛋，笑着道：“我现在相信你是拾金不昧的那个笨蛋了。别怕，有姐在，不会让你走投无路的。走吧，逛街去。”

出了门，好一个晴朗的天空，几步之外，汪慎修又注意到了偎依在自己肩旁的俏姐儿，两位俊男靓女惹来了不少羡煞的眼光，那一刻的惊艳，似乎让汪慎修感觉到了他自诩良久而无人理解的风骚，俏姐儿再一次看他时，汪慎修严肃道：“俏姐，我虽然脸白点，可不是小白脸，你养我绝对不行。”

俏姐儿被汪慎修的话听愣了，美目眨着，颇为不解。刚才那话也是她随意说的，并未当真，看这位小男生这么严肃，还以为伤到自尊了，却不料汪慎修更严肃道：“我养你，倒是可以考虑。”

“你养我？”俏姐儿笑了，一下子花枝乱颤。

“养不起一辈子，养一天总可以吧。今天你买什么，全算我的。”汪慎修道，他一直对俏姐这位美女姐姐稍有歉意，毕竟进门白吃白喝还白浪费了人家感情一番。

俏姐儿不笑了，怔怔地看着汪慎修，眼神迷离，胸前起伏，朱唇轻启，像是被感动了。她突然冷不丁地拉着汪慎修，狠狠地吻上了，丝毫不理会汪慎修的挣扎。

两人就在这路边，就在这阳光下，就在这车流人往的街头，狠狠地吻着。

敬爱的组织呐，赶快救救我吧，我快彻底沦落了。

汪慎修心底在呐喊着，不过人却抱着俏姐，迷醉在香吻中……

林宇婧笑了，使劲憋着，捂着嘴巴鼻子。

高远、李方远和王武为都笑了，都憋不住了。

就剩杜立才组长了，他脸上一副哭笑不得的表情，为了治病救人，以防那拨学员越走越远，这几日杜立才组长想了不少办法，先是借了辆地方公安的车，沿着8号、5号、1号几位学员的周遭转悠，把这个街面的赌博摊子驱得做不下去了，那些家伙倒也机灵，听到警车的声音立时就消失得无影无踪。之后又派王武为摸到了一个专接各类小广告的奸商，警证一亮，来来回回询问一番，回头就把这人吓跑了。

这么一来，那些学员刨出来的财路可就全被掐断了。其中还有一个难点在3号身上，就是去夜总会的那位，杜组长派李方远到帝豪夜总会跟着民警巡检过一回，便衣，借口是追踪网上逃犯。他见到了那位在夜总会当清洁工的汪慎修，也听说了那位走投无路到夜总会吃霸王餐的3号，因为唯恐有意外发生，盯了好几天。不过意外的是，许处长下令不许惊动他。

今天带回结果来了，DV上拍到了街头一对情侣的热吻，就是3号。而对方竟然是帝豪的一位小姐。

日夜担忧，可没想到人家是温香软玉潇洒上了，李方远不敢说话，生怕他成了队员们的笑柄。不过这事里透着蹊跷，明明是吃霸王餐被人痛殴了一顿，转眼间，又大摇大摆揽着美女出来了，个中之事，如果只看结果，恐怕谁也无法猜测出究竟发生了什么让人难以理解的事，但肯定不会是什么好事。

“什么时候的事？”杜组长半晌才惊醒，问道。

“就刚才，我一看，哟，这家伙哪儿是饿肚子，有软饭吃了。他的警觉性没那几位高，我跟了一段，两人到商场购物去了。”李方远道，眼睛斜斜地看着组长。

“你确认，她是帝豪的失足女？不是他处的女朋友什么的？”杜立才抱着万一之想。要那样的话，倒也不算出格。

“确认，那女子叫俏姐儿，帝豪的头牌，上次巡检民警给我介绍的就是她。”李方远道，几位队员哈哈笑了起来。李方远猛地省悟话里有歧义，赶紧补充说明道，“不是你们想的那意思啊，他仅仅是给我介绍了这个人是谁，哎我说，你们笑什么笑？”

他越说，几位笑得越厉害，好在组长在场，否则开玩笑的话早就不断了。

“别笑了，各干各的。”杜立才烦躁地起身，拨着电话，委婉地把这一情况汇报给了许平秋，自己几乎是用哀求的语气说道，“许处，可不能这么下去了，我刚把那一拨街上套钱的驱开，过一会儿又出来了，进夜总会这位，带着个妖里妖气的女人在大街上亲嘴，再等还指不定发展到什么程度呢……什么？还得几天！？那得多少天呀，说实话啊，我们可真吃不消了，这些孩子可是一个比一个鬼精，都会拿着信号源和我们捉迷藏玩了……哎呀，我不是摆困难，实在是这群太捣蛋，我们根本看不住呀！”

杜组长大倒苦水，几位外勤偷笑着，杜组长终于也觉得吃不消了，他一直担心这群小家伙被地方公安揪走了没法向许处交待，可电话里，许处却是笑呵呵地回应道：“年轻人，谁能不犯点错误，再说这也不是什么大错，十块八块的小赌，就抓走连治拘都够不上是不是？”

许平秋在电话里坚持说原定的时间计划不变，安抚了杜立才一番，才放下电话。那边杜立才唉声叹气地，眼瞥到几位外勤时，几人同时侧过了目光，生怕被组长窥到偷笑。半晌，杜立才有点懊丧地起身，撂了句：按原计划进行。

这时候，林宇婧脸色一敛，对着众人喊了句：“杜组，他们又换地方了。”

“什么？不在石牌那一带了？”杜立才吓了一跳，这根据地开辟的速度也太快了，正准备派人驱散一番时，林宇婧把电脑屏幕反过来了，指着道："他们一群人散在花园小区、珠江畔左近，最远距离不到五公里，不会是……"

她没有把心里的担心说出去，高远替她说了："打家劫室？找目标下手？"

"带上追踪，全部出去！敢犯事，先给我抓起来！"

杜立才火了，带着他的精英们，直奔事发地了。

"老兄，来么，来么……"

鼠标在花园小区外勾着手指头，对着巡逻的保安道。那保安二十多岁，笑着问："怎么了？想来顺点东西，这个高档小区可不是你们该来的地方。"

"说这话就见外了，顺什么东西，我给你送点东西你要不？"鼠标道。如果不看眼睛，这家伙不笑的时候很老实，笑着时候有点白痴，他挥着两张百元大钞，向保安递着："要不要？"

那保安愣了下，不过马上笑道："白给我就要，想进来没门儿。"

"我们不进去，你替我们办事怎么样？"鼠标道，再勾手指，那保安跨过草坪，隔着铁门听到鼠标放低了声音道："把这东西塞排气筒里，一个筒里塞一个，一个十块钱，这不难吧？"

鼠标的手指向小区停放的各类靓车，手里拿着一卷塑料袋子，敢情是教唆保安往业主的车排气筒里塞东西呢。保安一下没明白，这事倒是不难，只是动机不明。他瞪了瞪眼，八成在想这个圆脸货是不是劫匪什么的，现在社会太乱，绝对不能以貌取人，指不定长得像笨蛋的就是个坏蛋。

鼠标窥得了对方的担心，一翻衣前襟，一圈"标致汽修"的字样，哀求道："大哥，您看我像坏人吗？公司生意惨淡，哥几个都快失业了啊，我就想塞几个排气筒，给公司找点汽修生意，这事你好我也好，咱们两好成一好，怎么样？就你小区里的车，塞这玩意问题不大，顶多拖着去修理厂修修，都是有钱主，谁在乎那点小钱是不是？对了，拣不太好的车塞啊……最好过保的。”

也许是两张百元大钞起作用了，也许是鼠标这长相太有欺骗性，让那保安直觉得这事做得像在帮别人的忙似的。他答应了，抬头看看这里监控的死角，装起了钱，拿着鼠标提供的东西，扮成巡逻和顺手捡拾垃圾的样子，一蹲下去，立马手一伸，手指一捅，黑乎乎、或大或小的排气管里塞上东西了。

鼠标嘿嘿笑着，矮下了身，边喝着饮料，边看着保安忙乎。等了好久，才见得一辆被塞的帕萨特从小区开出来了，开得很稳，不像有事的样子，直驶出小区大门都没见停车，这把鼠标给郁闷的，悄悄回头问李二冬道：“这办法成不成呀？赌博生意没法干了，就指着这事混口饭呢！”

“你问我，我问谁去？余儿这贱办法坑人行，挣钱还没准顶用不顶用呢。”李二冬应道。

两人追了上去，没追多远，直接原地笑翻了。

那帕萨特像抽筋一样，“呼通通”一阵，直接熄火了。重点，再走几米，突然像放了个响屁，又熄火了。车主焦急地下了车，泊在路边，打起了电话。

不一会儿，一辆装着起重臂的拖车驶来了，拖走了这辆倒霉车。

这时候，豆晓波也在另一个小区蛊惑着另一名保安，这儿不太顺利，任凭他说来说去，那小保安翻着眼睛瞅着他就是不吭声，把豆包磨得快没话说了，气呼呼地对他道：“我说哥们儿，你真不干啊，不干拉倒。”

说着扭头要走，可不料小保安叫住他了，伸出两个指头：“一个二十，别想蒙我，进了你们汽修厂，一宰就是好几千。”

“哎哟，你不早说呀！给你，快去。”豆晓波笑了，敢情这小家伙不是品德太高，而是嫌价格太低，他嘟囔着修车这帮奸商，不过自己为了几百块也心甘情愿地当上奸商的帮凶了。不一会儿，这保安也假装在小区来回巡逻，不少靓车的排气筒里都塞进了黑乎乎的一团。

又过了一会儿，驶出小区的车辆里，不少都“呼通通”熄火了。

又有救援清障的来了，照例拖走了求救车辆，按车主要求就近送往汽修厂或者4S店。谁也没有注意到，这小小的细节里也会有什么猫腻，事实上就算有也被掩盖住了。送进汽修厂，单子下来，不是发动机大修就是更换排气配件；4S店也不行，故障查找中，等吧。

杜立才一行五人追到了临江路花园小区时，那些人的方位已经开始动了，不过奇怪的是，他们似乎并没有再继续什么异常行为，摆摊玩扑克牌骗钱的，此时悠闲了，坐在马路上喝汽水，自得其乐地不知道在笑什么；贴小广告的失业了，不过此刻脸上没有失业的郁闷，不时地和亭里的姑娘搭讪；另一位正隔着铁门和小区里的保安在窃窃私语，那贼样，杜立才觉得不会是什么好事。

好像什么事也没有发生，熙攘的小区来来往往的人流和车辆，处处充斥着平静的气氛，从来都是这样，如果有异常，有偷抢拐骗之类的事，人群肯定马上就乱了。

一直转悠了两个小时，一行五人愣是没有发现什么，杜立才在步话里通知收队，一直隐藏着形迹生怕被学员们发现的高远临走时才“咦”了声，看着一个地方发呆。林宇婧问发现什么了，他指着一辆清障车道：“你看，这才多大一会儿，都拖走三辆车了……”

晚八时，鼠标、豆包、李二冬、狗熊齐齐聚到了临江路段的一个深港救援分部，也就是一个汽修厂而已，不过是顺应现在私车和车盲剧增的形势拓展了即时救援业务，说得再白点，就是你抛锚到哪儿了，我就到哪儿拖你回来。

老板是位身材巨肥的矮胖子，长得像QQ车的造型，眼睛像车灯一般巨大，他对着面前虎视眈眈的几位北方佬，没说什么，只是掩饰不住眼睛里的愕然。一张、一张，他蘸着唾沫，数了一张又一张，厚厚的一摞钱，啪声摔到了余罪面前，余罪数也未数，笑道：“聂老板，这事你可占便宜了，明天还会有的，可你拖辆车就二百，算起来给我一半都不到。”

余罪在严肃地计算着聂老板的收入，那心疼样子仿佛是自己出血大拍卖，亏大发了。不过聂胖子此时只顾惊讶，没发现其他，前一天这家伙上门大言不惭说要把即时救援的业务拓展十倍，前提是你第一天的收入三七开，对方要七成，这生意精哪会相信这等奇事，平时不过一天六、七辆的，十倍是个什么概念？等于是汽修厂不用开了，直接拖车就发财了。

他答应了，也给了个前提，就是给拖车加满油，反正里外赔不了。

结果从上午就开始了，临江路一片疯也似的打救援电话，上午拖了三十多辆，于是中午多调了两辆救援车，到现在还在忙碌着。他倒不在乎给这帮后生的小钱，只是他奇怪这些人是怎么办到的。

对了，肯定是蓄意破坏的。聂老板盯着收起钱的余罪，一把揪着他的胳膊问道：“你是怎么做到的？”

“商业机密，这怎么能告诉你？”余罪严肃地看了他一眼，像是怕被占便宜一样。

“你不是搞破坏了吧？要出了事我可记得你，我这厂里有摄像。”聂老板威胁着，那钱挣得他有点心虚了。不料余罪一伸手指头道：“三个探头，NEC的镜头，一定把我照清楚点啊，省得将来找不着我，走。”

余罪一挥手大气地要走，聂老板的兴趣被极大地挑起来了，敢情人家根本不惧，那这商业机密对他来说吸引力就足够大了。他小跑两步拦在余罪前头，刚刚惊惧的脸立时堆着一脸笑，挽留着：“别急嘛，小兄弟这么聪明，到我这儿干，一同赚钱，亏待不了你的。”

“我其实是个车盲，就会那一招。”余罪诚恳道。老板却是不信了，坚决挽留，但真正的原因怕是就想知道余罪这一招，话说让车趴窝的办法实在不少，可不声不响让这么多车趴窝而且不出事，就不是普通人能办得到的了。余罪也不客气，一伸手道：“再给五百，这个专利卖给你。”

聂胖子二话不说，立时数了五百。余罪拿着钱，笑道：“其实很简单，往排气管里塞个塑料袋就解决问题了。”

“塑料袋？”聂胖子愣了，这个办法可从来没听人尝试过。

“排气没堵死，所以还会走；但排气不畅，它就走不利索，温度一高，塑料半溶，被气压挤在排气口上，除非是大口径的进口车，一般车它都得趴那儿便秘，会了吧？”余罪笑着，那几位终于忍不住了，俱是一脸奸笑。聂老板听人家解释得这么专业，凛然地点点头，以他的专业知识判断，这土法子的可操作性非常强，高兴得摩拳擦掌，仿佛看到了红灿灿的钞票在招手。

而且这办法很隐蔽，进了汽修厂，开刀问宰的汽修师肯定不会把这么简单的问题告诉车主。他越想越觉得这金点子实在是发财捷径，想得他兴奋中夹杂着颤抖，越想越兴奋的时候，猛地又觉得不对了，办法虽好，可办这事的人可不好找，总不能让修理工都趴车下塞塑料袋去吧？

不对，也好找，人不现成的吗？

一抬头，几个后生已经走了，他着急地奔出来，热情地对着上出租车的几位喊着：“几位英雄留步，明天都来我公司上班，我高薪聘请，干不干？”

那几位听到了，估计聂老板想雇几位塞塑料袋去，那事怎么可以干呢，对吧？兄弟们可从来没干过，众人发出一阵笑声，谁也没有搭理聂老板……

远虑近忧

“妹妹你大胆地往前走啊。”

豆晓波扯开破锣嗓吼着，哪知细妹子正从饭店出来跑向严德标，鼠标哥火了，回头瞪了豆包一眼。可不料李二冬露着两颗暴门牙，接着吼着：“往前呀走！”

鼠标哥发飙了，威胁着谁再敢针对细妹，就跟他急。余罪打了个酒嗝，嬉笑道：“唱得不对，应该是‘太阳落岳西头，让你亲个够啊’哈哈。”

众人大笑，四个损友勾肩搭背，留着鼠标和细妹子互挽着，鼠标这次脱离兄弟们阵营可是心甘情愿，被刺激急了，干脆发挥脸皮厚的优势，不理你们啦。至于细妹子，对于这几个狐朋狗友抱之以理解的态度，不管你们说什么，问什么，就是那么羞羞地一笑。

所以到现在为止，兄弟们邪恶的猜测不少，可谁的猜测也没证实了。来自本地山区的细妹子姓杨名晶晶，年方十八，已经有在这边打工四年的经历了，许是离家早的缘故，人虽小，可待人接物一点也不显得青涩，反倒鼠标像个未成年似的，处处需要细妹子照顾。

今天猛捞了一笔，哥几个庆祝喝得酒意微醺，直呼痛快。这两日撞邪，小广告老板溜了，李二冬和豆晓波失业，再加上两会期间巡逻加岗，街面上也不好混了，可谁知道余罪那贼脑子一动，一天就捞了几千，这回呀，兄弟们什么都不干坚持到结束都没什么问题。

踱步间，李二冬心眼动了，拽着余罪问：“余儿，这钱挣得太容易了，要不咱们再干两天？聂胖子都请咱们了。”

“言多必失，事多必露，那事能多干呀？滚一边去。”余罪道，气着了。

“为什么呀？”李二冬舍不得了。

“十个车主里九个车盲，可就算只有一个稍微有点常识的，就坏事了，只要逮着你塞人排气筒的，不得揍你个半死呀。”余罪道，有些事只能干了就跑，比如像这类恶作剧，千万别想长期致富，太危险。

想想也是，这法子太糙，怪不得余罪收到钱后就警告去糊弄保安的豆包、鼠标几人，谁也不准再到临江路一带露面。不过终究是得手了，豆晓波拉着李二冬笑着：“别财迷，听余儿的，余儿的犯罪心理学虽然考得不及格，但是他的实践要比咱们强得多。”

“你这骂我呢，还是夸我呢？”余罪哭笑不得道，李二冬却插话了，不管怎么说对余罪能想出这办法来还是挺景仰的。问到犯罪心理学，余罪简单地介绍了句自己的研究成果，那就是他说的这句："根据我的研究表明，犯罪的最高境界是：别人犯事，我能收赃；我要犯事，有人顶缸。"

众人又是一笑，这个贱人办事向来很贱，不过这次是解决兄弟的窘境了，谁也没责难，反而赞誉之言滔滔不绝，终于有人听不下去了，是熊剑飞。他猛地喷了句："笑，笑，笑个毛呀？这要出了事，看你们还笑得出来吗？"

"能出什么事？"李二冬不屑道。

"你们紧着一个地方胡来，三个小区塞了一百多辆车屁股，能不出事吗？一出事让人查查，一准跑不了咱们几个，再说了，监视的天天追着呢，要道听途说了点，回头不得狠搞咱们？"熊剑飞道。

这位面恶心软的家伙胆子并不大，对于这几位同学干的事，他自始至终就没有接受过，今天的事前边的像恶作剧，不过余罪一下子从别人手里拿了这么多钱后，就不是恶作剧了，他觉得像个悲剧，这事真要犯事或者被家里知道，大家伙都得跟着悲剧。

李二冬回头看余罪，也是啊，本来大伙都立志当警察的，怎么都快把这事给忘了。豆晓波脸皮皱了皱，问余罪的话却是："余儿，会不会出事？我怎么没发现有人一直跟着？"

"要么说你笨呢。"熊剑飞喷了句。

"所有的事你只能设计过程，而无法左右结果，可所有的结果都与我们无关。塑料袋是保安塞的、车是救援拖走的、宰人的是汽修厂，和我们有屁关系？我们连身份证都是假的，想出事都难呀。"余罪神色飞扬地说道，合众人之力干这么一票，接下来的日子可好过了。他这得意样子惹得众人一阵好笑，把熊剑飞郁闷的，好像他成了另类似的。

而且因为这个另类在，大家确实没有那么多快意了。一行人沿着大马路往回走，除了鼠标在外租住，其余几人都凑合到一块了，两会期间暂住证和小旅社查得很严，大酒店又住不起，不过这难不倒对警务规律很了解的众人，这些天一直是打一枪换一个地方，比较常用的办法是到一家桑拿洗浴中心，连洗带睡觉问题一块解决。至于要身份证稍有点麻烦，不过有余罪在很快就解决了，他兜里装了可不止一张身份证。

几人逛到快凌晨，到了白云路段，沿着一面广告牌的指引，进了一家大众洗浴中心，很实惠，除了洗澡，加十块钱就能睡一夜。四人开了两间房，泡了个热水澡，回来的时候熊剑飞在门口招着豆晓波和李二冬，这两货许是寂寞无聊，出于一种严重的心理不平衡，嘴里嘟囔着骂着严德标："哥几个混得多苦才有今天，可鼠标这家伙不但捞钱有门道，还捡了个细妹子！"两人异口同声诅咒着这家伙，真希望他以后永远不举。

"你俩烦不烦，都过来坐。"简陋的洗浴场条件勉强，余罪围着浴巾，招呼着三人都坐下了。大家都知道余罪有话说了，李二冬看余罪踌躇的样子，以为这家伙又有奇思妙想了，坐下来就问："哟？是不是又有点子了？你吭声，哥几个干，这生活也太艰苦了，好歹改善改善。"

现在的生活水平顶多就这样了，余罪一愣，豆晓波也凑热闹道："对，余儿，滨海的好地方多了去了，咱们多弄点，好好玩玩。"

"同意，我正想南方美女细腰纤腿，咱们来一趟都没有全方位欣赏过，太遗憾了。"李二冬眼睛发亮道。

余罪没吭声，他笑着看向熊剑飞。熊剑飞好歹保持着清醒意识，翻着白眼，有点耻于与这些人为伍的样子，不过生活所迫，又不得不与这些人为伍，实在让他很为难。余罪窥到了这些，笑着把手伸出来时，拿的是身上的钱，厚厚的一摞。他分成四份，一人拿了一份，李二冬刚要开口提议，被余罪扇了一巴掌，直斥道："就你嘴快呀！这钱大家一人一份，这是最后一份了啊，到现在为止咱们到滨海一共二十八天了，还有十二天结束，每人都有一千多块，每天平均一百多，够你们像样地生活了……接下来什么也不做了，也别想了，等着报到就成。"

不要把所有鸡蛋放在同一个篮子里，余罪也生怕全装在自己身上有问题。至于鼠标倒不用管，那货口袋里殷实着呢。几人一听，熊剑飞倒是很高兴，就是拿着钱有点不好意思，自己啥也没干。那两位可有点不满意了，这日子可要紧巴巴地过了，日消费一百多要放岳西省是个大数目，可放这地方也就勉强而已，一顿饭都得十几块。

“这有点少了吧？”李二冬难为道。

“就是，只够吃。”豆晓波附议。

“行了啊，我扛麻包一天都挣不了一百，天天睡桥洞呢。”熊剑飞倒是非常满意道。

“你当然行了，你啥都没干就分这么多。”李二冬翻着白眼道。狗熊的脾气被撩起来了，腾地起身，一把钱摔在李二冬脸上骂着：“都给你，老子也饿不死。”

“我靠，打架是不是？”李二冬心虚地指着狗熊道。看着另外两人，豆晓波赶紧拦着。余罪一手揪着狗熊，一手推着李二冬，直斥道：“要不是狗熊帮忙，老子差点出事，再说了，人家也是担心兄弟们流落才和我一起来找人的，只是没想你们混得比我们还好罢了。”

劝了几句，两人这才分开了。豆晓波把钱一张一张捡起来再交给狗熊，他发脾气不要，豆包又给了余罪，余罪拿在手里轻言细声道：“能走到今天都不容易了，咱们之间较什么劲呀？还不知道有多少人已经退出了呢。你们想多整点事情我不反对，可你们想过没有，即便什么事都不出，你装一兜钱，回去的时候怎么办？再说了，你俩狗日的天天贴小广告，贴的还是非法广告，赶紧想想回去的时候怎么解释吧！”

豆晓波一吸凉气，这才想起自己是什么身份，他根本没发现背后有人追踪，如果真有的话，那自己的所作所为可就逃不过许平秋的眼睛了，这事被家里知道了，恐怕也是个很大的问题。他紧张地看着李二冬，生气道：“我说咱不干那事吧，你非让干，你说我找找找，怎么找着你了？”

两人埋怨上了，豆晓波当时下车时是和鼠标约好的，找了两天，可不料找到的却是已经开始贴小广告的李二冬，李二冬也埋怨道：“你光会吃不会干，不是我教你，你早退出了，援交广告你以为我想贴啊，还不是想多挣俩饭钱！”

两人一争辩，熊剑飞忍不住喷笑了，脸色一整，又觉得自己这帮兄弟们有点可悲了，堂堂的警校生沦落到以贴小广告为生的地步，还得处处瞻前顾后，实在是窝囊至极。他叹了口气，没吭声。

狗熊就是实在人，肯定不会走偏门，李二冬和豆晓波争了几句，都同时看着余罪，两人眨巴着眼，都瞪着余罪，好像在说，你干什么好事似的，还吓唬我们？

“别看我，我对选拔期待不高，可我觉得狗熊被选走的概率很大，就算有事也不能让他沾着，所以今天的事就没让他参与……你们呢，也无所谓，真有事扣我脑袋上就成了，就说我养你们了。”余罪笑着道。也许是期待真的不高，倒也就不介意讲这么一回义气，这事即便露了馅，他觉得也不是问题，任务结束一切被束之高阁，真出事了他估计许平秋也得瞒着不敢曝光。

“就这么定了，回去休息吧，钱省着点花。”余罪挥手打发着人，把钱往熊剑飞手里塞。他不知道自己的话已经在狗熊心里造成了多大的波澜。熊剑飞看着余罪的眼神都带上了几分景仰，像是在说：兄弟你做到这程度，比豆包那两个货可强多了。

几人往自己房间走着，快进门时，豆晓波回头问了句：“余儿，你说我们还有希望吗？”

这话问得很严肃，而且几个人都显得有一些难堪，被扔在这个陌生的城市，就像是在考验人性一般，而且是用最惨忍的饿肚子的办法，几人最终都没有把住自己的底线，现在想想，怕是走得已经好远了。

“留下的就有希望，不管怎么样，总比放弃强吧。”余罪道。

李二冬却是决然了几分，搂着豆晓波道：“走，怕个鸟，我刚才还担心，现在一点都不害怕，当警察有什么好的，还没贴小广告挣得多，不要咱俩拉倒，回头咱们自己办个广告公司，专贴小广告，妈的，活人还能让尿憋死？”

两人相拥着出去了，那样子恐怕再决然也有几分放不下。余罪笑了笑，回头时却愣了，熊剑飞直勾勾盯着他，他刚要说话，熊剑飞却抢先说道：“谢谢啊。”

“哟，客气什么？吓我一跳。”余罪道。

“我要是当了警察，以后你犯事，我包着。”熊剑飞道，既严肃又诚恳。余罪蓦地笑了，出声问着：“你的意思是，你确定自己能当了。”

这话问的，真问到熊剑飞的心坎上了。他为难地撇撇嘴巴，成与不成，自己可说不准了。用眼光征询余罪时，余罪也为难地笑笑，他也同样说不准，许平秋把一群队员全部扔在滨海，他的最终目的是什么，余罪猜测过很多次，想了解一下各人的特性？想知道各人的能力？还是想让选中的人员了解世情，尽快进入角色？都有可能。

可现在的问题是，像他们这样子，能进警察队伍吗？

“要咱们几个人里挑上一个，你的概率就非常大，最起码你一直在自食其力，而我们几个从一开始就没走正道。”余罪很诚恳道。他一直觉得就算被选上也未必是幸事，这个观点到现在都没有改变。可也一直羡慕像熊剑飞这号清白人家的孩子，可惜他也改变不了了。

熊剑飞想了想，喃喃道着：“其实我也憋屈，也想走偏门捞点的，可我不敢！我脑子没旁人好使，成绩也一般，好不容易才进了警校，一直也不突出。我老爹就盼着我能当个警察，能有份正当职业，不用再和他一样一辈子卖力气。”

“那就别客气了，明天睁开眼睛时别让我看到你，钱和身份证拿好。”余罪笑着道。他很理解，也很支持，他把钱和身份证放到了熊剑飞面前，熊剑飞想客气一下推拒，他知道余罪在为他着想，和这帮捞偏门的在一块，怕是回去要被质疑，可就这么走，又觉得心里不忍。余罪起身穿衣服时，熊剑飞紧张地问着去哪儿，不料余罪坏笑着道：“我去找个妞，你要一起来吗？”

熊剑飞败退了，没敢附议。他直看着余罪从容起身，出了门，随即又看着桌上的钱和身份证发呆。

出门的余罪也在发呆，他踱到了个僻静角落，拨着电话，听着电话那头不耐烦的嘟囔，轻声说了句：“爸，你想我不？我就快回去了啊，训练？哎哟，我估计够呛，高手太多，我怕是根本选不上……”

好在老爸对他的期待也不高，余罪放心了。放下电话时，他的脸上洋溢着一种幸福的笑容，也许是正憧憬着自己被淘汰后回到泰阳那幸福的生活。

这一日过去后，让家里那群“奶爸”奇怪的是，已经结伙的五位突然少了一位，剩下的那几位也分开了，看着监控的显示又让杜立才领悟出了一个新情况，几个人所处的方位分散在滨海的各个名胜景点，一天换一个地方，追踪根本来不及。

这个新情况他琢磨了好久才明白：这群家伙，正在玩呢。

兴尽愁生

“老大，快来，我被人砍了！”一个孩子嚷着。

“老大，帮帮忙，我的血快没咧！”另一个孩子嚷着。

在零乱的网吧里这声音并不显得突出，说话的两位学生装束，脸上一脸稚嫩，离他们不远挂着个标牌——“未满十八岁禁止入内”。

他们一嚷，老大奔出来了，帅帅的小伙子，挽着袖子，义愤填膺道：“哪个队的？居然欺负我兄弟！”

说干就干，小伙子接过学生的鼠标，手指飞快地在键盘上敲击，耳麦里一阵砍杀声，看得那俩学生两眼放光，神情激动，心道老大真是无所不能，不但代做家庭作业，而且代玩游戏都这么在行。

人才啊，在哪儿都受欢迎。两个学生把骆家龙供得比亲爹都亲。

“老大，喝一杯。”其中一个递着可乐。

“老大，给你包烟，我爸的。”另一个也贿赂着。

老大不是别人，正是脱胎换骨的骆家龙。他喝着饮料，点了支烟，教着两个屁孩怎么玩，对于学编程的，游戏里开后门加外挂就像当年翻墙一样，那是手到擒来，一拨孩子早被他征服得五体投地了。

“小骆，20号死机，看看去。”网吧的老板叫着，他年龄不大，和骆家龙相仿。骆家龙应了声，安抚着几个“小雇主”，奔向前几排找到20号机，娴熟地点着键盘鼠标，发现硬件故障后，拆了机盖，叫着网管递工具。

网吧的小老板看着机器人一般忙碌的骆家龙可高兴了，自从这人被一群初中生雇到自己的网吧玩游戏，吃住睡觉都在网吧，他无意看到这人的能力觉得不凡，尝试着让他试试代练，可谁知道发现宝了，这家伙改过的外挂比花钱买的还实用，而且那十根手指比机械手还灵，以前的废旧机器被他一拼装，居然能用。

这不，也就一支烟的工夫，20号机恢复正常了。小老板叫着骆家龙过来，看着这位怎么也不像无业游民的骆家龙问道：“小骆，你在这儿待得怎么样？”

“挺好。”骆家龙很满足地道。

“有什么想法没有？”小老板问道，心思在动着。这人进来快一个月了，自己就管三顿饭和睡觉的地方，工资都没给一毛钱，现在问题是，他想留人，可钱又不想给得太多。

“有。”骆家龙道，想了想，诚恳道，“孙老板，您得控制一下了，来这儿的未成年人太多，有些肯定是有网瘾了，这样下去就太误人子弟了。”

孙老板眼睛瞪得大了一圈。听到这个始料未及的想法，他愣了愣，说道：“还是书生意气呀，贩毒的就卖给有毒瘾的，开网吧你不让有网瘾的来，谁还来？再说了，像你这样有出息的也没出路，那什么大学不也误人子弟嘛。”

骆家龙一愣，这歪理好像挺有理，他本人就是一个明证，一抿嘴，有点后悔自己说这话了。老板倒是挺开明，征询似地问着：“不管你什么人，留我这儿干，按网管给你开工资，比他们高三百，不，五百……一个月三千五，怎么样？”

嚯！骆家龙一吸凉气，这工资开得要比在老家当警察可高多了。他想了想，用几乎是从牙缝里迸出来的话说道："这个价格，还算公道……那老板，我……"

"不用谢我，好好干……这个月也不白用你，这是两千块，你先花着，以后工资足月就发。我们这自由空间网吧，一般没人查，关键就是技术问题，全靠你了。"老板塞着钱，拱着手，显得又客气又豪爽，边安排边接着电话，扣了电话却是立时要走，走了半晌才看到还拿着钱在发愣的骆家龙，他得意地笑了，这么便宜的价格请了个高手，以后可不用发愁了。

事实上，拿着钱的骆家龙在自言自语着："我不是谢你，我是想说，我干不长了。"

确实干不长了，四十天的时间快到了，不过拿着沉甸甸钞票的骆家龙心里突然有了一丝犹豫，只会开关电源的网管一个月都挣一两千，懂硬件的更是挣一倍都不止，就光会玩游戏的到这儿代练游戏，每月都挣好几千……

为了那个曾经放不下的夙愿，值得吗？

为了穿上那身警服，放下的一切都值得吗？

他有点迷茫，甚至这个时候，比他刚下车时那种没有方向感的迷茫更严重。

逆境时时间总是过得很慢，而顺境却显得很快，快到你不知不觉。

汪慎修就有这种感觉，走上领班位置数日已经是风生水起，每日里徜徉在灯红酒绿和纸醉金迷中，早不知道凡间的时间已经过了多少。每日里睡到中午，吃完饭就陆续有生意了，会一直忙碌到深夜。

刚开始不适应，这个领班也不是那么好当的，他连班干部也没有当过，一下子领着如此多的前台、服务生、以及藏在暗处的一群莺莺燕燕，要在这些人中做到平衡不是那么容易的。

毕竟时代不同了，大茶壶也不是那么好当的了。最起码察言观色这一关不好过，难就难在毕竟你无法一眼窥知客人的取向以及喜好，更多的是那些喝得醉眼朦胧、东倒西歪的客人，根本不是来找妞，是找刺激来了，不管领班送进去多少妹子，最后都得被他们吓得叫着跑出来。可即便就是这种很操蛋的情况，当领班的也只能点头哈腰，等着把醉鬼们哄安生了好掏人家腰包。

看穿了也没那么难，就是大把地扔钱买回点虚无的情感慰藉，来填补空虚而已，填住了没有汪慎修不知道，不过肯定把夜总会填肥了。每天都是些喝多的傻瓜、装酷的二货，还有生怕别人小瞧他的土鳖，让夜总会的姐们评价他们就一个优点，掏钱爽快。

领班的责任就是让客人更爽快一点，别人看起来难，可汪慎修渐渐发现在学校学过的那点可怜的心理学居然很有用处，最起码他能看到这些眼光或空洞、或淫邪、或迷离的客人来此的目的何在，是想小喝一口，还是想大醉一场，或者还是想来个露水良宵。把握住这些关键，没过几天，领班汪慎修已经成了帝豪夜总会有史以来评价最优秀的领班。

不过本质上还是拉皮条的，简称大茶壶。

这不，又出事需要"王领班"解决了，迎宾的小伙从三楼奔下来，气喘吁吁地跑到汪慎修面前道："不好了，王领班，呼您的步话怎么不回？三楼那个年轻人，砸了好几瓶酒，把我送进去的姐们儿都轰出来了！"

"找事的？让阿宝解决呀。"汪慎修道，低头时才发现自己的步话没开，赶紧打开。阿宝是夜总会豢养的打手，那晚就是他带头揍的汪慎修，对于阿宝的拳头，汪慎修记忆犹新。

"不敢，开宝马S系来的，改装过的，戴的是欧米茄，衣服是阿玛尼，鞋我没看到牌子，我估计是意大利纯手工的，更贵，绝对是个有钱主。"小领班指着外头一辆豪车小声道。他的眼光仅限于此，这号多金客可不是能用打手解决的。

"年龄有多大？"汪慎修觉得棘手了，这里经常一个不慎，能砸了饭碗，不但砸了自己的，还有可能砸了对他有知遇之恩的经理的。

"十八九岁吧。"服务生道。

“啊？十八九岁就来夜总会找乐子？什么时候来的，我怎么没看到？”汪慎修瞪着眼，好不理解。

“您只顾和俏姐儿说话，我招呼的。”服务生客气道。

棘手也得解决，这就得看领班的了。汪慎修示意着上去看看，那服务生领到门前退缩了。汪慎修听到房间里摔杯子的声音，还不忘大声嚷嚷着：“怎么人都没有啊！我操！都去死呀……”

汪慎修马上判断，这是个很纯正的南方土鳖。进门的一刹那，对方面色苍白、眼睛血丝密布的样子吓了汪慎修一跳，之后才看到那身很随意、但很昂贵的装束。汪慎修知道，怕是自己遇到了个有钱的土鳖，在沿海，这号钱多得把奢侈品当日用品扔的主大有人在。

“去死呀，信不信我放火烧你个破店。”少年面露凶相地道，隐隐的酒味扑面而来。怪不得把姐们儿都吓跑了，这样子要杀人放火了。

汪慎修退了出来，二话不说，领着手下就走，直说找兰妈桑去。帝豪夜总会有四个鸨头，兰妈桑是其中一个，服务生知道是领班的要用他的“慧眼”给恶少挑妞了，来跟着学本事。

两人直上五层，一个不起眼的房间里，屋里打牌的、抽烟的、对镜化妆的，七躺八卧十来个漂亮妞，妈妈桑姓兰，是位四十开外的半老徐娘，犹存的风韵没有脸上涂的化妆品多。进门就拉着汪慎修，喋喋不休地说道：“今天的生意不能赖我们，那人谁也伺候不了，你就扣台费，我们也不出人了。”

妈妈桑一说，众小姐齐声附和，估计都有点怕了，那孩子像有神经病，谁也怕有个不测。汪慎修直盯着兰妈，上上下下打量，突然雷霆一句：“别人不行，那你上。赶紧准备坐台。”

“啊？我……坐台？”兰妈桑愣了，张口结舌，难得地老脸一红。虽然说姐是坐台出身，可不坐台已经很多年了。

众姐妹一听，一下子哈哈大笑，拍手的、拍大腿的，直说这主意好。兰妈桑怕了，要往后退，汪慎修一使眼色，和服务生拽着半老徐娘就往屋外跑了，边跑边安慰着：“兰妈桑，你得相信我的眼光，你去绝对行，以你阅人无数、哄神骗鬼的本事，搞定这事小菜一碟。”

“小王，我没少给小费呀，不带这么坑大姐的吧。”兰妈桑死活磨蹭着，就是不愿意走。

“怎么坑你呀？这是相信您的魅力，真的，打个赌，他要不喜欢你，今天你姐妹们的台费，我包赔。”汪慎修拉着，这个承诺终于让兰妈桑不太情愿地移步了，出来卖谁还不就为俩钱，边走汪慎修又是边临阵磨枪地教唆着：“就是个毛没长齐的货，你放心，绝对不会让你失身。”

“失身我倒不在乎，就怕被轰出去丢脸呀。”兰妈桑很有人老珠黄的自觉，一说服务生噗嗤笑了，汪慎修制止道：“你就没想万一你要是成了，多长脸呀！别光想丢脸，你进去就把他当成……儿子，小情人，那种很暧昧、很关心、很心疼他的那种感觉，找找感受……哎哟，瞧你的头发，束起来，找点你在家那种老妈子的气质……”

妈妈桑手忙脚乱地收拾头发，王领班在窥人上屡建奇功，连老外都能忽悠住。她有点半信半疑，临到门口了，又退缩了，鸡头好歹也是头，万一惹人笑话那就很没脸面了。兰妈桑难色一露，汪慎修又教唆着：“就这个表情，很为难，不知道怎么应对……进门别说话，把你那套招嫖的话都收起来，不声不响捡玻璃片，然后问候他一声，动作不要太亲密，给他拍肩膀上的灰就行……就像那种，见了你儿子，恨不得把他抱在怀里喂奶的感觉……”

“我没儿子。”兰妈桑难为地道，两眼凄苦，还真像个苦命人。

“那就把他当儿子呗，谁吃奶还不一样，我不信你没给男人喂过。”汪慎修急了，把兰妈桑给推进去了。

咦，安静了，这个中年妇人进门的一刹那，那少年猛地一瞪眼，要发飙。兰妈桑一紧张，想起该干什么来了，不声不响地低头捡着酒瓶、果盘。汪慎修在门口盯着，那少年狂躁的感觉消逝了一点点，而且随着兰妈桑那轻柔的动作在慢慢地消失，仿佛这个人让他想起什么刻骨铭心的记忆一般，过了好一会儿，那眼神居然意外地趋向平静了。

成了，汪慎修暗道侥幸，犯罪心理学课没白上，这是位人格缺失的，这种狂躁和畸形性格果然是成长环境的原因。

汪慎修轻轻踱进来，接过了碎片，兰妈桑的情绪也稍稍稳定了。她慢慢地坐下，捋了捋沙发巾，然后又深情款款地看了少年一眼，抚了抚他的肩膀，像是在抚平他肩膀的皱褶，半晌才轻声问道："你一定口渴了吧，不要多喝酒，要杯热茶。"

少年瞪了瞪，突然间眼光里的厉色消失了，轻轻地嗯了声。兰妈桑靠近了几厘米的距离，摆摆手，汪慎修慢慢地溜出去，闭上了门。

"两杯热茶，果盘，进去后给他们放轻音乐。"汪慎修长舒一口气，服务生忙着去给准备上了，刚走几步，楼道里的一干姐们儿伸了一堆脑袋，都是准备看笑话来了。

咦，奇怪了，愣是没听到兰妈桑被赶出来的尖叫。

没听到可就傻眼了，看着汪慎修，个个崇拜得无以复加，人才啊，把年龄能当妈的都介绍出去坐台了。

汪慎修却是知道，只要见面时候的尴尬过去了，就应该不会被赶出来。他等了好久，直到服务生送茶水出来，一出来个个脸色大变，和等待的一干人凛然道："真邪了啊，那小哥躺在兰妈怀里，要多亲热就有多亲热！"更邪的当然是"王领班"了，他继续崇拜地说道，"王哥，你真神了啊，老妈都能当小姐用。"

汪慎修闻得此言，终于大舒了一口气。他抬步走时，被服务生拦住了，人家好不崇拜地问着这究竟是什么原因，那群莺莺燕燕的姐妹也来劲了，前后左右夹持着汪慎修，非要打破沙锅问到底。

"很简单嘛，那孩子一看就是缺爱，有恋母情结的，要不不至于这么多美女他一个都不动心。问题不在脸蛋上，在年纪上。"汪慎修解释道，南方这类子女双亲在国外淘金的事不鲜见，也就造就了一大批缺爱的恶少。

"那也不能对兰妈桑有兴趣吧，妈桑也能当妈用？"服务生一阵恶寒，他这么一说，惹得众姐妹七嘴八舌吓唬要告诉兰妈桑，争了几句，焦点又回到汪慎修身上。有姐妹谑笑道："有奶便是妈，我们奶也不比她的小呀。”

汪慎修却是笑着解释道：“他需要点母爱，老点的正好；而你们的打扮倾向于性爱暗示，你露这么长一截白腿，鼓这么大个胸，有这种当妈的形象吗？还是兰姐一身赘肉像一点。哈哈。”

他摆着手，惹得众美女几句鼓噪，有人逗着汪慎修道：“王领班，天天看我的胸和腿啊，下班去我家，我让你看个够啊。”汪慎修一听打情骂俏又来了，吓得他落荒而逃。

这个纸醉金迷的世界对于他是另外一种观感，谈笑自若地和来来往往的美女们说两句俏皮话，点头哈腰地把财气十足的客人迎进门，站在霓虹闪烁的门厅，回想着落魄时的自己，此时已经恍如在天堂了。不过他摸着口袋里每天厚厚的小费，时而清醒，时而迷茫，时而觉得醇酒佳人夫复何求，可时而又会觉得：这，似乎不是他曾经梦寐以求的风骚。

他知道自己不属于这里，因为心里记得很清楚，这是最后一夜。

也是这一个零点刚过的时候，余罪突然醒了，在孤寂的一家小旅馆里，他默默地点了一根烟。这时，他接到了豆晓波的电话，豆晓波还和李二冬结伴着，两人是在询问回归的事宜，中心的意思是：这贴小广告不会被清除出列吧？

余罪安慰了一番道，肯定不会，我比你们犯的事重。

通完话，余罪抽着闷烟想着初来滨海的时候，他很从容，根本不纠结，而许平秋告诉他，如果选择全部放弃的时候，他希望余罪也能是这种心态，那样的话就不会留下什么遗憾了。而现在，他却没来由地觉得很遗憾，也是这个时候他才发现，原来自己的骨子里还是钟情于那个虚无的梦想。

也在这一刻，严德标蓦地从被窝里翻身起坐，旁边睡的细妹子惊醒起身看时，发现他惊得出了一身冷汗。他梦见自己被督察带走了，梦见被赶出警队了，犯事的原因是生活作风问题。醒来才暗叫庆幸，亏是还没当警察，他回头看着细妹子一身麦色的皮肤，姣好的脸蛋，有点后悔做下禽兽不如的事了。

一夜无眠，他翻来覆去想着，生活作风问题加上品德问题，进入选拔怕是无望了，最关键的是还有身边这位女人的问题，滚了一个月床单，难道扔下就走？

男人，难哪！

也同样在这一刻，仿佛心有灵犀一般，熊剑飞躺在一个廉价租来的民居里，他想着不齿其为人为事的同学，恰恰是帮他走出窘境的人，而自己远离他们，像做了一件昧良心的事一般，让他很难心安，越是临近回归，越是让他难以心安以至无眠。

同样在这一刻，栖身于山区一个景点的董韶军在数着天上的星星，幕天席地，劣酒当歌，他知道快要苦尽甘来了，即便是四十天全部是靠着拾荒熬过来了，他依然觉得世界是那么的美好。

而在城市一个角落的一座工棚里，栖身于此的张猛半夜被身上疼痛惊醒了，打零工、扛重活、走码头，他遇上了不少吸民工血汗的地痞流氓、欠民工工资的奸商。除了用拳头讨回饭钱和公道，他没有另外的办法，不过结果是他被数次追打受伤，还被扭送到了派出所。警校的训练让他有能力成功脱逃，可没有能力让他恢复伤口。

他往身上的累累伤痕上洒着药，心里暗自咒骂着：这世道，真他妈黑暗。

同一片星空下，同一个夙愿，还会牵动着多少人啊。

归心似箭

聂老板笑吟吟从修理间出来的时候，看到了一位削瘦的中年男人，不太老，可也不年轻了，人显得颓废，不过瞪眼看人的时候，又觉得很精神，一下子揣不准来路。

这号人不是普通人，聂胖子立时下了个定义，不过阅人无数的他，生意是第一要务，管你什么人，大不了是推销赃车要不就是要寻辆便宜车的主，咱这汽修厂有的是路子，他躬身上前道：“老板，找我？”

“嗯，找你。”那人点点头，打量了聂胖子一番。聂胖子堆着笑介绍着：“有事您说话，只要和车有关的，尽管开口。”

不管修车、买车、卖车，对于汽修厂而言都有这类见不得光的业务，聂胖子估计是来了个走黑路的主，说不定是想要辆无牌车什么的。却不料他料错了，那人笑了笑问着：“和车无主，和人有关……你认识他吗？”

那人翻手一张照片亮出来了，哟，聂老板一激灵，是那个教他塞塑料袋的主，那事已经结了，聂胖子挣得也不少，而且现在也学会了，教手下徒弟没事就捡个塑料袋，瞅个车塞进去，回头就有拖车生意了。这种私底下吃汽修厂回扣的事办得聂老板早偷着乐几回了，可没想到还会露馅。

“不认识。”聂胖子相当精明，这种人，还是不和他扯上关系的好，就当他没来过。不过他刚说完这话，又是倒吸一口凉气，那人收起照片，手里的东西换了，却是一个警官证，忽闪闪的警徽差点亮瞎聂哥的眼。

“我相信聂老板的诚实，不过我告诉你，这个人是一个在逃犯，我们发现他前几天出没在这里，这道路上似乎有很多监控能找到他，我想，他一定不会来汽修厂干什么……”那人揶揄地说着，欣赏着聂胖子满脸肉颤的紧张样，干脆往狠了诈，又补充着，“我还听说这段时间临江路这一带中邪了似的，抛锚的车不少，聂老板，好像你挣得不少吧？别太自以为聪明了啊，你觉得别人都是傻瓜？”

“这……我、我真不知道。”聂胖子虚汗憋出来了，紧张兮兮道。

“好，我相信你不知道，回头换个环境说吧。”那人很客气，作势要走，这一下子聂胖子的心理防线崩溃了，要换个环境，这生意得被穿官衣的搅得没得做。他一把拉着来人，如丧考妣地苦求着：“警察同志，真不关我的事啊，我也不知道这几个小王八蛋从哪儿冒出来的，一天就骗了我好几千，我也是受害者呀。”

“是啊，那你得向警察说清楚呀，他们犯了事牵涉到你怎么办？”来人道。

“对对，请请，里面说话。”聂胖子看来人单身，心思动上了，把这位恭恭敬敬地请进了修理间的隔室。

过了不久，那人出来了，手里提走了厂里的监控录像存储盘，聂胖子看着人走，暗道侥幸，对方直奔那个目标而来，并没有多找他麻烦。

人一走，他回头下了个厂长命令，主要内容是：谁再提塞排气管拖车的事，立马滚蛋。

那位出了汽修厂坐上了车，看看时间还久，他打开了音乐，听着岳西省特有的晋剧，哼哼着调子，朝机场驶来了……

五原至滨海的航班掠过碧蓝的天空，缓缓地降落在机场。扩音里响着轻柔的东方曲目，旅客起身了，在狭窄的甬通排队下机。

“许处，到了。”一位中年男子，小声提醒着座位上的许平秋，便装，行李很简单，只有一个提拉式手提箱，没有人知道这位就是岳西省禁毒局的副局长巩鹏程，建制以来最年轻的一位副处。

许平秋眯了眯眼，大梦方醒的样子，示意等等。两人在航机中段，被旅客前后夹持着，挤着出来肯定很难受，都是北方人，对于冷没有什么感觉，这个时候北方还是零摄氏度左右的天气，而这里，早已经是潮热不堪了，还穿着厚毛衣的巩副局早出了一身汗。他干脆就在这里换下了厚厚的春装。

两人等旅客走得差不多了才下机，此次的公务是参加一个在滨海举办的全国禁毒工作会议，主旨在于各地警方交流有关打击毒品类犯罪的经验。让巩鹏程不太理解的是，局长自己不出面，怎么省厅反倒插了一杠子，还把刑事侦查处的许处调出来了。自从禁毒局单列建制后，和刑事侦查处除了并案之外，很少打交道了。

不过他不敢问，这毕竟是省厅的决定，而且许平秋声名在外，从基层摸爬滚打上来，可比他这类少年得志的底子要厚实得多。他很有当配角的自觉，一路上除了寒暄根本没有谈到什么实质性内容。

落地开机，向家人报了平安，此时巩副局的心里有些遗憾，去年“12·7”贩毒案牵涉的就是一种新型毒品，那个案子追了快半年了没有下文，如果能成功告破的话，此次会议就有风头可出了。

正想着，许平秋开口了：“巩副局，这次会议主要以你为主啊，我不接触这类案子已经有些年头了，别在同仁面前出了笑话。”

“那怎么行，许处？”巩鹏程客气了句，心里有几分得意。

“就这么定了，你先去接洽会务组的安排，我去会会几个老战友，晚上咱们见面再谈。”许平秋心不在焉地说着，旁听的巩鹏程稍有诧异地看着他，这样子不像开会来了，倒像探亲来了似的。

对了，还有个行动组去向不明，雪藏了有段时间了，是不是那事许平秋也插了一腿呢？

那事巩副局知道，死了个线人，行动的要负责，指挥的要负领导责任，这种事要是找个人接手，恐怕只能找许平秋这类年纪偏大、提拔无望的老刑侦了。

究竟怎么一回事，他没往下想，外勤上那些事不是他擅长的。两人出了接机口，早有会务组安排的在接机，巩副局上车走了好一会儿，许平秋才踱着步子，打着电话，不一会儿，一辆地方牌照的标致戛然刹车在他身畔，小伙开得很快、很拽。

许平秋瞪了眼，像是很不悦的样子。不过他上车坐定时，司机笑着浑然没有点严肃的意思，让许平秋很不入眼地呵斥着：“回去先去驾考班，学习学习文明行车啊。”

“呵呵，老队长，您要让我回去，幼儿园进修我都去。”司机笑道，话里有几分无奈和自嘲。

许平秋反倒严肃了，公安系统里有很多不为人知的秘密，比如某个大案的侦破过程，比如某些不宜透露的案情，更比如除了在籍的警察，还会有各种雪藏的外勤，在做着和警察同样的工作，身旁的这位就是秘密的一部分。

“好，我给你报好名，再过几个月，回省局后勤直属的幼儿园进修。”许平秋蓦地笑着道。那司机愣了下，这话里透出来的信息，似乎真要回家了，他一激动，许平秋训了句，他又是嬉皮笑脸地开着车往珠江大道的方向去了，那儿安静，好谈事，而落地的许平秋想要知道的就是他的消息。

成功的犯罪嫌疑人和成功的警察都有某种共通之处，比如多疑，比如多留一条后路，等等。许平秋无疑是这样一种人，即便杜立才那一组会被余罪等人发现，这个棋子可没人发现，他对此人非常有信心。

车停在公园不远，上午时分，和煦的阳光透过高大的乔木映进车窗，司机开了空调，拿着后座一个包，许平秋却是递了一摞厚厚的资料，直入主题问道：“说说，你觉得谁行？一个一个说。”

“我刚刚发现了一个很有趣的事，快把我乐坏了……”司机兴奋地要说下去，不料被许平秋制止了，他似乎不愿意过快地知晓答案，边点着资料边道：“一个一个说，都是我选中的苗子，既然加入进来，就没有再推出去的道理。说正题，别扯远了。”

“嗯，那好，这一个，这个太实诚了，就老老实实捡了一个月破烂，我都佩服得不得了。”司机撇过一张，说是佩服，不过却有忽视的意思了。

许平秋看是董韶军，他笑了，这确实是一个很能坚持的人。

“这一个也不行，跟一帮小孩混一块，心性硬不到哪里去。”司机又忽视一张，是骆家龙，能对上号，这是在网吧见过的，给他的印象很好，但不适合他的选择。许平秋不吭声，不过微笑着，只有这些混迹坊间的老外勤才有他们独特的挑人眼光。

“这一个嘛，往女人堆里钻是把好手，有些特殊的场合可能会用上。”司机评价了句汪慎修，略过了。

许平秋又笑了，他也没想到这拨人里居然有能在夜总会混得风生水起的，居说还当上了领班，其在滨海这个一线城市的收入，十个警察也赶不上。

“这一个，也有点小孩的感觉，净在公园玩卡丁车，我看他玩得快忘记回来了。不过车技确实过人，我看他玩过，有半个职业联赛的水平。”司机又摇摇头，撇出另一张。孙羿，后方监控这个另类足足玩了四十天，到现在还在玩着呢。

“剩下的几个，可都是奇葩了啊。”司机笑着，捻着一摞。他无法想象老队长在哪儿挖到了这么多奇葩，坑蒙拐骗几乎全有了，贴小广告的、街头当老千的，还有从派出所脱逃的，再加上那个在幕后出馊主意塞排气管的，那事愣是让他琢磨了好几天才想通其中的关窍。

“这两人我觉得是一类人，你觉得他们如何？”许平秋把熊剑飞和张猛的资料点出来，司机想了想，点了点头，这两人长项在拳头上，自保有余，不过他又摇了摇头说道：“有点太横了，过犹不及，脑瓜不会转弯，在道上混迟早被人砍死。”

“那这个呢？他和另外两人性格上有某种相通之处。”许平秋问，严德标当头，豆晓波和李二冬于其后，这三个人心眼活泛，贼得很。

“老队长，我混这么多年有点心得。出来混，能走顺的不是最聪明的人。”

“那是什么人？”

“是善于隐藏和习惯低调的人。”

“所以呢？”

“所以他们仨，也不行，太张扬了，而且长相一看就是个贼坯。”

司机严肃道，这一项筛选甚至比考公务员更严格，十个人，已经有九个不入眼了，许平秋欠了欠身子，装作不经意地扬扬头问：“那最后一个呢？”

“也不行。”司机回答得更快。

“理由呢？”许平秋问，他的心跳了跳，最后一个余罪，也是他最后的希望了。

“太行了，所以就不行……胆子太大，将来怕您不好控制。”

“胆子大？”

“难道不大吗？我混了多少年才成这样子，他呢？还没混都已经和我一样了，我只追到他一次抢了一个贼，以后就再追不到了，您不说他还抢了一伙砸车窗盗窃的，那事就让我去单干也得掂量掂量，他倒好，直接就下手了。还有，您知道这些天他们为什么消停了吗？”

“为什么？”许平秋诧异问道。之后的若干天，杜立才一组已经追踪不到有价值的消息了，只知道这伙人合而又分，各自玩去了。许平秋想过肯定发生了什么变故，他看司机谑笑的脸色突然道：“难道他们赚了一票大的？”

司机噗嗤一笑，点点头，这下可把许平秋给气着了，暗骂杜立才草包，随即又开始担心这几个奇葩干的事。司机此时也按捺不住了，笑着把在聂胖子处问到的前因后果一讲，然后评判着：“老队长，我就觉得这样的奇葩不该是省警校培养出来的吧，这么损的办法都想得出来？再把他扔到人渣堆里练练，那还了得！”

许平秋被司机的惶然逗乐了，他拿走了司机捕捉到的记录，示意着开车直接到煤炭大厦去。

以司机对老队长的了解，他知道老队长心里的人选已经定了，他小声问着：“老队长，您准备让谁去？”

“你第一天当外勤呀，不知道不该问的不能问？”许平秋顶回去了，司机闭嘴了。他突然发现司机的脸上有一种不忍的表情，那个细节触动了他，许平秋不经意地撂了句：“怎么，你有想法？”

“要不我去吧。我和这些人打交道多，白话也讲得利索。”司机直接道。

不用思考，他已经知道任务地点应该就在滨海，否则不至于在这儿下这么大功夫了。

许平秋却是摇摇头道：“你说别人过犹不及，其实你也是过犹不及，身上的江湖味道太浓了，这样的人别说罪犯，就自己人也会防着你，而且经验丰富表面看是你的优点，可恰恰也是你的软肋，对你这样的人，进那个门坎也很难。最关键的是……看你的手，食指已经和中指、无名指不在一条平行位置了，像你这样的，得编多少合理性相当高的故事才会让人相信？”

司机激灵了下，手指颤了颤，那是长年玩枪落下的毛病，即便有落拓和颓废的气质，也无法隐藏这些经历刻在人身上的烙印。

他叹了声，没有再说话。他知道，这是老队长有意成全自己，让他回家。

许平秋也叹了口气，轻声说道：“其实你知道这里面有好几个人都合适，只是你不愿看到又有人走上你的后路，对吗？你该回家了，省厅准备把你们几个年龄偏大的外勤召回去，你们也不能老这样活在暗处呀。”

这也是当年被许平秋推下水的一位，因为违纪被开除警籍，违纪是真的，可开除是假的，之后就一直从事着见不得光的任务。司机瞥了眼成就了他、也毁了他的老队长，眼光格外复杂。

他的回答是沉默，不知道是一种默认，还是否认。

车驶到了煤炭大厦，还有一公里的距离许平秋就下车了，司机招呼未打，像往常一样，很快消失在他的视线中。

重回这里的许平秋已经是成竹在胸，十四个人留了十个人，而且把跟踪的行动组搞得焦头烂额。

这群学员的生存能力很让他吃惊，明天就是归队的限期了，他有点迫不及待地想看到这些人成了什么样子。

第六章
出乎意料的选拔结果

使命召唤

“许处长，用什么样的口吻通知他们？”林宇婧问。

那群货色，醉生梦死的、乐不思蜀的、吃喝玩乐的，还有拖家带口的，她怀疑还能不能回来。身边的队友眼光都一样，也都抱着类似的怀疑。即便是许处长也有为难之处，特别是知道连严德标身边也傍上一个小姑娘后，不禁眉头深锁上了。

这个时候，任何说教、任何言辞都是贫乏的。许平秋知道要是时间再长点，恐怕这其中真会有有去无回的人，毕竟都是警校的学员，又是三观有问题的学员，真要对世间的灯红酒绿、男欢女爱不闻不问，那也是不可能的。

“什么也别说。”许平秋道，扬扬头安排着，“下载一首他们的校歌，循环播放。我去参加一个会，下午六时我会到场，宇婧、高远，你们两人负责接待。”

队员敬礼领命，许平秋却是心事重重地走出了这里。不一会儿，林宇婧和高远也下了楼，抱着一堆设备，直奔天河体育场警体训练馆，那儿还封存着所有学员的私人财物呢。

“校歌是什么歌？”高远问。

“所有警校的校歌都一样，《人民警察之歌》，笨死你呀。”林宇婧道。高远笑了笑，驾车起步，再要问时，林宇婧把手机接驳到了汽车的音箱，刹那间雄壮的旋律响起，两人也在这一瞬间，感觉到了心中升起一种肃穆的感觉。

“这是最好的召唤。”林宇婧肃穆地轻声道。

手机响了，接听时是熟悉的旋律，董韶军知道回归的时间到了，他有一种难言的兴奋充斥在胸间，他扔了赖以生存的大麻袋，踢掉了透着脚趾的鞋，找了个池塘洗了把脸，整了整衣领，拦了辆出租车，开始了他四十天里最奢侈的一个行动：回归。

手机响了，张猛在吸溜着鼻子，低头看到的是泥迹斑斑的工地，抬头看到的是高耸入云的脚手架，看看自己，出来时穿的衣服已经是衣衫褴褛，自己累死累活，在回归的这一刻还是身无分文，前一天晚上他向工头预支工资，不给；借钱，也不给，此时他想了想，确实还有一件最想做的事。他洗了把脸，整了整衣领，把铁锹往钢筋架上一砸，断了。然后他走出工地，到了工棚，等着工头那辆车驶来，远远地喊着：“李工长，等等，我有事跟你说。”

“妈的不好好干活，说什么？甭指望借钱啊，工地有饭吃，那边草棚有地方睡，还花什么钱？”李工头翘着小胡子道。可不就是嘛，饥饿和住宿都能解决，幸福就像电视上说的那样，天天有。

“我干这么长时间，有句话一直想对您说，再不说我没机会了。”张猛严肃道。那李工头毫无防备地上来，还是一副撵猪赶狗的表情，不耐道：“有什么快说，说完干活去。”

“砰”的一声，工头喊都没喊出来，碗大的拳头直打到脸上了。他应声而倒，满脸开了个酱醋铺，又酸又咸，发飙的张猛又狠狠踩了两脚，呸了口骂着：“你大爷的，去死吧！”

胸中怒气尽去，他把最后的话喷出来时，提步就跑，大步流星地向西南方向奔去，那是归队的地方，那里有兄弟、有朋友、有组织在等着，再也不用受他妈这等鸟气了。

手机响了，此时的孙羿已经收拾好行囊，他没想到自己居然能在滨海这座城市找到卡丁车陪练的活，而且干得不赖，认识了一帮志同道合的人，昨晚喝酒那帮天南海北的兄弟还挽留自己呢，他斟酌了良久还是决定回去。不过他也已经做好打算，如果招聘无望，那就再回来干自己喜欢的事。

多了一份选择，也就多了一份信心，离开望江路租住地时，他甚至有点恋恋不舍，这儿和这个城市，似乎比集合地对他的吸引力更甚。

手机响了，余罪、豆晓波、李二冬同时打开，也同时听到了熟悉的旋律——《人民警察之歌》。旋律中有一股金戈铁马的铿锵感觉，更有一股让人热血贲涌的情绪。余罪听着，看了同伴两眼，慢慢地说着："家里在召唤了，该回去了。"

他又看了房间门一眼，隐隐地还能听到细妹子嘤嘤的哭声。鼠标哥为情所累，从昨晚对细妹子说要走，细妹就哭个不停，偏偏鼠标慑于保密条件，连自己的真实身份和家庭住址都不敢透露，你说让人一姑娘家能不痛苦吗？

还有更痛苦的，余罪回头时，看豆晓波和李二冬一脸难色，比当初糊里糊涂跳下车还难，惊声问着："你们又没都泡个妞，愁什么？"

"哎，余儿，你说我需要不需要向组织坦白呀？"豆晓波道，那些小广告说白了全是非法广告，你说这事都干了，组织还会原谅吗？

"就是啊，我心里也没底，要不咱们别说，这事说出去得多丢人，别说将来当警察，都不好意思回学校了。"李二冬道，饱暖之后，开始有羞耻心了。

"能不说吗？真要有跟踪的，早录下来了，还不如自己坦白了要个痛快。"豆晓波道。

“不问别说，要问就说，就算干不成警察，回来贴小广告，反正收入也不差。”李二冬道。干脆豁出去了，他也等不及了，咚咚擂门，在门外嚷着：“鼠标，你还回不回呀？你要不回我们先走了啊。”

门毫无征兆地开了，不到十平方米的小家，细妹子坐在床沿上哭，鼠标一脸难色地站在当地，为难地问着余罪道：“咋办，余儿？要不……你们先回？”

“长痛短痛都是痛，都进来。”余罪叫着兄弟们进了门，他拉了张椅子坐下，猛地一吼，“别哭了！”

细妹子吓了一跳，停了。她看着余罪，知道余罪在这拨人里说话的分量，于是脸色转而凄惨，又哭上了，哭哭啼啼说着某人没良心，要扔下她走，都说好了要把她一辈子当妹妹待的……这话听得鼠标脸色难堪了，哥几个心里直泛笑，风流债怕不是那么好解决的。

“听我的……先回家，如果你真的放不下他，就按这个地址去找，他不至于连叫什么都骗你吧？他叫严德标，绰号鼠标，这是家庭地址和学校地址，我们现在必须回去，他也得回去。他说不定会有一份体面的工作，你总不想跟着他一辈子在街上套钱吧？”余罪刷刷写了一张纸条，递到了细妹子手里，细妹子眼睛一亮，不哭了，似乎也原谅严德标了，最起码名字是真的，没骗她。

默不作声地默认这个结果了，余罪掏出身上仅剩下的钱，把李二冬和豆晓波身上的也搜走了，鼠标看事情有转机，赶紧踩着凳子，从小卫生间的顶棚上拨拉出一个纸包，里面好大的一包钱，却是骗来的全部收入了。鼠标一古脑全塞进细妹子怀里，赌咒发誓地说着：“晶晶，你先回家，我要当不了警察，我就去你家找你……你可一定等我啊。”

“我一定等你。呜……”细妹子悲从中来，钱洒了一地，抱着鼠标的脑袋好一阵恸哭。

这个生离死别又延续了好久，鼠标才一脸唇印地从家里出来，恋恋不舍，一步三回头地走着，脸上如此的凄苦，仿佛是刚刚经历了一场生死绝恋一般。他挥着手，洒着热泪，谁看谁也是唏嘘不已。

“狗日的，藏了那么多钱都不接济兄弟们一下。”李二冬突然喷出来了，骂着鼠标。

“细妹子要是跟了我，我就不回去了。”豆晓波道，有点羡慕鼠标的艳遇。

“别发愁了，要是真放不下，就别回去了，就你这德行，我估计回去也没戏，还不如守着细妹子过呢。”余罪安慰着失魂落魄的鼠标。鼠标一听此言，翻着白眼，苦大仇深地盯着余罪，好半晌才患得患失地说道：“我确实放不下，不光细妹子放不下，工作也放不下，什么叫没戏，万一有戏呢？你人品都烂成这样了还回去，我凭什么不回去？”

爱赌的人总喜欢相信“万一”之类的小概率事件，鼠标尤盛，刚刚还哭哭啼啼的，现在倒叫板上了，惹得兄弟几个都讨厌了，谁也不理他。可不料鼠标现在的责任感以及自信心高度膨胀，回头扯着嗓子，对着已经看不见的住处大吼着：“细妹子，一定等我来接你啊，哥开上警车来接你。”

这一声吼得声嘶力竭，观者动情，闻者掉泪，就是让哥几个觉得有点太科幻、太不现实了……

也在这一刻，汪慎修的手机响了，手机就放在一个精致梳妆台上，铿锵的旋律和满屋的春色格格不入。他终于作了一个让他也觉得很奇怪的决定，脱下叠好帝豪发的那身昂贵的西装，换上了已经扔在角落里的服装，对着心形的镜子，整了整衣领，就像整过无数次的警容一样，都是下意识的动作。

出来的时间不长，已经落下夜生活过得太多的毛病了，镜子里的他，苍白失血的脸，仿佛来自另一个世界。在重新穿上旧装时，他站着，一瞬间想起了远在岳西省的家，想起了警校那帮狐朋狗友，想起了初到滨海的茫然无措，更想起了这短短的时间和经历，仿佛让他经历了一个世纪一样。

漫长，而又让人难忘。

手机被摁掉了声音，镜子里又出现了一个她，韩俏，姣好白皙的脸蛋。她伏在汪慎修的肩上，似乎在对比两个人是不是天造地设的一双，卸妆的俏姐儿没有那么俏，眼睛有点陷，颧骨有点高，尽管还是那么美丽，可美丽中带着一种让人心酸的疲惫。

明知道的结果，在到来的这一刻，依然让两人相对无言。汪慎修回头时，恰恰看到了俏姐儿低头悄无声息地拭过眼角，于是又一个让他愧疚的情绪出现了。他能感觉到，两个人在爱欲中的呢喃，在相对时的依恋，都不是假的，可又偏偏出现在本不该出现的两人之间。

韩俏没有回头，她依然沉浸在一种不可名状的忧伤中，此时的汪慎修一身淡蓝色的服装，恍如初见之时，那时候，她怎么也没发现汪慎修居然是一个不名一文的流浪汉，居然敢去帝豪混饭。她更没想到，在挽着这个羞赧和忧郁的大男孩时，自己会莫名其妙地憧憬着对她来说已经很遥远的爱情，当然她也没有想到，对方居然会是一位流落在滨海的预备警察。

不管是什么吧，缘分在这个清晨已经走到头了。她伫立在窗口，头也不回地说着：“走吧，电话又来了，别忘了买单，我的身价你知道。”

话里有着一股子怨气的冷峭，汪慎修轻轻放下了随身的物品，包括在夜总会挣得不菲的小费，也许仅仅是稍减心里的愧意而已。他知道，俏姐在断绝他最后的念想，宁愿把这一夜当成交易。

他轻轻道：“俏姐，我知道我给不了你什么，如果留下来，还得你养我……我一直活得就很窝囊，我想有一天成为养得起你的男人，而不是这么一直窝囊下去。”

韩俏没说话，汪慎修默然无声地出了门，最后依恋地看了一眼，掩上门时，听到了房间里啜泣的声音。声音很大，几乎让他心神失守。

他摁开了手机，听着那熟悉的旋律，脑海里却是挥之不去的倩影，眼角上，莫名地沁出了几滴不该有的清泪。这一刻，他所有的想法都消失了，他觉得自己根本不忌讳俏姐儿是个小姐，他只恨自己，恨自己患得患失，不像个男人。

这一天，扔在滨海各个角落的学员，不论是失意的还是得意的，不论是顾虑重重的还是了无牵挂的，都在向着一个地点集合：天河区，警体训练馆。

那是接受简单任务的地方，任务确实很简单，但经历的事，又怎么能用一个“简单”概括得了？

天差地别

第一个报到的是董韶军，这位男生让高远、林宇婧不由得多看了两眼，长相和性格一致，中规中矩的北方汉子。报到后董韶军坐在简易椅上，手抚膝，背挺得笔直，一声不响。这个人在监控中一直就在山区景点靠捡拾破烂过了四十天，想想他所经历的，两位警察都有几分由衷的敬佩。

接下来的就不入眼了，鼠标、豆包、余罪、李二冬同乘一辆车来的，熊剑飞和他们前后脚。进门后，豆晓波便惊声尖叫，看着董韶军大呼一声道：“我靠，你居然没饿跑，那我们还混什么？”

众人都一笑，一起玩的人里面，就数董韶军和骆家龙学业不错，他要没被饿跑，其他兄弟们的希望自然不大了。不过此时可不像刚来时那么患得患失，要是落选的话恐怕连机票都省了，哥几个不用回去了，直接在滨海就业了。瞧人家鼠标哥，待人接物练就得比以前更圆滑了，进门上前就握着高远的手，殷勤道：“哥哎，哥哎，还认识我不？街上多亏您老救我了一次，还没谢您呐。”

这家伙殷勤得生怕和陌生人拉扯不上关系。高远没理他，指着簿子道：“上交卡片机、追踪器。”

众人轮番把装备交了，一坐下，这四人前后围着董韶军，非常奇怪这家伙怎么能坚持下来。董韶军也老实，把自己的情况一讲，听得哥几个不大相信了。鼠标吃惊地咬着手指问：“不会吧？就当了一个月破烂王？街上拾破烂的哪个不是连偷带抢？”

“景区不一样，我把清洁工作给他们做了，所以站得住脚。”董韶军笑着道。

“那你太亏待自己了。”豆晓波评价道。

“就是，扛箱汽水卖卖都不止挣这个破烂钱吧？”李二冬道。

仁者见仁，智者见智，不管怎么样就觉得董韶军有点榆木脑袋了。董韶军反问李二冬干什么了，李二冬一笑，小声道：“我们在广告业里混，而且混得小有名头了。”

“哎，对，相当于招商广告，详细的就不用告诉你了，反正你也不懂。”豆晓波得意道。

两人说话时，高远和林宇婧在一旁笑了，心道：这俩贴小广告的脸皮可真够厚的！董韶军不明所以，有点自惭形秽，回头看熊剑飞，不用说，这大块头天生就是搬运工，肯定好混饭，可个子小显得有点单薄的余罪就不好说了。他关切地问着：“余儿，你怎么过来的？”

“我……就那么过来的呗，饥一顿，饱一顿，幸亏碰上鼠标他们了。”余罪不动声色地道。这家伙天生是个谎言制造者，说得跟真的一样。董韶军那是一点也不怀疑，再看鼠标时，他诧异了，惊讶地道了句：“呀，鼠标，你都戴上好表了，不会重操旧业了吧？还接济余儿，可以呀！”

“我……那个……”鼠标一愣，表是赢来的，看着有警察在场不敢说出来，余罪却是接道：“不要老提这事，提这事，鼠标会不好意思的，大恩不言谢啊，标哥。”

余罪这么一说，越来越真了，董韶军也知道鼠标的本事，羡慕中有几分不信。鼠标翻了余罪一个白眼，此时才发现余罪、豆包几个货都恢复了土鳖打扮，就他没注意这点，皮鞋锃亮、发型很潮、腕上还戴着表，可不得被人怀疑来历不明了。

“哟！还有比哥帅的。”鼠标抬眼时，发现新大陆了。

汪慎修来了，小汉奸愈发地白净了几分，走进大门，按例上缴着装备，交完回头时，发现鼠标拧着鼻子闻着，豆晓波细细瞅着，李二冬斜着眼瞄着，不远处余罪奸笑着。他感觉到众人的不怀好意了，瞪着眼问：“怎么了？”

“有香水味，女人用的。”鼠标判断道。

豆晓波一把抓住汪慎修的手检查一番道：“好吃懒做型，肯定什么都没干。”

李二冬也发现玄机了，直问着：“汉奸，你这忧郁的眼神我从来没见过，不会是落魄的土鳖碰上瞎了眼的白富美了吧？”

“不可能，碰上谁还回来呀？”熊剑飞道，惹得董韶军笑了，那两位接待的警察也笑了，看信号一个多月没有什么感觉，见到真人才发现，比监控有趣多了。

汪慎修一甩留得很长的秀发，坐了下来，没理会哥几个，可架不住大家追问，他叹着气道了句：“说出来你们也不信，我一直在帝豪夜总会混的。”

“啊？你去卖身啦？”鼠标惊呼道。

“就是啊，不至于这样啊，卖血也不能卖身呀？怪不得脸白得这么厉害。”豆晓波摸着汉奸脸蛋说道。

李二冬也接茬道：“那不叫脸白，那叫纵欲过度。”

众人哄笑连连，不过汪慎修却不像往常那样大斥一句：哥的风骚你们这群土鳖岂能懂！他就那么淡淡地笑着，仿佛兄弟是说无关的人一样，他想起了一句话，世人欺我辱我、毁我谤我、轻我笑我，我当如何处之。此时他一笑置之，那哥几个起哄的反倒没劲了。余罪拍拍几个示意着安静，他又悄悄地指了指汪慎修，示意着别闹过了。

他看出来了，这货也经历了不寻常的事，要不然就不会是眼前这个德行了。

紧接着孙羿回来了，这家伙连服装也丢了，穿了身花里胡哨的户外装，他还振振有词：难看死了，早扔了。听得高远和林宇婧直皱眉头，可不料这货很不知趣啊，混了几天学会重色轻友了，搭讪着林宇婧问着："姐姐，你是接我回去的吗？"

这小家伙，连禁毒局的警花也敢调戏，林宇婧可不料有这个问题，愣了下。高远一瞪眼，孙羿不耐烦道："我跟姐姐说话呢，你瞪什么眼？一看你就是没对象的光棍警察，不说也知道你荷尔蒙严重分泌失调。"

林宇婧噗声喷笑了，倒把高远给羞了个大红脸，可又没法发作，气得他吓唬着小学员道："坐回座位上！"

没有搭讪到，不过看到了林宇婧的粲然一笑，孙羿老大很得意似的，回坐到哥们儿堆里，开始吹嘘这一个多月的经历了。这孩子没什么心机，陪练卡丁车挣得大钱，全换成现金塞在兜里给哥几个显摆，直说今天他请，而且不吃地摊大排档，直接到帝豪，不花完不回来。

一说帝豪，众人皆笑，孙羿不明所以，追问着，知道汪慎修就在那地方混了一个月后大惊失色了，直把汪慎修视为天人，千言万语汇成一句话："风骚哥，介绍几个富婆认识下，年龄无所谓，我不介意的啊。"

众人又是大笑，这荤素不忌的谈话让两位缉毒警大摇其头。不一会儿骆家龙回来了，惯例被兄弟们追问，骆家龙大叹了一番境遇，直说自己是从代写家庭作业、代家长签字、代练游戏混到今天的，真没想到专业一点都没用上，全是业余爱好救命了，惹得兄弟们好一阵讶异。余罪挑出来毛病，笑着问道："骆驼，你也太无耻了，小孩的钱你都骗，还替家长签字，你这简直是犯罪懂不懂，毁下一代人呢？你都好意思说。"

这么痛心疾首一说，另外那些比他更无耻的兄弟异口同声附和着："就是，骆驼数你最无耻。"

骆家龙不明所以，赶紧解释着自己饿了好几天，也是没办法了。不过那些人似乎听到弥天大罪似的，都给了个不原谅的表情，这样子装得连林宇婧也看不过眼了。

人多就闹，乱哄了好一会儿，这才想起还差好几个人。余罪问高远，高远没搭理他，不过林宇婧说还有最后一位，数数当初来人，还真有四位出局人，惹得众人猜测纷纷。等到快中午时，最后一位终于回来了，进门气喘吁吁差点一头栽倒，扶着门框，看着一厅人，雷霆一句：

“怎么都看着我？不认识了？”

本来不认识，一身民工装束，满腿星星点点的泥迹，像逃难出来了，最夸张的是脸上还贴着几处创可贴，脑袋上扎了条绷带。可这一说话，众人都认出来了，一下子都围上来了，惊得鼠标大呼道：“牲口！你怎么伤成这样？”

“厉害，这样你都能回来？”余罪惊讶道，看这家伙脚上的透趾鞋，全身都是汗渍片，像水里捞出来的，敢情是一路跑回来的。

众人的佩服无以复加了，就这单细胞牲口，这四十天不知道经过几场惨烈斗殴呢。林宇婧赶紧递着水，缴装备倒不用了，除了裤脚上的缝进去了，其他早丢了。被兄弟搀着扶着坐下来的张猛一口气灌下一瓶水，好容易才把心中一口浊气呼出来了。余罪关切地问着：“不用跑这么凶吧，至于吗？”

“刚才一拳干倒了我们的工头，又跺了两脚，妈的，我能不跑吗？追上得揍我个半死。”张猛气喘道。

“你打人家干什么？”鼠标问。

“那王八蛋，一天让我干十六个小时，只给两顿饭，我借二十块路费都不给我，他妈的……”

众人脸色一凛，都瞧着高远和林宇婧，张猛要打架，要有一半原因得在他本人身上，众人唯恐这两位接待的知道，可不料回归的张猛不吐不快了，目露凶光，义愤填膺继续说道：

“你们不知道啊，我在码头装卸货物，全他妈是水货，我就多了句嘴，被人按着揍了一顿，一毛工钱都没给……后来我顺了张身份证去中介找工作，他妈的，被人送进传销团伙里了，我刚说传销是违法的，又被人群殴了一顿……这世道还没地方说理了，后来我又找了份装卸工作，你们知道装卸什么，全他妈是病死猪肉，两块八一斤，全卖给饭店了，我跟老板说你孙子坑人也太黑了，那不得吃死人吗？结果又被打了，还被一群人扭到派出所诬陷我偷了他们的货款……警察也是二话不说，拷着我噼里啪啦揍了一顿，问我要罚款，不交就劳教，我哪有钱交，只能撬开锷子跑了……”

张猛的传奇故事概括一下就是被人揍了，继续被人揍，一直被人揍，脸上、头上、身上的伤痕就是明证。林宇婧和高远互视了一眼，对张猛抱之以同情的眼光。他们俩似乎对他的遭遇也无可奈何。

水喝了两瓶，唾沫星子喷了不少，过了许久张猛才发现不对了，看看这个，瞄瞄那个，他好不疑惑地问着：“兄弟们，这么黑暗的世道，你们是怎么过来的？没被人欺负吧？”

一句话，满室兄弟们羞得那叫一个无地自容……

优劣俱奖

中午饭是统一安排的，就在左近的一家饭店，数张猛吃得最多，那吃相看得兄弟们心里酸，眼睛也酸，现在众人已经知道了，郑忠亮、邵帅、王林、吴光宇四个人出局，细细想想，其实出局也未尝不是个好事情，最起码不用经历你不愿经历的事了。

饭间兄弟几人都不再谈论过去几日的经历了，有董韶军的正直和张猛的悲惨在，其他人都觉得自己已经很幸运了。更何况，那些幸运的经历，实在有点不足为外人道也，此时那几位倒是有点担心再见许平秋时该怎么办了。

再担心也得过这一关，不过没人发觉的是，此时的担心已经和当初下车的担心迥然不同了，那时候是饿肚子的担心，而现在，仅仅是取舍之间的衡量，毕竟现在都看到出路很多，不一定非做警察。比如骆家龙就说他也想通了，真要不行就到这儿的电子城打工，随随便便都挣几千的收入，要是创业的话，机会大把的是。

不过鼠标不屑了，小声道：“打个什么工呀？蠢货，跟着我干，哥现在早月入过万了。”

骆家龙笑了，他知道鼠标是个什么货色，就是真的估计他也不敢。

这拨人虽然私下小话不少，但都不约而同地瞒着张猛，实在是怕实话讲出来让牲口哥受不了。但凡他问，哥几个都装着苦大仇深的样子，好不委屈地来一句："我们也是驴粪蛋外面光，比你还难过，你好歹敢还手，我们只有挨打的份。"

于是牲口哥心理平衡了，拉着兄弟们又要开忆苦大会，把哥几个吓得直躲。

吃完饭没给休息时间，甚至连冲个凉洗个澡换衣服的机会都不给。下午时，大家对后方不近人情的招待有点不满了，林宇婧解释着许平秋正在开会，一会儿就赶回来，这句话隐隐地让一干学员受了点小打击，相比现在受到的待遇，哪如在社会上混得风生水起。

当然，除了某人之外。余罪一直很安静，什么信念和理想教育，在现实面前简直不堪一击，最坚守的……难道还需要讨论吗，看看张猛的德行就知道了。

心不齐，队伍就不好带了，即便林宇婧也能看出这个兆头来，颇有颓废和忧郁气质的汪慎修，貌似忠厚、实则奸诈的鼠标、豆包，再加上贼眼溜溜的李二冬，还有那个一心只想着玩的孙羿，当然，更有那个隐藏很深、在外面做的事连自己人都不知道的8号余罪。

这些人根本不像任何一队她接触过的警察，说乌合之众简直是表扬他们，林宇婧在想，就算回炉来几次再教育，恐怕也约束不住这些人。她实在怀疑，许处长的麾下，怎么可能有这样的货色。

时间指向五点时，电话终于来了，听到了十名学员全部归队，许平秋在电话里很高兴，又等了一会儿，听到车驶来的声音，众人不约而同往外看，只见一身警装、威风凛凛的许处长只身前来，在他的身后不远，泊下了若干辆警车，很有气势。这个地方像一个犯罪现场，细细一数，居然有七八辆越野警车呈包围的趋势，而且人影憧憧来了不少穿警服的人。

"起立……以左首第一人为基准，报数。"高远忝列文体委员了，一嗓子把翘首的一众学员们喊得站正了，列了一排，等着许平秋进门检阅。而许平秋进门之时，林宇婧却做了一个奇怪的动作，拉着活动闸，警体馆十余个窗口在同一时间落下了，漆黑一片。

“嘭”的一声，灯亮了，许平秋已经站在了学员们的面前，他笑着道：“别紧张，这是件保密规格很高的事，即便是同行，他们也未必能完成我交给他们的简单任务，欢迎你们归队。”

许平秋带头鼓起掌来了，高远、林宇婧也都鼓起掌来了，下面的学员都机械地鼓着掌，只有张猛被这一句听得激动得差点热泪盈眶，他其实很想吼一句：我终于又回归组织的怀抱了！

其他人未必就想喊了，人站得笔直，可眼珠一直在来回地动。鼠标的小动作又开始了，嘴型一动、表情跟着动，旁边的李二冬、豆晓波、余罪，都能看懂，那是在说：兄弟们，不问到脸上，都别胡说啊。

“严德标！”

“到！”

“出列！”

“是！”

鼠标出来了，有点心虚，知道自己的小动作又被发现了，看到许平秋犀利的眼光，一紧张两肩直耸，可许平秋蓦地笑着道：“很好，听说你在街头顶风冒雨晒太阳，干得很辛苦啊，收入不菲吧？”

“是，收入不错，不过我把钱都捐给一位落难的打工者了，我的队友豆晓波、余罪、李二冬可以证明。”鼠标义正辞严地说道。

确实是捐了，都给细妹子了。他这一句话惹得后面几位直骂他卑鄙无耻。

许平秋一怔，似乎被惊动了，竖了竖大拇指道：“仗义疏财，扶危济困，英雄本色！好，归队！”

鼠标没想到这么轻松就过关了，得意地回来了，豆晓波的嘴唇在动，是在说：“你小子确实是英雄本色啊，好色的色。”

一转身间，许平秋看上了董韶军，董韶军刚要解释，却不料他一摆手制止道：“我知道了，贫不移志、窘不为盗，我相信你是最坚持自己的一个人。”

这句评价足够了，董韶军认真地敬了个警礼道：“我时刻准备着加入警队，实现我的理想。”

“这么好的人才，你想走我都舍不得。”许平秋道了句，笑了笑，回头看他身旁的张猛时，关切地问了问伤势，拍拍肩膀，鼓励与安慰皆有，这个很让人牙疼的“人才”敬着礼，学着董韶军的话来了句，许平秋来了句：“嫉恶如仇，不当警察都可惜了。”

接着骆家龙，他细细问了几句，竖了竖大拇指直夸这小子有才，比网警支队那些人玩得好多了。跟着是豆晓波，实在没什么可夸的，许平秋笑着道：“不错，还是有过人之处的，别人都饿肚子，你居然吃胖了啊。”

众人一哄笑，气氛缓解了，问到李二冬时，许平秋居然夸这小伙很有眼光，能在使馆路上找到商机，这种眼光可是作为警察必须具备的素质啊。别人一头雾水，可李二冬心里却是忐忑不安，他和豆晓波到使馆街上不是找商机，而是贴小广告去了，敢情领导早知道了，只是没当面指出来而已。

到汪慎修了，这货不知道是准备破罐破摔还是怎么的，很神经地来了句：“报告处长，我犯错误了。”

“是吗，什么错误？”许平秋像是根本不解，问了句。

“我在帝豪夜总会当了近一个月领班，和一帮小姐混在一起。而且还喜欢上了一个姑娘，她也是小姐。”汪慎修直接道，说出来似乎好受了点，他眼前浮现出一个倩影，他在挣扎着，他的心里很矛盾，和她在一起想着的是队里，而归队之后，又想着温香软玉的怀抱。

不过这一句像平地惊雷，把众人惊蒙了，这事就干了也不能说出来呀！这可是羡煞人的经历，李二冬景仰着地看着汪慎修一眼，此时才觉得，自己和人家差得太远。

许平秋从这位学员复杂的眼光里似乎看到了什么，他同样拍拍汪慎修的肩膀道：“我从来不戴着有色眼镜看人，包括嫌疑人，当然也包括失足女。严格地讲，她们在这个社会上属于弱势群体，这个群体的存在和庞大，是因为人之本性的需求，以及社会和环境多方面的原因造成的，要是这也算犯错误，那我们中犯错的人就多了，因为和她们打交道最多的，警察就在其中……”

汪慎修郑重地敬了一个警礼，又说了句：“谢谢许处。”

“不用谢，人心都有一杆秤，轻重自己要晓得。”许平秋道，回头时撇开了话题，表扬了傻乎乎的孙羿一番，又夸了熊剑飞一番，夸得大伙都不知道究竟怎么一回事了。

难不成警力实在急缺了，大家都合格?

不对，还有一个余罪，众人此时才发现许平秋是跳过余罪夸奖其他人的。许平秋说完了才回头，很疑惑地问余罪道：“余罪，你干什么了，怎么家里没得到你太多的信息？”

这一问，好多人心里都提起来了，生怕那票大事被人揪着，余罪很诚实地挠挠脑袋，抬着无辜的眼神，难为地道了句：“我……什么也不会干，就靠那个……他们几个接济混下来了。”

“哦……”许平秋像是相信了，不过马上又来一问，“那你怎么找到他们的？”

“我看那位漂亮姐姐在我面前出现过两次……这位姐姐和我的梦中情人几乎一模一样，我一下子就一见钟情了，我就追着想看看她到底是谁、有没有机会泡上，结果没追到她，倒把严德标他们追到了。”

余罪羞赧地、花痴地、十分不好意思地指着林宇婧道。林宇婧刷地脸红了，不知是羞的还是气的，那帮学员可哈哈大笑起来。谁也没想到余罪能给出这么个白痴加花痴的原因，偏偏这原因，还蛮有说服力的。

众学员此时才注意到，林宇婧那挺拔身姿、娇白脸庞、飒爽的样子在这个队伍里，可是显得格外耀眼……

许平秋笑了笑，回头看因为追踪失败有点尴尬的林宇婧，笑着道：“机会有，就怕你没那本事，她是武警应急特勤出身，柔道黑带在她手底走不过十招。”

这一说，林宇婧眼中多了几分飒爽之意，惊得刚才叫姐姐的孙羿和余罪直吸凉气。警中外勤女性很少，但凡有一个两个，大部分都是逆天的存在，两人估计许平秋没吓唬人，不敢再调笑。

“好，再一次欢迎你们回归，也恭喜你们顺利完成任务，这个简单任务我想你们已经体会到了，真实的社会和你们想象中有很大差距。这个社会各个人群的生存状况，你们也多少有点体会了。坦白地说，你们要认为穿着一身警服很帅气、很威风，那你们错了；要是认为警察的工作就是坐在局里清闲，你们也错了。其实这个社会上很多人的生存状况就像你们经历的简单任务，身无分文、举目无亲、连最简单的温饱都解决不了，这种生存条件是诱发各类治安、刑事犯罪的最初诱因，从这个层面上讲，其实大多数被迫走上犯罪道路的嫌疑人都是值得同情的。”

许平秋这话说到学员们心坎上了，也引起了大多数人心灵上的共鸣，对嘛，饿成那样，犯点什么小错都是可以理解的，而且是可以原谅的。这么一想，心理负担骤然变轻了。

“不过话又说回来了，作为一名警察，他的责任就是预防和制止犯罪行为的发生，以消灭犯罪行为为使命。所以，你不能抱着这种同情心，更多的时候你必须依法办事，即便是以你不喜欢、不认可的方式，也必须那么办，这就是有时候我们心态不平、心里挣扎的原因，因为天下事，合理不合法、合法不合理之类的矛盾太多了，有时候我们不得不充当道德谴责对象的角色。也像你们迫不得已，也在某些方面越界一样，这要放在普通人身上就无所谓了，小错小过，治拘都算不上，没人在乎。可要放在一位预备警察身上，那就是大问题了，如果上纲上线，就是严重的道德品质问题了。”

许平秋缓缓道，他在很多人脸上看到了愧疚之色，和余罪平静的脸色成了鲜明的对比。他心里暗道：这家伙装得真像，要是不知道内情，一定被他的无辜瞒过了。

只是轻轻提点了下而已，并没有深究谁的手脚不干净。鼠标、豆包之流，好歹长舒了一口气，庆幸自己咬着牙，不要脸皮地回来，看来组织还是挺有人情味的嘛。

许平秋顿了下，没有再说教，他知道本性和泰山同样难移这个道理放在这帮人身上很合适。转了话题道：“这些话你们以后慢慢体会，接下来我该兑现我的诺言了……根据省厅今年对刑侦警力的招聘指导意见，经省厅人力资源部核准，决定由省厅刑侦处自主招收二十七名刑警队员，恭喜各位留下的，全部在列。”

说话间，高远咬着牙，发着由许平秋带来的文件复印件，按许处长的要求一一发过，各人看时，俱是一脸兴奋，这大馅饼真砸到脑袋上了。不但有省厅的文件，还有准备好的聘任合同书，不是那种一年一聘合同，而是长期聘任的合同书，一签就意味着加入警籍，成为正式的人民警察了。

高远咬着牙、闭着眼发完，他觉得老队长有点昏头了，招这么一帮活宝，放哪个队不得鸡飞狗跳？

“不要高兴得太早了，既然招聘的自主权在刑侦处，那就该我说了算，我要以自己的方式培养一批与众不同的刑警，就从你们开始。原谅我的无耻，我必须给签约的学员设置一个障碍，我希望有种的男人跨过来，加入我们，把没胆的胆小鬼隔在障碍之外，大家有意见吗？”许平秋道，宗旨说出来了，敢情还是镜中月、水中花，还不是煮熟的鸭子。

众人不解，不过也能理解，肯定没有那么简单，而且被许平秋的话一刺激，都挺起来胸脯了，像要证明自己是男人、是有种的男人一样。

“依然是简单任务，我们将把你们送去一个地方，待到实习完成，愿意去的，毕业后直接上岗。不愿意去的，老规矩，出局，我会为你们订好今夜返回岳西省的机票，以后发生的事就与你们无关了。出于友情协助，我会给你的毕业实习报告上写上夸奖的话。也许回到地方，会起点作用。”

许平秋说道，看着一张张稚嫩的脸，他心里确实觉得自己有点无耻，可自己偏偏又必须用这种无耻的办法。

什么办法？众人疑惑的表情都在猜测了，许平秋笑了笑，随意地说道："下一个实习地是看守所，就在滨海市，本市有六所看守所，加上周边地市，你们将被分到不同的看守所。怎么样？你们可以畅所欲言，考虑时间五分钟。"

"狱警？不是刑警吗？"鼠标愣了声，看看同伴，有点不解。标哥倾向于留在滨海，还有细妹子等着自己呢。

"哪儿不是警，反正实习。"李二冬道。

"不会那么简单吧？太没挑战性了，能让咱们当狱警作威作福去？"余罪狐疑道，感觉这种简单任务貌似简单，实则巨难。余罪一说，各人心里咯噔一下，想到了一种最悲剧的可能。

"呵呵，多亏余罪提醒，我忘了说清楚了。"许平秋接住话茬，补充说明着，"不是狱警，而是以嫌疑人的身份被关进看守所，和那些各色的罪犯生活在一起。"

一下子没人吭声了，余罪吓了一跳，被自己的不幸料中吓住了。刚从盲流堆里混出来，又被打成罪犯回去，还得被关在格子笼里，一想那高墙铁窗里关着多少杀人放火以及抢劫强奸的恶人，足以让这帮涉世不深的菜鸟再次噤若寒蝉了……

集体出线

封闭的房间、耀眼的白光、肃穆的领路人、惶恐的学员，在任务下达的一瞬间，是死一般的寂静。

深牢、大狱、高墙、铁窗、狰狞、孽罪，这些形容词所代表的陌生世界，给予普通人的恐惧要远远大于好奇，任谁再有兴趣也不会期待尝试那种生活。可以想象，来自天南海北的罪犯，犯的是五花八门的罪行，被像养猪圈鸡一般关在一起，能发生什么实在让人不敢想象，最起码学员觉得自己搁在里面走一圈，不光有可能性命不保，出来还真是身名俱毁了。

没人站出来，即便茅坑火坑都敢跳的张猛也在踌躇，世道就够黑暗的了，那里可是最黑暗的地方。

“还有两分钟，可以告诉你们的是，你们不是唯一的选择，今年的应届毕业生仅省警校就有684人，如果没有足额招收，其他系、其他班，一个电话就可以通知到很多志愿者。”许平秋面无表情地说道，根本没有回旋的余地，估计就算去也不见他会如何欣喜，而即便没人去，他也不怎么会在乎。虽然说话的时候和声悦色，可要布置任务了，他什么时候都是那种不近人情的表情。

这又是唱的哪一出？余罪心里犯嘀咕了，没想到的事太多了，没有想到会有之前这么一个“简单任务”，更没有想到会全员出线，当然也没有想到接下来还会有更难的任务。他怀疑，可他一时也说不清楚，甚至当他试图去从手里的文件和招聘书上找破绽，都是徒劳的。省厅的大红印章、人力资源部的正式发文，那只能说明这事假不了，堂堂的国家机关威信，不会拿来和学员开玩笑的。

敢不敢去？更多的人心里怀着这个摇摆的心思。不少人盯着余罪时，余罪的表现让大家有点失望了，这货也傻眼了，鼠标和豆晓波两人用丰富的表情在交流，鼠标说：敢不敢去？豆晓波说：你敢去我就敢去！鼠标又说：咱们看情况，都去咱们就去！豆晓波说：好，我也是这么想的。

“还有一分钟。”许平秋面无表情地提醒着，“监狱和公安是两个系统，不过并不妨碍我们做点安排，吃苦是一定的，挨打也是有可能的，不过生命安全就不必担心了。这件事开始后，我的身名就和你们绑在一起了。”

这是一颗定心丸，把危险尽量淡化，怎么说也有组织罩着不是？

有人动容了，是张猛，不过他被熊剑飞拉了一把。脑瓜不好使的狗熊也看得出，这货要进了监狱，得被人当沙包揍，跑都没地方跑。剩下的那些人，看不出心理底线到了哪个位置，不过似乎离崩溃还有一段距离，最起码不止一分钟的距离。

“时间到，准备签字加入的，到台前；不准备加入的，请把手里的东西交回来，领走随身物品，有人带你们去机场。”许平秋依然面无表情地说道，不过眼光里尽是不屑，像两道利刃刺痛了学员们稚嫩的自尊心，就差一点，熊剑飞也要站出去了。

“可以开始了，我不想看到我的属下是一群没有种的孬人，如果你不准备拿出点勇气，那你就永远不配当一名警察，难道熬过最恐惧的饥饿，你们十个人中居然还是没有一个男人吗？”许平秋问，声音低沉，直刺众人。

“我去。”

有人站出来了，让人大跌眼镜，是汪慎修。他一直被许平秋盯得很不自然，而且心里那种难言痛楚的愧疚让他有一种想用痛苦麻醉的感觉，或者说也就这样了，破罐摔哪儿也是破摔不是，还不如声响大点。

他站出来，走上前，潇洒地签上龙飞凤舞的名字，笔一扔，昂首直立，似乎这一刻，他才觉得自己是男人，不是站夜总会门里点头哈腰的服务生。

“好，有一个就足够了，没有让我失望，欢迎你，汪警官。”许平秋道，笑着以平等的姿势和汪慎修握手了，这一刺激，张猛和熊剑飞吼着还有我们，两人不容分说地同时出来签着名。牲口哥对于被抢了头筹很恼火，生气地瞪了熊剑飞一眼，似乎在说：这风头向来是哥的，被汉奸给抢了，你说郁闷不？

“韶军，你确定想放弃？”许平秋问向一脸正色的董韶军。董韶军笑了笑，不像很恐惧，不过还是疑问道：“许处长，我只是有点不理解，训练的方式有很多种，为什么非要把我们和那些人渣关在一起？”

“问得好，不去近距离地接触那些人渣，不去了解和理解他们，你们将来怎么和他们打交道？上次见你在读《动机剖析》对吗？那本书的作者韦尔伯是西方研究犯罪的专家，他走过数十所联邦监狱，每进入一个监狱都要签一份放弃权利的声明，也就是说，如果他被要访谈的罪犯挟持，狱方将会按律处理，而不会把他视作人质。这样的人，你会把他理解成疯子吗？”许平秋问，自然不是疯子，否则就不会有天下这么多警察在学习一个疯子的著作了。

对着笑吟吟的许处，董韶军像得到一个完美的解释一样，跨出了一步，轻声道：“算我一个。”

“算我一个。”骆家龙也站出来了，理想离他如此之近，没有理由不抓住。

到这个时候，鼠标、豆包之流终于也坚持不住了。之前李二冬迈了一步，又退回去了，此时看骆家龙都出去了，这回不等他们了，“噌”的一声出去了，生怕误了时辰。这才发现，鼠标、豆包几乎和他是并列出来的，在他们三个人身后跟着的是孙羿。鼠标签字时唠叨着，心道：唯一遗憾的就是那地方肯定都是穷鬼，没钱可赚。孙羿也遗憾，肯定没有卡丁车玩了。

眨眼间，像是戏剧性的变化一般，众学员分裂成了两个阵营，一边是志愿者，一边是退缩者，九对一，九个兄弟，对着一个人：余罪。不少人回头看时，都眼巴巴等着他上来呢。余罪不时地皱皱眉头，面露难色，发展得太快，时间又过短，在取舍之间，实在让他踌躇。

“出列的注意，仔细听好下面的安排，你们将会从这里开始，被戴上铐子送走，路上会有人安排该怎么做，关于你们新的身份的资料已经制作完成，给你们每个人三分钟，记熟资料上嫌疑人的姓名、年龄、籍贯，提醒一点啊，把自己当成谁都成，千万别把自己当成警察，否则进了看守所，你们知道结果是什么。”许平秋道，招着手，林宇婧把一叠资料分发给了众人，那上面是警用格式的户籍资料，除了照片，全部被嫁接过了。

比如鼠标一看他的资料，名字变成了康大勇，居然有前科，惊得他嚷了句：“啊，怎么把我的照片贴成诈骗犯的名字了。”

众人哄笑，都乐了，危险很远尚不足虑，可互相对比一下乐子不少，张猛是伤害罪，熊剑飞是聚众滋事，孙羿是非法窝藏枪支，鼠标是诈骗，豆包是盗窃，几人看李二冬时，李二冬死活捂着不让看，可不料越不让看越勾引兴趣，被众人硬夺了，一看都笑喷了：涉嫌强奸、猥亵妇女罪。

这罪行和这货的贼眉鼠眼说不出的契合，其他人忘了自己的罪行了，笑得肚子直抽搐。李二冬可怜巴巴求着许平秋道："许处，能给换个罪行吗？这太折磨人了，我还没饥渴到这种程度。"

"下次一定换，不过这次时间来不及了，先凑合着啊。"许平秋笑着道。这都能凑合，听得林宇婧和高远差点憋不住严肃的表情了。

再看许平秋时，许处长却是踱步到了最后留下的那个人身边，饶有兴致地看着，余罪被这么多人看得很不自然，低头乱瞅，像是要瞅个地缝钻进去，许平秋道："需要给你现在订一张机票吗？"

要送走了，看表情没有一点可惜，余罪为难地看了眼许平秋，落在最后了，那是不好意思走，也不好意思站出去，难以回答时，许平秋像故意嘲讽一般，对着众人说道："你明明很平常，为什么老是标新立异呢，难道这样会显得你卓尔不群？"

对着众人，可目标却是余罪，一干学员闻之，哧哧笑了，有人向余罪做着鬼脸，有人向他投着斜眼，站着的余罪成了全场的焦点，反倒全身不自在了。这时候，如果刺激得过一点，也许他会拂袖而去；可刺激的力度不够，他又会踌躇不前，这是最伤许平秋脑筋的。他在斟酌着恰到好处的方式和力度，可脸上又是一种根本不以为然的随意。

想了想，他还是采取了置之不理的方式，随意地看了眼，像无关的风景一样，扭过了头，又回到了那群学员中间，这时候，鼠标和豆包在交流着，两人一摆头，说定了，直上前来，一左一右，架着余罪，鼠标说："走吧，没有你我们该多寂寞，是不是啊兄弟们？"

豆包也道："兄弟都堕落了，都有罪行了，凭什么你旁观呀？"

众人大笑，看样子余罪就算出局也没路可走了，其实豆包和鼠标拉着他并没有怎么费劲，那说明他还是倾向于满足自己的好奇心的。到了前台，余罪稍一犹豫，许平秋在一旁笑着道："余罪同学，这个难度是很大的啊，和上次不同的是，只要进去，中途想退出来的可能性不大，上次你都是靠别人接济过来了，这次行吗？这次可没人去接济你呀。”

“切……”余罪一扬头，鼻子哼了声，刷刷签上了自己的名字，随手将招聘书一扔。

许平秋脸上带着淡淡的笑，一切到此，圆满了。

余罪从林宇婧手里接到了为他准备的新身份，豆包凑上来一看名字，噗嗤笑了，名字叫“余小二”。鼠标笑着一瞅他的罪行，牢骚上来了：“呀呀呀，给我们扣这么重的罪，凭什么他是抢夺，这么轻？”

“去去……”余罪轰着这两人，他扫了眼个人资料以及犯罪经过，很简单，闭着眼强行记着，等睁开眼时，各人将全新的身份都记得差不多了，李二冬顶着俩门牙却是诧异地看着他，余罪一惊时，这货却是很好奇道：“这名字起得不好听，叫小三多好，嘿嘿。”

“余不三才好，不三不四。”骆家龙接茬道。李二冬想和骆家龙亲近时，却被他赶过一边了，直斥着不想和你这猥亵罪套近乎啊。

此时下面窃窃私语起来，新身份、新任务、新环境，要是一个人受难肯定恐惧，但这么多狐朋狗友陪着，兴趣就压过恐惧了。许平秋此时看了看时间，再喊集合时，那些人一股脑起来，又站成了一列，资料是不能留的，被林宇婧又收回去了。许平秋这时候不和蔼了，吼了一句：“张山，出列。”

人群里“啊”了声，张猛慢了半拍出来了，被许平秋训斥了两句，接着问身份资料内容，回答得结巴了不少，又被训了几句。接着又挑着李二冬问，这货倒没犯错，那事挺好记。跟着又听许平秋喊了句：“余小二，出列。”

余罪下意识地踏出了队列，许平秋面无表情地问着：“姓名？”

“余小二。”

“年龄？”

“二十二。”

“几进宫了？”

“二进宫。”

“犯什么事了？”

“抢了两个钱包。”

“以前犯什么的事？”

“抢电单车，劳教两年。”

这问着的时候，后面有人低声笑了，众人发现就数余罪的好记：余小二、年龄二十二、二进宫、抢了两个钱包、前科是两年劳教，简直像悲催故事里的弱智主角一样，所有的行为全给标注了一个“二”字。

准备的时间并不多，外面不知来路的警察根本没有等候太久，挨组进去提人了，于是或单人，或两个一组，众学员戴着铐子被面无表情的警察带上警车，七辆车，载走了十个人，鸣着警笛呼啸而去。训练大厅顿时显得空荡荡的，许平秋在收集着十份招聘书，回头招呼着林宇婧，把那几份杜撰的资料销毁，而他像是颇有感触一般看着十份聘任书。他悄悄地把余罪的聘书收了起来，把其余的交到高远手里，嘱咐着回岳西省的事宜。

好像不对，这事里有蹊跷，高远出门如是想着。果不其然，许平秋刚走，杜立才带着其他两名队员就来了，任务是把学员存放私人物品车的中巴开走，而且五个人是不同的去处……

诡变未料

严德标和豆晓波是被一起铐走的，车里有一名警察，兼看守和司机，三十多岁，边开车边听着音乐，一边还哼哼着，那语音太拗口，像舌头卷着发音一般，就鼠标和豆包超强的记忆，也仅听得懂几个音节。

豆晓波脸上表情变着，在说话了：“唱的是黄梅戏，靠，还是天仙配。”

听明白了，不过很意外，好歹是押解人犯嘛，怎么搞得像出来游玩，鼠标脸色动动，在“说话”：“是不是没那么凶险，逗咱们玩呢？”

“谁知道呢？不过一个大处长，不至于闲得和咱们一样蛋疼吧？”豆晓波不相信了。

“有什么不可能的？”鼠标的表情在说道着，“把哥们儿扔滨海混了四十天，不也是他？”

“你都好意思说，你吃喝嫖赌全占完了，连良家细妹也不放过，我呢？啥都没干，白来了。”豆晓波好不郁闷地道，早知道不管好坏都是这个结果，他估计会活得更潇洒点。

车停了，两个人收敛起表情，不吭声了，前面的警察回头递着钥匙，不容分说道：“打开铐子。”

哟，到目的地了，豆晓波、严德标看看前方，不对呀，就是个没标识的路边，来来往往行人多少呢，这哪儿是看守所？

铐子一开，那警察又是不容分说道：“下车，领东西。”

一指方向，豆包和鼠标俱是愣了，那不是来时坐过的中巴车吗？各人的行李都在上头呢，车门开时，两人下了车，意外地又见到高远，指挥着两人找着他们各自的旅行包背上，下车鼠标想问几句，高远向来不待见这货，给了一个字：“滚！”

鼠标翻了几个白眼，不过老老实实回车上了，坐在后座，车又是继续前行，而且连铐子都不上了，驶到了某地再停车时，两人又翻白眼了，居然是机场，那警察顺手撕了张纸条写着：“CZ223航班，从新郑转机，回五原，有人接你们。我就送到这儿为止了。”

不是监狱嘛，怎么成机场了，要回家了？

两人狐疑地互视一眼，严德标套着近乎问：“大哥，这究竟怎么回事？怎么送我们上飞机？”

“你问我，我问谁去？这任务我都莫名其妙。”那警察诧异了，看那样子，比鼠标还疑惑。豆晓波要说话，不料被鼠标拉住了，鼠标笑吟吟地问：“那大哥您是哪个单位的？”

“省厅装备后勤处的啊……你们呢？怎么接人还戴着铐子出来？”那警察诧异地问，似乎怀疑两人来路有问题。

“我们也不知道，也是个莫名其妙的任务，回见啊。”鼠标拉着豆晓波快速下了车，那警察哥还在嚷着：“你们是哪部分的呀？”

没回音，人早奔进入口了，豆晓波问着：“喂喂，标哥，你跑什么？”

“哎哟，坐飞机总比坐监狱强吧，你还等着回去呀，快走。”鼠标如逢大赦，气喘着跑着，跑到了中段猛地一停，豆晓波不解时，鼠标心思上来了，问着豆包道：“豆包，你说我该不该回去见见细妹子。”

“哥哎，赶飞机呢，那边要接不着你，不得认为你叛逃了？这节骨眼上，还指不定究竟是怎么回事呢，你都有心思想女人。”豆晓波道。

这一说严德标也凛然了，一步步走向安检口，为了理想和事业，只能强忍着心痛让女人靠边。

他们两人是最早上飞机的，来的时候是踌躇满志，走的时候是悄无声息，只不过多了份很深的挂怀，对了，还有一分无法解释的疑惑。

李二冬和孙羿是铐在一起被带走的，他们得到了同样的待遇，领行李、领机票，不过是在不同的城市转机。董韶军例外了，他一个人被带走，不过待遇相同，领到了行李和一张高铁车票，送行的是李方远，他不认识，不过对方也给了他个报到地方，很意外，是邻省的一个痕迹研究所，在警界也鼎鼎有名。

张猛和熊剑飞是两个人来的，领到了行李，又被警察载着到郊区转了一圈，过了两个小时才到了机场，直接送上了飞机。

骆家龙和汪慎修分别被单独的警车载着，也是一头雾水地经历了这事，所不同的是，送走他们的是林宇婧，给了报到的地点，在岳西省老家，两个人不是同一个地方，走时汪慎修好不奇怪地问送行的林宇婧道：“警姐，不进看守所吗？怎么上飞机回家？”

“就是个考验而已，这你都当真呀。”林宇婧笑道，转身要走。汪慎修追着警姐问着：“那我们的兄弟们呢？”

“保密条例忘了是不是？你要真想知道也可以，不过知道以后，你就真得住两年看守所了，你确定想知道？”林宇婧问，半真半假。

“算了，我还是坐飞机回去吧。”汪慎修第一时间作了一个最正确的决定，此时早忘了义无反顾地带头出列的是他自己。

汪慎修走了好远，直到消失在机场人头攒动的旅客中，林宇婧才狐疑地回身走出机场，其实她心里也在犯嘀咕，先接收这些人，再给一个特殊任务，回头却又把人全送上飞机，今天究竟发生了什么事，她和学员没什么区别，也是一头雾水。

不过在黄华路中段负责中巴的高远倒是有了一个不确定的猜测，在接到收队命令的时候，车上只剩下了一个没领走的包袱，他知道没有上车领东西的那位是谁。虽然他不知道那人究竟姓甚名谁、什么来路，不过他知道他的代号：8号。

“嘭”的一声，杜立才打开了后车门，里面坐着一位戴着手铐的旅客，他有印象，好像是8号，又不敢确定，实物和DV捕捉到的影视有点差别。不过得到的命令让他很意外，居然让他把这个抢包的小混球送进派出所。

车门再响，这时后面跟着的一辆花冠车上下来一男一女，男的长相平常，女的却是分外妖娆。这是事主，据说嫌疑人抢了这位美女的钱包，两人一前一后进了景泰派出所，连报案带报赃都有了，杜立才带着人进了派出所，他一指余罪道：“那，就是他，我们到滨海开会，顺路揪住了。”

“小刘，先关起来。”拿着询问簿的民警嚷了句，出来一名协警，揪着余罪到了滞留间，到门口卸了铐子，直接把余罪一脚踹进去，当啷一声关上门了，余罪回身气冲冲扶着铁栅要骂人，可不料猛地省得自己是什么身份，马上又退回去了。

这地方甭多说话，否则就和张猛的下场一样了，挨揍。

案情很简单，某女在商厦购物出来，到停车场刚开车门就被袭了，有人抢走了她的钱包，可不料被她男友追上了，恰逢一位在此处泊车的警务人员，于是把这个抢钱包的小贼给逮了个正着，一起扭送到派出所了。询问间，那女人好不倾慕地看着杜立才，千恩万谢这位警察，甚至让杜立才怀疑，确实发生过这样的事情一般。

留证，拍照，发还失物。民警对普通市民，特别是身份和地位貌似不菲的来人还是蛮客气的，草草记完，恭送着两位失主以及这位同行，还多方安慰滨海的治安就这样，流动人口太多，每天抢金链、抢钱包以及砸车窗偷东西的，没有一千也有八百，谆谆善言告诉两位失主，一定要加强防范意识，特别是钱包不能拿手上，金链子别挂衣服外面，那样招贼呢。

送走了失主，回到所里时，他嚷着协警把那位小贼带出来。刚刚出格子间，有位民警刚进门，似乎脾气不小，虎着脸问："犯什么事的？"

"指导员，抢钱包的。"协警道。

听着二人的对话，余罪哼了声，不料那位警哥也是嫉恶如仇，揪着余罪指着他的脑门儿骂着："妈的，装什么？什么不能干，抢东西……"

吼了两声，这警哥去厕所了。余罪站直了，可不料那协警又在后面喊着："快点！"

我日他的！这人就不能有理想！余罪苦不堪言地心里暗道，曾经的理想就是当个小片警出来吓唬吓唬别人，混个小钱小酒拉倒，可不料成了片警收拾的对象。

余罪被带到了预审间。这里刚刚审完一个贼，那样子好像是没承认，民警在虎着脸骂着："好好想想，还偷过什么？十五中的电单车丢了可不止一辆，知道一辆车值多少钱吗？你小子死定了。"

押余罪的协警自动成为接人犯的，把那人铐子拎着，嚷着："快点！"

"进来。"民警喊着余罪，进门余罪愣了下，审讯的地方太简陋了，连传说中的隔板审讯的椅子都没有。民警在屋内唯一一张椅子上坐下，他把夹本一扬，伸手一指身旁的地上，虎吼一声，威风四起，说道："蹲下！"

余罪老老实实刚蹲下，可不料对方抬起脚作势要踢的样子，瞪着眼吼道："近点，蹲这儿。"

完了，这是随时以大脚丫威胁，让你老实交代呢。

于是余罪小心翼翼蹲近了点，那警察哥皱着眉头开审了。

姓名当然要说余小二，年龄无所谓，面相也做不了假；籍贯嘛，余罪肯定不敢说自己家里，按照资料背下来的说完，又重复了一遍作案过程，时间、地点、抢夺方式，一一吻合，这个"抢夺案"看来人证物证俱在，齐活了。

看到民警撂笔，余罪以为过去了，可不料那民警一拉椅子，瞪着眼，突来一句道："还抢了几次，老实交代。"

"就抢了这一次。"余罪委屈道。砰！对方猛拍一下桌子，伴着他的判断道："胡扯！一点都不老实。"

余罪终于为自己的这次实话付出代价了，一惊之下险些跌倒。

"你这号人我见多了，谁进来也说是第一次……都是第一次被抓住，有这么巧的事吗？"民警吼着，开始审问余罪。

还有几起某街某路在某日发生过抢包案，是不是你干的？

既然不是你干的，那你知道线索不？检举别人减轻你的罪行，像你这号的，还认识几个？

什么？居然不知道不检举，对着人民警察居然敢一问三不知？

……

又过了一会儿，民警气喘吁吁从审讯间先出去了，实在审累了，对着门外嚷着："小刘，出来把这个带走。"

协警屁颠屁颠跑过来，那民警兀自气呼呼道："真他妈没劲，又是个毛贼，屁都不知道，晚上送看守所。"

缩在墙角还没起来的余罪一下子明白了，这不是私仇，也不是许平秋蓄意给自己穿小鞋，而是派出所片警的标准办案程序。他唯一有点遗憾的是，自己曾经的理想也是当个这么耀武扬威的片警的。可谁知道理想像个薄幸女，只会调戏钟情于它的人，憧憬成为片警的理想没有实现，却成了片警脚下的小贼……

入狱之夜

从景泰派出所到白云看守所路程不短，几乎要横穿半个城区，向来对方向十分敏感的余罪坐在警车后厢的笼子里，突然听到了飞机的声音，透过朦胧的夜色看着喧闹的城市，他突然想起，这条路曾经来过，离机场的方向不远，连着西郊，初来乍到的时候，他几乎分不清这里的城市和乡村，因为到哪里都会有连幢的楼宇以及宽阔的马路。

可这一切都不会再属于被剥夺“自由”的他了，从宽路拐下一条废渣路，连绵的菜地、水塘、偶尔呼啸而过的摩托车，带上了郊区的特征，密闭车厢里只有前窗透进来的风还带着自由的气息，他长出了一口气，觉得浑身疼痛加剧，忍不住冷生生的一个战栗。

高墙、铁窗、格子房，那个未知的世界会有多少狰狞的恶汉，会有多少让人毛骨悚然的罪恶，更会有多少不可知的危险在等着他？他第一次有了一种恐惧的感觉，活这么大，虽然品行不端、手脚不净，可顶多进过中学的教导处、警校风纪队，最多也就是写检查加政治教育。隐藏最深的一次罪行顶多也就是打架被泰阳城关派出所关了一个下午，老爸交罚款把他领出来的。

即便是这次胆肥了，也是抢了几个扒手而已，那个结伙的敲车窗毛贼抢得连他也后怕。可是这一次，要接触到真正的罪犯和暴力了，作为其中的一位准成员，他识得厉害，那个牢笼里关的是一些没有什么道德底线，甚至没有人性的罪犯，像他以这样的“毛贼”身份进去，不知道得经历多少拳脚，是不是还能完好无损地出来。

对，拳脚，那是这个社会底层，特别是这个犯罪阶层最直观的说话方式。

“没那么恐怖，老子是警察……老子是警察……”

他在默念着，告诫着自己，而且这一次是进去了十个兄弟，说不定还能碰上一个两个，到时候还有个照应，混上两个月，挨上几顿揍，省上几万块钱，也算是个有资历有经历的警察了。

不对，他突然间发现了最后的一道护身符也被剥夺了。到那里面，你说你是什么也成，就是不能说你是警察。那样的话，估计在里面就得被犯人们教训得生活不能自理。

这个突然的发现让他怔了怔，回想到初到滨海身上被剥得一文不剩，这纯粹是故意的，忍不住让他心里暗骂着："这个老王八蛋，不是把人往死路上逼吗？真要有个三长两短，他负得起责吗？"

如是想着，在犹豫、恐惧、狐疑间徘徊着，一时间悔意顿生，真不该头脑发热跟着大家一起签卖身约，都怪鼠标和豆包这俩草包，当时要不拉我，我就抹着脸回家，受这罪干吗。

想起那干同学时，他的心里稍感安慰，反正一起吃苦受罪没落下谁，比起来，他觉得自己肯定不会比别人差多少，再不济进去就磕头作揖，逢人就认人家当大爷……

零乱的思绪，纷乱的景象，在眼里、在脑海里一晃而过，他想起了学校、想起了老家、甚至想起了在滨海手里有钱的潇洒日子，一切就像做梦一样，他有点后悔，为什么不让梦停留在一个惬意的时刻，非逞上一分钟能，受上几个月罪？

"大爷的，老子出去就调工作，调回泰阳，不，回家。再他妈不和这帮狗日的打交道了。"

余罪此时又暗暗地下了个决心，眼前似乎能回忆起许平秋那张黑脸，现在这张脸，只能让他有咬牙切齿、想当鼻梁给一拳的冲动。

车毫无征兆地停下了，余罪从想象中惊醒了，眼睛一瞥吓了一跳，车就停在路边，两边都是菜地，没有灯光的路边。他心里一激灵，看开车的民警，那民警却是慢条斯理地下去了，开了后厢门，看了窝在厢里的"余小二"一眼，一言未发，自顾自地点上了一支烟。

不远处开车门声响起时，民警踱步上去了，黑暗中和那人交谈着什么，似乎达成了协议。他等在原地，生怕嫌疑人跑似的，另一位从阴影的夜色中慢慢踱到了车厢前，看着惨兮兮窝在车厢里的余罪，半晌才问：“饿了吗？”

余罪一惊，抬眼细辨着，是那个“诬告”他抢夺的男事主，他想说什么，不过生理的需求却压过了精神上的愤怒，嘴里只蹦出两个字：“饿了。”

“吃吧。”那人递过来一个面包，余罪动时，他才发现余罪的双手被铐在车厢顶的钢筋上。他伸着手，把面包递到了余罪的嘴边，看着余罪狼吞虎咽，几口吃干净了面包，又拧了一瓶矿泉水，余罪咬着瓶口，一仰头，骨碌碌一口气直灌进胃口，大声地喘了口气时，突然觉得好不悲怆，连这样的待遇都让他觉得是多么的幸福。

“你难道不想知道我是谁？”对方问。

“最好别告诉我，否则我出去拍死你狗日的。”余罪道。

“呵呵，看来你认出我来了。”对方笑了，轻声道，“接下来要进看守所了，你是以嫌疑人的身份进去的，不要太由着性子，该低头的时候就要低头，不要惹到不该惹的人。”

“能反悔吗？老子不干了，现在还没进看守所，等进去了还了得？你告诉许平秋，我他妈的不穿这身警服总成了吧？”余罪道，咬牙切齿，怒意十足。

那人半晌无语，斟酌了片刻才道：“你应该知道不可能了，还有你不知道的事你想知道吗？”

“什么？”余罪惊了下。

“年前有人去泰阳，带走了你从出生开始的户口、学籍以及其他档案资料，包括你在警校的学籍。简单点说，你已经从这个世界上消失了，谁也查不到余罪这个人，户籍里有的只是一个余小二，二进宫的小流氓。”那人用平静的口吻说着，听得余罪心里的恐惧感更强了，他打了个寒战，不无紧张地问着：“那老子要死到里面，岂不是白死了……不对，你吓我？我们同学十个，能都在警校的学籍里消失？骗鬼吧你。”

“呵呵，没错，十个消失有难度，可一个没难度。”那人笑了笑，像取笑一样补充着，“忘了告诉你，其他九个人已经乘机回省了，分开实习，真正进监狱的只有您一人，知道您进来的，不超过三位。当然，如果真出了事，你或者你的家里，会得到一份优厚的抚恤的。”

余罪脖子一梗，连气带吓，几欲失声了，步步小心、处处小胆还是被人算计了。他瞬间思索到对方说得不假，分开乘车走的，貌似公平，却是为了掩护只有他被送进去的事实，而进派出所，只不过是为了把“入狱”这事演得更像一点而已。

“大哥，您好歹也是警察，不能这么卑鄙吧？”余罪气得没有一点脾气了。

“兄弟，你是自愿签的聘书，那就是特勤，不管安排你去查户口还是当卧底，得组织说了算。”对方小声道，像在劝余罪认命。

余罪傻眼了，本来就想着从众当个滥竽充数的，可谁想到还是成了脱颖而出的，他实在想不出自己身上有什么闪光点，能让组织交给这么一份重担。

应该是吓住了，或者被所受到的欺骗气糊涂了，余罪半晌回不过来神。那人正要说话时，余罪却小声凑着脑袋道：“大哥，问你个事……”

那人往近凑了凑，他觉得很意外，最起码这位兄弟这么快想开了就很意外，却不料他刚一凑，余罪手握着车厢顶的钢筋，人一悬空，腾地一家伙，两脚飞踹，一上一下，上踹鼻梁下踹蛋，那人“呼通”向后吃痛栽倒，倒了好远，就听余罪恶狠狠地骂着：“有种你们弄死我，死不了出来老子拍死你。”

“老实点……”押解的民警跑上前来了，手里持着电棍，噼里啪啦响着，一杵伸到金属框上，余罪浑身一抖，一咬牙，软软地坐下了，隐约听得“嘭”的一声，门被关上了。

下面不知道怎么处理的，不一会儿民警骂骂咧咧上车，看着嫌疑人不顺眼，又杵了两电棍子，这才驾车起步，离看守所不远了，这辆警车鸣起了警笛，加快了速度。远远地，高大、阴森的铁门缓缓打开了，车进去了，消失了……

被踢的神秘人物一手擦着鼻血，一手捂着裆部，好半天才从地上起来，那雷霆一击来得太突然，饶是他久经沙场的身手猝然间也没有躲过，吃了大亏。

不过他似乎一点怨言也没有，缓过来后，慢慢地走向藏在黑暗中的车边，打开了后厢，就着矿泉水洗了把脸，擦干净再坐到驾驶室里，副驾上的人低沉地问了句："民警没发现破绽吧？"

问话的是许平秋，听不出感情波动，随即又问了句："他的情绪怎么样？"

"用脚对我说话，还用问情绪吗？"那人道，苦笑着。

许平秋意外地笑了声，很轻，这就让司机不解了，他疑惑地道："老队长，既然在是不知情的情况下把他送进去，又何必告诉他实情呢？搁谁谁也受不了这样。"

"他需要点勇气。"许平秋道，很淡然。

"勇气？"司机问，没明白。

"如果有一天我出卖了你，把你送上绝路，你会怎么样？直接说。"许平秋问。

"我会在你背后打黑枪。"司机笑道。

"对，愤怒和仇恨，会给他前所未有的勇气。他需要这个。"许平秋道。

司机一下子怔了，而且被吓住了，刚才这位怒火中烧的，现在怕是连许平秋也不认了，这送进看守所还了得？他一惊一侧头，许平秋像是窥到了他的担忧似的道："没那么严重，看守所各级押监仓今天刚刚完成打乱重组，管教干部也来了个换岗，这种情况是小团体最弱的时候，也是最容易站稳脚根的时候。以他睚眦必报的性子，只要能横下心来，就能站住脚。"

"那要站不稳呢？"司机依旧担心地道，这种情况就放他去也有难度，再怎么说新人进去，要面对的是一监仓的老犯人，处在绝对劣势。

“站不稳……”许平秋欠了欠身子，很颓废地道，“那这个人渣速成班他就白住了。不过我觉得他行，他身上没有一点警察的影子，纪律性，没有；忠诚度，没有；荣誉感，没有；根本就不用刻意改变，直接就是一个贼，要说他是警察，得笑掉别人大牙……第一次发现这人我都奇怪了，警校里居然藏了这么个奇葩。”

司机被许平秋的评价逗笑了，事已至此，多说已经无用，只能等着里面的消息了。他点火起步，随口问了句：“需要我做什么？”

“除了接应，把那几个敲车窗盗窃的挖出来，关键时候能用上。对了，我明天回省厅，随后给你下到专案组的命令，再回到这里之前，你不要和任何人联系，走私上的几条线你想办法和他们搭上联系。时间嘛，现在暂时无法确定，这要看里面那位的表现了。省厅做了两手准备，如果切入失败，要进行一次大的‘扫毒’行动，不过那样治标不治本，恐怕刹不住增长的势头。”

许平秋细细安排着。他突然觉得自己有点冒险，心是那么的悬，却是因为看到余罪表现的缘故，那种被欺瞒的愤怒肯定会给他勇气，不过他担心，同样也会给他蔑视一切，包括蔑视所有规则甚至背离警察这个团队的勇气。

毕竟只是个象征性的聘任，那家伙，连一天警服都没有穿过，难道能指望他有当警察的自觉？

想到这个，他觉得很头痛，如果证明是条虫好办，无非是像其他人一样接纳进警察团队，随便扔给他一个职位；可要结果证明是条龙，他却有点惶恐，生怕自己无法掌握足够牵制他的东西。

是龙，还是虫？

黑暗中的许平秋觉得自己心跳得很厉害，比自己进了监狱还紧张。

看守所进去才知道里面有三道大门，十米高的岗楼荷枪实弹站着武警，探照灯一直追着警车和被送进来的嫌疑人，第二道警戒进去才是监仓区。余罪没有注意到这里肃穆和阴森的环境是何等的恐怖，只是有一股怒意难平。

“脱衣服。”监仓甬道，管教在吼着。

余罪瞪了两眼，也只能开始脱了，衣服、内衣、鞋子、袜子，什么也不能留下，管教拿着一根手指粗的棍子，嫌脏似地拨拉着他的衣服。那里面没什么东西，细细检查一番后，又叫来一位穿着监服的自由犯，让他把皮鞋扔了，那里有钢板；腰带抽了，那也是危险物品，甚至衬衫上的扣子、裤子商标上的金属牌也全部被摘走。光着身子的余罪被人顶在墙上，身上的每个部位也被查了一遍。

这是个禁区，除了身上长的器官，其他的你别想指望带进去。

拍照、留指模、剪发……费了很长的时间，余罪抱着那堆被查过了的衣服，连穿上的时间也没有，被管教带着又进入了一道铁门，到了一个监仓前。

管教吼着让嫌疑人蹲着，“当啷”一声，半尺厚的铁门开了，面无表情的管教一指里面：“进去！”

门在背后锁上了，余罪像穿越到异世界的人，抱着一堆脏衣服，光溜溜地走进了这个陌生的世界。

《余罪：我的刑侦笔记2》即将出版，精彩预告：

余罪就这样稀里糊涂地被送进了监狱，他的命运也从此走入了一个完全不可预知的方向……

监狱内部群狼环伺，余罪所要面对的罪恶比在大都市中更加凶险，除了斗勇，更要斗智，等待他的到底是救赎的来临，还是坠入无边的黑暗？

许平秋安排余罪入狱的这一步棋自然另有深意，而站在他对立面的犯罪团伙到底是何方神圣？余罪和他的伙伴们，又将要面对怎样命悬一线的考验？

敬请期待《余罪：我的刑侦笔记2》